Isaac Bashevis Singer

Das Visum

Aus dem Amerikanischen
von Gertrud Baruch

Carl Hanser Verlag

Titel der Originalausgabe: *The Certificate*
Erschienen bei Farrar, Straus & Giroux, New York
Aus dem Jiddischen *Der Certificat* ins Amerikanische
übersetzt von Leonard Wolf

1 2 3 4 5 02 01 00 99 98

ISBN 3-446-17444-3

Satz: Reinhard Amann, Aichstetten
Druck und Bindung: Clausen & Bosse, Leck
Printed in Germany

I

1

»Es ist spät – spät für alles«, sagte ich mir. Damals führte ich oft Selbstgespräche. Mit achtzehneinhalb Jahren ist man kein Schuljunge mehr, und es ist sogar schon zu spät, ein Handwerk zu erlernen. In ein paar Jahren würde ich zum Militär eingezogen werden. Ich hatte die besten Jahre meines Lebens damit vertan, aufs Geratewohl Bücher zu lesen, über ewige Fragen nachzugrübeln, mich sexuellen Phantasien hinzugeben und mich mit unzähligen Neurosen herumzuschlagen.

In meinem Rucksack befanden sich – neben mehreren schmutzigen Hemden, Taschentüchern und Socken – einige Manuskripte in hebräischer Sprache, ein unvollendeter Roman, ein Essay über Spinoza und die Kabbala sowie eine kleine Sammlung von »Gedichten in Prosa«, wie ich sie nannte. Da ich die Schwächen meiner belletristischen Arbeiten erkannt hatte, war ich bereits zu dem Schluß gekommen, daß keines meiner Werke für die Veröffentlichung geeignet sei. Ein so bekannter Schriftsteller wie Dr. Aschkenasi hatte mir erklärt, mein Essay sei kindisch. Ein berühmter hebräischer Dichter hatte meine hebräischen Schriften scharf kritisiert. Sie alle hatten das gleiche gesagt: ich müßte mich vervollkommnen, ich sei noch nicht reif.

Ob reif oder unreif, jedenfalls hatte ich den ganzen Tag noch nichts zu essen gehabt. Und ich mußte ein Nachtquartier finden. In meinem Rucksack hatte ich auch zwei Bücher, Überbleibsel aus den Bücherregalen meines Vaters, aus der Zeit, als wir noch in Warschau gewohnt hatten – Bücher, die ich verscherbeln wollte. Du liebe Güte, wie lange diese Kindheit in Warschau zurückzuliegen schien!

Mit meinen achtzehneinhalb Jahren hatte ich bereits eine ganze Epoche durchlebt. Ich wurde während des Russisch-Japanischen Krieges geboren. Zehn Jahre später brach der Weltkrieg aus, und die Deutschen marschierten in Warschau ein. Im Verlauf von nicht ganz neunzehn Lebensjahren hatte ich die Februarrevolution, die Oktoberrevolution und den polnisch-sowjetischen Krieg miterlebt. Vier Jahre hatte ich in diesem gottverdammten Kaff Bialedrewne zugebracht. Dann war ich nach Warschau zurückgekehrt, in eine normale Schule gegangen und danach sogar in einem Schtetl in Großpolen als eine Art Lehrer angestellt worden. Ich hatte begonnen, in hebräischer Sprache zu schreiben, und war dann zum Jiddischen übergewechselt. Ich war von Chassidim drangsaliert und durch die Lektüre von Spinozas *Ethik* getröstet worden. Sogar die Freuden der Liebe hatte ich kennengelernt. Stellen Sie sich vor – ich war noch nicht einmal neunzehn! Manchmal kam ich mir wie ein alter Mann vor.

An diesem düsteren Herbsttag hingen graue und gelbliche Wolken über den Dächern von Warschau. Nach und nach wurde in den Schaufenstern Licht gemacht. Die Gehsteige waren noch regenfeucht. Straßenbahnen schepperten vorbei, und die Räder von Droschken, Fuhrwerken und Lastwagen ratterten über die Kopfsteinpflaster. Auf den Gehsteigen wimmelte es von Leuten mit Spazierstöcken, Päckchen und Regenschirmen.

Auf den ersten Blick schien es noch das gleiche Warschau zu sein, das ich aus dem Jahr 1917 kannte. Doch in den fünf Jahren, die seither vergangen waren, hatte sich hier so manches verändert: Taxis fuhren durch die Straßen; die deutschen Verkehrspolizisten waren verschwunden und durch polnische ersetzt worden; russische Schilder waren übermalt worden und hatten jetzt polnische Aufschriften. Was noch? Der Rundfunk war eine Neuheit – wenn man Kopfhörer aufsetzte, konnte man Musik, Ansprachen, allerlei polnische Tanzmelodien, Theater- und Operettenlieder hören. In Tanzsälen wurde Shimmy, Foxtrott, Charleston getanzt. Viele Frauen trugen kniefreie Röcke und Hüte, die wie umgedrehte Töpfe aussahen. In der Presse war viel über den Völkerbund und die schreckliche Inflation zu lesen.

Man mußte aus Warschau stammen, um alle Veränderungen zu bemerken. In meine Warschauer Zeit hatte es keine Pfadfinder gegeben, keine jüdischen Jugendlichen mit dem Davidstern auf der Mütze, keine jungen Frauen, die Söckchen trugen. Statt Uniformen trugen die Studenten jetzt rot-weiße Mützen. An der Universität studierten jetzt auch Frauen. Anstelle der russischen Flagge wehte jetzt die polnische, und aus dem Zarenadler war ein polnischer Adler geworden. Am Eingang des Sächsischen Gartens standen keine Gendarmen mehr Wache, um Kaftanjuden und Jüdinnen, die eine Haube oder Perücke trugen, den Eintritt zu verwehren. Am auffallendsten hatten sich die Frisuren der jungen Frauen verändert: Viele hatten sich einen Bubikopf schneiden lassen, der die Ohren frei ließ. Polnische Offiziere mit ihren viereckigen Mützen fummelten ständig an ihren Köpfen herum, während sie einander salutierten. Wegen der Mietpreisbindung, die seit 1914 in Kraft war, waren viele Häuser baufällig. Je nachdem, wie man die Stadt betrachtete, wirkte sie entweder alt oder unbändig jung. Es war immer noch schwer zu glauben, daß Polen nach hundertfünfzig Jahren Fremdherrschaft wieder ein unabhängiger Staat geworden war.

Die Juden hatten von England die Balfour-Deklaration erhalten, und der jüdische Hochkommissar, der im Land Israel amtierte, wurde aufgefordert, am Sabbat die Tora vorzulesen. In den jüdischen Straßen Warschaus wimmelte es von »Wächtern«, »Pionieren« und »Revisionisten«, wie sie sich selber nannten. Die streikenden Arbeiter und die Revolutionäre des Aufstands vom Jahre 1905 waren wieder auf freiem Fuß und agitierten in aller Öffentlichkeit. Tausende von jüdischen Männern und Frauen waren Kommunisten geworden, und viele von ihnen saßen bereits hinter Gitter – im Arsenal oder im Mokotower Gefängnis.

Über all das Bescheid zu wissen konnte einen aber nicht satt machen. Mir knurrte der Magen. Ich schnupperte den Duft von Kaffee, Käsekuchen, frischgebackenen Bejgeln und einer Art Kichl, das in Öl gebacken wurde und an dessen leckeren Geruch ich mich noch aus meiner Schulzeit erinnern konnte. Ich besaß keinen einzigen Pfennig (in Polen war damals noch deutsches Geld in Umlauf). Ich hatte zwei Bücher meines Vaters mitgenommen – Responsen von Rabbi Akiba Ayger und *Das System des Aufbaus* – und hoffte, sie verkaufen zu können.

Es war also um meine Lebensumstände (oder »Modi«, wie Spinoza es nennt) so bestellt: Wieder einmal mußte ich die Stadt verlassen, in die zurückzukehren ich bestrebt gewesen war, seit ich als Lehrer so kläglich versagt hatte, daß der Sekretär des Mizrachi sich weigerte, mir ein Zeugnis auszustellen. Meine Eltern und mein jüngerer Bruder Moische hatten sich in einem polnischen Kaff in Galizien niedergelassen. Sie hatten mir geschrieben, ich dürfte sie dort nur besuchen, wenn ich mir einen Bart und Schläfenlocken wachsen ließe. Alle Mitglieder ihrer Gemeinde waren Anhänger des Belzer Rebbe, und die Hälfte davon verdiente ihren Lebensunterhalt mit dem Kopieren religiöser Bücher. Ich wußte, daß meine Eltern bettelarm waren.

Während ich durch die Straßen lief, malte ich mir ein Wunder aus: Ich lerne in Warschau eine junge Frau kennen, die ihr eigenes Zimmer hat, aus einer reichen Familie stammt und verwaist ist. Ich gebe ihr Unterrricht in Hebräisch und Jiddisch, und sie bringt mir Deutsch, Französisch und Englisch bei. Sie regt mich dazu an, einen Roman zu schreiben, den sie übersetzt – und ich werde berühmt. Man nennt mich einen zweiten Knut Hamsun. Ich bin bereit, sie zu heiraten, doch sie sagt: »Wozu denn? Wir können doch ohne diese Zeremonien zusammenleben. Hauptsache, wir lieben einander.« Sie sieht genauso aus wie Lena, die Uhrmacherstochter in Bialedrewne. Wir reisen gemeinsam ins Ausland, besuchen Berlin, Paris, London, ja sogar New York und Hollywood.

Ich wußte, daß solche Phantastereien mir schaden konnten und daß ich in meiner kritischen Situation einen klaren Kopf behalten mußte. Tatsächlich aber litt ich unter Zwangsvorstellungen. In mir redete ein Dibbuk – oder mehrere. Ich stellte mir vor, einen Stoff entdeckt zu haben, der einen, wenn man ihn zu sich nahm, allmächtig und allwissend machte. Ohne studieren zu müssen, würde ich eine Entdeckung nach der anderen machen, vergessene Sprachen sprechen, vergrabene oder im Meer versunkene Schätze aufspüren, Gedanken lesen und die Zukunft voraussagen können. Und warum mich damit begnügen? Ich würde zum Mond oder zum Mars fliegen und dort einen Judenstaat gründen. Ich würde König der Erde, des ganzen Sonnensystems werden und in einem Luftschloß wohnen, zusammen mit meinen achtzehn Ehefrauen, in allen Teilen der Welt ausgewählten Schönheiten. Und Lena würde meine Königin sein.

»He!« Fast wäre ich von einem Taxi überfahren worden. Das hätte mir gerade noch gefehlt! Der Wagen fuhr so dicht an mir vorbei, daß ich die Abgase riechen konnte. Ich mußte Schluß machen mit diesen Phantastereien! Pallot hatte recht: Solche Gedanken können den Verstand betäuben und das Denken abstumpfen. Bedeutende Männer wie Newton, Kopernikus, Galilei, Einstein haben nicht phantasiert. Sie nutzten ihre Geisteskraft, um wichtige Wahrheiten zu entdecken.

Nahe der Nalewkistraße hielt mich ein junger Mann an und fragte: »Möchten Sie Geld umtauschen?« Er war Schwarzmarkthändler und wollte Dollars für polnische Mark. Ich lachte insgeheim und sagte: »Ich habe weder Mark noch Dollars.«

»Was sind das für Bücher?« fragte er. Ich zeigte ihm die beiden Bände.

»Wollen Sie die verkaufen?«

»Ja.«

Er blätterte in ihnen, dann nickte er und strich sich über sein Bärtchen. »Wessen Eigentumsstempel ist das?«

»Der meines Vaters.«

»Ach ja? Ich kenne Ihren Vater.«

Ich spürte, wie mir ganz heiß wurde. »Ja?«

»Lebt er noch?«

Ich konnte kaum die Tränen unterdrücken. »Ja, Gott sei

Dank. Er ist Rabbiner, irgendwo in Galizien. Woher kennen Sie ihn?«

»Er hat mir einmal beim Rezitieren zugehört. Maier Joel Schwarzstein pflegte jedem eine Uhr zu schenken, der fünfzig Seiten der Gemara auswendig lernen konnte. Man mußte Briefe von drei Rabbis haben.«

Mir lief ein Schauer über den Rücken. Ich war der Meinung gewesen, in Warschau habe man meine Familie schon völlig vergessen. In den fünf Jahren seit wir die Stadt verlassen hatten, war so viel passiert – Krieg, Seuchen, Hungersnot –, aber da stand nun ein junger Mann vor mir, der wußte, wer ich war! Vielleicht konnte er mir helfen. Ich sah ihm an, daß er arm war: sein Mantel war so fadenscheinig, daß man das grobe Futter sehen konnte; seine Stiefel waren abgewetzt; sein Gesicht war fahl. Er hatte einen kleinen blonden Spitzbart, und seine eng zusammenstehenden Augen unter den blonden Brauen hatten einen bekümmerten Ausdruck.

»Warum verkaufen Sie die Bücher? Sie werden nicht viel dafür bekommen.«

»Ich brauche das Geld.«

Er blinzelte mich unter gerunzelten Brauen an. »Ja, ich erinnere mich an Sie – ein kleiner Junge mit roten Schläfenlocken. Sie rannten immer in der Lernstube herum. Lebt Ihre Mutter noch?«

»Ja, gottlob.«

»Damals hat es so furchtbare Krankheiten gegeben. Die Leute sind gestorben wie die Fliegen. Warum sind Sie nicht bei Ihrem Vater?«

»Sie sehen ja, daß ich nicht wie ein strenggläubiger Jude gekleidet bin.«

»Was sind Sie? Student?«

»Ich möchte Schriftsteller werden.«

»Wofür denn? Für Zeitungen?«

»Für Zeitungen und Zeitschriften.«

»Das ist hier ungünstig. Der Jude bekommt immer eins aufs Dach und wird jeder Möglichkeit, sein Brot zu verdienen, beraubt. Ich habe Frau und Kinder. Die Mark ist immer weniger wert, der Dollar immer mehr. Was schreiben Sie denn? Abhandlungen?«

»Geschichten.«

»Was heißt das?«

»Literatur.«

»Hm. Und *wo* ist Ihre wirkliche Welt?«

Ich schwieg. Der junge Mann sagte: »Sie müssen Glück haben, um Ihr Ziel zu erreichen. Ich habe einmal in Rebbe Krels Lernstube studiert. Sie wissen vielleicht, wo die ist – Gnojnastraße 3. Mit mir zusammen studierte ein Bursche namens Abrahm. Nach meiner Heirat begannen wir beide mit Devisen zu handeln. Er ist ein reicher Mann geworden – er schien das Geld geradezu anzuziehen. Er sitzt zu Hause, und jeder kennt seine Adresse, während ich hier auf der Straße stehe. Haben Sie schon etwas veröffentlicht?«

»Nein.«

»Wer braucht Schriftsteller? Die Zeitungen schreiben Lügen. Das Judentum wird verlacht. Bücher enthalten unanständiges Zeug. Wozu soll das denn gut sein?«

2

Nein, ich würde diese Stadt nicht verlassen. Ich hatte mich lange genug in der Provinz herumgetrieben. Alles, was ich brauchte, war *hier*: Bibliotheken, Zeitungen, Verlage, Vorträge, ja sogar ein Schriftstellerclub. Hier kümmerte sich niemand um die Angelegenheiten anderer Leute. Ich war schließlich in Warschau aufgewachsen, inmitten von Trambahnen, Droschken, Zeitungskiosken, Theatern, Kinos, Plakaten.

Ich blieb vor einer Buchhandlung stehen. Gab es irgendein Thema, das hier nicht zu finden war? Physik, Chemie, Geographie, allerlei Reisebeschreibungen, Geschichte der Philosophie, alle möglichen Romane. Ein neuer Psychologe war aufgetaucht, Dr. Freud, und zum ersten Mal las ich das Wort »Psychoanalyse«. Für einen Zloty pro Monat konnte man sich in einer Bücherei einschreiben lassen und jeden Tag ein anderes Buch ausleihen. Mir fehlten bloß noch ein Nachtquartier und ein Stück Brot. War es vorstellbar, daß ich in dieser großen Stadt keine Arbeit finden würde? Ich war bereit, alles zu tun, sogar Straßen zu kehren.

Mir kam der Gedanke, zu Gott zu beten, doch mir fiel ein, was Spinoza geschrieben hatte: Gott ist ohne Gefühl; er kennt kein Mitleid und handelt nach ewigen Gesetzen. Zu ihm zu beten wäre so sinnlos gewesen, wie zu einem Vulkan, einem Wasserfall oder einer Felsklippe zu beten.

Während ich vor dem Schaufenster der Buchhandlung stand, begann ich in meiner Brusttasche herumzusuchen, in die ich allerlei Zettel und auch einige Adressen gesteckt hatte. Auch ein kleines Notizbuch trug ich bei mir. Die beiden Bücher hatte ich dem Schwarzmarkthändler, der sich an meinen Vater erinnern konnte, verkauft. Jetzt mußte ich mich rasch entscheiden, ob ich zum Bahnhof gehen und eine Fahrkarte zurück nach Bialedrewne kaufen oder ob ich versuchen sollte, in Warschau ein Nachtquartier zu finden.

Ich ging in eine Apotheke, um zu telefonieren. Ich hatte mir mehrere Nummern notiert. Im vergangenen Sommer hatte ich ein paar Wochen hier verbracht und einige Bekanntschaften gemacht. Sogar entfernte Verwandte hatte ich hier, solche, die man als Vettern um sieben Ecken herum bezeichnet. Und es gab hier auch eine junge Frau namens Sonja, die ich tatsächlich geküßt hatte. Sie arbeitete in einem Geschäft für Damenunterwäsche und wohnte bei ihren Arbeitgebern. Wie sie mir erzählt hatte, machte sie dort – als Nebenverdienst – auch die Hausarbeit. Sie war nicht besonders hübsch und zudem an die zehn Jahre älter als ich. Sonja hatte mir ihre ganze Lebensgeschichte anvertraut, und wir duzten uns. Vielleicht kannte sie jemanden, der Hebräisch lernen wollte, oder eine Familie, die jemandem dafür, daß er ihren Kindern Unterricht erteilte, ein Zimmer oder wenigstens eine Schlafstelle zur Verfügung stellen würde. Ich mußte alles versuchen, um in Warschau bleiben zu können. Wenn ich mich noch einmal in Bialedrewne vergraben würde, dann wäre ich endgültig verloren.

Ich benützte das einzige Telefon in der Apotheke und rief Sonjas Nummer an, aber die Leitung war besetzt. Kaum hatte ich den Hörer aufgelegt, da hob ihn eine neben mir stehende korpulente Frau ab und kam mit ihrem Anruf durch. »Mame!« rief sie fröhlich, und aus dem Funkeln ihrer Augen und dem Lächeln auf ihren Lippen konnte ich schließen, daß sie ein langes Gespräch führen würde. Sie war bei einer Beschneidungsfeier gewesen und schilderte ihrer Mutter jede Einzelheit: den *mojhel*, der die Beschneidung vorgenommen hatte, die Paten, den Honigkuchen, das Weißbrot, die Suppe, das Fleischgericht und jedes Detail der Kleider, die die anwesenden Frauen getragen hatten.

Ich hörte teils ärgerlich, teils neidisch zu. Die Frau schien sich bei jedem Wort die Lippen zu lecken. Ich vermutete, daß sie nur deshalb so lange telefonierte, weil sie mich ärgern wollte. Sie wiederholte ganze Sätze und lachte über Dinge, die eigentlich gar nicht komisch waren. »Tante Reize?« sagte sie. »Nu, die hat ihr *seidenes* Kleid angehabt.« Worauf sie in heiseres Gekicher ausbrach. Grübchen erschienen auf ihren feisten Backen, ihr Doppelkinn bebte, ihre Zähne waren übergroß.

Wilde Gedanken schossen mir durch den Kopf, während ich wütend dastand. Weshalb hielt der moderne Jude, der es geschafft hatte, sich von so vielen frommen Pflichten zu befreien, so stur an der Beschneidungszeremonie fest? Warum verlangte Gott, daß Generation um Generation von Juden dieses bestimmte Stückchen Fleisch abgeschnitten werden muß? Wenn ich verhungernd vor dieser Frau läge, würde sie mir nicht einmal ein Stückchen Brot geben. Was also war es dann, das uns beide zu Juden machte? War es die Religion – oder der Gemeinschaftsgeist? Und wodurch waren Proletarier wirklich miteinander verbunden? Ich kam zu dem

Schluß, daß keiner dieser abstrakten Begriffe einen Pappenstiel wert sei. Nur Tiere besitzen echte Klugheit, der Homo sapiens ist ein Idiot.

Als ich, ohne telefoniert zu haben, die Apotheke verließ, spürte ich meine Beine zittern. Ich *mußte* etwas essen. Ich machte mich auf die Suche nach einem billigen Lokal, oder richtiger gesagt, einer Imbißstube. Ich mußte auf jeden Pfennig der paar Mark achten, die ich für meine Bücher bekommen hatte. Ich entdeckte ein kleines Café, auf dessen Ladenschild eine Kuh gemalt war. Offenbar wurden dort Molkereiprodukte serviert. Mehrere Tische in dem Café waren leer. Noch ehe ich die Glastür öffnete, stieg mir der Duft von Kaffee, frischgebackenen Semmeln, Kakao und Käsekuchen in die Nase. »Selbst Sterbende wollen nicht hungrig sein«, sagte ich mir und dachte daran, daß zum Tod Verurteilte eine Henkersmahlzeit bekommen. Ich machte die Tür auf und ging hinein.

Meine Absätze waren schiefgetreten. Meine Mütze war zerknittert – in letzter Zeit hatte ich mich mehrmals daraufgesetzt. Meine Zerstreutheit war grenzenlos. Ich verlor zum Beispiel allerlei – ohne ersichtlichen Grund. Obwohl meine Taschen nicht löchrig waren, verschwanden mysteriöserweise Münzen, die ich hineingesteckt hatte. Den Fahrschein, den mir der Trambahnschaffner ausgehändigt hatte, konnte ich einfach nicht mehr finden, als ich ihn vorzeigen sollte. Ich hatte die paar Mark, die ich für die Bücher bekommen hatte, in eine meiner hinteren Hosentaschen gesteckt und mich mehrmals vergewissert, daß diese Tasche kein Loch hatte. Hin und wieder griff ich hinein, um mich zu vergewissern, daß das Geld noch da war – eine Handbewegung, die allein schon ein Loch verursachen konnte.

Ich hatte die Theorie entwickelt, daß das, was man früher »Teufel«, »Trolle«, »Gnome« und »Kobolde« genannt hatte, jetzt als »Nerven« bezeichnet wurde. Uralte böse Geister traten jetzt unter einem neuen Namen auf. Nerven waren nicht mehr nur Gewebefasern, die sich vom Gehirn ins Rückenmark ziehen, sondern übermenschliche, von seltsamen Mächten beherrschte Kräfte. Sie konnten Geldscheine verschwinden lassen, Knöpfe von Kleidungsstücken abtrennen, Schnürsenkel aufbinden, eine Krawatte zehnmal am Tag verrutschen lassen, den Aufhänger eines Mantels abreißen. Sie taten das, was früher den Dämonen zugeschrieben wurde. Kriege, Revolutionen, Verbrechen – alle Übel, von denen die Menschheit heimgesucht wird – konnten jetzt auf diese Kräfte zurückgeführt werden. Sie könnten sogar die treibende Kraft im Universum sein. Möglich, daß sie in engem Zusammenhang mit der Schwerkraft und dem Elektromagnetismus stehen oder sogar damit identisch sind.

Warum glotzten mich alle Gäste an? Ich hatte mich an einen Tisch gesetzt, und nach zehn Minuten war die Bedienung immer noch nicht zu mir gekommen. War ich ein unsichtbarer Geist geworden? Nahm sie an, daß ich kein Geld hatte, um die Rechnung zu bezahlen? Auf dem Stuhl neben mir lag eine Zeitung, die in einem hölzernen Halter steckte. Ich wollte sie lesen, aber die Buchstaben verschwammen mir vor den Augen. Golden flimmernde Gespinste tauchten in meinen Augenwinkeln auf. Ich war so hungrig, daß mir der Mund wässerte. Vor Müdigkeit fielen mir fast die Augen zu. Letzte Nacht hatte ich nicht in einem Bett geschlafen, sondern die ganze Nacht auf einem Stuhl in der Wohnung meines Schwagers gesessen. Ich war zu später Stunde vom Bahnhof aus zu ihm gegangen – ohne einen Pfennig in der Tasche. Ich hatte das ganze Geld, das ich bei meiner Entlassung aus dem Schuldienst erhalten hatte, verloren – falls es mir nicht gestohlen worden war, während ich meine Nase in ein Buch gesteckt hatte.

Die Bedienung kam zu mir herüber, und ich bestellte Semmeln, zwei Eier und Kaffee. Ich lechzte nach einer Portion Hering, konnte aber nicht riskieren, eine zu bestellen, weil ich sonst vielleicht das Geld aufgebraucht hätte, das ich für eine Fahrkarte nach Bialedrewne benötigen würde. Ich aß die Semmeln und die Eier und trank dazu Kaffee. In mein

Kaffeeglas tat ich fünf Stück Zucker. In meiner Situation zählte jeder Tropfen Energie. Ich vertilgte den Imbiß bis zum letzten Krümel.

Während ich aß, betrachtete ich die anderen Gäste. Es waren lauter Juden – Intellektuelle. Einer las eine hebräische Zeitung. Er trug eine Brille mit dicken Gläsern und hatte einen Van-Dyck-Bart. Vielleicht hätte er mir behilflich sein können, aber ich wagte nicht, ihn anzusprechen. Ich zog einen Geldschein aus der Tasche und bezahlte. Die Bedienung war anscheinend überrascht.

Nur zu gern hätte ich meinen Kopf auf den Tisch gelegt und ein bißchen gedöst, doch ich zwang mich, diesem Drang zu widerstehen.

Es wurde schon Abend. Der Zug nach Bialedrewne ging um elf. Ich wußte, daß die Spätzüge immer überfüllt waren und daß man am Fahrkartenschalter Schlange stehen mußte. Ich nahm meinen Rucksack und verließ das Lokal. Draußen war es jetzt kälter, und mir schien, daß die Luft nach Schnee roch.

Diesmal ging ich in einen Wurstladen, um zu telefonieren. Ich wurde verbunden und hörte Sonjas Stimme.

»*Prosze*, ja?«

»Ich weiß nicht, ob Sie sich noch an mich erinnern«, sagte ich. »Wir haben uns letzten Sommer in Swider kennengelernt. Mein Name ist David.«

»David!« Natürlich könne sie sich an mich erinnern und sie freue sich, von mir zu hören. Sie duzte mich, wie wir es damals getan hatten. »Gott im Himmel, wo bist du denn?«

»Gott mag im Himmel sein, aber ich bin in einem Wurstladen.« Daß ich zum Scherzen aufgelegt war, hätte ich nicht gedacht, aber der Imbiß mußte mir neue Kraft gegeben haben. Außerdem war ich immer wie verwandelt, wenn jemand mit mir redete. Ich hörte Sonja fragen: »Wo bist du? Wann bist du nach Warschau gekommen?«

»Was? Gestern.«

»Hast du nicht irgendwo als Lehrer gearbeitet?«

»Nicht mehr.«

»Bleibst du in Warschau?«

»Das weiß ich noch nicht.«

Sonja lachte. »Wer weiß es denn, wenn nicht du? Du bist ein komischer Kerl.«

Ich wußte, daß ich meine Position ihr gegenüber untergrub, als ich sagte: »Ich habe kein Geld für ein Zimmer. Ich habe überhaupt nichts.«

Sonjas Stimme klang jetzt anders – gedämpfter. »Was hast du denn jetzt vor?«

»Wenn ich hier nichts finden kann, muß ich zurück nach Bialedrewne – noch heute nacht.«

»Warum hast du nicht bis zum Ende des Schuljahres unterrichtet?«

»Man wollte mich nicht mehr haben. Ich sollte ein paar Bauernburschen Unterricht erteilen, die kein Interesse am Lernen hatten. Sie wollten immer nur Jagd auf Tauben machen. Gott sei Dank, daß man mich geschaßt hat.«

»Warum hast du mir nicht geschrieben? Nicht einmal eine Postkarte hast du mir geschickt. Nichts ist aus all deinen Versprechungen geworden. Übrigens ist ein Brief für dich gekommen. Er liegt schon fast sechs Wochen hier.«

»Ein Brief? An mich?« fragte ich erregt. Jemand hatte mir geschrieben! Aber warum war der Brief an Sonjas Adresse geschickt worden? Ich konnte mich nicht erinnern, sie jemandem gegeben zu haben.

»Was steht in dem Brief?«

»Das weiß ich nicht. Ich öffne doch nicht anderer Leute Post. Du hast mir deine Adresse nicht gegeben. Was für ein Mann bist du eigentlich?« Sie sagte das Wort »Mann« in einem Ton, der spöttisch klang, zugleich aber eine gewisse weibliche Zärtlichkeit verriet. Seltsam! Ich hatte gezögert, sie anzurufen, weil ich mich meiner mißlichen Lage schämte, und dabei wartete in Sonjas Wohnung ein Brief auf mich!

»Wann können wir uns treffen?« fragte ich.

»Wir schließen den Laden um sieben. Bis sie zu Hause sind

und wir gegessen und das Geschirr gespült haben, ist es neun Uhr. Heute abend gehen die alten Leute ins Kino – du kannst also um neun Uhr kommen.«

»Wenn ich erst um neun Uhr kommen kann, muß ich in Warschau übernachten.«

»Na und? Du wirst nicht auf der Straße schlafen müssen. Du meine Güte, du bist immer noch ein Schuljunge!«

3

Meine Situation und meine Stimmung hatten sich im Nu verändert. Das Schicksal behandelte mich so, wie die Dämonen die Gottlosen in der Gehenna behandeln: Es schleuderte mich aus dem Feuer in den Schnee und aus dem Schnee wieder ins Feuer. Ich war völlig verloren gewesen und hatte dann plötzlich eine Frau gefunden, die du zu mir sagte, die bekümmert war, weil ich ihr nicht geschrieben hatte, und die einen Brief für mich aufbewahrte. So angestrengt ich auch nachdachte, ich konnte mich einfach nicht erinnern, wem ich Sonjas Adresse gegeben hatte. War es ein Irrtum oder irgendein Mißverständnis gewesen? Eines stand jedenfalls fest: Ich konnte nicht mit schiefgelaufenen Absätzen zu Sonja gehen. Ich mußte einen Schuster finden, der meine Schuhe sofort reparieren würde. Also machte ich mich schleunigst auf den Weg.

In aller Eile stellte ich Berechnungen an. Mein Geld reichte nicht mehr für eine Fahrkarte nach Bialedrewne, und wenn ich in Warschau übernachtete, würde ich Geld für Essen und vermutlich auch für ein Nachtquartier ausgeben müssen. »Lieber in Schuhen sterben, die nicht abgetragen sind«, sagte ich mir, obzwar ich sehr wohl wußte, wie unsinnig das war. Ich ging in Richtung Krochmalnastraße und erinnerte mich an einen Schuhmacher in meiner einstigen Nachbarschaft, in dessen Werkstatt ich mir im Jahre 1917 meine Schuhe hatte besohlen lassen. Wer weiß, vielleicht lebte er noch. Vielleicht saß er immer noch hämmernd in seinem Kellerraum. Arme Leute konnten es sich nicht leisten, in eine neue Wohnung zu ziehen.

Ich lief nicht, ich rannte. Ich wollte unbedingt einen Blick auf die Straße werfen, in der ich meine Kindheit verbracht hatte. Durch die Gnojnastraße gelangte ich zur Krochmalna. Allem Anschein nach hatte sich keine der beiden Straßen verändert. In der Gnojna roch es immer noch nach Öl, Pferdemist, Seife und Wagenschmiere. Hier sah man mehr Judenhüte und Kaftane als in den anderen Straßen. Die Krochmalna wirkte enger und ärmlicher, als ich sie in Erinnerung hatte. Ich erkannte jedes Haus, jedes Hoftor wieder. Gerüche, an die ich mich nur noch dunkel erinnern konnte, stiegen mir in die Nase. Hier war Januschs Basar, dort war Hausnummer 5, wo ich einst Schüler in der Lernstube der Graduschisker Chassidim gewesen war. Es hieß, daß vor etwa hundert Jahren der Kiduschi Hari in diesem Haus gewohnt habe. Dort war eine Mikwe. Ob es die Graduschisker Lernstube noch gab? Und war Abba noch der Schammes?

In Hausnummer 6 hatten damals die Diebe und Huren herumgelungert. Daneben war Aschers Milchladen. Dann kam Hausnummer 10, und da war unser ehemaliger Balkon. Und schließlich Hausnummer 12, wo wir gewohnt hatten, bis wir aus Warschau weggezogen waren. Es würde Tage dauern, hier überall Erkundungen anzustellen. Vor dem Haus, in dem Rafal, der Schuhmacher, gewohnt hatte, kam mir der Gedanke, daß er, falls er noch lebte, mich vielleicht wiedererkennen würde. Am Eingang sah ich das altvertraute Schild mit der inzwischen schon halb abgeblätterten Abbildung eines Stiefels.

Sobald ich die Tür geöffnet hatte, sah ich Rafal. Sein Bart war ergraut, aber Rafal war noch der gleiche wie früher. Inmitten von Lehrlingen saß er an derselben Schusterbank wie damals und hämmerte Nägel in eine Sohle. Ich wußte, daß die Szene, die ich ihm vorspielen wollte, töricht und lächerlich war, faßte aber Mut, sie zu spielen.

»Reb Rafal, Ihr kennt mich nicht, aber ich kenne Euch.«

Er legte seinen Hammer auf die Schuhsohle und blickte auf. Seine dunklen Augen verrieten nicht, ob er erstaunt war oder ob er mich wiedererkannte.

»Wer bist du?« fragte er mit seiner rauhen, mir so vertrauten Stimme.

»David, der Sohn des Rabbiners. Ihr habt oft Schuhe für mich gemacht.«

Er musterte mich. »Ja, du bist's wirklich.«

Wir schwiegen eine Weile, dann fragte er: »Und dein Vater?«

»Er ist Rabbiner in Galizien.«

»Und deine Mutter?«

»Sie ist bei ihm.«

»Und dein älterer Bruder – wie hieß er doch gleich?«

»Aharon ist in Rußland.«

»Ach! Du hattest, glaube ich, auch eine Schwester.«

»Sie ist in London.«

Die Lehrlinge hatten zu arbeiten aufgehört. Ich sagte: »Reb Rafal, ich bin gekommen, weil ich Euch um unserer einstigen Freundschaft willen um einen Gefallen bitten möchte. Meine Schuhe müssen sofort neue Absätze bekommen.«

Er warf einem der Lehrlinge einen vielsagenden Blick zu, der ein bißchen spöttisch und ein bißchen mißbilligend wirkte – so, als wollte Rafal damit sagen: »Der hat Nerven!« Dann fragte er: »Wer hat deine Schläfenlocken abgeschnitten?«

»Sie sind halt abgeschnitten worden.«

»Warte nur, bis meine Frau kommt!«

»Reb Rafal, Ihr dürft mich nicht abweisen!« sagte ich und wunderte mich über den Ton, den ich anschlug. »Es ist furchtbar wichtig für mich.« So zu reden lag eigentlich nicht in meiner Natur.

Rafal runzelte die Stirn. »Wenn ich nicht kann, dann kann ich halt nicht. Wir sind mit Arbeit überlastet. Sag's ihm, Chazkl!«

»Der Meister sagt die Wahrheit«, erklärte der Lehrling.

Prompt verging mir mein Optimismus. »Tut mir leid«, sagte ich und wollte gehen.

»Warte! Lauf nicht weg! *Wie* lange bist du fortgewesen? Die Welt ist auf den Kopf gestellt worden, und plötzlich ist er wieder hier. Erwachsen. Man hat ihn nicht vergessen, und seine Eltern auch nicht. In dieser Straße gibt es keinen Rabbiner mehr. Wenn man eine Frage bezüglich ritueller Vorschriften hat, muß man zu Rebbe Schachna in der Gnojnastraße oder zu Rebbe Mottl in der Zimnastraße gehen. Warum kommt dein Vater nicht zurück?«

»Wer kann denn in Warschau eine Wohnung finden?«

»Ja, es ist schwer. Sehen wir uns doch mal deine Schuhe an!«

Im Stehen zog ich meine Schuhe aus. Er betrachtete sie kritisch, dann sagte er: »Geh auf die Galerie!«

Wie vertraut mir das alles war! Ich hatte oft auf dieser Galerie gesessen. Während ich die Treppe hinaufstieg, philosophierte ich über Kants *Prolegomena.* Als ich das Werk gelesen hatte – und zwar sehr langsam –, hatte ich immer dieselbe Melodie intoniert wie früher beim Studium der Gemara. Ich war ständig gefesselt von den Problemen Zeit und Raum, Qualität und den anderen Kategorien der Vernunft.

Was *ist* Zeit? Spinoza zufolge nur ein Denkmodus, ein Attribut. Nach Kants Philosophie haben Zeit und Raum den gleichen Aspekt und die gleiche Substanz – oder, aus unserer Sicht, die gleichen Erscheinungsformen. Konnten dann also, so fragte ich mich, die Jahre von 1917 bis heute bloße Erscheinungsformen sein? Konnte man sagen, daß die deutsche Besetzung Polens, die russische Revolution, der Versailler Vertrag und so fort gar nicht in der Zeit existierten? Da sah ich also, daß Rafal noch lebte, während Herschl, dem der Milchladen gehört hatte, im Jahre 1919 an der Seuche gestorben war. Rafal saß immer noch an seiner Schusterbank, während Herschls Leichnam längst vermodert war und seine Ehefrau Reizele schon einen anderen Mann hatte. Konnte man sagen, Herschl sei irgendwo in der vierten Dimension noch am Leben und gieße Milch aus Blechkannen in das große Metallbecken und dann schöpflöffelweise in die Töpfe und Krüge seiner Kunden? Wenn das zuträfe, dann wäre ich ja noch ein kleiner Schuljunge oder meine Mutter noch ein junges Mädchen, dem man vorschlägt, meinen Vater zu heiraten. Etwas in mir rief: »Unsinn! Zeit ist etwas Reales. Wir brauchen eine Philosophie, die auf Zeit und Raum gegründet ist. Zeit und Raum sind Attribute Gottes.«

Ich saß auf einem Stuhl und sah zu, wie Rafal meine Schuhe reparierte. Plötzlich fiel mir ein, daß ich ihn nicht gefragt hatte, was es kosten würde. Ich atmete Staub und Ledergeruch ein. Da die Wirklichkeit für mich gar nicht schlimmer sein konnte, flüchtete ich mich wieder in die Philosophie.

Damals glaubte ich, kurz vor einer grandiosen Entdeckung zu stehen. In meinem Gehirn würde ein Licht aufgehen, und dann wären alle Welträtsel gelöst. Eines Tages würde ich der berühmteste Mensch der Welt sein. Warum konnte das nicht *jetzt* geschehen? Irgendwo hatte ich gelesen, daß die größten Entdeckungen in einem einzigen Augenblick gemacht worden seien. Eines war klar: Die Zeit konnte weder Anfang noch Ende haben, Zeit und Raum waren ewig. Das Problem war, Ewigkeit zu definieren. Wie konnte Zeit ewig existiert haben, wie konnte es Raum ohne Grenzen geben? Du liebe Güte, genau dieselben Gedanken hatte ich schon in Moische Jizchaks Cheder in der Grzybowstraße Nummer 5 gehabt! Niemals hatte es eine Zeit gegeben, in der ich nicht über solche Fragen nachgegrübelt hätte.

Der Staub kratzte mich in der Kehle, und ich begann zu husten. Wer konnte angesichts der alten Schuhe, Lederflicken, Zwirnsfäden und Lumpen, die hier herumlagen, denn schon wissen, wie viele Mikroben hier lebten und sich vermehrten? Jeder Lumpen beherbergte eine Unzahl dieser Lebewesen. Und jede Mikrobe setzte sich aus Atomen und Molekülen zusammen. Erst kürzlich hatte ich gelesen, daß jedes Atom eine Art Sonnensystem sei. Ich, David, der Rabbinersohn, saß inmitten der Ewigkeit, drehte mich mit der Erde um ihre Achse, während dieser Planet sich wiederum um die Sonne drehte. Ich selbst war ein ganzer Kosmos. Und dennoch hatte ich Angst: Ich war ein Kosmos, der kein Nachtquartier hatte.

Rafals Frau kam herein. Als sie erfuhr, wer ich sei, klatschte sie vor Freude in die Hände. Sie brachte mir ein Glas Tee und sagte: »So wahr ich lebe und atme – erst letzte Woche habe ich an deine Mutter gedacht.«

»Nein«, dachte ich, »nichts wird vergessen. Leben heißt, sich erinnern. Vielleicht ist das ganze Universum nichts anderes als ein Sammelsurium von Erinnerungen.«

Draußen war es dunkel geworden. Die Gaslaternen wurden angezündet (in der Krochmalnastraße gab es noch keinen elektrischen Strom). Mir fielen die Augen zu, ich döste ein. Ich begann zu träumen und zwang mich aufzuwachen. Dann schlief ich wieder ein. Jemand zupfte mich am Ärmel: einer der Lehrlinge. »Ihre Schuhe sind fertig.«

Schlaftrunken tappte ich die Treppe hinunter und fragte Rafal, wieviel ich ihm schuldig sei. »Gott bewahre!« sagte er. »Für jemand anderen hätte ich es nicht gemacht.«

Da ich mir Dankbarkeit noch nicht abgewöhnt hatte, bedankte ich mich wieder und wieder bei ihm. Ich malte mir bereits aus, wie ich Rafal belohnen würde, sobald ich zum reichsten Mann der Welt geworden wäre. Ich sah auf meine Taschenuhr: erst zwanzig nach sechs. Noch zwei Stunden und vierzig Minuten bis zu meiner Verabredung mit Sonja. Mit familiärer Herzlichkeit verabschiedete ich mich und ging hinaus auf die Straße. Daß meine Absätze wieder gerade und auch die Ösen repariert waren, machte mir Mut. Ich ging aufrechter, und der Boden unter meinen Füßen kam mir fester vor.

Hinter dem Tor bei Hausnummer 10 war es so finster wie immer. Die Stufen, die zu unserer einstigen Wohnung führten, waren in Dunkelheit gehüllt, wie damals, als ich noch ein Schuljunge war. Ich blieb eine Weile vor dem Tor stehen und schaute in den Hof, atmete Abfall- und Kloakengestank ein –

und noch einen anderen, undefinierbaren Geruch. Viele Mieter, die hier gewohnt hatten, waren gestorben, hatten aber ihre Gerüche zurückgelassen. Jetzt begriff ich, wie Bluthunde es schaffen, Verbrecher mittels deren Geruchs zu verfolgen.

Es gab kein Gaslicht in diesen Wohnungen; nur der Schein von Petroleumlampen drang durch die Fenster. Ich hörte die Hammerschläge aus der Schusterwerkstatt, das Surren von Nähmaschinen, das Geplärr von Kindern und die Wiegenlieder ihrer erschöpften Mütter. Nichts hatte sich verändert, hier war die Zeit geronnen. Mir kam der Gedanke, daß ich hier, in meiner alten Straße, vielleicht das Geheimnis der Zeit entdecken könnte.

Ich ging weiter zur Hausnummer 12, wo der Eingang zu den drei großen Höfen so eng wie immer war. Dann hielt ich Ausschau nach Rifkele, die immer mit Körben voller Brot, Semmeln und Sabbatstriezeln dort gestanden hatte. Zweifellos war sie inzwischen Ehefrau und Mutter geworden.

Hier hatte es nur wenig Wandel gegeben. Ich konnte wieder all die Gerüche wahrnehmen, die mir von früher vertraut waren. Das bedeutete: Zeit ist Wandel. Wo es keinen Wandel gibt, gibt es keine Zeit. Offenbar hatte Gott die Zeit im selben Augenblick erschaffen, in dem er die Welt erschuf.

Ich ging hinüber zum Fenster unserer ehemaligen Wohnung und schaute hinein. Von drinnen sah jemand heraus: eine hochgewachsene Gestalt mit einer tief in die Stirn gezogenen Mütze. In dem Zimmer war es stockfinster. Anscheinend war die Petroleumlampe ausgelöscht worden. Wir starrten einander an. Sein Blick schien zu fragen: »Warum bist du hier stehengeblieben? Was hoffst du in meiner Armut zu finden?«

4

Um fünf vor neun stieg ich die Treppe zu Sonjas Wohnung hinauf. Im Hausflur brannte elektrisches Licht. Die stark verschmutzten Marmorstufen und die Messingbriefkästen an den breiten Wohnungstüren wirkten behäbig. Ich läutete an der Wohnung, deren Nummer mir Sonja gegeben hatte, doch niemand öffnete. Ob ich mich in der Adresse geirrt hatte?

Ich hörte Schritte, dann öffnete Sonja die Tür, ohne die Sicherheitskette auszuhaken – nur so weit, daß sie feststellen konnte, wer geläutet hatte. Ja, sie war es: dunkler Teint, hohe Backenknochen, dunkle Augen. Wir waren uns einmal nahegestanden, waren fast so intim gewesen, wie es ein Mann und eine Frau nur sein können, aber mit dieser Intimität (das Wort konnte mich rasend machen) war es schon lange vorbei. Nach kurzem Zögern hakte Sonja die Sicherheitskette aus, und ich betrat den Flur.

»Bist du krank oder ist sonstwas?« fragte sie.

»Krank? Nein.«

»Du bist totenblaß.«

Ihre Worte machten mir angst. »Ich habe die ganze Nacht nicht geschlafen. Ich habe Probleme gehabt.«

»Komm herein! Bleib nicht an der Tür stehen!«

Sie ging voraus, als wäre sie hier die Hausfrau, und ich folgte ihr wie ein Geist. Wir betraten einen Salon, wo alle Einrichtungsgegenstände alt und gediegen waren – ein Zeichen von Wohlstand. An dem großen Kronleuchter hingen zahlreiche Prismen. Sein Licht war gedämpft.

Sonja war noch die gleiche wie damals. Sie trug große Ohrringe und eine Korallenkette. Ihre Haare waren zu zwei Zöpfen geflochten. Sie war nicht mehr jung – mindestens dreißig. Sie wirkte so ernst wie ein Mensch, der schon viel hatte durchmachen müssen. Der Ton, in dem sie mit mir redete, hatte die Vertraulichkeit einer ziemlich abgekühlten Freundschaft.

»Was ist los mit dir? Kannst du keine Arbeit finden?«

»Ich kann kein Lehrer sein.«

»Was *kannst* du denn sein? Hier ist dein Brief.«

Ich nahm ihn und hielt ihn in der Hand. Das blaßblaue Kuvert war zerknittert, ein Absender war nicht angegeben. Ich war auf eine Enttäuschung gefaßt, obgleich dieser Brief jetzt meine einzige Hoffnung war. Ich zog einen Briefbogen mit gedrucktem Briefkopf heraus und las:

Lieber Freund David!
Die Möglichkeit, über die wir beide einmal gesprochen haben, ist plötzlich Wirklichkeit geworden. Falls Du immer noch diese lange Reise nach Jerusalem antreten willst, können wir Dir ein Einwanderungsvisum beschaffen. Komm in unser Büro, dann besprechen wir die Sache.
Mit besten Wünschen
Dov Kalmenzohn

Nein, der Brief enttäuschte mich nicht. Im Gegenteil: er erfüllte mich mit Hoffnung. Ich konnte mich an Dov Kalmenzohn erinnern, einen Funktionär in einer Organisation junger Zionisten, den ich letzten Sommer kennengelernt und der mich gedrängt hatte, nach Palästina auszuwandern. Ich war ihm am Badestrand in Swider begegnet, dort, wo ich auch Sonja kennengelernt hatte. Er war ein kleinwüchsiger Bursche, sonnengebräunt, mit einem schwarzen Bärtchen und feurigen dunklen Augen. Er hatte unter dem Wasserfall allerlei Kunststücke vorgeführt. Außerdem hatte er den Mädchen das Schwimmen im ruhigen Wasser des Flusses Swider beigebracht.

Kalmenzohn hatte einige Jahre in einer Siedlung im Lande Israel verbracht. Wir hatten miteinander geplaudert – er in einem blauen Badeanzug, ich in einem dunklen Anzug samt Krawatte, weil es mir zu peinlich war, mich ausgezogen sehen zu lassen. Er hatte mich gedrängt, nach Palästina zu gehen. »Was nützt uns denn die Diaspora?« hatte er gefragt. Er hatte gemerkt, daß ich kein akzentfreies Polnisch sprach. Als ich ihm sagte, ich sei nicht für die Feldarbeit geeignet, erwiderte er: »Welcher von diesen Siedlern war denn von Anfang an dazu imstande? Man kann es erlernen. Außerdem brauchen wir Lehrer in Palästina. Selbst Schriftsteller können dort nützlich sein.« Mir lag die Frage auf der Zunge, warum ein so leidenschaftlicher Verfechter Israels wie er nicht im Jordan, sondern im Swider bade. Er schien meine Frage vorauszuahnen und rechtfertigte sich, bevor ich sie stellen konnte. »Es hat mit meinen Privatangelegenheiten zu tun.« Das hieß wahrscheinlich, daß er hier in Polen eine Ehefrau hatte, die ihm Schwierigkeiten machte.

Im allgemeinen hatten überzeugte Zionisten, Parteimitglieder, wenig Interesse an mir bekundet. Manchmal verhielten sie sich mir gegenüber ausgesprochen verächtlich. Ich hatte Dov Kalmenzohn nicht geglaubt, daß er mir ein Visum beschaffen könnte. Da ich seinerzeit vorhatte, Lehrer in der Provinz zu werden, und da ich keinen festen Wohnsitz hatte, sagte ich ihm, ich sei über Sonjas Adresse zu erreichen. Ich war überzeugt, daß er, genau wie die Funktionäre anderer Organisationen, seine Versprechungen vergessen würde, aber das hatte er nicht getan.

»Was steht denn in dem Brief?« fragte Sonja.

»Man bietet mir ein Visum an, das mir zur Einwanderung nach Palästina verhelfen soll.«

»Das wäre wirklich ein Glücksfall. Nimm mich mit!«

»Noch gehe ich nicht nach Palästina.«

»Ach, du wirst schon gehen. Ich hatte einen Vetter, der oft davon sprach, daß er nach Australien auswandern würde. Ich hielt das immer bloß für Gefasel, aber eines Tages ist er tatsächlich ausgewandert. Immer wenn ich mich mit jemandem anfreunde, geht er plötzlich fort. So ein Massel hab ich!«

»Können zwei Personen dasselbe Visum benützen?«

»Du meinst Mann und Frau? Ja, das können sie. Heirate mich, dann gehen wir zusammen nach Palästina. Ich werde auf den Feldern arbeiten, und du kannst deine Geschichten schreiben.«

»Meinst du das ernst?«

»Warum nicht? Du bist zwar jünger als ich, aber ich bin noch keineswegs alt.«

»Warum willst du denn nach Palästina? Dort hättest du keine so schöne Wohnung wie hier.«

»Das ist nicht *meine* Wohnung. Ich arbeite den ganzen Tag im Laden, und wenn ich nach Hause komme, geht meine Herrschaft aus und läßt mich hier allein. Was für ein Leben ist das denn schon?«

Es stimmte. Sonja meinte es ernst. Sie hatte mir ganz unverblümt einen Heiratsantrag gemacht. Ich dachte: »Alles ist besser, als zu verhungern.« Aber ich sagte: »Das ist doch alles noch ganz ungewiß.«

»Gewiß ist nur der Tod«, erwiderte sie. »Komm, jetzt gibt's was zu essen. Du siehst hungrig aus.«

»Ich habe schon gegessen«, log ich.

»Wann? Benimm dich nicht wie ein Jeschiwaschüler!«

Sie faßte mich am Ärmel und führte mich in eine große Küche, die einen Steinboden hatte und in der ein Tisch und Stühle standen. »Ich bin hier eine Art Dienstmädchen«, sagte sie, »und Dienstmädchen müssen ihre Freunde in der Küche bewirten.«

»Mir ist es egal, in welchem Raum ich sitze.«

»Warum hast du mir nicht geschrieben? Du hattest mir so gut wie geschworen, daß du schreiben wirst.«

»Ich bin so unglücklich gewesen, daß ich es einfach nicht fertigbrachte, einen Brief zu schreiben.«

»Du hättest damals gleich fortgehen sollen. Wir sind uns am Badestrand von Swider so nahegekommen. Wirklich nahe. Und dann bist du fortgegangen, und ich war überzeugt, daß ich in ein paar Tagen einen Brief von dir bekäme. Statt dessen bist zu verschwunden.« Und zögernd fügte sie hinzu: »Ich hielt dich für einen seriösen jungen Mann.«

»Weiß der Teufel, was ich bin.«

»In jener Nacht hast du so ... ich weiß nicht, wie ich es beschreiben soll ... so gefühlvoll geredet.«

Ich hatte jene Nacht mit Sonja in der Villa ihres Dienstherrn verbracht, der mit seiner Frau zur Kur nach Ciechocinek gefahren war. Ich hatte feierlich geschworen, sie nicht zu verführen. Sie hatte geschworen, sie sei noch Jungfrau und wolle nicht, daß ihr künftiger Ehemann sie als »beschädigte Ware« bekäme. So hatte sie es ausgedrückt. Wir hatten die ganze Nacht im selben Bett gelegen, und sie hatte mir ihre Lebensgeschichte erzählt.

Sonja war mit den Schwiegerleuten meines Bruders verwandt und stammte aus einem Schtetl in der Provinz Lublin. Irgendwo hatte sie einen Vater, der nach dem Tod ihrer Mutter wieder geheiratet hatte. Von seiner zweiten Frau hatte er ein halbes Dutzend Kinder, die Sonja nicht kannte. Ihr Vater verdiente seinen Lebensunterhalt als Lehrer in einem Cheder.

Sonja legte gern Patiencen. Sie besaß ein Buch über Traumdeutung. Gleichwohl hielt sie sich für aufgeklärt. Sie rauchte am Sabbat Zigaretten und ging oft ins Jiddische Theater. Das Jiddische Theater, die Lieder, die dort gesungen, die Komödien und Tragödien, die dort aufgeführt, die Reden, die von den Helden geschwungen wurden – das war Sonjas Bildungshorizont. In den jiddischen Zeitungen las sie bloß die Fortsetzungsromane.

Sie tischte mir Brot, Butter, Käse, Hering und Tee auf. Ich saß mampfend da und hatte das schmerzliche Gefühl, ein Schmarotzer und Betrüger zu sein. Ich hatte keineswegs vor, diese Frau, die zehn oder zwölf Jahre älter war als ich, zu heiraten. Aber ich spielte mit dem Gedanken, weil ich mir so ähnlich wie jene gojischen Burschen vorkam, die sich zum Essen in der Küche des Dienstherrn ihres Liebchens einfanden. Was machte es denn aus, wie alt Sonja war, und warum sollte ich mir eine gebildete Frau wünschen? Kommt es denn auf die Bildung an? Wenn Goethe mit einem Bauernmädchen zusammenleben konnte, dann könnte ich ebensogut mit Sonja verheiratet sein. Sie war eine heißblütige Frau. Wenn sie küßte, dann tat sie es mit aller Inbrunst. Sie erzählte gern Schauergeschichten. Sie hatte schon einige tragische Liebesaffären erlebt. Mir fielen Esaus Worte ein: »Siehe, ich bin dem Tod nahe; was soll mir da die Erstgeburt?«

Sonja fragte: »Wo wirst du denn schlafen?«

»Bei dir vielleicht?«

In ihren Zigeuneraugen glomm ein Leuchten auf. »Zuerst ist er ein schüchterner Jeschiwaschüler, und plötzlich ist er ein Lebemann. Die alten Leute sind im Kino. Sie kommen um elf Uhr nach Hause.«

»Ach ja?«

»Moment mal, ich hab eine Idee!« Sonja lachte, in ihrem Zigeunermund blitzten die weißen Zähne. Das Haus, so erklärte sie mir, habe zwei Eingänge. Wenn ich irgendwo im Hof bis Mitternacht warten würde, könnte ich, sobald das alte Ehepaar fest schlief, wieder hereinkommen und bis zum Morgen bleiben. »Wenn sie uns erwischen, werfen sie uns beide hinaus.«

»Du kannst immer eine Stellung finden«, sagte ich.

»Stimmt. Aber vielleicht sollte ich dir ein paar Mark leihen, damit du in ein Hotel gehen kannst.«

»Ich habe keinen Paß.«

»Nicht einmal eine Geburtsurkunde?«

»Gar nichts.«

»Wie kannst du ohne Ausweispapiere in Warschau herumlaufen? Du bist wirklich ein wunderlicher Kerl – ziemlich eigenartig.«

Ich erklärte ihr, warum ich keine Papiere hatte. Das Standesamt in meinem Geburtsort war während des Krieges durch einen Brand zerstört worden. Um eine Geburtsurkunde zu bekommen, hätte ich dorthin fahren und mir Zeugen beschaffen müssen, um zu beweisen, daß ich dort geboren war. Und um einen Paß zu bekommen, brauchte ich entweder eine Kopie der Geburtsurkunde meines Vaters oder einen sogenannten Auszug aus dem Personenstandsregister. Das alles hätte Zeit und Geld erfordert.

»Was wirst du tun, wenn du auf der Straße angehalten und nach deinen Papieren gefragt wirst? Man könnte dich ja für einziehungspflichtig halten.«

»Ja, das stimmt.«

»Wie alt bist du?«

»Noch nicht ganz neunzehn.«

»Du bist zu jung für mich. Was soll ich mit einem Grünschnabel? Ein reifer Mann ist mir lieber. Wenn du nach Palästina gehen willst, brauchst du eine Menge Urkunden.«

»Ich weiß.«

»Du weißt alles, aber du unternimmst nichts. Ein Mann sollte ... wie heißt das doch gleich ... energisch sein.«

»Ich werde mich schon irgendwie durchwursteln.«

»Wie denn? Iß deinen Imbiß auf! Die wollen hier sowieso keine Essensreste haben. Du kannst bis Viertel vor elf hierbleiben. Das Licht im Treppenhaus geht um elf Uhr aus, aber was soll's? Du hast keine andere Wahl.«

»Stimmt. Danke!«

»Was für ein wunderlicher Kerl du bist – richtig komisch!«

5

Sonja weckte mich vor Tagesanbruch. Aneinandergepreßt lagen wir in ihrem schmalen Bett in dem kleinen Alkoven neben der Küche. »Du mußt jetzt gehen.«

Einen Moment lang wußte ich nicht mehr, wer und wo ich war und wer mich aufweckte. Aber plötzlich fiel mir alles wieder ein. »Du mußt jetzt gehen«, sagte Sonja. »Es ist halb sieben. In einer halben Stunde steht der Alte auf.«

Wir blieben noch ein Weilchen liegen und küßten uns. Dann zog ich mich leise an. Sonja wollte das Licht nicht einschalten. Wie zwei Gespenster bewegten wir uns im Dunkeln. Ich spürte meine neuen Schuhabsätze. »Laß nichts liegen!« sagte Sonja.

Was hätte ich denn schon zurücklassen können? Bevor ich ging, sagte Sonja: »Ruf mich bald an! Bleib nicht wieder monatelang verschwunden!« Ihre Stimme hatte einen drohenden Unterton, in dem aber auch weibliche Anhänglichkeit mitschwang. Wie hatte ich ahnen können, daß ich die Nacht mit einer Frau verbringen würde? Gewiß, ich hatte Sonja auch diesmal mein Ehrenwort gegeben, nicht zudringlich zu werden. In dieser Nacht hatte ich wenig geschlafen, höchstens ein paar Stunden. Ich hatte ein bißchen Kopfweh und spürte hin und wieder einen Brechreiz.

An der Tür gab mir Sonja ein Päckchen Proviant, den sie offenbar schon am Abend eingepackt hatte. Langsam stieg ich die Treppe hinunter, nachdenklich wie einer, der sein Joch schon vor Tagesanbruch auf sich nehmen muß. »Ob das Hoftor schon geöffnet ist?« fragte ich mich. »Der Pförtner darf mich nicht sehen.« Von der Haustür aus sah ich, wie der Pförtner das Tor aufschloß. Er bewegte sich schwerfällig und so feierlich, als öffnete er ein Gefängnistor. Sobald er in sein Kabuff zurückgekehrt war, stahl ich mich hinaus auf die Straße. Es war noch dunkel, aber man merkte schon, daß die Nacht vorüber war. Die beleuchteten Straßenbahnen waren überfüllt mit Leuten, die zur Arbeit fuhren. Manche Kolonialwaren- und Milchläden waren bereits geöffnet. Der Fahrer eines mit Dampf betriebenen Lieferwagens lud frischgebakkene Brotlaibe ab. Einige Männer hoben große Milchkannen herunter, die gerade am Bahnhof abgeholt worden waren. Die Sterne schienen zu erlöschen, und die Färbung des Himmels war eine Mischung aus Nacht und Tag, durchsetzt mit schwarzen und weißen Streifen, wie Tinte auf einer Tapete. In einer Fensterscheibe im vierten Stock spiegelte sich das frühe Morgenrot. Die Erde hatte eine weitere Drehung um ihre Achse vollendet. Der Alltagstrott begann von neuem.

»Wohin jetzt?« fragte ich mich.

Das bißchen Geld, das ich noch hatte, würde gerade für eine Tasse Kaffee reichen. Ich entdeckte ein kleines Café, aber ehe ich hineinging, zählte ich meine Barschaft. Was wäre, wenn ich Dov Kalmenzohn nicht anträfe? Was sollte ich tun, wenn er auswärts war? Ein Mann wie er war oft auf Reisen – vielleicht hatte er zu irgendeiner Tagung oder sogar ins Ausland fahren müssen. Diese Sorge bedrängte mich, aber ich ließ mich nicht von ihr bedrücken. »Erst einmal Kaffee trinken«, sagte ich mir. »Ein momentaner Genuß ist ja auch ein Genuß. Manche Schmetterlinge leben nur einen einzigen Tag.«

Es galt zwar als unschicklich, in einem Lokal etwas zu essen, das man mitgebracht hat, aber ich tat es verstohlen. Als die Bedienung mir den Rücken kehrte, nahm ich eine Semmel aus meinem Päckchen und biß hinein. Sonja hatte mir auch ein paar Scheiben Brot, eine Portion Weißkäse und einen Apfel eingepackt. Ich mampfte verstohlen und spülte die Bissen mit einem Schluck Kaffee hinunter. Dann und wann warf ich einen Blick auf die Eingangstür.

Draußen war es jetzt heller – ein bewölkter Wintertag. Es schneite nicht, doch auf den Balkongeländern lag dicker Reif. Dem Café waren die Morgenzeitungen zugestellt worden, und die anderen Gäste – die genug Geld hatten, um Hering, Semmeln und Butter zu bestellen – lasen sie.

Ich blieb eine Weile sitzen und sprach mir insgeheim Trost zu. Ich hatte schon fast neunzehn Jahre auf dieser Erde verbracht, das konnte mir niemand nehmen. Das war schon Geschichte, ein Teil der Ewigkeit. Und ich hatte eine Nacht, eine Liebesnacht, mit Sonja verbracht. Auch das konnte mir nicht genommen werden. Die ersten neunzehn Lebensjahre eines Menschen sind doch zweifellos die besten. Später wird man alt und grau ... Wie auch immer – wer konnte denn wissen, ob Kalmenzohn sich in Warschau aufhielt, und wer konnte denn wissen, ob der Kosmos nicht vielleicht durch einen Zufall entstanden war? Wenn alles, was sein wird, von höheren Mächten vorherbestimmt ist, dann wußten sie bereits, was mit mir geschehen würde. Für sie war meine Zukunft ein offenes Buch.

Die Bedienung kam an meinen Tisch. »Möchten Sie noch etwas bestellen?«

»Nein, danke.«

Sie gab mir sofort die Rechnung. Ihr Blick verriet Geringschätzung und Verdruß. Vielleicht hatte sie mein Freßpaket gesehen. Hier konnte ich nicht länger bleiben.

Ich ging auf die Straße hinaus und lief weiter. Für Tiere, so sagte ich mir, ist es doch etwas ganz Natürliches, im Freien zu leben. Vögel schlafen nachts auf Dachfirsten und auf Zweigen. Und zweifellos hatten die Naturvölker unter freiem Himmel geschlafen.

In der Nähe eines Hofes sah ich eine Synagoge. Ich ging hinein, um mich aufzuwärmen. Ich war immerhin noch ein Jude. Mit Bethäusern verband mich etwas. Plötzlich atmete ich die vertraute Atmosphäre und fühlte mich nicht mehr wie ein achtzehnjähriger Bursche, sondern so, als hätte ich die Erinnerungen eines Hundertjährigen. Alles hier kam mir uralt und zugleich vertraut vor: das Allerheiligste; die vielen Bücher einschließlich der alten Bände mit den zerfledderten Buchrücken; die schmucklosen Tische; die Leute, die ihre Gebete sprachen oder in Bücher vertieft waren; der Geruch der Lampe und des Ofens; der Schweißgeruch.

Ich trug meinen kleinen Rucksack. Ein Mann mit gelbem Bart trug einen Korb mit heißen Bohnen, über die er ein Tuch gebreitet hatte. Lastträger, die sich ihre Seile um die Hüften gewickelt hatten, saßen da. Es war, als könnte ich aus der Kleidung und den Bärten dieser Männer schließen, wie sie ihr Brot verdienten. Der mit Mehl bestäubte Mann, der zwei Mäntel übereinander angezogen hatte, war Lebensmittelhändler. Der hochgewachsene Mann mit den auffallend großen Händen und den eckig geschnittenen Fingernägeln war Schreiner – ich konnte an seinen Fingern Farbspuren von Tischlerleim und Firnis erkennen. Während der Kantor des Achzehngebet psalmodierte, versuchte ein Bursche, ein Lotterielos zu verkaufen.

Nein, nichts hatte sich verändert. Der Kantor skandierte: »Nach Jerusalem, deiner Stadt, kehre zurück in Erbarmen. Wohne in ihrer Mitte, wie du versprochen hast.« Merkwürdig! Seit über zweitausend Jahren haben die Juden diese Worte gesagt, und jetzt wollten sie allen Ernstes dorthin zurückkehren. Ich wartete auf ein Visum. Was für ein merkwürdiges Volk! Was für eine merkwürdige Religion! Wieviel Vertrauen sie in Worte setzten, die vor tausend Jahren geschrieben worden waren!

Gedankenlos nahm ich ein Buch aus einem Regal, setzte

mich an einen Tisch und legte meinen Rucksack neben mich auf die Bank. Es war ein Band der Mischna, und darin las ich: »An einem Feiertag soll man keine Fische aus einem Fischteich fangen und sie auch nicht füttern. Es ist jedoch erlaubt, Tiere und Vögel zu fangen und zu füttern. Reb Schimon ben Gamaliel sagt: ›Nicht alle Fischteiche sind gleich. Die allgemeine Regel ist: Wenn du Fische fangen mußt, dann ist es verboten. Wenn nicht, dann ist es erlaubt.‹«

»War das Gottes Wille?« fragte ich mich. »Hat Er die Säugetiere, Vögel und Fische erschaffen, damit der Mensch sie fangen und verzehren kann? Ob ich imstande wäre, den Rest meines Lebens in dieser heiligen Stadt zu verbringen? Oder ob ich in irgendeinem Kibbuz leben, Ziegen hüten oder vielleicht sogar Kinder unterrichten könnte?« Ich schloß die Augen und hörte ringsum das Gemurmel der Betenden, hörte Bruchstücke von Litaneien aus der Gemara, schnappte etwas von den Gesprächen derer auf, die ihr Bücherstudium und ihre Gebete unterbrochen hatten.

Von Kindheit an hatte ich etwas gesucht, worauf ich mich stützen könnte, einen wahren, festen Glauben, der unanfechtbar war, ein klares Ziel. Aber alles war dahingeschwunden, hatte sich aufgelöst – nichts war gewiß. Weder Gott noch die Naturwissenschaft, weder die Worte der alten Weisen noch die Theorien der neuen. In einer Zeitung, die in einem Café auslag, hatte ich einmal einen Artikel über die politische Lage in Europa gelesen: Die Deutschen rebellierten gegen den Versailler Vertrag; Indien versuchte, sich aus dem Britischen Empire zu befreien; der Balkan war noch das gleiche Pulverfaß wie 1914; in Rußland drohte eine Hungersnot; in Polen stand eine Regierungskrise bevor; und die Juden waren allerorts unerwünscht – sogar im Land Israel. Die Araber hatten bereits gedroht, daß sie eine höhere Einwanderungsquote nicht dulden würden.

»Gibt es nirgendwo in der Welt einen Ort, wo man ein bißchen Ruhe finden kann?« fragte ich mich. »Doch, in der Schweiz. Aber jemand wie ich bekommt kein Visum für die

Schweiz. Und allem Anschein nach wird das Tor zu Amerika auch bald verschlossen sein.«

Die einzig wahre Ruhestätte ist das Grab. Aber wer weiß schon, ob der Leichnam wirklich Ruhe findet? Ich legte meinen Kopf auf den Tisch und döste ein wenig. Ich konnte hören, daß Kaddisch gesprochen wurde, aber ich stand nicht auf. Kann sein, daß ich im Halbschlaf sinnierte. »Heilig, heilig, heilig.« Warum braucht Er so viele Lobpreisungen? Wenn Seine Ehre und Seine Macht auf Erden so hoch gepriesen werden, warum spornt Er sich dann nicht selbst dazu an, etwas für die leidende Menschheit zu tun?

Ich sank in tiefen Schlaf und träumte vom Land Israel, vielleicht auch von Jerusalem. Ich ging durch mehrere Tore, durch einen Hof nach dem anderen, und alle glichen denen, die in einem Traktat der Gemara beschrieben werden. Räume, Türen, Treppen. Priester tauchten ihre Finger in Wasser. Irgendwoher kamen Leviten, spielten auf Leiern und Harfen, bliesen Trompete. Es war Pessach. Die Juden gingen auf Wanderschaft.

»Wo wird das beschrieben?« fragte ich mich im Traum. »Ist der Messias gekommen? Wenn ja – was tue ich dann in Warschau?«

Alles, was ich im Traum sah, kam mir seltsam vor: die Sonne strahlte so hell und festlich; auf einer Goldmünze, die ich aufhob, standen die Worte »Die Strafe Gottes« – in jiddischer Sprache. Verwundert starrte ich auf die Münze. Wurde in Jerusalem Jiddisch gesprochen? Und warum sollte auf einer Münze die Inschrift »Die Strafe Gottes« eingraviert sein? »Das ist absurd!« sagte ich und wachte auf.

Ich konnte mich genau an den Traum erinnern, sogar an die Tore, die Torwege und Gänge. Das war nicht alles reine Phantasie. Ein Teil davon war Wirklichkeit, war etwas, das ich vor langer Zeit irgendwo gesehen hatte. Aber die Münze mit der Inschrift war absurd. Der Herr der Träume hatte mir einen üblen Streich gespielt.

Ich sah auf die Synagogenuhr mit den hebräischen Buchstaben anstelle der Zahlen. Es war Zeit, ins Büro der Chalutz zu gehen. Lieber auf Kalmenzohn warten, als ihn ganz aus den Augen zu verlieren. Ja, alles hing jetzt davon ab, ob Kalmenzohn in Warschau war. Wenn nicht, blieb mir kein anderer Ausweg, als Selbstmord zu verüben.

Ich ging hinaus auf die Straße, wo ich – nach dem Mief in der Synagoge – dankbar die frische Luft einatmete. »Was wäre«, dachte ich, »wenn ich jetzt die Hand in meine Tasche steckte und darin eine Brieftasche voller Dollarscheine fände? Dann würde ich mir in Warschau ein Zimmer mieten oder vielleicht nach Berlin oder Paris gehen. Ich würde Hauslehrer engagieren, um mir Mathematik-, Physik- und Fremdsprachenunterricht erteilen zu lassen. Vormittags würde ich schreiben, nachmittags lernen. Abends würde ich in ein Café oder auf den Kurfürstendamm oder den Montparnasse gehen. Und ich würde Lena mitnehmen. Wir würden zusammen im Bett liegen und den Geräuschen von Paris lauschen. Am Morgen würden wir uns ans Fenster stellen und zum Eiffelturm hinüberschauen.

Obwohl ich nur zu gut wußte, daß es keine Wunder gibt, faßte ich in meine Tasche. Nein, da war keine Brieftasche mit Dollarscheinen. Mir fiel ein, was Spinoza über Wunder gesagt hatte: Gott und Wunder seien Antithesen. Gottes Gesetze und Seine Existenz seien ein und dasselbe ... Gott hatte nicht das geringste Mitleid mit den sechshunderttausend Soldaten, die bei Verdun gefallen waren. Das alles stimmte mit Seiner göttlichen Natur und Seinen Attributen überein.

Ich gelangte zu der angegebenen Adresse. Schon auf der Treppe konnte ich den Lärm hören, den die Chalutzim machten. Ich sah junge Männer mit wirrem Haar und Hemden in allen möglichen Farben und junge Burschen, die behaarte Beine hatten und kurze Hosen trugen. Manche hatten Schuhe an, manche waren barfuß. Auch junge Frauen waren hier – weibliche Chalutzim vermutlich. Sie waren genauso dunkelhaarig und zerzaust wie die jungen Männer, und zuweilen war ein Leuchten in ihren Augen, ein Erez-Israel-Glanz.

Man hörte Gehämmer und das Geräusch von Sägen. Kisten und Koffer wurden vollgepackt und mit Seilen verschnürt. Nägel wurden eingeschlagen. Alle hatten es eilig. Hebräisch, Polnisch, Jiddisch wurde gesprochen. Ich versuchte, jemanden nach Dov Kalmenzohn zu fragen, aber ehe ich ein Wort sagen konnte, war er oder sie schon weitergerannt. Man konnte in diesem Tumult einfach nichts hören. Schließlich gelang es mir, eine junge Frau anzusprechen und nach Dov Kalmenzohn zu fragen. »Er kommt nicht vor elf«, antwortete sie.

Gottlob, Kalmenzohn war in Warschau. Was aber sollte ich in den nächsten paar Stunden tun? Ich setzte mich auf eine Bank. Ringsum wurden Pakete gepackt, die ins Heilige Land geschickt werden sollten. Bettwäsche, Bücher, Kleidungsstücke, Werkzeug, ja sogar gedörrte Würste wurden in Kisten und Reisekörbe gestopft. Die Namen ferner Städte wurden ausgerufen. Die jungen Frauen rauchten Zigaretten und verrichteten Männerarbeit. Gottes Verheißung, er werde sein Volk nach langer Wanderschaft zurückführen ins Land der Väter, erfüllte sich vor meinen Augen.

6

Es war schon nach elf, als Dov Kalmenzohn kam. Ich befürchtete, daß er mich nicht wiedererkennen würde und daß er die ganze Angelegenheit vergessen haben könnte. Doch er erinnerte sich daran und begrüßte mich freundlich. Er hatte noch seine sommerliche Sonnenbräune und trug eine Schaffelljacke und ein Hemd mit offenem Kragen. Junge Burschen und Mädchen eilten herbei, um ihn zu begrüßen. Sie drängten sich um ihn und wollten ihn um dies und das bitten, doch er schickte sie gutmütig weg. Dann führte er mich in einen kleinen Raum, der als Büro für die Redaktion und Verlagsleitung einer Chalutz-Zeitschrift benützt wurde. Hier lagen haufenweise Zeitungen und Bücher herum, Manuskripte, Aufklebezettel, Gummistempel, Briefumschläge. Es roch nach Wachs und Ausziehtusche. Kalmenzohn räumte den Papierkram von zwei Stühlen, dann setzten wir uns. Er hatte sich eine Zigarette angezündet und bot mir auch eine an. Normalerweise rauchte ich nicht, aber diesmal nahm ich eine Zigarette.

»Wohin warst du denn verschwunden?« fragte er. »Wir haben das bewußte Visum einem anderen gegeben, aber wenn du auswandern willst, können wir dir ein anderes beschaffen. Du bist nicht verheiratet, stimmt's?«

»Verheiratet? Nein.«

»Du brauchst nicht rot zu werden. Hätte ja sein können. Die Sache ist die: Jedesmal, wenn wir von England ein Visum erhalten, versuchen wir, es für so viele Auswanderer wie möglich zu benützen. Ein Visum ist nämlich für eine ganze Familie gültig. Für uns ist es besser, wenn ein Ehepaar auswandert, aber wenn zwei Ledige nicht heiraten wollen, wenden wir einen faulen Trick an. Der Bursche geht mit dem Mädchen eine Scheinehe ein, und sie wandert als seine Frau mit ihm aus. Manchmal wird aus der Scheinehe eine echte Ehe – das kommt ganz auf das jeweilige Paar an. Falls die beiden sich trennen wollen, wenn sie im Land Israel angekommen sind, ist Schluß mit der Ehe. Wir wissen, daß das nicht gerade rechtmäßig ist, aber ist es rechtmäßig, daß England der halben Welt Vorschriften macht und Verfügungsgewalt über die Visa hat, die uns erlauben, in unser eigenes Land zurückzukehren? Na ja, die meisten jungen Männer haben nicht genug Geld für die Reise, also zahlen die jungen Frauen für zwei – gewöhnlich mit dem Geld, das sie als Mitgift erhalten haben. Ich nehme an, du hast nicht genug Geld für die Reise.«

»Ich habe überhaupt kein Geld.«

»Also gut, jetzt hör mir mal zu. Ich kenne eine junge Frau, die unbedingt nach Israel auswandern will. Ihr Verlobter ist dort. Er ist vorausgereist. Ich kenne ihre Familie – anständige Leute. Sie heißt Minna. Ihr Vater ist Chassid, aber du weißt ja, wie bei uns polnischen Juden die Dinge liegen. Sie hat das Gymnasium absolviert und ist sogar auf die Universität gegangen. Sie kann nur auswandern, wenn sie von einem, der ein Visum hat, mitgenommen wird, aber der Gedanke an eine Scheinehe ist ihr zuwider. Ihr Verlobter würde sie vielleicht nicht freigeben, und sie ist wahnsinnig verliebt in ihn. Auf irgendwelche Tricks will sie sich nicht einlassen. Du scheinst ein manierlicher Bursche zu sein. Damals in Swider habe ich auf den ersten Blick gesehen, was für ein Mensch du bist. Außerdem bist du etliche Jahre jünger als sie. Und sie ist, wie man so sagt, eine höchst ehrbare Frau. In dieser Angelegenheit ist sie erstaunlich zurückhaltend. Ich habe bereits versucht, einen jungen Mann für sie zu finden, aber jeder, der in Frage kam, begann sofort, sich aufzuspielen, und sie bekam dann jedesmal einen hysterischen Anfall. Ich werde bei ihr anrufen, aber da sie fast nie zu erreichen ist, gebe ich dir einen Brief an sie mit. Was für Ausweispapiere hast du?«

»Derzeit keine, aber ich kann mir welche beschaffen.«

»Besorg dir so schnell wie möglich einen Geburtsschein und was sonst noch erforderlich ist. Wenn sie einverstanden ist, besorgen wir dir einen Reisepaß, dann könnt ihr so bald wie möglich abreisen. Das Wichtigste ist: achte auf gutes Benehmen! Aber das brauche ich dir wohl nicht beizubringen. Du bist allem Anschein nach ein taktvoller junger Mann.«

»Ich weiß nicht, wie ich dir danken soll. Du kannst dich darauf verlassen, daß ...«

»Du scheinst ein bißchen schüchtern zu sein, aber das ist in diesem Fall ein Vorteil. Ihr Vater war früher ein reicher Mann, inzwischen hat er aber alles verloren. Sie sind tatsächlich fast pleite. Ich kenne die Familie seit Jahren. Ich war ihr Hebräischlehrer. Sie sind wahre jüdische Aristokraten. Einen Moment bitte!«

Er hob den Telefonhörer ab und verlangte eine Nummer. Dann fragte er nach Fräulein Minna. Er nickte, dann hängte er den Hörer auf. »Sie ist nicht zu Hause, wird aber zum Mittagessen zurück sein. Ich gebe dir ein paar Zeilen an sie mit. Und ich werde sie auch anrufen. Warte einen Moment – ich bin gleich zurück.«

Er ging hinaus in den großen Flur. Ich konnte seine Stimme hören. Dov Kalmenzohn war nicht nur der Sekretär der Organisation, sondern vermutlich auch der Herausgeber der Zeitschrift. Freundschaftlich rüffelte er die Chalutzim, die er alle duzte. Er hatte mich gebeten, einen Moment zu warten, tatsächlich aber dauerte es eine Dreiviertelstunde.

Ich hob eine Zeitung vom Boden auf und las einen Artikel über einen jungen Mann, der, mit einem Gewehr bewaffnet, in einer regnerischen Nacht, als der Wind pfiff und Schakale heulten, eine Siedlung bewachte. Die Araber griffen ihn an und erschossen ihn. Ein anderer – ein reicher junger Mann –, der ins Land Israel gegangen war, um zur Trockenlegung der Sümpfe Eukalyptusbäume anzupflanzen, war an Malaria gestorben. Der Artikel über ihn schloß mit den Worten: »Das jüdische Volk wird ihn nie vergessen.«

Ich senkte den Kopf. Wer war »das jüdische Volk«? Ich hatte den Namen dieses Mannes noch nie gehört. Ach – ein jeder würde vergessen werden, selbst Goethe, falls die Erde zufällig mit einem Kometen zusammenstieß. Alles würde sich in Dampf auflösen, der die ganze Weltgeschichte ein für allemal auslöschen würde. Allerdings ist nach Spinozas Worten eine Spur von jeder Seele in Gott gegenwärtig. Das heißt, daß die Gottheit eine Art Archiv der Menschheit ist.

Dov Kalmenzohn kam mit einem versiegelten Kuvert zurück. »Gib das dem Fräulein Minna. Ihr Familienname ist Ahronson.«

Er gab mir die Adresse. Meir Ahronson wohnte in einem Neubau in der Lesznostraße, nahe der Zelaznastraße. Dov Kalmenzohn schüttelte mir die Hand und sagte, ich solle mich wieder bei ihm melden.

Staunend ging ich hinaus. »Was für ein Wunder, daß ich meinen Schuhabsatz reparieren ließ!« sagte ich mir. Ich zählte das Geld in meiner Tasche, weil ich mich rasieren lassen mußte. Ich hatte bereits Bartstoppeln. Ich konnte doch nicht mit Stoppeln im Gesicht bei dieser aristokratischen jungen Frau vorsprechen! Ob ich noch genug Geld für den

Barbier hatte? Und obendrein bekam ich schon wieder Hunger.

Ich ging in ein Friseurgeschäft. Der Barbier schnitt gerade einem Maulhelden die Haare, der von einem Freund erzählte, dem er seinen Wohnungsschlüssel geliehen und der eine Frau mit in die Wohnung genommen hatte. Dort hatte er von ihr verlangt, ihm zu Willen zu sein, andernfalls würde er einen Skandal machen und die Polizei rufen. Diese Geschichte machte mich ganz elend. Am liebsten hätte ich den Mann gefragt: »Was ist denn so witzig daran, wenn jemand sich das, was er haben will, mit Gewalt verschafft?« Aber ich schwieg. Der Friseur leckte sich die Lippen und sagte: »Ach so. Soso.«

»So einer bist du also!« dachte ich. »Wenn ich der König der Welt wäre, würde ich dich so hart bestrafen, daß du bis an die zehnte Generation im Gefängnis schmachten müßtest.« Er wollte vom Friseur parfümiert und gepudert werden. Außerdem wollte er sich die Haare waschen lassen und eine elektrische Massage bekommen. Sein Nacken und seine Schultern waren riesenhaft. Nicht zu fassen, daß dieser Kerl ein Nachkomme Abrahams, Isaaks und Jakobs war! Konnte man ihn einen Juden nennen? Ich kam zu dem Schluß: »Die Quintessenz der Jüdischkeit ist noch nie definiert worden.«

Als der Kunde aufstand, bürstete ihn der Friseur ab. Der junge Bursche sah in den Spiegel und versuchte, etwas zu entdecken, worüber er sich bei dem Friseur beschweren könnte. Als er endlich hinausgegangen war, sagte der Friseur: »An allem, was er geredet hat, ist kein wahres Wort.«

»Ach, wirklich?«

»Der kann nichts anderes, als hinter Huren herlaufen.«

»Soso.« Ich hatte den Kerl ja bereits zu hundert Jahren Gefängnis verurteilt. Mittlerweile machte ich mir Sorgen wegen meines Kragens, den ich gestern frisch gewaschen angelegt hatte. Ein Flecken auf einem Kragen kann eine Verlobung scheitern lassen. Als der Friseur mich rasiert hatte, fragte ich, was ich ihm schuldig sei. Ich konnte gerade noch bezahlen, was er verlangte. Jetzt hatte ich keinen Pfennig mehr.

Ich machte mich auf den Weg zur Lesznostraße. Ich hatte noch ein Stückchen von dem Brot, das Sonja mir mitgegeben hatte. Im Gehen biß ich hinein. Es ist nicht ratsam, fremden Leuten gegenüberzutreten, wenn man hungrig ist. Mir war klar, daß ich mir alle Mühe geben mußte, um nicht in Angst oder Verzweiflung zu geraten. Ich mußte für jede Eventualität gewappnet sein. Das war das Geheimnis Napoleons, des Forschers Amundsen und anderer Männer, die in dieser Welt große Taten vollbracht hatten: Angesichts entsetzlicher Gefahren waren sie gelassen geblieben. Angenommen, die Lesznostraße wäre ein riesiger Eisberg in der Nähe des Nordpols. Temperatur: minus sechzig Grad; mein Proviant restlos aufgebraucht; mein Schlafsack von einem Eisbären gestohlen ...

Solchermaßen phantasierend und mir selber Mut machend, gelangte ich zu dem Haus. Es hatte einen Fahrstuhl, aber er war abgeschlossen. Ein Fahrstuhl für die Mieter, nicht für ungebetene Besucher. Während ich die Treppe hinaufstieg, überlegte ich, wie ich mit der gegenwärtigen Situation gelassen und taktvoll – vielleicht sogar ein bißchen unterwürfig – fertig werden könnte.

Ich hatte kaum auf die Klingel gedrückt, da hörte ich schon Schritte. Ein Dienstmädchen öffnete die Tür, aber nur so weit, wie die Sicherheitskette reichte: eine junge Nichtjüdin, rotbackig und dunkeläugig. Sie trug ein Häubchen und einen weißen Rock und sah eigentlich nicht wie eine Polin, sondern eher wie eine Französin aus. Ich sagte, ich hätte einen Brief von Dov Kalmenzohn an Fräulein Minna Ahronson. Sie bat mich, zu warten. Ich konnte Borschtsch, Haschee und frischgebackenen Kuchen riechen. Als das Dienstmädchen zurückkam und die Tür aufmachte, betrat ich einen großen Flur, an dessen Wänden Gemälde und Kupferstiche hingen. Das Mädchen sagte: »Die Familie ißt gerade zu Mittag. Würden Sie die Güte haben, zu warten?«

»Natürlich.«

»Hier bitte!« Sie deutete auf einen Polsterstuhl neben einem

Tisch, auf dem eine Lampe stand. Daneben lagen mehrere Zeitschriften. »Anscheinend ist ein reicher Mann, der heruntergekommen ist, immer noch ein reicher Mann«, sagte ich mir. Dann kam mir der Gedanke, daß ich wahrscheinlich der ärmste Mann in ganz Warschau war – ohne einen Groschen, ohne einen Bissen Brot, ohne Nachtquartier. Ich besaß nichts außer dem Rucksack, den ich neben den Stuhl gelegt hatte. Ich nahm eine Zeitung und las einen Bericht über ein Ereignis in Amerika. Ein Millionär hatte für seine Tochter ein Fest ausgerichtet, das ihn sechzigtausend Dollar gekostet hatte. Allein der Blumenschmuck hatte fünftausend gekostet. Der Millionär hatte sich von der Mutter seiner Tochter scheiden lassen, und seine geschiedene Frau hatte einen englischen Lord geheiratet. Ich blätterte in der Zeitung und gähnte. »Baruch Spinoza, ist all dies ein Teil der Gottheit? Ist all dies notwendig und vorherbestimmt, entsprungen den Gedanken Gottes?«

Aus einem anderen Raum konnte ich das gedämpfte Klirren von Geschirr hören. Jemand redete, jemand lachte. Plötzlich kam jemand in den Flur: ein schmächtiger Mann mit einem winzigen grauen Bart und Tränensäcken, dessen Augen zu lächeln schienen. Dov Kalmenzohn hatte gesagt, Minnas Vater sei Chassid, aber dieser Mann war anders gekleidet. Und nicht nur das. Er trug ein eckiges Seidenkäppchen, wie es die litauischen Juden tragen. Er hatte einen altmodisch jüdischen, väterlich-freundlichen und dennoch vagen Gesichtsausdruck. Sein Jackett war ein bißchen zu lang, seine Hosenaufschläge hingen bis zu den Schuhen hinunter. Auf seiner Weste baumelte eine goldene Uhrkette. Sein offener Kragen entblößte seinen Hals, dem man ansehen konnte, daß der Mann abgenommen haben mußte.

Er ging auf mich zu, und ich stand auf. »Sie sind Dovid Bendiger?« fragte er. Sein Jiddisch hatte einen polnischen Akzent.

»Ja.«

»Sie sind wirklich ein Bendiger?«

»Ja.«

»Wo kommen Sie her?«

Ich sagte ihm, daß ich in Warschau aufgewachsen sei und daß ich aus der Provinz Lublin stamme. Er strich sich über den Bart. »Warum warten Sie im Flur wie ein Bettler an der Haustür? Kommen Sie herein! Wir essen gerade zu Mittag. Trinken Sie ein Glas Tee mit uns.«

»Vielen Dank.«

Er führte mich in ein hellbeleuchtetes Eßzimmer, in dem zwei Frauen am Tisch saßen. Die eine hatte graue, die andere hellbraune Haare. Die Grauhaarige hob ihre Lorgnette an die Augen und musterte mich. Die andere betrachtete mich halb ironisch, halb verächtlich. Mir wurde ganz schwindlig, und ich sah alles wie durch einen Nebel. Wurde ich etwa blind?

Meir Ahronson sagte zu seiner Frau: »Dwora, meine Liebe, das ist der junge Mann. Er heißt Bendiger, stammt aber aus der Provinz Lublin. Sein Vater ist Rabbiner irgendwo in Galizien. Er sagt, er ist in Warschau aufgewachsen.« Und dann zu mir gewandt: »Das ist meine Frau, und das ist meine Tochter Minna.«

»Sehr angenehm«, sagten beide fast gleichzeitig.

»Nehmen Sie hier Platz.« Mein Gastgeber deutete auf einen Stuhl. »Dwora, sag Tekla, sie soll ihm Tee und etwas zu essen bringen.«

»Warum bloß Tee und einen Imbiß?« fragte seine Frau mit melodischer Stimme. »Es ist noch Suppe da und auch noch etwas Fleisch. Der junge Mann kann doch mit uns essen.«

»Danke sehr, aber ich habe schon ge ...«

»Sagen Sie nicht danke, essen Sie!« unterbrach sie mich. »Wenn Sie nach Palästina wollen, müssen Sie kräftig sein.«

7

So ganz allmählich löste sich der Nebel auf, und nun konnte ich die beiden Frauen deutlicher sehen. Offensichtlich war die Mutter einmal eine Schönheit gewesen. Ihre Haut war jetzt ziemlich fleckig, ihre Augen waren grün, ihre Nase war kurz. Sie sah slawisch aus. Die Tochter hatte die gleichen Augen und die gleiche Nase, war aber kleiner als ihre Mutter. Ihre braunen Haare waren so kurz geschnitten, daß man wie bei einem Jungen die Ohren sehen konnte. Wenn sie lächelte, entblößte sie weit auseinanderstehende Zähne. Ihr Gesichtsausdruck verriet eine gewisse Ironie, eine Mischung aus Scheu und Sarkasmus.

Das Dienstmädchen brachte mir einen Teller Tomatensuppe und ein paar Scheiben Brot. »Sie brauchen keine rituelle Waschung vorzunehmen«, sagte Meir Ahronson, »aber vielleicht möchten Sie den Segensspruch über das Brot sagen.«

»Meir, laß den jungen Mann in Ruhe!« sagte Frau Ahronson. »Mein Mann versucht ständig, jemanden für die kommende Welt zu retten.«

»Ich spreche gern den Segensspruch über das Brot«, sagte ich und murmelte die Benediktion.

»Was hat er denn zu verlieren?« fragte Meir Ahronson. »Soll er sich doch daran erinnern, daß er Jude ist!«

»Das läßt man uns nie vergessen«, sagte seine Frau.

Ich aß die Suppe, wobei ich eine Vorschrift beachtete, die ich in einer Zeitschrift gelesen hatte: Suppe nicht schlürfen! Immer wieder sah ich zu Fräulein Minna hinüber. Sie trank ihren Tee und lächelte dabei in ihr Glas. Ihre Mutter forderte sie mehrmals auf, ein Stück von dem Kichl zu essen, das zum Tee serviert wurde, doch Fräulein Minna fühlte sich dazu nicht bemüßigt. Ich konnte mir denken, daß sie die einzige Tochter und sehr verwöhnt war. Obwohl sie sich ihrer Familie verbunden fühlte, hatte sie das kindische Bedürfnis zu rebellieren.

Fräulein Minna wirkte jugendlich, aber etwas an ihrem Benehmen ließ darauf schließen, daß sie schon in den Zwanzigern, vielleicht sogar schon über dreißig war. Ich entdeckte eine Spur von Grau in ihrem Haar. Sie hatte sehr schmale Lippen und ein eckiges Kinn. Unter dem rechten Ohr hatte sie eine Operationsnarbe. Ihr Hals war lang und dünn. Über ihrer Bluse trug sie einen steifen Kragen, wie er von Männern getragen wird.

Plötzlich stand sie vom Tisch auf, sah mich an und sagte ziemlich barsch: »Wenn Sie fertiggegessen haben, reden wir in meinem Zimmer miteinander.«

Ich sah, daß ihr Rock kaum bis zu den Knien reichte. Sie trug Schuhe mit enorm hohen Stöckeln. Ihre Beine waren graziös, aber zu dünn. Ihre Mutter sah ihr vorwurfsvoll nach. Was sie am Benehmen ihrer Tochter anstößig fand, wußte ich allerdings nicht. Sie schüttelte den Kopf, als ob sie einen Kummer hätte, den sie weder in Worte fassen noch verbergen konnte.

Meir Ahronson fragte: »Was werden Sie drüben im Lande Israel tun? Schafe hüten?«

»Man braucht dort alle möglichen Arbeitskräfte.«

»Zum Beispiel? Warum sind Sie nicht Rabbiner geworden wie ihr Vater?«

»So strenggläubig bin ich nicht.«

»Sie sind wohl im Himmel gewesen und haben mit eigenen Augen gesehen, daß Gott nicht existiert? Unsinn! In Polen liegen die Dinge schlecht für uns Juden. Aber ist es jemals besser gewesen? Solange wir an unserem Judentum festgehalten haben, konnten wir irgendwie weitermachen. Die heutige Generation ist weder das eine noch das andere. Sie wollen keine Juden sein, und man erlaubt ihnen nicht, Gojim zu werden.«

»In Palästina wird man es ihnen erlauben«, erwiderte ich.

»Ach ja? Also deshalb wollen Sie dorthin. Um ein Goj zu werden. Aber auch dort wird man das nicht erlauben.«

Frau Ahronson hob ihre Lorgnette wieder an die Augen. »Meir, du redest, als wärst du selber schon im Himmel gewesen. Wer hat diesen letzten Krieg nötig gehabt? Und sieh doch, was in Rußland passiert!«

»Der Mensch hat Willensfreiheit.«

»Du weißt auf alles eine Antwort.« Dann fragte sie mich: »Wo wohnen Sie denn, junger Mann?«

»Derzeit nirgends.«

»Schlafen Sie auf der Straße?« fragte Meir Ahronson.

Ich erzählte ihnen alles über die Erfahrungen, die ich als Lehrer gemacht hatte.

Meir Ahronson lächelte so skeptisch, als wollte er sagen: »Die alte Geschichte.« Er kratzte sich am Bart und murmelte etwas – anscheinend sagte er Gebete auf. Ich nahm an, daß er ursprünglich Chassid gewesen, dann aber – auf Grund seines Reichtums fast schon ein Maskil – ein aufgeklärter Jude geworden war.

Er begann zu gähnen. Wie viele reiche Warschauer Juden seines Schlags hatte er sich angewöhnt, nach dem Mittagessen ein Nickerchen zu machen. Schläfrig blinzelte er in Richtung Schlafzimmertür.

Frau Ahronson ließ ihre Lorgnette sinken. »Gehen Sie jetzt zu meiner Tochter. Im Flur die erste Tür rechts.«

Ich klopfte an Fräulein Minnas Tür und betrat ein Zimmer, an dessen gelblich tapezierten Wänden Gemälde in schweren Goldrahmen hingen, darunter auch ein Porträt von Fräulein Minna. In dem Zimmer stand ein Klavier. Ich sah Bücher mit Saffianeinbänden und Bücher mit Einbänden aus Samt und Seide und mit Goldschnitt; kleine Postamente, auf denen Figuren aus Porzellan und Metall standen; ein Aquarium mit Goldfischen; Kristallüster; kleine Sofas, eine Chaiselongue und zwei prall gepolsterte Stühle. Ein eleganter Schreibtisch war mit Briefen, Zeitungsausschnitten und Zeitschriften bedeckt. Dies war kein gewöhnliches Zimmer, sondern das Boudoir einer *grande dame*.

Mit übergeschlagenen Beinen saß Fräulein Minna auf einem Ecksofa. Sie trug grellfarbene Strümpfe und gleichfarbige Schuhe. Sie winkte mir näher zu kommen, forderte mich aber nicht auf, Platz zu nehmen.

»Sind Sie bereit, nach Palästina zu gehen, falls Sie einen Reisepaß und das Visum bekommen?«

»Ja, natürlich.«

»Sind Ihre Papiere in Ordnung?«

»Ich habe sie noch nicht bekommen.«

»Wie ist Ihr Gesundheitszustand?«

»Ich bin gut beieinander.«

»Kalmenzohn sagt, Sie sind Schriftsteller. Was schreiben Sie denn?«

»Ich bin eigentlich noch ein Anfänger.«

»In welcher Sprache schreiben Sie? Ich merke ja, daß Sie kein Polnisch können.«

»Ich habe zunächst in hebräischer Sprache geschrieben, beginne jetzt aber auf jiddisch zu schreiben.«

»Kauderwelsch?«

»Nennen Sie es, wie Sie wollen.«

»Egal, wie ich es nenne, Jiddisch *ist* Kauderwelsch. Verballhorntes Deutsch mit polnischen und hebräischen Einsprengseln. Die hebräischen Wörter sind ebenfalls verballhornt, und die polnischen natürlich auch. Jiddisch hat keine Grammatik und keine Syntax. Für wen schreiben Sie? Für die Kauderwelschzeitungen?«

»Für niemanden. Falls ich einen Verleger finde, werde ich ein Buch schreiben, aber soweit ist es noch lange nicht.«

»Ich muß unbedingt nach Palästina. Mein Verlobter ist dort. Die Dinge liegen so: Um zu zweit mit einem einzigen Visum einreisen zu können, müssen Sie und ich eine Scheinehe eingehen. Sobald wir in Palästina angekommen sind, lassen Sie sich von mir scheiden und gehen Ihre eigenen Wege.«

»Ja, natürlich.«

»Sie können Hebräisch?«

»Ich habe in hebräischer Sprache geschrieben.«

»Früher hat mir Kalmenzohn Hebräischunterricht gegeben. Aber Hebräisch ist eine schwierige Sprache. Eine rein asiatische Sprache. Ich habe keine großen Fortschritte gemacht, aber ich bin fest entschlossen, diese Sprache bald zu beherrschen. Ich möchte keinen weiteren Tag verstreichen lassen. Können Sie mir Hebräisch beibringen?«

»Wenn Sie wollen.«

»Ich möchte täglich eine Stunde Unterricht nehmen. Grammatik, Lektüre, Diktat und Konversation. Ich möchte jeden Tag mindestens fünfundzwanzig Vokabeln lernen. Wieviel verlangen Sie pro Stunde?«

»Was immer Sie zahlen wollen, wird mir recht sein.«

»Also gut. Welche Bücher brauche ich für den Unterricht? Ich möchte morgen damit anfangen.«

Ich sagte ihr, was sie brauchte: den *Hadibur Hebrei* von Krinski und eine Grammatik. »Ich gebe Ihnen das Geld, und Sie besorgen die Bücher«, sagte sie. »Wo wohnen Sie? Haben Sie ein Telefon?«

»Zur Zeit wohne ich nirgends.«

»Was heißt das?«

Ich erzählte Fräulein Minna das gleiche wie ihrer Mutter. Sie hörte mir mit skeptischer Miene zu und konnte ihren Ärger nur schlecht verbergen.

»Sie können doch nicht auf der Straße hausen. Ich strecke Ihnen Geld für ein, zwei Wochen vor, damit Sie sich eine Unterkunft besorgen können. Sie müssen beim Einwohnermeldeamt registriert sein, erst dann bekommen Sie Ihre Papiere. Die ganze Angelegenheit hat sich schon viel zu lange hingezogen, weil ich auf einen ungebildeten jungen Mann – kurz gesagt, auf einen Trottel – hereingefallen bin. Hoffentlich treten Sie nicht in seine Fußstapfen. Kalmenzohn lobt Sie, und Sie scheinen ein anständiger Bursche zu sein. Kaufen Sie sich eine Zeitung, da stehen Wohnungsinserate drin. Ich gebe Ihnen meine Telefonnummer. Rufen Sie mich an und geben Sie mir Bescheid. Sie müssen unbedingt eine feste Adresse haben.«

»Ja, ich weiß.«

»Einen Moment!« Sie ging zum Schreibtisch, zog eine Schublade auf und nahm ein paar Geldscheine heraus. »Das ist für eine Woche. Sie brauchen die Miete nicht im voraus zu bezahlen, aber man wird sicher eine Anzahlung verlangen. Falls Sie heute kein Zimmer finden, wo werden Sie dann übernachten?«

»Ich habe eine Schlafstelle.«

»Besorgen Sie sich möglichst schnell ein Zimmer. Kommen Sie morgen um zwölf zur Unterrichtsstunde. Mittags paßt es mir am besten.«

»Gut. Vielen Dank.«

»Und das ist für den *Hadibur Hebrei.* Wieviel, meinen Sie, wird das Buch kosten? Ich glaube, das Geld wird reichen.«

»So viel wird es aber nicht kosten.«

»Das Wechselgeld können Sie mir ja zurückgeben. Ich glaube, ich habe noch eine hebräische Grammatik. Ich werde nachsehen. Morgen kann's losgehen.«

»Danke vielmals.«

Ich ging zur Tür. Ich war drauf und dran, mich noch einmal umzudrehen, verkniff es mir aber. Das Wunder, das mir widerfahren war, setzte mich in Erstaunen. Ich mußte Gott für seine Wohltat danken. Und Kalmenzohn auch.

Draußen im Flur nahm ich meinen Rucksack. Er kam mir jetzt leichter vor, und ich wußte auch, warum. Das Gehen fiel mir jetzt erstaunlich leicht. Nun hatte ich in Warschau ein paar nützliche Verbindungen, wenn auch nur für kurze Zeit. Ich ging auf die Straße hinaus, kaufte Zeitungen und blieb auf dem Gehsteig stehen, um die »Zimmer zu vermieten«-Inserate durchzusehen. Aber ich konnte daraus nicht schlau werden. Ich mußte irgendwo eine Tasse Kaffee trinken. In der Lesznostraße 38 entdeckte ich ein Café und ging hinein. Ich setzte mich an einen Tisch und unterstrich mit einem Bleistift mehrere Adressen. Ein Inserat fand ich besonders interessant. Das Zimmer war nicht weit entfernt – in derselben Straße, in der Fräulein Minna wohnte. Der Text des Inserates lautete:

Kleines fensterloses Zimmer an jungen
Mann zu vermieten. Preiswert.

Mehr brauchte ich nicht. Eine Sorge hatte ich allerdings noch: Vielleicht hatte schon ein anderer das Zimmer gemietet. Die Zeitung war schon vor Tagesanbruch gedruckt worden. Ich durfte keine Zeit verlieren. Ich bezahlte meinen Kaffee und ging zurück in die Richtung, aus der ich gekommen war.

Obwohl ich gegenüber allen Glaubensdogmen skeptisch war, hatte ich die Angewohnheit zu beten beibehalten. Jetzt betete ich darum, daß dieses fensterlose kleine Zimmer nicht schon vermietet sein möge, erinnerte mich aber gleichzeitig daran, daß es in der Gemara heißt, wer darum bete, daß ein Ereignis rückgängig gemacht würde, der bete falsch, denn selbst Gott könne Geschehenes nicht ungeschehen machen.

8

Ich betrat einen kleinen, aber sauberen asphaltierten Hof, in dessen Mitte ein winterkahler Baum stand. Ich fragte jemanden nach der betreffenden Hausnummer und wurde zum richtigen Eingang gewiesen. Es war noch taghell, aber im Stiegenhaus war es dunkel.

Als ich an die Wohnungstür klopfte, hörte ich sofort Schritte. Zwei Frauen kamen an die Tür – die eine war groß, um die Dreißig, die andere war kleiner, in den Zwanzigern, vielleicht sogar jünger. Die Ältere hatte ein hageres Gesicht, einen langen Hals, eine Hakennase, große dunkle Augen und dunkles Kraushaar, das so gekämmt war, wie es ein Mann kämmen würde. Auch ihre Ohren wirkten männlich. Sie hatte eine Zigarette zwischen den Lippen. Ihr Gesichtsausdruck war jovial. Mir kam sofort der Gedanke, daß sie eine Kommunistin sein könnte – wie ich darauf kam, weiß ich nicht.

Die Jüngere kam mir wie eine Studentin vor. Als ich näher trat, sah ich, daß auch sie keine gerade Nase hatte. So knochendürr die Ältere war, so gut gepolstert war die Jüngere. Sie hatte einen drallen Busen und rote Backen und wirkte fabelhaft gesund und munter, so, als wäre sie gerade von einer Datscha zurückgekommen. Beide Frauen japsten ein bißchen und lachten – offenbar waren sie um die Wette zur Tür gerannt.

Ehe ich ein Wort herausbringen konnte, sagte die Ältere: »Sie kommen wohl wegen des Zimmers?«

»Ja.«

»Kommen Sie herein!«

Ich war sofort zuversichtlich. Sie führten mich durch einen dunklen Flur in einen Raum, in dem ein Gaslicht brannte. Es war ein kleiner Raum, eher ein Alkoven als ein Zimmer. Ein Bett stand darin, ein Tischchen und ein Stuhl. Auf drei Bücherborden waren Bücher gestapelt.

»Das ist es!« sagte die Ältere. »Wenn Sie in Ihrem Zimmer Sonnenbäder nehmen wollen, ist das hier nichts für Sie. Aber wenn Sie eine Schlafstelle wollen, können Sie hier nach Herzenslust schlafen.«

»Ich brauche keine Sonnenbäder.«

»Sie sehen aber aus, als hätten Sie welche nötig. Sie sind viel zu blaß. Sonnenbäder können wir Ihnen leider nicht bieten.« Die Miete, die sie verlangte, war spottbillig.

»Ich nehme das Zimmer.«

»Was, so schnell? Also gut. Vorher hat hier ein Ingenieur gewohnt, ein junger Mann. Er hat eine Stelle in Danzig bekommen und seine Bücher hier zurückgelassen – technische Fachbücher und Mathematikbücher. Ich verstehe kein Wort davon. Wenn Sie wollen, können Sie die Bücher gern übernehmen. Wann möchten Sie einziehen?«

»Jetzt gleich.«

»Oh, Sie sind ja ein ganz Schneller! Wir wollten erst ein bißchen saubermachen, aber was ist da schon groß zu tun? Ich werde das Bettzeug wechseln. Wo sind Ihre Sachen?«

Ich deutete auf meinen Rucksack. Die kleinere Frau kicherte. Die andere fragte: »Was sind Sie denn? Ein Dichter?«

»Ich möchte gern Schriftsteller werden.«

»Das möchten viele.«

»Soll ich eine Anzahlung machen?«

»Wenn Sie wollen, können Sie eine halbe Monatsmiete im voraus bezahlen. Das gilt dann als Anzahlung.«

Ich nahm den Betrag von dem Geld, das Fräulein Minna

mir gegeben hatte. Die Ältere warf einen Blick darauf, dann übergab sie das Geld der Jüngeren. »Ich heiße Bella beziehungsweise Bejle. Sie heißt Eduscha, aber ihr jüdischer Name ist Elke. Ich bin ihre Tante. Sie ist eine der Töchter meiner Schwester, die mit ihrem zweiten Mann, einem Rabbiner, in London lebt. Das wär's. Was tun Sie denn außer Ihrer Dichterei?«

»Ich bereite mich darauf vor, nach Palästina zu gehen. Ich habe ein Visum bekommen und ...«

»Wie lange haben Sie denn vor, bei uns zu bleiben?«

»Einige Monate.«

»Gut. Unsere Untermieter bleiben nie sehr lange hier. Sie gehen fort, und wir müssen dann wieder von vorn anfangen. Wenn Sie ein Visum haben, sind Sie dann nicht berechtigt, jemanden mitzunehmen?«

»Ich habe mich bereits mit einer jungen Frau abgesprochen.«

»Er weiß auf alles eine Antwort! Sie sind wohl Zionist?«

»Ich habe vor, nach Palästina zu gehen.«

»Was werden Sie dort tun? Zusammen mit den Ziegen Johannisbrot essen? Die Engländer werden nie aus Palästina abziehen – jedenfalls nicht friedlich. Was die nehmen, das nehmen sie für sich selber, nicht für andere. Sie lassen ein paar Juden einwandern und stacheln dann die Araber gegen sie auf. Das ist von jeher die Politik Englands gewesen: teile und herrsche. Außerdem haben die Araber das Recht auf ihrer Seite. Es ist *ihr* Land, nicht eures. Sie haben seit zweitausend Jahren dort gelebt und gekämpft, und alles, was ihr habt, ist ein Adelsdiplom von Gott. Gott hat Abraham ein Versprechen gegeben. Gott hat vieles versprochen, ohne Wort zu halten. Erstaunlich, wie töricht Menschen sein können!«

»Bella, jetzt reicht's!« sagte die Nichte.

»Was schadet's ihm denn? Ich sage bloß, was ich denke. Sie haben sich von falschen Versprechungen blenden lassen. Sie sind Pole, kein Bürger des Landes Israel. Dies hier ist Ihr Land. *Hier* muß die Gesellschaft umgestaltet werden, damit alle Leute leben können, nicht bloß ein paar Freßsäcke, die sich alles unter den Nagel reißen, während die anderen mit hängender Zunge herumlaufen. Für eine gerechte Gesellschaft muß man kämpfen, man bekommt sie nicht umsonst.«

»Meine Tante ist eine Propagandistin«, sagte Eduscha. »Wie heißen Sie?«

»David Bendiger.«

»Bendiger, hm? Wenn Sie nach Palästina gehen wollen, dann tun Sie's! Egal, wohin man geht, die Welt ist überall gleich. Da drüben gibt es auch Arbeiter. Die jüdischen und die arabischen Arbeiter müssen sich vereinigen. Das ist die Richtung, in die sich die Weltgeschichte bewegt.«

»Niemand weiß, welchen Verlauf die Geschichte nehmen wird«, sagte ich.

»O doch, das weiß man«, erwiderte Bella. »Die Geschichte waltet nicht blind. Sie hat ihre Gesetze. Also, Sie wollen gleich hierbleiben. Ich muß das Bettzeug wechseln. Warten Sie bitte ein paar Minuten im Wohnzimmer. Eduscha, zeig ihm, wo es ist.«

»Kommen Sie mit!«

Eduscha öffnete eine Tür, und ich betrat einen Raum, der wie eine Kombination aus Schlafzimmer, Eßzimmer und Wohnzimmer aussah. Ein Bett stand darin, ein Schrank, ein Sofa, ein Tisch mit Stühlen. Alles wirkte alt und abgenützt. Das Fenster ging auf eine Brandmauer hinaus.

»Machen Sie sich's gemütlich!« sagte Eduscha. »Bei uns gehört jeder zur Familie. Der Ingenieur, der hier gewohnt hat, Stanislas Kalbe, hat bei uns auch gegessen. Meine Tante und ich sind gute Köchinnen. Meine Mutter ist fortgezogen und hat mich hier zurückgelassen, aber ich werde bald heiraten. Mein Verlobter hat auswärts noch einiges zu erledigen, aber wenn er zurückkommt, werden wir in irgendeiner Wohnung zusammenleben. Was wollen Sie denn in Palästina tun?«

»Das weiß ich noch nicht.«

»Die Frau, die Sie mitnehmen, ist das Ihre Liebste, oder werden Sie eine Scheinehe eingehen?«

»Ihr Verlobter ist drüben.«

»Oh, ich verstehe. Bei den Zionisten ist alles fingiert. Die ganze zionistische Bewegung ist doch bloß fingiert. Aber nehmen Sie sich's nicht zu Herzen. Sie können ja nichts dafür. Sie sind ein Opfer der Umstände. Der Kapitalismus hat alles derart verformt, daß es wieder geradegebogen werden muß.«

»Wer soll wen geradebiegen – ein Buckliger den anderen?«

Eduscha brach in schallendes Gelächter aus. »Gut gesagt, aber Sie irren sich. Die Menschheit besteht nicht aus lauter Buckligen. Die Massen sind noch gerade geblieben, obwohl alles versucht wird, sie zu verformen – durch Religion, Nationalismus und dergleichen. Meine Mutter ist eine fromme Jüdin, verheiratet mit einem Rabbiner. Mein Vater ist während der Typhusepidemie gestorben. Unsere Familie ist gespalten – die eine Hälfte ist strenggläubig, die andere modern. Mein Großvater ist ein sehr frommer Jude, ein Anhänger des Alexandrower Chassidismus. Ich meine meinen Großvater väterlicherseits. Was schreiben Sie denn? Machen Sie wirklich Gedichte?«

»Ich versuche Kurzgeschichten zu schreiben.«

»Lesen Sie mir etwas vor. Ich liebe Literatur. Ein Freund meiner Tante ist ein berühmter jiddischer Dichter. Sie haben vielleicht schon von ihm gehört. Susskind Eichl.«

»Nein, von dem habe ich noch nie gehört.«

»Wieso nicht? Den kennt doch jeder. Er stammt aus Rußland. Nach dem Krieg zwischen Polen und den Bolschewiken ist er hierhergekommen. Worüber schreiben Sie denn? Über das Leben im Schtetl?«

»Ich bin noch Anfänger.«

»Jeder ist einmal Anfänger gewesen. Wie heißt es doch gleich? ›Krakau ist nicht an einem Tag erbaut worden.‹ Entschuldigen Sie, das Telefon läutet.«

Eduscha rannte in den Flur, und ich beobachtete, wie ihre Hüften wippten. Mir fiel auf, daß sie dicke Waden, aber schlanke Fesseln hate. »Eine Linke also«, sagte ich mir. Ich setzte mich auf das Sofa und fand alles höchst erstaunlich.

Mein ganzes Leben kam mir wie ein verworrener Roman vor. Ich kam weder aus Warschau noch aus der Provinz. Meine achtzehneinhalb Lebensjahre lang war ich ein Wanderer gewesen. Ich hatte Kriege erlebt, war ein Flüchtling gewesen – alles Hindernisse auf meinem Bildungsweg. Eigentlich hatte ich ständig in einem Krisenzustand gelebt. Und jetzt war ich drauf und dran, alles aufzugeben und nach Palästina zu gehen. Ich würde in hebräischer Sprache schreiben müssen, weil Jiddisch in Palästina nutzlos war. Und ehrlich gesagt – wer brauchte denn da drüben mein Hebräisch? Dort war doch jeder zweite Jude ein Schriftsteller.

Plötzlich war ich sehr müde. Ich lehnte mich zurück und schloß die Augen. »Ja, alles ist verformt«, dachte ich. »Und niemand wird es geradebiegen.« Ich wußte, was in Rußland im Namen der Revolution geschehen war: Millionen unschuldige Menschen abgeschlachtet, Rabbis, Kaufleute und einfache Juden erschossen. Die jüdischen Kommunisten pfiffen auf die Geschichte der Juden. Für sie begann die wahre Geschichte der Juden im Oktober 1917. Die Bauern hungerten. Rußland setzte seine ganze Hoffnung in eine Revolution in Deutschland. Die Devise für das Geradebiegen lautete: »Kopf ab!«

Bella und Eduscha kamen wieder herein. »Ihr Bett ist frisch bezogen«, sagte Bella. »Sie können aber ruhig hier sitzen bleiben. Haben Sie schon gegessen?«

»Ja. Zu Mittag.«

»Wenn Sie wollen, können Sie hier verköstigt werden. Wir verlangen nicht viel dafür. Sagen Sie, was Sie gern essen, dann bereiten wir es für Sie zu. Bezahlen können Sie später. So war es mit Stanislas Kalbe vereinbart, und dem haben wir bestimmt nicht zuviel dafür berechnet. Was für Sachen schreiben Sie denn?«

»Geschichten«, warf Eduscha ein.

Bella reckte den Kopf. »Sie haben Philosophie studiert?«

»Ich habe einiges gelesen.«

»Ich habe es einmal mit Spinozas *Ethik* versucht, aber das

ist eine schwierige Lektüre, und dafür habe ich nicht die nötige Geduld. Ich interessiere mich nur für das, was den Massen direkt helfen kann.«

»Auch die Massen sind am Wissen interessiert.«

»Am konkreten Wissen, nicht an Spinozas Betrachtungen. Die Massen brauchen vor allem Brot, und um Brot zu bekommen, brauchen sie Macht. Wer keine Macht hat, wird um sein Brot gebracht. Nur wenn die Massen sich Macht verschaffen, werden sie Zeit haben, darüber nachzudenken, was zuerst da war – die Henne oder das Ei.«

Wieder klingelte das Telefon. Die beiden Frauen rannten hinaus und stießen an der Tür zusammen. »Eduscha«, rief Bella, »deinetwegen breche ich mir noch ein Bein!« In diesem Moment läutete es an der Wohnungstür. Offenbar wollte sich noch jemand das kleine dunkle Zimmer ansehen. Ich hörte Eduscha sagen: »Zu spät. Es ist bereits jemand eingezogen.«

II

1

Mir war klar, daß ich bei diesen Frauen keine Schulden machen durfte, weil ich nicht die geringste Chance hatte, diese zu begleichen. Ich hatte mich in meine fensterlose Kammer zurückgezogen und war eingeschlummert. In der vergangenen Nacht hatte ich nicht besonders gut geschlafen. Sonja und ich waren immer wieder aufgewacht, und dann hatten wir uns jedesmal umarmt. Als ich jetzt in meinem eigenen Bett lag, sank ich in tiefen Schlaf. Ich träumte, daß mein Vater und ich einen Text studierten, in dem Anweisungen für das Salzen von Fleisch gegeben wurden. Die Einleitung enthielt einen Hinweis auf ein altertümliches Buch: *Also sprach Mordechai.* In meinem Traum verwandelte sich der Text in einen leibhaftigen Menschen, der dies und das erklärte und sich aus irgendeinem Grund über mich ärgerte. Er trug einen Samtkaftan, dessen Rock auf dem Boden schleifte, und einen hohen Pelzhut. Der gelbe Bart reichte ihm bis zu den Knien.

Eduscha weckte mich auf. Sie schien sich umgezogen zu haben und wirkte freudig erregt. Von draußen konnte ich die Stimme eines Mannes hören, der offenbar zu Besuch gekommen war. »Wenn Sie *jetzt* schlafen, was tun Sie dann nachts?« fragte Eduscha. »Kommen Sie mit, das Abendessen ist fertig.« Sie hielt es für selbstverständlich, daß ich dazugehörte.

Es war mir unangenehm, diesem Besucher zu begegnen. Aus Eduschas verschmitztem Zwinkern konnte ich schließen, daß man im mittleren Zimmer (falls das die richtige Bezeichnung dafür war) über mich gesprochen und sich auf meine Kosten amüsiert hatte. Ich hatte eine Dummheit begangen. Ich hätte ihnen nicht sagen dürfen, ich sei Schriftsteller.

Ich setzte mich im Bett auf und fühlte mich – innerlich und äußerlich – so elend, wie man sich immer dann fühlt, wenn einem bange ist und wenn man in seinen Kleidern geschlafen hat. Mit etwas heiserer Stimme bedankte ich mich bei Eduscha und versprach ihr, bald zum Essen zu kommen.

»Die Grütze wird kalt«, sagte sie und ging hinaus.

Soso, es gab Grütze zum Abendessen. Ich strich meine Krawatte glatt, straffte meine gelockerten Hosenträger und patschte meine roten Haare zurecht. In dem kleinen, zersprungenen Spiegel, der an der Wand hing, sah ich einen blassen Mann mit einem zerknitterten Kragen. Ich versuchte, meinen Anzug glattzustreichen. Dann ging ich in den Flur. Ich hörte den Gast lachen. Es klang wie das gekünstelte Lachen eines Menschen, der sich spaßig geben will und der nur durch das eine Nasenloch prustet. Diese Art Humor machte mir angst.

Ich öffnete die Tür und sah, daß der Gast ein kraushaariger Bursche war, der – nach Art der russischen Revolutionäre – eine schwarze Hemdbluse mit Webkanten trug. Sein Gesicht war mädchenhaft hübsch. Seine Miene verriet eine gewissermaßen weibische Frivolität. Er musterte mich mit einem listigen, verächtlichen Lächeln.

»Das ist Susskind Eichl«, sagte Bella, »und das ist unser neuer Untermieter. Ich habe Ihren Namen vergessen. Ach ja, Bendiger. David Bendiger.«

»Bendiger, hm? Warum nicht Kallischer? Oder Berditschewer?« witzelte Susskind Eichl. Er reichte mir seine Fingerspitzen. Sein ganzes Gehabe zeigte, daß er sich für eine bedeutende Persönlichkeit hielt. Sein Gesichtsausdruck wechselte ständig zwischen Ironie, Pfiffigkeit und Mißgunst. Ich hatte das Gefühl, daß er jemanden nachäffte. Er saß auf einem Lehnstuhl am Kopfende des Tisches. Die Zigarette zwischen seinen mädchenhaften Lippen schien ganz von allein zu qualmen. Auf dem anderen Ende der Tischplatte standen ein Teller Grütze, Butter und Käse, daneben lagen ein halber Laib Brot und ein Messer. Mein Abendessen. Ich sagte danke und setzte mich.

Mir kam der Gedanke, daß ich mir erst die Hände waschen sollte. (Mein Vater hatte immer gesagt, im Schlaf werde man von Chetuma, einem bösen Geist, heimgesucht, und deshalb müsse man sich nach dem Aufstehen die Hände waschen.) Aber statt in die Küche zu gehen, blieb ich am Tisch sitzen. Ich vermutete, daß dieser Bursche, sobald ich ihm den Rücken gekehrt hätte, wieder so komisch lachen würde wie vorhin.

Bella sagte: »Genosse Bendiger – ich darf Sie doch Genosse nennen? –, Susskind Eichl ist ein berühmter Dichter. Sie können ihm die Sachen zeigen, die Sie geschrieben haben. Wenn sie gut sind, wird er sie veröffentlichen.«

Eichl spuckte seine Zigarette aus. »Was schreiben Sie denn? Die Memoiren Ihrer Zukunft?« Die beiden Frauen lachten.

»Immer mußt du Witze machen«, sagte Bella. »Er ist ein ernsthafter junger Mann. Er schreibt über Spinoza.«

»Ach, wirklich?«

»Es ist ein Essay«, sagte ich. »Ein Anfang. Kein reifes Werk.«

»Warum haben Sie es nicht ausreifen lassen? Ein Essay ist wie ein Apfel. Man darf ihn nicht vom Baum reißen, bevor er reif ist. Sonst ist er sauer. Aber vielleicht mögen Sie saure Essays.«

»Essen Sie doch! Essen Sie! Er spottet gern, aber er meint es nicht böse«, sagte Bella. »In seinem Alter…«, sie deutete auf mich, »… kann man noch keine reifen Werke schaffen. Aber wenn ich Herausgeber einer Zeitschrift wäre, dann würde ich solche Sachen drucken. Es ist doch faszinierend, die geistige Entwicklung zu beobachten. Nehmen wir zum Beispiel Byrons frühe Gedichte. Die haben noch nichts Geniales an sich, sie wirken ein bißchen unbeholfen. Aber man spürt darin etwas vom künftigen Byron mit all seinen Stimmungen und Launen.«

»Das spürst du nur deshalb, Bella, weil aus Byron *der* Byron geworden ist. Zehntausend arme Wichte wollten ein zweiter Byron werden und sind am Ende arme Wichte geblieben. Es ist vielleicht besser, eine Zeitlang zu warten und zu sehen, was dabei herauskommt.« Susskind Eichl blinzelte

Bella zu und zog an seiner Zigarette. Dann kniff er das eine Auge halb zu und schien damit seine wohlgeformte Nase zu betrachten.

Obwohl die Grütze mit reichlich Bratensauce übergossen war, fand ich keinen Geschmack daran. Susskind Eichl machte mir angst. »Ich möchte lieber nichts veröffentlichen, was noch nicht ausgereift ist«, sagte ich.

»Nein? Aber wenn die Leute sich das wünschen würden? Wenn die Leute es von Ihnen verlangen würden? Wenn sie schrien: ›Wir wollen Bendigers Essay! Wir gehen nicht weg, bis du ihn uns schwarz auf weiß gezeigt hast!‹ Was würden Sie dann tun? Es heißt doch ›Volkes Stimme, Gottes Stimme‹. Und Sie suchen doch bestimmt keinen Streit mit Gott.«

»Was für eine verkehrte Argumentation!« sagte Bella. »Sie brauchen ihm nicht zu antworten. Er hat verrückte Einfälle.«

Mir war klar, daß Susskind Eichl darauf aus war, mich vor den beiden Frauen lächerlich zu machen. Ich wollte ihm eine bissige, witzige Antwort geben, doch mir fielen nicht die richtigen Worte ein. Statt dessen sagte ich: »Das ist doch völlig abwegig. Daß so etwas geschehen könnte, ist höchst unwahrscheinlich.«

»O nein, es könnte jeden Tag geschehen. Die Menschheit braucht einen Essay über Spinoza. Insbesondere einen über Spinoza und die Kabbala. Ist Spinoza Ihrer Ansicht nach ein Kabbalist gewesen?«

»Die Kabbala hat ihn beeinflußt.«

»Soviel ich weiß, war er kein Mystiker, sondern ein Rationalist.«

»Er glaubte an Intuition.«

»Intuition und Mystizismus sind zwei völlig verschiedene Dinge, Genosse ... äh ... Bendiger. Große Denker und große schöpferische Menschen machen sich die Intuition oft zunutze. Mystiker hingegen hoffen, Gott an den seidenen Aufschlägen seines Mantels packen zu können, oder möchten Wein aus der Wand fließen lassen. Ich habe einmal in ein Buch von Jakob Böhme geguckt und bin zu dem Schluß gekommen, daß es sich bei seinen Namen um einen Druckfehler handelt. Er müßte eigentlich Jankl Behejme heißen.«

»Ich glaube, daß nicht einmal Lenin ein Monopol auf die Wahrheit hat«, erwiderte ich, erstaunt und ein bißchen beunruhigt über meine eigenen Worte.

Susskind Eichl prustete durch das eine Nasenloch und sah mich halb unschlüssig, halb belustigt an. »Na, dann können Sie ja noch einen Essay schreiben – ›Lenin und die Kabbala‹. Machen Sie Lenin klar, wie nachhaltig ihn der Rebbe von Ger oder irgendein anderer Schlappschwanz beeinflußt hat. Für solche Ware gibt es einen Schwarzmarkt. Sogar die *Protokolle der Weisen von Zion* haben eine beträchtliche Leserschaft.«

»Ach komm, Susskind, sei nicht so kratzbürstig!« Bella drohte ihm mit dem Finger. »Er ist doch noch ein junger Kerl. Fast noch ein Kind.«

»Denikin und seine Banditenhorden waren auch fast noch Kinder. Wenn Sie wirklich noch so naiv sind, dann lassen Sie sich folgendes gesagt sein: Es gibt nur zwei Seiten, auf denen man heutzutage stehen kann – entweder hinter den Barrikaden oder vor ihnen. So etwas wie Neutralität gibt es heutzutage nicht mehr. Auch nicht so etwas wie Vaterland oder ähnliche Erfindungen. Wer nicht auf seiten Lenins ist, der ist auf seiten Mussolinis und Pilsudskis, auf der Seite von Lloyd George und MacDonald und all dem anderen faschistischen Abschaum. Erzählen Sie mir jetzt bloß nichts von Leuten, die nichts mit der politischen Arena zu tun haben wollen. All diese Schöngeister lecken am Tisch der Faschisten die Teller ab. Ich habe mehr mit einem Farbe bekennenden Faschisten gemeinsam als mit diesen lammfrommen Künstlern, die in höheren Regionen schweben, diesen armseligen Knilchen, die keine Ahnung haben, was hier unten auf der sündigen Erde passiert.«

»Bravo, Eichl, jetzt redest du Tacheles!« rief Bella und klatschte in die Hände.

»Ich halte meinen Vater nicht für einen Faschisten«, sagte ich. »Und ich glaube auch nicht, daß Ihr Vater einer ist.«

»Ich weiß nicht, wer Ihr Vater ist. Meiner ist ein irregeleiteter kleiner Mann. Das Opfer eines beschissenen Systems. Er würde zwar kein Gewehr in die Hand nehmen und auf Arbeiter schießen, aber nur deshalb nicht, weil er noch nie ein Gewehr in der Hand hatte und weil der arme Kerl keine Ahnung hat, wie man schießt. Wenn irgendein anderer schösse, dann würde mein Vater sagen: ›Es ist Gottes Wille.‹ Und er würde fromm danebenstehen und nicken.«

»Der Vater des jungen Mannes ist Rabbiner«, warf Bella ein.

»Ach, Rabbiner? Ich habe gesehen, wie der Jekaterinoslawer Rabbiner dem Zaren Nikolaus Brot und Salz brachte. Er hat sich so tief verneigt, als spräche er in der Synagoge das *Modim anachnu*-Gebet. Jeden Samstag haben sie in der Synagoge einen *Mischebejrach* zelebriert, und zwar nicht nur für den Zaren, sondern auch für seinen Onkel, seine Frau und alle möglichen anderen Verwandten des Herrschers. Die hätten sogar Rasputin gesegnet und die Torarolle an ihm vorbeigetragen, wenn sie sich etwas davon versprochen hätten.«

»Und was ist mit denen, die weder für Lenin noch für Mussolini sind? Sollen die alle Selbstmord verüben?«

»Die brauchen sich nicht selber umzubringen.«

»Dann müssen wohl dreiviertel der Weltbevölkerung sterben, weil sie nicht an Lenin glauben?«

»Im gegenwärtigen Konflikt muß jeder Stellung beziehen. Wenn die Revolution ausbricht, werden sich die Arbeiter in Deutschland, Frankreich, China und Indien nicht in Löcher verkriechen. Sie werden keine Essays über Spinoza und die Kabbala schreiben.« Wieder ließ Susskind Eichl sein Nasenlochprusten ertönen.

»Was kann die Revolution den Juden nützen?« fragte ich. »Die meisten Juden sind keine Arbeiter. Und Bauern gibt's bei uns nicht. Laut Lenin sind wir alle bloß Kleinbürger oder Geistliche und als solche für die Revolution so unnütz wie Abfall. Warum sollen wir kämpfen, wenn wir damit nichts anderes erreichen als die Selbstzerstörung?«

»Wer ist ›wir‹? Den jüdischen Arbeitern geht es um das gleiche wie den Massen überall in der Welt. Aber all diese Händler, Schmuggler und Synagogenhocker kümmern mich sowenig wie der Schnee von gestern. Wenn sie sich hier auf Erden nicht nützlich machen können, dann sollen sie doch zu Gott gehen. Er wird sie beschützen. Er hat sie immer beschützt – so wie zum Beispiel vor Chmielnicki und vor Petljura. Er ist ein gütiger Gott, besonders gegenüber den kleinen, frommen Juden.«

Eichl zog an seiner Zigarette, aber sie war ausgegangen. Mit dem linken Auge blinzelte er Eduscha zu. Offenbar ärgerte er sich darüber, daß er sich auf eine Diskussion mit einem jungen Provinzler eingelassen hatte.

»Essen Sie, Genosse Bendiger!« sagte Bella. »Nehmen Sie sich das nicht zu Herzen. Sie sind noch jung. Sie haben noch viel Zeit, um über diese Dinge nachzudenken. Auch in Palästina gibt es Kapitalisten und Arbeiter. Aus Ihnen wird, soweit ich das beurteilen kann, kein Kapitalist werden.«

»Aber auch kein Kommunist.«

»Na ja, irgend etwas werden Sie bestimmt. Die Geschichte wartet immer mit Überraschungen auf. Aber eines steht fest: Warme Grütze schmeckt besser als kalte. Selbst ein Kapitalist wird dem zustimmen.«

2

Andere Gäste erschienen, und ich ging wieder in mein Zimmer. Ich zog mich aus, legte mich aufs Bett – und wurde sofort von Wanzen gebissen. Mir fiel ein Aphorismus von Otto Weininger ein: »Gott hat die Wanze nicht erschaffen.« Wer denn? Und wer erschuf die Grausamen, die Irregeleiteten, die Besessenen? Wer erschuf Petljura, Dserschinski, Diebe, Banditen, Mörder?

Ich hatte das Gaslicht ausgedreht und hatte kein Streichholz, um es wieder anzuzünden. Aus dem Zimmer nebenan waren Stimmen und Gelächter zu hören. Ich konnte einige Namen verstehen: Blok, Majakowski, Lunatscharskij, Jessenin. Vermutlich hatte Susskind Eichl eines seiner Gedichte zum besten gegeben, denn es wurde Beifall geklatscht.

»Warum merzen sie die Wanzen nicht aus, anstatt der Welt eine Revolution zu bescheren?« fragte ich mich. 1917 war ich auf der Seite der Revolution gestanden. Ich hatte es begrüßt, daß Zar Nikolaus abgesetzt wurde. Purischkewitsch und die Schwarzen Hundert waren zum Teufel gejagt worden. 1920 jedoch, als die Bolschewiken ein paar Tage lang in Bialedrewne waren, konnte ich mit eigenen Augen sehen, was sie taten. Sie erschossen mehrere ortsansässige Juden. Einen Herumtreiber machen sie zum Kommissar. Junge Kommunisten versammelten sich in der polnischen Kirche, rissen Heiligenbilder herunter und hetzten die Bauern zu Gewalttätigkeiten auf. Mein Onkel Gabriel, der Rabbiner, war der Gefahr, erschossen zu werden, nur mit knapper Not entronnen. Die Bolschewiken waren so überheblich und begingen so viele Greueltaten, daß das ganze Schtetl dem Herrgott dankte, als die polnischen Soldaten zurückkamen – obwohl auch sie die Juden gepeinigt hatten. Die meisten Kommunisten waren mit der Roten Armee abgezogen, einige jedoch wurden ins Gefängnis gesteckt. Einer wurde aufgehängt. Ein, zwei Tage danach starb sein Vater an einem Schlaganfall.

Es war schon spät in der Nacht, als die Gäste gingen, aber Susskind war offenbar dageblieben. Aus dem Zimmer nebenan hörte ich Geflüster und sein gedämpftes Lachen. Dort gab es nur ein einziges Bett und ein Sofa. Vermutlich schliefen Susskind Eichl und Bella zusammen.

»Alle sind auf Blut aus«, grübelte ich. »Die Wanzen, die Kommunisten, die Faschisten. Jeder Sozialreformer, jeder scheinbare Idealist.« Unlängst war ich Pazifist geworden. Ich hatte Tolstoi, Ferster, Nogdehn gelesen. Und ich hatte sogar mit dem Gedanken gespielt, Vegetarier zu werden. Also – was mußte gegen Wanzen, Flöhe und Läuse unternommen werden? Was würde geschehen, wenn wilde Tiere sich so vermehren würden wie in Indien, und wenn Tiger Kinder verschlängen? Und was sollte gegen Staaten unternommen werden, die ihre schwächeren Nachbarn angriffen?

Mein Leben kam mir öde vor, in persönlicher und in ideologischer Hinsicht. Ich hatte mich mit meinen Eltern und meinen Verwandten zerstritten.

Ich lag im Bett und ließ mich von den Wanzen beißen. Ich malte mir aus, wie Susskind Eichl sich auszog und es mit Bella trieb, während deren Nichte drüben auf dem Sofa lag. Wer weiß, ob Eichl nicht vielleicht auf eine Orgie mit beiden Frauen aus war? Mir fiel ein, was mein Vater gesagt hatte: »Heute bindet man sich eine Krawatte um, morgen sündigt man mit einer Frau. Wenn man anfängt, die Gojim nachzuäffen, dauert es nicht lange, bis man so ist wie sie.«

In Gedanken sagte ich zu ihm: »Ja, Vater, von deinem Standpunkt aus hast du recht. Aber du gründest alles auf die Annahme, daß jedes Wort der Tora, der Gemara, des Schulchan Aruch vom Berg Sinai her überliefert ist. Wenn sich das aber als unwahr erwiese, dann würde dein ganzes Gedankengebäude einstürzen. Und worauf soll *ich* bauen? Auf Spinozas geometrische Methode oder auf Immanuel Kants Abhandlungen? Auf die Aussprüche Nietzsches? Herr im Himmel, ich treibe – körperlich und geistig – auf einem Meer ohne Boden.«

Ich schlief ein und wachte früh am Morgen auf, schweißgebadet, mit schwerem Herzen und einem von Wanzen geschundenem Körper. »Hier bekomme ich keine Luft«, murmelte ich. »Ich ersticke.« Dann stand ich auf und öffnete die Tür zum Flur. Aus dem mittleren Zimmer war ein Schnarchkonzert zu hören. Alle drei – Susskind Eichl, Bella und Eduscha – schnarchten. Nur mit meinem Hemd bekleidet, stand ich im Dunkeln da und atmete die Luft im Flur, die nach Gas und schmutziger Wäsche roch. Nirgends war ein Fenster offen. Wir atmeten alle Gift ein. Ich legte mich wieder ins Bett.

Spät am Morgen kam Eduscha, um mich zu wecken. Sie

klopfte an die Tür, aber ehe ich ein Wort sagen konnte, kam sie herein und zündete das Gaslicht an. Sie trug einen Bademantel und Pantoffeln. Ich konnte den Saum ihres Nachthemds sehen. Sie wirkte ausgeschlafen und strahlte eine begehrenswerte mädchenhafte Frische aus.

»Ich hab Sie aufgeweckt«, sagte sie.

»Nein, ich habe nicht mehr geschlafen.«

»Wir haben Frühstück für Sie gemacht. Es ist zehn Uhr. Wie haben Sie geschlafen?«

»Gut.«

»Ich muß hier ein bißchen Ordnung machen. Stanislas Kalbe hat ein Tohuwabohu hinterlassen. Ach, die Männer sind solche Schmutzfinken! Wenn wir Frauen nicht wären, kämen die nie zurecht.«

»Wohnt der Dichter hier?« fragte ich, ohne zu wissen, warum.

»Eichl? Wie kommen Sie denn darauf? Er ist spät in der Nacht heimgegangen. Er war bis drei Uhr hier. So ist er eben. Ein interessanter Kerl. Unheimlich begabt. Aber es lohnt sich nicht, mit ihm zu streiten. Meine Tante kommt jetzt gut mit ihm aus, ich dagegen kann derart hochnäsige Menschen nicht ausstehen. Selbst *wenn* er ein Dichter ist, na und? Auch Dichter sind aus Fleisch und Blut, hab ich recht?«

»Ja, natürlich.«

»Sie hingegen sind zu sehr in sich gekehrt. Ich finde, man lebt nur einmal und sollte sein Leben nach Kräften genießen. Was nützt es denn, all diese Fragen zu stellen? Dadurch geht einem bloß noch ein Tag verloren.«

»Was für eine Frau ist Ihre Tante?«

»Oh, sie ist ein interessanter Fall. Sie möchte über alles und jeden triumphieren. Sie war verheiratet, hat sich aber scheiden lassen. Ihr Mann war Chassid. Ein Anhänger des ... wie nennt sich dieser Rebbe doch gleich? Ach ja, des Solokower Rebbe. Sie sehnt sich nach ihrem Kind, das beim Vater ist. Lassen Sie kein Wort darüber verlauten. Sie wird es Ihnen schon selber erzählen. Wenn ich irgend etwas über sie sage, wird sie wütend. Sie hätte eine sehr gute Partie machen können. Reiche junge Männer waren hinter ihr her. Aber für sie ist Geld fast so etwas wie Schmutz. Ich bin übrigens genauso. Wenn ich jemanden mag, kann er von mir aus ein Bettler sein.«

»Ist Ihr Verlobter ein Bettler?«

»Lipmann? Ach, das ist doch bloß einen Redensart. Seine Eltern sind fromm. Er hat studiert, um Rechtsanwalt zu werden, aber das will er jetzt nicht mehr. Ach, das ist eine lange Geschichte. Eigentlich soll es ein Geheimnis bleiben. Sie dürfen es niemandem erzählen. Er geht für ein paar Monate in die Sowjetunion. Nach seiner Rückkehr heiraten wir. Na ja, was heißt heiraten? Ich brauche den Segen eines Rabbiners nicht, und er schon gar nicht. Wir werden eine Wohnung mieten und zusammenleben.«

»Was will er denn in der Sowjetunion?«

»Er ist ein gebildeter Mensch, ein Mann der Tat. Er wird einen Lehrgang leiten, Vorträge halten. Ich sollte mitkommen, aber seine Pläne haben sich im letzten Moment geändert. Und jetzt bin ich hier allein. Aber was soll's – es wird der Revolution nicht schaden, wie man so sagt. Und wie lange dauern denn schon ein paar Monate? Der Winter geht vorbei, und im Frühjahr kommt Lipmann zurück. Er wird da drüben viel zu beschäftigt sein, um Zeit für andere Frauen zu haben. Und wenn nicht – na und? Männer sind wie Bienen, immer wieder zu einer anderen Blume, um Honig zu saugen. Das ist halt ihre Natur. Und was die Blume betrifft, die gibt ihren Nektar jeder Biene, die zu ihr geflogen kommt.«

Eduschas Augen funkelten vor Vergnügen. »Gehen Sie in die Küche und waschen Sie sich. Dann kommen Sie zum Frühstücken. Wenn Sie bei uns wohnen wollen, müssen Sie essen. Wir können einen jungen Mann doch nicht ins Restaurant gehen lassen, wo er doppelt soviel bezahlen muß. Außerdem gibt es dort kein frisch gekochtes Essen.« Dann fragte sie: »Wer ist die Frau, die Ihr Visum mitbenützen wird?«

»Ihr Vater war einmal ein reicher Mann. Sie will nach Palästina zu ihrem Verlobten.«

»Ich verstehe. Sie werden sie heiraten und sich dann von ihr scheiden lassen.«

»Es ist nur eine Formalität.«

»Seien Sie vorsichtig. Schon so mancher junge Mann ist auf diese Weise in die Falle gelockt worden. Was ist sie – eine alte Jungfer?«

»Sie ist noch nicht alt.«

»Warum holt sie ihr Verlobter nicht zu sich?«

»Wahrscheinlich kann er das nicht.«

»Da ist etwas faul, aber mich geht das ja nichts an. Ich bin in puncto soziale Probleme nicht so engagiert wie meine Tante, aber ich halte die Augen offen und weiß, was los ist. Die zionistische Idee ist ein einziger Schwindel, ein Hirngespinst. Was werden Sie da drüben tun? Ich hatte eine Freundin, die nach Palästina ging. Ein reizendes Mädchen. Und obendrein reich. Sie hatte es sich in den Kopf gesetzt, den Juden da drüben dabei zu helfen, produktiv zu werden – und so weiter. Sie mußte auf einem Feld arbeiten, wo es so heiß war, daß sie sich fast die Füße versengte. Und obendrein bekam sie Malaria. Und dann hat sich einer von diesen Chalutzim oder von diesen Schomrim an sie herangemacht, und ehe sie sich versah, hatte sie einen dicken Bauch. Dann ist der Kerl verschwunden, weiß der Teufel wohin. Sie ist nach Warschau zurückgekehrt und hat das Kind drüben gelassen. Aber sie hat sofort Sehnsucht nach ihm bekommen. Eines Abends kam sie zu mir und sagte: ›Eduscha, du mußt mir zwei Zöpfe flechten. Ich will morgen hübsch aussehen.‹ Sie hatte ihre Haare nicht kurzgeschnitten, sie reichten ihr bis zur Taille. Ich flocht ihr also zwei Zöpfe. Danach unterhielten wir uns eine Weile. Dann gab sie mir einen Kuß und ging nach Hause. Am nächsten Morgen läutete das Telefon. Anna, eine Frau wie eine Rose, hatte sich vergiftet.«

»Auch in Rußland vergiften sich Menschen.«

»O nein! Dort hat das Leben einen Sinn. So, und jetzt waschen Sie sich!«

Eduscha ging hinaus. Es war mir peinlich, in die Küche zu

gehen, weil ich weder einen Schlafanzug noch einen Bademantel, noch Pantoffeln hatte. Eine der beiden Frauen hätte hereinkommen können. Schließlich hastete ich in die Küche und wusch mich in aller Eile. Dann zog ich mich an und ging ins mittlere Zimmer.

Merkwürdig! Beide Frauen hatten mit dem Frühstücken auf mich gewartet. Das war mir unangenehm. Erstens hatte ich keine Ahnung, wie ich sie für meine Mahlzeiten entlohnen sollte, und zweitens: weshalb warteten sie, bis ich zum Frühstücken kam? Als ich mich setzte, kam mir der Gedanke, daß hier mehr als Großmut im Spiel war. Offenbar konnten die beiden Frauen das Alleinsein nicht ertragen. Ständig – Tag und Nacht – mußten sie mit jemandem zusammensein. Das hing mit dem gegenwärtigen Zustand der Menschheit zusammen – mit dem Kollektivismus und der Vorstellung, daß der Mensch nur ein Rädchen in einem großen Räderwerk sei.

Bei Tisch sprachen Bella und Eduscha über alle möglichen Veranstaltungen der Linken: Versammlungen, Demonstrationen, Protestmärsche. Offenbar lasen sie alle Warschauer Zeitungen, denn sie wußten, was jeder Parlamentsabgeordnete gesagt hatte.

Sie sprachen über die Warschauer Theater, über Sänger und Redner, die kürzlich im Radio zu hören waren. Sie sprachen über Ereignisse in Berlin, Paris, London, Moskau, ja sogar in Peking und in der Mandschurei, und zwar so, als hätte sich das alles ganz in der Nähe abgespielt. Ihre Blicke verrieten teils Stolz, teils Ergebenheit. Wenn sie »Sowjetunion« sagten, leuchteten ihre Augen, als ob es eine Sünde wäre, dieses Wort nicht mit Begeisterung auszusprechen.

Bella aß einen Bissen Brot, trank einen Schluck Kaffee und zündete sich eine Zigarette an. Sie blies drei Rauchkringel, dann sagte sie: »Alles wird auf den Kopf gestellt. Die Revolution wird Ihnen nach Palästina folgen ...«

3

Mehrere Tage vergingen. Ich traf mich mit Sonja und erzählte ihr von Fräulein Minna und von der dunklen Kammer, in die ich eingezogen war. Der Laden, in dem Sonja Damenunterwäsche verkaufte, war samstags geschlossen, dann konnte sie tun, was sie wollte. Ich ging mit ihr in Richtung Praga-Brücke, und weil es schneite, setzten wir uns in ein Café und bestellten Kaffee.

Sonja beklagte sich bitter. Warum ich ihr nichts von der Scheinehe gesagt hätte? Sie selber wäre doch mit mir nach Palästina gegangen. Wie lange sollte sie denn noch als Verkäuferin arbeiten? Dort gebe es nur weibliche Kundschaft. Sie habe keine Gelegenheit, Männer kennenzulernen. In Palästina herrsche Frauenmangel, dort sei es ganz leicht, einen Ehemann zu bekommen. Außerdem liebe sie die freie Natur: Felder, Wälder, kleine Dörfer. Was habe man denn davon, in den Warschauer Straßen herumzulaufen? Das sei doch zermürbend und mache einen ganz konfus. »Du hättest mich da drüben nicht als deine Ehefrau behalten müssen. Ich hätte dich freigegeben.«

»Ich kann doch Fräulein Minna nicht zum Narren halten. Außerdem ist der Mann, der mir das Visum verschafft hat, ihr Lehrer gewesen – er hat es nicht meinetwegen, sondern ihretwegen besorgt.«

»Und was soll aus *mir* werden? Ich wache mitten in der Nacht auf und kann nicht mehr einschlafen. Ich denke über mein Leben nach und darüber, wie trist es ist.«

»Ich werde dich nach Palästina holen.«

»Wie denn? Nein, du wirst mich vergessen, wieder vergessen. Du bist fortgegangen, um Lehrer zu werden, und hast versprochen, mir zu schreiben. Aber du hast kein Wort von dir hören lassen. Sobald du in Palästina bist, wirst du dich gar nicht mehr daran erinnern, daß es irgendwo eine Sonja gibt.«

Ich wollte den Kaffee bezahlen, stellte aber fest, daß ich bloß noch ein paar Münzen hatte. Sie reichten nicht einmal für ein Straßenbahnbillett. Sonjas Beschuldigungen machten mir schwer zu schaffen. Ich hatte Sonja gewissermaßen benützt. Sie hatte mir in der schlimmsten Nacht geholfen. Wäre sie nicht gewesen, dann hätte ich jetzt noch allein umherwandern müssen.

Ich dachte daran, daß Fräulein Minna mich so behandelte wie früher eine Edelfrau den Hofjuden. Ich gab ihr Hebräischunterricht, sie jedoch machte sich über mein Polnisch lustig. Sie war bereit, mich zu heiraten, und hatte schon das Aufgebot bestellt, aber sie behandelte mich verächtlich. Ständig wollte sie mir bessere Manieren beibringen: wie man zu sitzen hat; wie man zu essen hat; wie man zu grüßen hat. Auf dem Schiff würden wir die Kabine miteinander teilen müssen, aber Minna hatte mir sofort erklärt, ich dürfte nicht in ihrer Kabine schlafen, sondern müßte mir ein anderes Nachtquartier suchen. Manchmal redete sie ernsthaft und respektvoll mit mir, doch dann schlug sie plötzlich – als wäre ihr wieder eingefallen, wer ich war – einen anderen Ton an.

Es dauerte nicht lange, bis ich merkte, daß mein Aussehen und mein Benehmen sie in Verlegenheit brachten. Ich hatte mich erkältet und mußte mich fortwährend schneuzen, hatte aber nicht genug Taschentücher. Ich hatte mir einen Rasierapparat und besonders scharfe Rasierklingen gekauft, schnitt mich damit aber jedesmal ins Kinn. Ich brachte meine Hemden in eine Wäscherei, hatte aber nicht genug Geld, um sie bügeln zu lassen. Und ich wendete meinen Kragen um.

Und da war Sonja, die mir zornig gegenübersaß, ein Gesicht machte, als könnte sie mich nicht ausstehen, sich aber trotzdem nicht entschließen konnte zu gehen. »Ist das Liebe?« fragte ich mich. »Nein, es ist Einsamkeit.«

Während ich so dasaß, schossen mir phantastische Gedanken durch den Kopf: daß ich einen Schatz entdecken würde und mich dann bei Sonja und allen anderen, die mir einen Gefallen getan hatten, revanchieren könnte. Ich dachte an den Roman, den ich über die Situation, in der ich mich jetzt befand, schreiben würde. Aber wie sollte ich etwas zu Papier bringen, wenn ich unausgeschlafen und von Sorgen bedrückt war? Ich hatte kein Zuhause. Ich wohnte in einem kalten Haus. In meiner dunklen Kammer war kein Ofen, und nachts war es dort fast so kalt wie draußen. Ich litt bereits an einem trockenen Husten.

Plötzlich kam mir der Gedanke an Selbstmord. Ich hatte schon mehrmals daran gedacht, seit ich von zu Hause fortgegangen war und wenn mich das Gefühl beschlichen hatte, daß mir eigentlich gar nichts anderes übrigbliebe. Aber was würden meine Eltern sagen, wenn sie die Nachricht erhielten? Du meine Güte! Ich hatte ihnen nicht einmal geschrieben. Meine Mutter machte sich bestimmt furchtbare Sorgen. Nacht für Nacht hatte ich daran gedacht und mir feierlich geschworen, am Morgen einen Brief oder eine Postkarte zu schreiben, doch wenn es Morgen wurde, vergaß ich jedesmal, was ich mir vorgenommen hatte. In Gedanken klagte ich mich an: »Du bist ein Mörder! Ein Mörder!«

Sonja fragte: »Hättest du Lust, heute abend ins Theater zu gehen? Sie spielen die Operette *Die Csárdásfürstin.*«

»Nein, Sonja.«

»Ich kaufe dir eine Eintrittskarte.«

»Nein, die nehme ich nicht an.«

»Wir können doch nicht den ganzen Tag hier herumsitzen. Man glotzt uns schon an.«

Das stimmte. Die Bedienungen warfen uns ärgerliche Blicke zu. Sonja bezahlte, dann gingen wir hinaus.

Ob ich mich aufhängen sollte? Aber wo? Oder mich in der Weichsel ertränken? Sonderbar, daß ich vor dem Tod weniger Angst hatte als vor kaltem Wasser. Schauer liefen mir über den Rücken. Nachts deckte ich mich immer mit zwei Steppdecken zu, aber mir war es nie warm genug. Gift? Aber welches? Das beste wäre, mich von dem Schiff, das mich nach Palästina bringen sollte, ins Meer zu stürzen. Das Wasser des Mittelmeers war warm. Und auf See würde höchstwahrscheinlich niemand einen Rettungsversuch unternehmen.

Sonja hakte sich bei mir unter. »Sei nicht so traurig. Du kennst doch das Sprichwort ›Vor dem Morgengrauen ist es immer am dunkelsten‹.«

Konnte es für mich überhaupt noch ein Morgengrauen geben? Ich wußte bereits die Wahrheit: Ich war ganz und gar untauglich für Palästina. Als ich bei der Chalutz-Organisation vorgesprochen hatte, war ich von den Chalutzim mit so etwas wie Verwunderung betrachtet worden. Sie hatten gelächelt, und jeder Blick schien zu fragen: »Was hat *der* denn hier zu suchen?« Sie wunderten sich darüber, daß Dov Kalmenzohn sich Zeit für mich nahm. Genauso war es mir vor ein paar Jahren im Rabbinerseminar ergangen und davor in der Lernstube und im Cheder.

Ich ging mit Sonja ins jüdische Viertel zurück. Plötzlich sagte sie: »Weißt du was? Ich habe den Ladenschlüssel.«

Es war ein verrückter Einfall, an einem Samstag in den Laden zu gehen, bei Tageslicht, wenn alle jüdischen Geschäfte geschlossen waren. Aber woanders hätten wir ja nicht hingehen können. Als wir dort angelangt waren, schloß Sonja die Tür auf, und wir gingen hinein. Sie schob die äußere Gittertür zu, damit niemand hereinkommen würde. Innen konnten wir im schwachen Schein einer Lampe die Regale voller Schachteln sehen, die Damenhemden, Jäckchen und Strümpfe enthielten.

Eine Weile saßen wir auf zwei Stühlen, dann umarmten wir uns. »Wenn der Alte uns jetzt sehen könnte! Der würde sich aufhängen.« Im sabbatlichen Halbdunkel des Ladens brach Sonja in Gelächter aus. Zuweilen lauschte sie angestrengt, ob draußen nicht vielleicht irgendein Verwandter des Ladeninhabers vorbeiging und bemerkte, daß an der äußeren Gittertür kein Vorhängeschloß war. Es hätte ja auch sein können, daß ein Polizist an die Tür klopfen würde, oder ein Mitglied der »Sabbatwächter«, die herumliefen, um sich zu vergewissern, daß kein Händler den Sabbat entheiligte.

Es war eine vertrackte Situation, aber wo sonst hätten wir denn hingehen sollen? Wir hatten unsere provinzielle Befangenheit beibehalten: Ich wagte Sonja nicht zu bitten, mit in meine dunkle Kammer zu kommen, und sie hätte das auch nicht gewollt.

Wir küßten und liebkosten uns. Sonja ging nicht auf mein Verführungsgeflüster ein und ermahnte mich ständig, ruhig zu sein und meine Begierde zu zügeln. Sie wollte in ihrer Hochzeitsnacht eine koschere Braut sein, egal, wer der Bräutigam auch sein würde.

Nach ungefähr einer Stunde ließ sie mich zuerst hinausgehen. Nachdem sie das Vorhängeschild wieder angebracht hatte, trafen wir uns an der nächsten Ecke und schlenderten weiter. Als wir am Haus der Chalutzim vorbeigingen, kam mir der Gedanke, ihnen gemeinsam mit Sonja einen Besuch abzustatten. Es war unwahrscheinlich, daß Dov Kalmenzohn anwesend sein würde. Sonja war nach einigem Zögern bereit mitzukommen.

Schon auf der Treppe hörten wir den Radau. Obwohl Sabbat war, brannte das elektrische Licht. Die Chalutzim waren eifrig damit beschäftigt, Kisten vollzupacken, Nägel einzuschlagen, Kästen zuzubinden, Adressen mit dicken Stahlfedern und Bleistiften auf Aufkleber zu schreiben. Ich konnte Ortsnamen wie zum Beispiel Konstanza, Jaffa und Haifa lesen. Ein rothaariger, sommersprossiger Hüne, dessen offenes Hemd seine roten Brusthaare entblößte, versiegelte einen Karton mit Siegellack. Bei der Arbeit rauchte er eine Zigarette. Ein weibliches Mitglied der Chalutz-Organisation bügelte eine Bluse. Sonja sah alledem verwundert zu. Zum Glück war Kalmenzohn nicht da. Es wäre mir peinlich gewesen, ihn mit Sonja bekannt zu machen.

Ein junger Mann, den ich vorher noch nicht gesehen hatte, kam auf mich zu und fragte: »Wann fährt dein Schiff ab?«

»Vorläufig nicht. Ich habe noch keinen Reisepaß.«

»Vielleicht brauchst du einen Beschaffer.« Er gab mir die Adresse eines Verwalters in der Nowolipkistraße, der einem Chalutz alles Erforderliche beschaffen konnte: Geburtsschein, Reisepaß, Militärdienstbescheinigung, amtliche Bescheinigung der polnischen Staatsbürgerschaft und allerlei andere Dokumente. Sowohl echte als auch gefälschte.

Der Bursche war hochgewachsen und hatte wirre blonde Haare. Ich stellte ihm Sonja vor, worauf er fragte: »Geht ihr zwei zusammen auf die Reise?«

»Bedauerlicherweise nicht«, erwiderte Sonja. »Bedauerlicherweise« war ein Lieblingswort der Kleinstadtintellektuellen.

»Warum nicht? Ein Mann, der ein Visum hat, kann eine Frau mitnehmen.«

»Er hat sich bereits eine beschafft.«

»Ach so. Setzt euch und macht's euch gemütlich. Wir scheuchen niemanden hinaus. Ich reise nächsten Mittwoch ab.«

»Nimmst du auch jemanden mit?«

»Kommt mit in den anderen Raum. Dort ist es ruhiger.«

Wir gingen in ein Zimmer, das offenbar eine Bibliothek war. An den Wänden stand ein Bücherregal neben dem anderen: Bücher in hebräischer, jiddischer, polnischer und deutscher Sprache. Außer uns war niemand da. Wir setzten uns.

»Ich habe daheim ein Mädchen«, sagte der junge Mann. »Aber wir hatten einfach nicht genug Geld, um die Reisekosten zu bezahlen. Deshalb reise ich mit einer Frau, die ich nur zum Schein geheiratet habe.«

»Du könntest dich aber in diese Frau verlieben«, sagte Sonja.

Der Bursche schüttelte den Kopf. »Niemals.«

Nach kurzem Schweigen fragte er mich: »Rauchst du?«

»Nein, danke.«

»Was wirst du im Lande Israel tun? Für körperliche Arbeit scheinst du nicht geeignet zu sein.«

»Er ist Schriftsteller«, verriet ihm Sonja.

Jetzt wurde der Bursche sehr ernst. Er zog die Brauen hoch. »Wir werden auch Schriftsteller brauchen. Wir sind das Volk des Buches der Bücher.«

Eine Weile saßen wir drei in der Abenddämmerung da. Das Gesicht des Burschen verdüsterte sich. Wenn er an seiner

Zigarette zog, war auf seinen Zügen ein Anflug von Kummer zu entdecken. Der Blick seiner blaßblauen Augen verriet Beharrlichkeit und Entschlossenheit.

Obzwar ich nicht mehr an die Heiligkeit des Sabbats glaubte, konnte ich nicht vergessen, was für ein Wochentag heute war. Nicht weit von uns hatten Juden die drei vorschriftsmäßigen Sabbatmahlzeiten eingenommen und die Hymne *Bene hechala* gesungen. In einem galizischen Schtetl murmelte meine Mutter jetzt das Gebet »Gott Abrahams ...«. Mir schien, als sähe ich ihr dunkel verschattetes Gesicht, als hörte ich ihre inbrünstigen, von Großmüttern und Urgroßmüttern ererbten Worte:

> »Gott Abrahams, Isaaks und Jakobs, bewahre das arme Volk Israels ... Der heilige Sabbat endet. Wir heißen die neue Woche willkommen. Möge sie Gesundheit und Wohlstand und gute Taten bringen.«

Dieses Gebet sprach meine Mutter für mich, ihren umherschweifenden, vom Tisch seines Vaters verstoßenen Sohn, der sich irgendwo in einer großen Stadt herumtrieb, abgewichen von der Jüdischkeit, aber noch nicht den Gojim anheimgefallen.

Das Volk des Buches der Bücher! Was für Bücher würde ich denn schreiben können? Was könnte ich denn mein Volk lehren? Wem würden meine Geschichten dienen?

Sonja schien erstarrt zu sein. Im Dunkeln hatte sie hervorquellende Augen wie ein Nachtvogel. Ich hatte das Gefühl, daß sie plötzlich über hellseherische Kräfte verfügte. Ihre Augen funkelten. Diese Frau nahm auf ihre Weise Abschied vom Sabbat, der heilig blieb, auch wenn er noch so oft entheiligt wurde. Gottes eigener Ruhetag, des Juden Tag, um seine Seele zu erforschen.

Der Chalutz zog noch einmal kräftig an seiner Zigarette, dann drückte er den Stummel an der Tischkante aus. »Meine letzte Woche in der Diaspora«, sagte er.

4

Als ich an diesem Abend von Eduscha zum Nachtmahl gerufen wurde, sah ich ihren Verlobten, Herz Lipmann, mitten im Zimmer stehen. Mittelgroß, grobknochig, schütteres Haar. Er hatte eine ziemlich fleischige Nase, wulstige Lippen und buschige Augenbrauen, ein eckiges Kinn und einen kurzen Hals. Sein Kopf thronte fest auf den breiten Schultern, seine Hände waren groß, seine Beine kurz. Er trug Schuhe, die vorne hochgewölbt waren. Er erinnerte mich an fußwunde Soldaten auf Heimaturlaub. Dieser Mann hatte etwas Kraftvolles an sich und sah aus wie jemand, der harte Arbeit nicht scheut. Er hatte den durchdringenden Blick eines Polizeispitzels – einen ähnlich mißtrauischen Blick wie manche Geheimagenten.

Tscheka! Dieser Gedanke kam mir sofort.

Eduscha stellte mich vor, aber Lipmann reichte mir nicht die Hand, sondern murmelte bloß irgend etwas. Dann setzte er sich auf den Stuhl, der eigentlich Bellas Stammplatz war, und zündete sich eine Zigarette an. Offenbar war er fest entschlossen, in meiner Gegenwart über gar nichts zu reden. Er nickte und schüttelte den Kopf, statt »ja« oder »nein« zu sagen. Er nagte an seiner wulstigen Unterlippe oder blies Rauch in meine Richtung. Wenn ihm dann doch einmal ein Wort über die Lippen kam, klang seine Stimme rauh und barsch.

Eduscha und Bella gaben sich alle Mühe, ein Gespräch zwischen ihm und mir in Gang zu bringen, doch Herz Lipmann würdigte mich keines Blickes. Ich nahm an, daß er etwas gegen mich hatte, zum einen, weil es ihm nicht paßte, daß die beiden Frauen das Zimmer an einen Mann vermietet hatten, zum anderen, weil ich nach Palästina auswandern wollte, was aus der Sicht eines jüdischen Kommunisten nicht koscher war.

Ich aß hastig und zog mich dann in meine dunkle Kammer zurück. Erst jetzt begann im mittleren Zimmer ein reges Gespräch. Die Frauen führten das Wort, und Lipmanns tiefe

Stimme klang wie fernes Donnergrollen. »Was für Mütter haben einen solchen Sohn?« fragte ich mich. »Wie kann ein zweitausendjähriges Exil noch so viel Selbstvertrauen hervorbringen?«

Die Tatsache, daß ein Herz Lipmann existierte, war alles andere als eine Bestätigung meiner Theorien über die Juden und die Jüdischkeit. Ich glaubte, daß der Jude in der realen Welt fehl am Platze sei; daß die Juden als eine Gruppe (und ich als ein Individuum) eine degenerierte Spezies seien, eine Anomalie unter den Völkern – »ein Volk, das alleine wohnt«. Aber dieser stämmige Kerl war offensichtlich imstande, mit beiden Füßen fest auf der Erde zu stehen.

Etwas später fand sich auch Susskind Eichl ein, und nun ging es im mittleren Zimmer hoch her. Eichl war streitsüchtig, er brüllte, er prustete beim Lachen wieder nur durch das eine Nasenloch. Herz Lipman ließ sich in einem längeren Monolog über irgendein Thema aus. Erst Stunden später schlief ich ein. Als ich aufwachte, roch es nach Kaffee. Ich hörte Schritte in der Küche und im Flur. Eduscha kam, um mich zu wecken, denn in meiner dunklen Kammer wußte man ja nicht, ob es Tag oder Nacht war. Sie stand an der Tür und rief in die Dunkelheit: »Schlafen Sie noch? Es ist neun Uhr!«

»Nein, ich bin schon wach. Danke sehr.«

»Ziehen Sie sich an. Wir warten mit dem Frühstück auf Sie. Wie haben Sie denn geschlafen?«

Ich wollte ihr eigentlich sagen, daß die Wanzen sich die ganze Nacht über mich hergemacht hatten und daß ich erst bei Tagesanbruch eingeschlafen war, aber ich sagte kein Wort. An meiner Situation war jetzt ohnehin nichts mehr zu ändern. Ich schuldete den beiden Frauen bereits Geld für viele Mahlzeiten. Auch die Miete für die zweite Monatshälfte hatte ich noch nicht bezahlt. Nein, sie hielten die Wohnung nicht sauber. Ich hatte bemerkt, daß Bellas Bettwäsche schmutzig war, daß Roßhaar aus den Rissen im Sofa quoll, daß der Lehnstuhl nur noch drei Beine hatte und mit einem Bücherstapel abgestützt war. Ich hatte gesehen, daß Bella, wenn sie Fleisch braten wollte, es mit einer Schere statt mit einem Messer schnitt.

Wenn ich mich morgens in der Küche wusch, litt ich jedesmal Qualen, weil jeden Moment eine der beiden Frauen hereinkommen konnte. Außerdem war es in der Küche so kalt, daß das Wasser und die Leitungsrohre eisig waren. Das Handtuch, mit dem ich mich abtrocknete, war immer schon feucht. Ich rasierte mich mit kaltem Wasser und schnitt mich oft. Wenn ich vor dem Ausguß stand, hörte ich Eduscha jedesmal einen neuen Schlager singen. Sie hatte eine melodiöse Stimme. Für die Hausarbeit hatte sie keine Zeit, aber sie ging oft ins Theater, um sich Operetten und Singspiele anzusehen, und sie kannte alle Schlager, die im Radio gesendet wurden.

An diesem Morgen war Bella beim Frühstück ungewöhnlich geistesabwesend. Sie sagte kaum ein Wort. Sie biß in ihre Semmel, sie zog an ihrer Zigarette. Kurz darauf kleidete sie sich an und ging aus. In ihrem Mantel, der hinten eine Schleife hatte, und mit ihrem helmartigen Hut sah sie wie eine Amazone aus. Eduscha, noch in Bademantel und Pantoffeln, aß ihr Frühstück auf.

Als Bella gegangen war, plauderten wir miteinander. Eduscha erkundigte sich nach meinem Visum und fragte, welche Papiere ich noch brauchte. »Es ist merkwürdig«, sagte sie, »ich habe schon immer in Warschau gelebt, ich bin hier geboren. Trotzdem habe ich das Gefühl, in einer fremden Stadt zu wohnen. Als ob ich auf meinem Weg irgendwohin hier nur Station gemacht hätte.«

»Ihnen geht's auch so?«

»Seit meine Mutter fortgegangen ist, empfinde ich alles nur als vorläufig. Herz geht fort. Und Bella wird auch nicht mehr lange hierbleiben. Und Sie gehen ebenfalls fort. Eines Tages werde ich ganz allein sein.«

»Aber Ihr Verlobter kommt doch zurück.«

»Das hoffe ich, aber... Er hat allerlei Pläne. Ich sollte Ihnen das eigentlich nicht sagen, aber in der Partei weiß man nie, woran man ist. Wenn die beschließen, ihn nach Brasilien oder nach Johannesburg zu schicken, dann muß er seine Koffer packen und sich auf den Weg machen. Es ist wie beim Militär.«

»Er hat ja auch etwas Militärisches an sich.«

»Ja, das stimmt. Wie haben Sie das denn so schnell bemerkt? Er hat einen eisernen Willen. Seine Eltern sind arm – und obendrein fromm. Aber er hat sich auf eigene Faust eine Bildung verschafft: Nacht für Nacht hat er Bücher gelesen. So diszipliniert wie ein Soldat. Sobald er beschlossen hat, etwas Bestimmtes zu tun, wird es für ihn zur heiligen Sache. Leider bin ich das genaue Gegenteil.«

»Es heißt doch, Gegensätze ziehen sich an.«

»Ja, aber manchmal ist es schwierig. Was für ein Mensch sind denn Sie?«

»Einer, der überhaupt keinen eigenen Willen hat.«

»Ach, sagen Sie das nicht. Jedenfalls haben Sie Charakter. Haben Sie eine Liebste? Ich meine eine echte, nicht eine fingierte.«

Ich erzählte ihr von Lena, der Tochter von Jekutiel, dem Schuhmacher, in Bialedrewne.

»Sind Sie sicher, daß sie warten wird?«

»Nichts ist sicher.«

»Stimmt. Es ist besser, sich keine Illusionen zu machen. Meine Devise ist: Pfeif auf alles!«

»Es ist leichter, auf jemand anderen zu pfeifen.«

»Auf alles! Manchmal geht alles schief. Aber wenn der Abend kommt, ziehe ich mich an und gehe in die Oper, wo man mich *na gape* hineinläßt. Wissen Sie, was das bedeutet? Sich hineinschmuggeln, ohne Eintritt zu bezahlen. Ich gebe dem Platzanweiser ein paar Groschen. Ich kann noch so deprimiert sein – wenn Digos oder Gruschtschinski eine Arie singt, vergesse ich alle Sorgen und singe mit. Von uns *na gapniks* gibt es eine ganze Menge. Wenn einer davon eine Eintrittskarte hat, geht sie von Hand zu Hand. Wir kennen alle möglichen Tricks, wie man sich hineinschmuggeln kann.

Manchmal stehe ich in der vierten Galerie und schaue hinunter in die Logen. Ich weiß, daß die Revolution dieses ganze kapitalistische Geschmeiß hinwegfegen wird, aber es ist interessant, hinunterzuschauen zu den schönen Damen und ihren Kavalieren. Das ist auch eine Art Oper – Perlen, Diamanten, Schwanenhälse, blonde Frisuren. Die Männer sind groß und kerzengerade, wie aus einer anderen Welt. Ich sehe zu, wenn sie nicken, sich verbeugen, den Damen die Hand küssen – und mir ist nach Lachen zumute. Es ist, als ob große Kinder miteinander spielten. Und dann die richtige Oper: Der Henker schickt sich an, dem Helden den Kopf abzuschlagen, und die Heldin singt, begleitet vom Orchester, eine Arie. Ach, ich liebe Opern!«

»Ich habe noch nie eine gesehen.«

»Noch nie? Dann muß ich Sie einmal mitnehmen. In Palästina gibt es keine Oper. Trotzdem würde ich gern hinfahren, bloß um zu sehen, wie es dort ist. Einmal hat jemand im Radio arabische Lieder gesungen, da habe ich mich sofort in die Wüste versetzt gefühlt, zu den Zelten und Kamelen. Mich ergriff eine so furchtbare Sehnsucht, als ob ich von dort stammen würde.«

»Sie und Herz Lipmann passen eigentlich gar nicht zueinander«, sagte ich und wunderte mich über meine eigenen Worte.

Eduscha horchte sofort auf. Gespannt und zugleich ein bißchen traurig sah sie mich an. »Warum sagen Sie das?«

»Ach, bei ihm ist alles Vernunft und bei Ihnen ist alles Gefühl.«

»So sollte es ja auch sein. Sie haben vorhin selber gesagt, daß Gegensätze einander anziehen. Er hat auch Gefühl, aber er beherrscht sich. Wie kann man in einer Welt wie dieser mit Gefühlen spielen? Weil ein paar Bourgeois es so wollten, mußten wir einen Weltkrieg erleben, in dem zwanzig Millionen Menschen starben. Mein eigener Vater war ein Opfer dieses Krieges. Und warum ist er ausgebrochen? Weil England und Deutschland sich wegen des Erdöls nicht einigen konnten, stimmt's?«

»Nein, das stimmt nicht.«

»Wieso nicht?«

»Weil das Erdöl bloß eine Ausrede war. Wenn nicht wegen des Öls Krieg geführt wird, findet sich ein anderer Grund.«

»Sie meinen, daß es für die Menschen keine Hoffnung gibt?«

»Ich fürchte, so ist es.«

»Haben Sie so schlechte Erfahrungen gemacht? Wenn ja, dann tun Sie mir leid.«

»Die schlimmste Wahrheit ist besser als die beste Selbsttäuschung.« Ich war mir nicht sicher, ob ich wirklich glaubte, was ich da sagte, oder ob ich Eduscha nur frotzeln wollte. Sie stand da und sah mich traurig und fragend an.

Das Telefon läutete, und sie rannte in den Flur.

Nach einer Weile ging ich wieder in mein Zimmer. Im gelben Schein des Gaslichts war es hier weder Tag noch Nacht. Ich nahm aufs Geratewohl eines der Bücher, die Stanislas Kalbe zurückgelassen hatte, vom Bücherbord. Während ich in dem Mathematikbuch blätterte, kam mir unwillkürlich der Gedanke, daß Eduscha und Kalbe ein Liebespaar gewesen sein mußten. Was konnte denn eine Frau wie sie in Schranken halten? Nicht Gottesfurcht und neuerdings auch nicht mehr die Angst vor einer Schwangerschaft. Die Sexualität war für die Erwachsenen zum Kinderspiel geworden. Ich selber hatte soeben versucht, mit Eduscha anzubandeln. Weshalb sonst hätte ich ihr gesagt, daß sie und Herz Lipmann nicht zusammenpaßten?

Ich saß auf der Bettkante und dachte an Lena.

An einem trüben Herbstabend hatten wir einander ewige Liebe geschworen. Im Dunkeln waren wir Hand in Hand bis zur Mühle gegangen. Zuweilen waren wir stehengeblieben und hatten uns im Nieselregen geküßt. Damals sehnte ich mich Tag und Nacht danach, ihr ovales Gesicht zu sehen, ihre dunklen Augen, die mädchenhafte Sanftheit und kindliche Naivität ausstrahlten, aber auch ein Verlangen, das so uralt ist wie das weibliche Geschlecht. Wenn ich sie in die Arme nahm, zitterte sie jedesmal am ganzen Körper – wie ein Huhn, das an Jom Kippur als Schlachtopfer dargebracht werden soll. Oft sagte sie: »Wenn du es nicht wirklich ernst mit mir meinst, mußt du's mir sagen. Ich glaube, man soll nicht mit der Liebe spielen.«

Ich gab ihr mein feierliches Ehrenwort, daß ich sie wirklich liebte. Daß ich sie heiraten würde. Daß ich ihr bis zum letzten Atemzug treu bleiben würde. Mittlerweile hatte ich aber aufgehört, ihr zu schreiben. In dem Schtetl, in dem ich mich niedergelassen hatte, um Lehrer zu werden, hatte mich eine lähmende Schwermut befallen. Oft war ich tagelang nicht aus dem Haus gegangen. Ich hatte Verstopfung bekommen, so schlimm, daß keine Pillen, so viele ich auch einnahm, mir Erleichterung verschaffen konnten. Ich schien taub und halb blind geworden zu sein. Ständig fiel mir alles mögliche aus der Hand. Wenn ich schrieb, konnte ich bestimmte Buchstaben und manchmal auch ein Wort nicht vollends zu Papier bringen. Damals hatte ich das qualvolle Gefühl, nicht mehr ich selbst zu sein, aber auch kein anderer werden zu können.

III

I

Ich läutete an der Wohnungstür, und das Dienstmädchen öffnete. »Fräulein Minna ist nicht da.«

»Nicht da?«

»Sie mußte irgendwohin. Sie sollen hier auf sie warten.«

Ich setzte mich auf den Stuhl im Flur und blätterte in derselben Zeitschrift wie bei meinem ersten Besuch. Und auch diesmal kam Meir Ahronson aus seinem Zimmer. Er hatte sein Käppchen auf und trug wieder das Jackett, das ihm zu lang war. »Kommen Sie mit in mein Zimmer«, sagte er. »Minna ist bald zurück. Tekla, bring uns zwei Glas Tee!«

Ich betrat sein Arbeitszimmer. Ein alter Teppich, alte Bücher. Die Doppelfenster waren geschlossen, es roch nach Staub und nach dem Kohlenfeuer im Ofen. Meir Ahronson setzte sich in einen alten Lehnstuhl, ein aus König Sobieskis Zeiten stammendes Möbelstück, das eine Kopfstütze hatte und mit beinernen Knöpfen beschlagen war. Ich setzte mich auf ein Sofa, dessen Lederbezug Risse hatte. Tekla, die dunkelhäutige, rotbackige junge Schickse, brachte uns Tee und steinharte Kichl. Beim Hineinbeißen brach ich mir fast einen Zahn ab. Meir Ahronson trank einen Schluck Tee und seufzte. »Nu, kommt sie mit dem Hebräischlernen gut voran?«

»Es ist nicht so einfach. Zumal die Grammatik.«

»Ich habe auch einmal Grammatik gelernt. Glauben Sie, daß die Grammatik heutzutage noch Grammatik ist? Alles ist verkürzt und vereinfacht worden. Mein Vater war Chassid, aber er wollte trotzdem, daß wir die Heilige Schrift lesen konnten. Er engagierte einen Litauer, der uns Grammatikunterricht gab. Der objektive Fall, der subjektive Fall. Es ging beim einen Ohr hinein und beim anderen hinaus. Das war ein anderes Warschau damals. Juden waren noch Juden und keine

Gojim. Zu Geld zu kommen war leicht. Die Russen bauten Eisenbahnen, und viele Juden wurden reich. Warschau, wie es heute aussieht, ist von Juden aufgebaut worden. Von Steuern war damals gar keine Rede. Wenn der Zar Geld brauchte, lieh er es sich meistens von Rothschild oder einem anderen Bankier. Heute wird man ausgeplündert. Ich werde immer wieder vom Steueramt vorgeladen und muß meine Geschäftsbücher vorlegen. Aber es nützt nichts. Die Gojim sagen: ›Du lügst, Jude. Du bist ein Schwindler.‹ So reden sie im neuen Polen mit Meir Ahronson. Ihre Väter waren Schabbesgojim und Pförtner. Was soll bloß aus uns werden? Die wollen uns mit Stumpf und Stiel vernichten.«

»Die Zionisten haben recht«, sagte ich, bloß um etwas zu sagen.

»Wieso? Niemand wird ihnen Palästina geben. Niemand bekommt etwas umsonst. Träume, Hirngespinste. Man hat einen Juden zum Hochkommissar gemacht, aber er tut nicht, was Nachum Sokolow, sondern was England will. Narretei! Blödsinn! Dieser Zbigniew Schapira, Minnas Verlobter, hat mit Palästina genauso wenig zu tun wie Sie mit dem Grafen Potocki. Er ruiniert sich. Er ist dorthin gegangen, um sich zu ruinieren. Minna hat Ihnen sicher davon erzählt, nicht wahr?«

»Sie hat mir gar nichts erzählt.«

»Er ist Ingenieur. Hat in Krakau und an der Sorbonne studiert. 1919 ist er in die polnische Armee eingetreten und später zum Major befördert worden. Die haben's nicht eilig, einen Juden zum Offizier zu machen, aber dieser Zbigniew hat Grips. Er hat ihnen beim Brückenbau und wer weiß wobei sonst noch geholfen. Sein Vater lebt nicht mehr, seine Mutter ist alt und teilweise gelähmt. Er ist ihr einziger Sohn – groß, gutaussehend, eine echte Persönlichkeit. Er weiß sehr wenig über die Jüdischkeit, aber so ist das halt mit der jungen Generation. Die fürchten sich vor dem Wort ›Jude‹. Er hat meine Minna in Zoppot kennengelernt und sich sofort mit ihr verlobt. Die beiden haben keinen Heiratsvermittler gebraucht. Was wünscht sich ein Vater? Daß ihm seine Kinder ein bißchen Freude machen. Ich hatte noch eine jüngere Tochter, aber sie ist tot. An einer Blinddarmentzündung gestorben. Es hat ihre Mutter fast ins Grab gebracht. Sie ist nicht mehr so, wie sie früher war. Aber was kann man machen? Alles wird dort oben bestimmt. Wir dachten, mit Minna würde alles gutgehen, aber dann hat dieser Zbigniew etwas wirklich Meschuggenes getan. Sich absichtlich mit einem Messer verletzt, um nicht wieder eingezogen zu werden. Er mußte Polen verlassen, sonst wäre er ins Gefängnis gekommen. Jetzt lebt er unter falschem Namen in Palästina, aber auch dort wird er nicht bleiben. So liegen die Dinge. Minna lernt Hebräisch, aber nun will Zbigniew plötzlich nach Südafrika oder Brasilien. Er ist ein Hitzkopf. Jeden Tag heckt er einen neuen Plan aus.«

»Als Ingenieur kann er immer sein Brot verdienen, egal, wohin er geht.«

»Ach, ihm genügt es nicht, sein Brot zu verdienen. Er will reich werden. Millionär will er werden – sofort. Er kann einfach nicht warten. Er ist bestimmt sehr gewitzt. Eine Art Philosoph. Trotzdem begeht er solche Narreteien. Ein gesunder Mann, der sich aus eigenem Antrieb ins Krankenbett legt. Seine Mutter läßt er allein. Sie kann nicht laufen, die Arme, sie hat geschwollene Füße. Sie muß sich alles Notwendige in die Wohnung bringen lassen und kann für nichts bezahlen. Jeden Tag kann sie aus der Wohnung geworfen werden, und wohin soll sie dann gehen? In Kleinstädten gibt es ein Armenhaus, in Warschau nicht. Hier kann man sterben, ohne daß jemand Notiz davon nimmt. Ein Schlamassel! Der Mensch ist sein eigener schlimmster Feind. Ich habe ganz offen mit meiner Tochter gesprochen. ›Wenn du einen Burschen wie ihn heiratest, gehst du ein Risiko ein‹, habe ich gesagt. Wer weiß, wohin er sie mitschleppen wird. Aber sie ist in ihn verliebt. Es gibt eine neue Art Irrsinn in dieser Welt. Liebe – ein Blick genügt, und schon ist man von jemandem besessen. Und vier Wochen nach der Hochzeit gibt es nur noch Zank und

Schläge ... Wie läuft's denn bei Ihnen? Haben Sie Ihre Dokumente bekommen?«

»Ein Beschaffer arbeitet gerade daran. Barisch Mendl.«

»Ja, ich kenne ihn. Er ist der Hausverwalter einer meiner Freunde. Er kennt die Aristokratie. Er hat Beziehungen zu allen möglichen Leuten. Hier in Polen kann man nur durch Bestechung erreichen, daß etwas getan wird. Jeder hält die Hand auf, vom Minister bis zum Geldverleiher. Alle haben sie ausgestreckte Hände und fordern Schmiergeld. Oh, es hat geklingelt! Das dürfte Minna sein. Lassen Sie sich nicht anmerken, daß ich Ihnen von Zbigniew erzählt habe. Sie glaubt, er kann nichts falsch machen. Sie glaubt an ihn wie an einen Wunderrabbi.«

»Soll ich zu ihr hinausgehen?«

»Ja, denn wenn sie uns beide zusammen sieht, vermutet sie sicher, daß ich etwas ausgeplaudert habe. Dabei ist alles, was ich Ihnen erzählt habe, ein offenes Geheimnis.«

Ich ließ ein halbvolles Glas Tee und ein angebissenes Kichl zurück und ging in den Flur. Das Dienstmädchen ließ gerade Minna herein, die einen Pelzmantel und eine Pelzmütze trug und deren Handtasche mit Pelz besetzt war. Sie sah wie eine Landadlige aus. Das Dienstmädchen half ihr aus den Überschuhen. Minnas Gesicht war von der Kälte gerötet. Als sie mich sah, verdunkelten sich ihre grünen Augen, und sie verzog das Gesicht, als hätte sie etwas Saures gegessen.

»Warum warten Sie hier draußen? Gehen Sie doch in mein Zimmer!«

Ich ging in ihr Zimmer, wo ich lange warten mußte. Ich blätterte in den Büchern, die im Regal standen. Zwischen den Seiten lagen getrocknete Blumen. Offenbar las Minna eine Menge Gedichte. Manchmal waren Verse unterstrichen. Obzwar sie sehr wohl wußte, daß ich Schriftsteller war, hatte sie noch nie mit mir über Literatur gesprochen. Meistens sprach sie über hebräische Grammatik oder über die Dokumente, die wir brauchten. Sie war jedesmal ärgerlich, wenn sie erfuhr, daß es weitere Verzögerungen gab.

Ich überflog Gedichtzeilen, Anfänge von Kurzgeschichten, Aphorismen und Auszüge aus Essays. In dem Regal waren auch allerlei Papiere und Hefte mit Notizen, die sich Minna über Vorlesungen gemacht hatte.

Auf einem Tischchen lag ein riesiges Album, das ich noch nie aufgeschlagen hatte. Als ich hineinsah, sprang mir sofort eine Photographie von Zbigniew Schapira in die Augen. Einen Kopf größer als sie, stand er neben Minna, um die er den Arm gelegt hatte. Ein Dandy mit einem schmalen Oberlippenbart, einem Spazierstock in der Hand und einer Schirmmütze auf dem Kopf. Das Lächeln in seinen Augen hatte etwas Hinterlistiges und Ungeduldiges.

Ich hörte Minnas Schritte im Flur und schlug hastig das Album zu. Beim Hereinkommen fragte sie ärgerlich: »Warum haben Sie die Dokumente noch nicht bekommen? Die Sache darf nicht derart verzögert werden.«

»Der Beschaffer sagt, er tut, was er kann.«

»Wir müssen uns spätestens Anfang nächster Woche trauen lassen.«

»Also gut.«

»Ich habe beschlossen, keine Grammatik mehr zu lernen. Bringen Sie mir nur noch Vokabeln und die richtige Aussprache bei.«

Wir beschäftigten uns eine halbe Stunde lang mit Vokabeln und Aussprache. Dann fragte Minna barsch: »Hat mein Vater sich mit Ihnen unterhalten?«

»Ein bißchen.«

»Was hat er Ihnen erzählt?«

»Ach, er hat über die gute alte Zeit gesprochen.«

»Die gute alte Zeit war nicht so gut, wie er meint. Aber versuchen Sie mal, ihn vom Gegenteil zu überzeugen! Früher glaubte ich, daß Leute seines Schlags und seines Alters die Wahrheit sagen, aber ich habe die Erfahrung gemacht, daß auch sie lügen. Heute erzählen sie einem dies, morgen erzählen sie etwas ganz anderes. Außerdem vergessen sie manches. Mir wurde gesagt, mein Großvater Abraham Moische sei ein Magnat gewesen. Dann hat sich herausgestellt, daß er, wenn er seinen Rebbe besuchen wollte, zu Fuß gehen mußte, weil er sich die Fahrt nicht leisten konnte. Wie soll man diese beiden Geschichten in Einklang bringen? Ich habe mir feierlich geschworen, keine Geschichten zu erzählen, wenn ich alt geworden bin. Und wie steht's mit Ihnen? Ihre Geschichten stecken doch auch voller Widersprüche.«

Es wunderte mich, wie Minna mit mir sprach. Bisher hatte sie es vermieden, über persönliche Dinge zu reden. Ich erwiderte: »Mein Leben ist voller Widersprüche.«

»Nur *Ihr* Leben? Also wirklich – was werden Sie im Heiligen Land tun? Ich fürchte, daß es Ihnen, sobald wir dort gelandet sind, schwerfallen wird, Ihr Brot zu verdienen.«

»Keine Sorge, ich werde niemandem zur Last fallen.«

Minna dachte ein Weilchen nach. »Dieser Bursche, der Chalutz – ich weiß seinen Namen nicht mehr –, ist zu draufgängerisch gewesen. Sie sind das genaue Gegenteil. Jemand wie Sie wird sich wahrscheinlich auf die Straße legen und verhungern. Ich bin auch so. Und was noch schlimmer ist: ich war in einem Mädchenpensionat. Als einziges jüdisches Mädchen unter fünfzig Nichtjüdinnen. Die meisten schliefen in einem Schlafsaal, ich dagegen bestand darauf, ein eigenes Zimmer zu bekommen. Man wollte mich wieder nach Hause schicken, aber dann fand sich doch noch eine Stube für mich. Im Sommer war sie so heiß wie ein Backofen, im Winter war es so kalt wie draußen. Ein Jahr lang habe ich in dieser Dachstube gehaust, und wie ich da wieder lebend herausgekommen bin, weiß ich bis heute nicht. Aber meinen Eltern habe ich nichts davon gesagt. Die Mädchen hörten allmählich auf, mit mir zu sprechen. Bis heute weiß ich nicht, warum. Auch die Lehrerinnen gingen mir aus dem Weg. Nicht, weil ich eine Jüdin war. Später kam noch ein jüdisches Mädchen. Es wurde wie eine Königin behandelt. Ich nahm an allen Unterrichtsstunden teil und bekam die besten Noten. Doch sie ließen mich spüren, daß ich für sie nicht existierte. Manchmal zweifelte ich an meiner eigenen Existenz. Da Sie Schriftsteller werden wollen, ist das vielleicht interessant für Sie. Damals lasen wir Slowackis *Krol Duch* und andere mystische Werke – und allmählich glaubte ich, ein Geist zu sein, den niemand sehen konnte. Ich weiß nicht, warum ich Ihnen das erzähle. Ich möchte doch jeden Tag fünfzig Vokabeln lernen... Die Scheinehe, die wir eingehen wollen, kommt mir vor wie ein Theaterstück, in dem Geister auftreten. Ich habe das unheimliche Gefühl, daß es mit Ihren Dokumenten nicht klappen wird. Daß böse Mächte meine Pläne vereiteln wollen.«

Sie sprach hastig und sah mich dabei durchdringend an. Mir wurde ganz heiß, und ich spürte, wie mir das Blut ins Gesicht stieg. »Sie können sich darauf verlassen, daß ich nicht mit bösen Geistern im Bunde bin.«

»Ach, da bin ich mir nicht so sicher. Jedesmal wenn ich im Leben etwas erreichen wollte, hat eine Gegenkraft dafür gesorgt, daß nichts daraus wurde. Wenn Sie allen Ernstes Schriftsteller werden wollen, kann ich Ihnen Geschichten über jemanden erzählen, der von einem Geist verfolgt wurde.«

»Ja, unbedingt, Fräulein Minna, erzählen Sie...«

»Nicht jetzt. Vielleicht auf dem Schiff, falls wir jemals an Bord gehen. Manchmal fürchte ich, daß ich Warschau nie verlassen werde. Etwas Unvorhergesehenes wird passieren, und ich werde hier wie in einer Falle sitzen.«

2

Alles spielte sich wie bei einer richtigen Trauung ab. Ich wurde in ein weißes Leinengewand gekleidet, das mich daran erinnern sollte, daß ich eines Tages sterben würde (als ob ich das je vergessen könnte!), und Minna mußte mich siebenmal umkreisen, gemäß der Vorschrift *Venäkävah tesosev gävär...* – (»Und eine Frau soll einen Mann umkreisen...«). Der Rabbiner, aus dessen Augen Intelligenz und Weltklugheit sprachen und dessen langer silberweißer Bart so gekämmt war, daß er unten zwei Spitzen hatte, ließ uns Wein aus einem Becher trinken. Ich hatte eine kleine Flasche Schnaps und einige Kichl für die Juden mitgebracht, die das Gebetsquorum bildeten.

Minna hatte – als wollte sie etwas beweisen – ein altes Kleid angezogen und ihre Haare nicht ordentlich gekämmt. Zuweilen blinzelte sie mir zu. Wir standen jetzt auf etwas vertrauterem Fuß. Sie hatte mir erzählt, wie Zbigniew Schapira sich in sie verliebt hatte, und sie sprach von ihm mit dem anbetungsvollen Gesichtsausdruck, der für liebende Frauen kennzeichnend ist. Niemals, so sagte sie, sei ihr ein Mann begegnet, der hübscher und intelligenter sei als ihr Zbigniew. Er habe das Gymnasium als Bester absolviert und eine Goldmedaille bekommen. Er sei in der polnischen Armee zum Major befördert worden, tatsächlich aber habe er die Aufgaben eines Generals erfüllt. Wenn sie mit ihm ins Theater gegangen sei, habe er die Stücke genauso beurteilt wie danach die professionellen Kritiker in ihren Zeitungsartikeln. Das gleiche habe sie erlebt, als er sie zur Eröffnung einer Kunstausstellung in der Zacheta mitgenommen habe. Von der Warschauer Universität sei ihm eine Dozentur angeboten worden. Die Frauen seien verrückt nach ihm gewesen – die schönsten, die reichsten Frauen aus den vornehmen Familien. Über eines allerdings schwieg sich Minna aus: warum Zbigniew Polen hatte verlassen müssen.

Und nun stand sie unter dem Traubaldachin, dessen Stangen von vier jüdischen Passanten gehalten wurden: zwei Lastträgern, einem Bettler und einem Zeitungsverkäufer. Minna hatte den gleichen vagen Gesichtsausdruck, der mir bei der ersten Begegnung an ihrem Vater aufgefallen war. Sie lächelte ein wissendes, etwas melancholisches Lächeln und streckte sogar die Zungenspitze heraus. Ich wollte ihr Lächeln erwidern, aber mein Gesicht war an diesem Tag merkwürdig starr. Ich wußte, daß ich nicht nur England, sondern auch Gott betrog. Das weiße Gewand, das ich trug, die heiligen Worte, die gesprochen wurden, die Silberleuchter mit den

Kerzen, die die Rebbezin angezündet hatte – das alles gab mir zu denken. Was würden meine Eltern sagen, wenn sie das wüßten?

Der Rabbiner las den Namen meines Vaters aus dem Ehevertrag vor, in den ich – in aramäischer Sprache – das Versprechen eingetragen hatte, der Braut, Mindl, Tochter von Meir Elimelech, im Falle einer Scheidung zweihundert Gulden zu zahlen. Im Falle meines Todes seien meine Erben verpflichtet, ihr diesen Betrag auszuzahlen. Ich sei verpflichtet, für ihren Unterhalt zu sorgen, sie zu kleiden und ihr beizuwohnen wie ein Mann seiner Ehefrau.

Zum Glück dauerte die Zeremonie nicht lange. Danach wünschte uns der Rabbiner *masel tow*. Der Traubaldachin wurde weggeräumt. Die Männer tranken Schnaps, aßen Kichl und gingen dann wieder auf die Straße hinaus. Die Rebbezin wünschte uns *masel tow* und löschte die Kerzen. Wir gingen hinaus in die Kälte.

»Und was machen wir jetzt?« fragte Minna.

»Wir müssen zum Beschaffer gehen.«

»Nehmen wir eine Droschke!«

Der Beschaffer, Barisch Mendl, hatte etliche Dokumente für mich besorgt, erklärte aber, daß noch einige weitere erforderlich seien. Der englische Konsul ließe sich nicht so leicht etwas vormachen. Die polnische Regierung stelle nicht so schnell ein Ausreisevisum aus. Barisch Mendl, ein kleiner Kerl mit einer hohen Stirn und einer blassen Nase, die einem Papageienschnabel glich, verlangte Geld für amtliche Stempel, für offizielle schriftliche Anträge, für Dokumente, die zur Herstellung weiterer Dokumente verhelfen würden. Die Kosten waren viel höher, als wir erwartet hatten. Immer wieder mußte Minna Geldscheine aus ihrem Portemonnaie ziehen. Sie hatte bereits eine Anzahlung für unsere Schiffsfahrkarten gemacht. Nun mußten wir uns den amtlichen Trauschein besorgen.

Anscheinend empfand nicht nur ich, sondern auch Minna jetzt eine gewisse Scheu. Sie vermied es, mir in die Augen zu sehen. Als wir zusammen weitergingen, hielt sie Abstand.

Wenn wir über einen Bordstein steigen mußten, weigerte sie sich, meinen Arm zu nehmen. Dennoch mußten wir – als täten wir es einander zum Trotz – diesen ganzen Tag miteinander verbringen. Wir hatten uns mit Dov Kalmenzohn im Büro der Chalutzim verabredet, außerdem mußten wir ein Reisebüro in der Krulewskistraße aufsuchen.

Zunächst gingen wir in ein Restaurant. Die neueste Eintragung in meinem Kontobuch der Demütigungen lautete: Jede Droschke, jedes Glas Tee, jedes Trambahnbillett lasse ich mir von einer Frau bezahlen. Ich mußte jeden Bissen hinunterwürgen. Ständig beteuerte ich Minna, daß ich weder hungrig noch durstig sei und lieber herumlaufen würde.

Ich merkte, daß meine schäbige Kleidung sie in Verlegenheit brachte – meine plattgedrückte Mütze, mein Mantel, an dem zwei Knöpfe fehlten, meine alten Schuhe, meine zerknüllte Krawatte. Ich rasierte mich jeden Morgen mit Rasierklingen, die ich am Innenrand eines Trinkglases schärfte; später am Tag mußte ich jedesmal feststellen, daß mein Kinn, weil ich mich im Dunkeln rasiert hatte, noch stoppelig war.

Als ich mich an diesem Abend von Minna verabschiedet und mich auf den Weg zurück in mein fensterloses Zimmer gemacht hatte, war ich zu müde, um mich, wie üblich, meinen grandiosen Phantastereien hinzugeben. Zunächst stellte ich mir zwar vor, ich hätte auf dem Mond einen Diamanten gefunden, der eine halbe Tonne wog, aber für diese Idee konnte ich mich jetzt nicht mehr erwärmen. Nein, das Vernünftigste wäre, alledem ein Ende zu machen. Aber nicht einmal das hätte ich jetzt noch mit reinem Gewissen tun können. Minna hatte bereits eine beträchtliche Summe für mich ausgegeben, und ich konnte doch nicht als Schwindler sterben. Ich mußte dafür sorgen, daß sie wieder mit Zbigniew Schapira zusammensein konnte.

Ich trat auf den feuchten Schnee und fühlte mich ins Nirwana versinken. Es schien zwar, als wäre ich noch lebendig, in Wahrheit aber war ich tot. Ich hatte keine Bedürfnisse und keine Ambitionen mehr. Ich war das, was die Materialisten sagten, daß der Mensch sei – ein Automat. Sonderbar! Von Kindheit an hatte ich mir Gedanken über meine künftige Braut gemacht. Daß die Frau, die mit mir unter dem Traubaldachin stehen würde, einen anderen liebte, und daß die Heirat bloß eine Posse und eine Scharade sein würde, um andere hinters Licht zu führen – dieser Gedanke war mir nie gekommen.

Ich klopfte, und Eduscha öffnete die Tür. Gewöhnlich begrüßte sie mich mit einem Lächeln, diesmal jedoch wirkte sie ausnehmend ernst und ein wenig traurig. Ich wußte, warum: Ich hatte noch keine meiner Mahlzeiten bezahlt.

Ich ging in meine Kammer und zündete das Licht nicht an. Es war dunkel und stickig. Ich tastete mich vorwärts wie ein Blinder und legte mich aufs Bett. Gewöhnlich waren aus dem mittleren Zimmer Stimmen, Lärm und Gelächter zu hören, an diesem Abend jedoch vernahm ich keinen Laut. Ich hatte keinen Hunger, fühlte mich aber geschwächt und wie ausgehöhlt. Ich schloß die Augen und blieb eine Weile im Dunkeln liegen.

Schon viele Dutzend Male hatte ich mir selber das Versprechen gegeben, an meine Eltern zu schreiben, doch eine Art Gegenkraft hatte mich jedesmal davon abgehalten. Ich wußte, daß ich Sonja anrufen sollte, aber ich tat es nicht. Eine Art geistige Lähmung hatte mich befallen.

Ich öffnete die Augen und fragte laut: »Ist es wirklich stockdunkel? Dringt kein bißchen Licht herein? Nein, keinerlei Lichtschein ist hereingedrungen.« Trotzdem war mir, als sähe ich einen Widerschein, ein Licht, eine Farbe. Purpurrote Pünktchen tanzten mir vor den Augen und bildeten allerlei Muster. Eine goldene Krone schimmerte in der Dunkelheit, strahlte heller als alles, was ich je gesehen hatte, schuf ein Gemisch aus Feuer und Gold, das nicht von dieser Welt war. Am Rand war die Krone purpurrot, in der Mitte aber war sie schwarz. »Was ist das?« fragte ich. »Ein Traum? Eine Vision? Eine optische Täuschung?«

Ich hoffte noch immer, daß Eduscha mich zum Abendbrot rufen würde. Ich hatte bereits mit Minna gegessen, doch die

Kälte hatte meinen Appetit wieder angeregt. Vielleicht war es ein nervöses Hungergefühl. Ich spürte einen stechenden Schmerz in der Magengrube. Ich glaubte, den Geruch von Grütze und gekochten Pilzen wahrzunehmen. Etwas in mir lachte. Ein hungriger Bräutigam in der Hochzeitsnacht, seine Braut nach Hause zu ihren Eltern gegangen – was für verrückte Situationen sich das Leben einfallen ließ!

Im Flur brannte sonst immer eine kleine Lampe, an diesem Abend aber war es dort dunkel. Plötzlich hörte ich Schritte. Eduscha wollte mich zum Abendbrot holen! Ich setzte mich auf und tastete nach den Streichhölzern auf dem Nachttisch. Die Tür ging auf, und Eduscha fragte: »Schlafen Sie?«

»Nein, nein.«

»Warum haben Sie das Gaslicht nicht angezündet?«

»Ich sitze gern im Dunkeln.«

»Warum? Ich habe heute kein Abendessen gemacht. Kommen Sie ins mittlere Zimmer! Ich muß mit Ihnen reden.«

Ich war mir sicher, daß sie über Geld sprechen und mich auffordern wollte, meine Mahlzeiten zu bezahlen. Sie würde mir erklären, daß ich ausziehen müßte. Ihre Stimme hatte verhalten und ein bißchen bekümmert geklungen. Irgend etwas stimmte nicht.

Ich zündete ein Streichholz an, dann folgte ich Eduscha ins mittlere Zimmer. Auf dem Tisch lag ein Laib Brot. So dunkel und so leer hatte ich dieses Zimmer noch nie gesehen. Irgendwie erinnerte es mich an Tischabow. »Wo ist Bella?« fragte ich.

Eduscha sah mich forschend an, dann sagte sie zögernd: »Es hat keinen Zweck, es zu verheimlichen. Bella ist verhaftet worden.«

»Was?« Ich schrie es fast. »Warum? Wann ist das passiert?«

»Ich weiß nicht. Sie ist vergangene Nacht nicht nach Hause gekommen. Heute ist die Wohnung durchsucht worden. Gut, daß Sie nicht da waren. Die sind wie Banditen hereingestürmt. Bella hat nichts Unrechtes getan. Diese Mörder! Diese Faschistenschweine!«

»Wo ist sie?«

»Das weiß ich nicht. Gewöhnlich sperren sie die Häftlinge zunächst im Gefängnis in der Danilowiczalskistraße ein. Sicher bin ich mir allerdings nicht.«

»Und sie kommen wahrscheinlich noch einmal her?« Es war halb Frage, halb Behauptung.

»Ja. Deshalb möchte ich mit Ihnen reden. Die können fast jeden festnehmen. Mich wollten sie auch verhaften. Aber es gelang mir, ihnen das auszureden.«

»Dann muß ich sofort von hier verschwinden. Die Rechnung kann ich vorerst nicht bezahlen.«

»Ich verlange kein Geld von Ihnen. Ich weiß doch, in was für einer Situation Sie sind. Es ist unmöglich, in einem System zu leben, wie wir es haben. Tatsache ist, daß man hier erstickt wird.« Eduscha faßte sich an die Kehle.

Ich wußte genau, was ich jetzt zu tun hatte: meinen Mantel anziehen, meinen Rucksack nehmen und verschwinden. Aber wohin sollte ich gehen? Hätte ich bloß nicht den Kontakt mit Sonja abgebrochen! Ich konnte nirgends hingehen, schon gar nicht zu Minna, meiner vorgeblichen Ehefrau. Lieber auf der Straße schlafen, als an ihre Tür klopfen und um Obdach bitten. Ich dachte eine Weile nach, dann fragte ich Eduscha: »Hätten Sie etwas dagegen, wenn ich hierbliebe?«

»Was sollte ich denn dagegen haben? Falls Sie es riskieren wollen, ist es Ihre Sache. Aber ich glaube, ich sollte Sie warnen: die haben einen Polizisten am Hoftor postiert.«

Mir war am Tor niemand aufgefallen, aber Polizeibeamte in Zivil wissen sich gut zu tarnen. Was Minna über das Schicksal und über die Falle, in die man geraten kann, gesagt hatte, klang mir jetzt wie eine Prophezeiung in den Ohren. Falls man mich verhaftete, wäre es mit allem vorbei – mit den Dokumenten, mit dem Visum. Und Minna könnte niemanden heiraten, weil sie meine rechtmäßige Ehefrau war. Ich saß in der Klemme und staunte über den Streich, den mir das Schicksal gespielt und über die teuflische Bosheit, mit der es die Sache eingefädelt hatte. Falls ich das alles überstehen würde, so schwor ich mir, würde ich eines Tages ein Buch darüber schreiben. Mir kam der Gedanke, daß ein Schriftsteller, genau wie das Schicksal selbst, sich einen Plan ausdenken muß, der einerseits die Alltagswirklichkeit widerspiegelt und andererseits geprägt ist vom Wissen um die Mächte, von denen die Welt beherrscht wird.

Ich ging zum Fenster und betrachtete das Stückchen Himmel, das über der Brandmauer auf der anderen Seite des Hofes zu sehen war. Der wäßrige Schneefall war in Regen übergegangen. Das von Nässe und Kälte durchtränkte Fetzchen Himmel kauerte über den Giebeln. Ich drehte mich um und sagte zu Eduscha: »Sollen sie mich doch verhaften! Ich bin ohnehin eine verlorene Seele.«

3

Nachdem ich mich zum Bleiben entschlossen hatte, lebte Eduscha wieder auf. Erst jetzt wurde mir bewußt, daß wir beide allein in der Wohnung waren. Eduscha sorgte dafür, daß ich mein Abendbrot bekam. Wir verfielen in den gleichen Galgenhumor, der Trauernde überkommt, wenn der Leichnam fortgeschafft worden ist. Eduscha brühte Tee auf und stellte Heringsrogen, Käse und Butter auf den Tisch. Während sie mich bediente, begann sie vor sich hin zu sprechen.

»Was wollen diese verdammten Faschisten? Wie lange wollen sie die Massen denn noch unterdrücken? Das Volk ist geduldig, zu geduldig, aber eines Tages wird die Not des Proletariats unerträglich werden. Was ist denn in Rußland geschehen? Nichts hat die Revolution aufhalten können – nicht die Denikins, nicht die Petljuras, nicht die Interventionen Englands, Frankreichs und der Vereinigten Staaten. Hier wird das gleiche geschehen. Es ist nur eine Frage der Zeit.

Bella hat genau gewußt, was mit ihr passieren könnte. Aber sie ist eine starke Persönlichkeit. Sie konnte ihren kleinkarierten chassidischen Ehemann nicht ausstehen, und sie konnte sich nicht um die Kinder kümmern, während die Menschheit sich für einen Entscheidungskampf rüstete. Ich bin viel egozentrischer als sie. Ich weiß, daß ich ein Bourgeois bin. Ich kann mich für Opern begeistern. Ich ziehe mich gern fesch an. Ich schwärme für schöne Gemälde, gute Möbelstücke und anderen solchen Tand. Aber ich bin mir dabei stets bewußt, daß dergleichen eigentlich keinen Pappenstiel wert ist.«

Plötzlich fiel ihr etwas ein. »Wie steht's denn mit Ihrem Visum?«

»Ich bin heute diese Scheinehe eingegangen.«

Eduschas Miene hellte sich auf. »Sie haben geheiratet? Wo denn?«

»Im Haus eines Rabbiners.«

»Dann muß man Ihnen ja *masel tow* wünschen.«

»Was soll ich darauf antworten? ›Danke, gleichfalls‹? Nein, ich wünsche Ihnen etwas Besseres als das.«

»Erzählen Sie mir alles über die Trauung!« Eduscha setzte sich an den Tisch.

Ich schilderte ihr jede Einzelheit. Bella gegenüber geriet ich immer in Verlegenheit, Eduscha jedoch war gleichaltrig mit mir, und jetzt war ich mit ihr allein. Susskind Eichl und die anderen Kommunisten würden bestimmt nicht riskieren, noch einmal hierherzukommen. Bei Verschwörern lautet die erste Regel: Laß dich nicht in einer verdächtigen Wohnung blicken!

Hin und wieder hielten wir im Gespräch inne und spitzten die Ohren. Jeden Moment konnte die Polizei an die Tür klopfen und uns verhaften. Vorläufig aber unterhielten wir uns in aller Gemütlichkeit – wie ein Ehepaar.

»Möchten Sie mich nicht mit Ihrer Frau bekannt machen? Das wäre doch interessant.«

»Sie ist nicht meine Frau. Sie hat einen Verlobten, den sie liebt.«

»Ach, man kann nie wissen. Die Sache mit dem Verlobten könnte ja erlogen sein. Frauen sind raffiniert. Kein Mann kann wissen, wie sie wirklich sind.«

»Warum sollte sie auf Kosten eines armen jungen Mannes lügen?«

»Jeder hat seine eigenen Gründe. Dieses System ist ohnehin verrückt. Jetzt sitzen wir hier – und in ein paar Stunden können wir abgeführt und der schrecklichsten Verbrechen beschuldigt werden. Ich möchte, daß Sie hierbleiben. Ich fürchte mich vor dem Alleinsein. Andererseits habe ich entsetzliche Angst davor, was mit Ihnen passieren könnte, wenn man Sie verhaften würde. Denken Sie immer daran: möglichst wenig sagen. Sie können denen sagen, daß Sie hier Untermieter sind und nichts über unsere Weltanschauung wissen. Daß sie ein Einwanderungsvisum für Palästina haben, könnte Ihnen von Nutzen sein. Radikale bekommen keine Visa. Entschuldigen Sie, daß ich so offen spreche, aber Sie sind halt auch ein Opfer des kapitalistischen Systems, das Sie nicht durchschauen. Es gibt Millionen Menschen wie Sie, und deshalb kann der Faschismus gedeihen. Trinken Sie Ihren Tee! Ein paar Tage im Knast haben noch keinen umgebracht. In gewisser Hinsicht ist ein faschistisches Gefängnis die beste Universität.«

»Ich brauche keine Universität. Aber ich weiß einfach nicht, wohin ich gehen soll. Sogar im Gefängnis zu sitzen wäre besser, als auf der Straße zu erfrieren.«

»Nehmen Sie's nicht so schwer. Kann ja sein, daß die gar nicht wiederkommen. Die haben doch schon, was sie sich holen wollten. Und nach dem Gesetz sind wir beide noch unmündig. Für die Polizei lohnt es sich nicht, Minderjährige festzunehmen. Ich habe es gelernt, immer nur von einem Tag auf den anderen zu leben. Herz ist fortgegangen und wird monatelang fortbleiben. Meine Mutter lebt mit einem Rabbiner irgendwo in London. Bella ist verhaftet worden. Ich habe ein paar jüngere Schwestern, die bei meiner Mutter leben. Mein Stiefvater wollte mich nach London mitnehmen, aber ich bin nicht duldsam genug, um in einem rabbinischen Haushalt zu leben. Er hatte natürlich vor, mich unter die Haube zu bringen.«

»Wie hat er Ihre Mutter kennengelernt?«

»Ach, das ist eine lange Geschichte. Er ist so etwas wie ein entfernter Verwandter. Er wollte meine Mutter schon heiraten, als sie noch ein junges Mädchen war. Meine Mutter ist eine Schönheit, viel hübscher als ich. Wenn wir spazierengingen, blieben die Männer auf der Straße stehen und gafften – nicht meinetwegen, sondern ihretwegen. Sie hat sich mit einer Unmenge Sorgen herumschlagen müssen und ist trotzdem noch so schön wie eine Rose. Bella ist auch hübsch, aber sie schlägt meiner Großmutter nach. Ein wirklich schöner Mensch war mein Großvater Waldbram. Keiner war so schmuck wie er. Reb Mottele Lemberger, mein Stiefvater, ist vor mehr als zwanzig Jahren nach London ausgewandert und hat dort geheiratet, aber er konnte meine Mutter nicht vergessen. Er ist ein frommer Mann, aber wie sagt man in Rußland? *Ljubow nje kartoschka.* ›Liebe ist keine Kartoffel.‹ Als seine Frau starb, begann er sofort einen Briefwechsel mit meiner Mutter. Er ist Rabbiner in einer Synagoge. So ist das in England. Er hat ein gutes Einkommen. Aber er hat einen Haufen Kinder aus erster Ehe. Was soll ich dort? Manchmal tut es mir leid, daß ich mich nicht von Polen losgesagt habe. Hier werden die ersten Flammen lodern. Auch hier wird die Revolution ausbrechen, wenn auch etwas später.«

»Von mir aus braucht sie nie auszubrechen.«

»Glauben Sie das wirklich? Nun, Sie werden's erleben. Skeptizismus ist ein wesentlicher Bestandteil der kapitalistischen Ideologie. Da das Leben sowieso sinnlos ist, warum dann gegen die Blutsauger und Imperialisten kämpfen? Die Ausbeuter wahren Distanz, aber wenn man ihnen auch nur einen Groschen wegnehmen will, kämpfen sie wie Löwen. England herrscht über die halbe Welt, aber es will dieser langen Liste unbedingt auch nach Palästina hinzufügen. England hat die Balfour-Deklaration abgegeben – warum hält es nicht, was es darin versprochen hat? Warum läßt es das biblische Volk nicht in sein Land zurückkehren? O nein, mir können die Engländer nichts vormachen. Manchmal beneide ich Leute wie Sie.«

»An mir ist nichts Beneidenswertes, Eduscha.«

»Tun Sie nicht so verzweifelt! Sie werden in Palästina ein reicher Siedler oder ein berühmter Schriftsteller werden. Jeder hat in seiner Jugend Probleme, die er vergißt, wenn er älter geworden ist. Was soll's – der Sozialismus wird einen neuen Menschen schaffen, einen Menschen mit sozialem Gewissen, für den ein paar Groschen nicht das einzig Erstrebenswerte sind. Bis dahin müssen wir unsere Sorgen ertragen – also zum Teufel damit!« Sie blinzelte mir zu.

»Wer weiß«, fragte ich mich, »ob sie nicht vielleicht vorhat, Lipmann zu betrügen? Diese Leute halten sich nicht an die Regeln.« Mir wurde angst und bange. Ein Mädchen wie Sonja zu küssen, das war etwas anderes. Eduscha hingegen war eine intelligente junge Frau, die das Gymnasium absolviert hatte. Mit einer wie ihr hatte ich noch nie ein Techtelmechtel gehabt.

Ich aß zu Ende, bedankte mich und stand auf, um in mein Zimmer zu gehen. Eduscha warf mir einen heimlichen Blick zu.

»Ich möchte Ihnen nicht länger zur Last fallen«, sagte ich.

»Warten Sie einen Moment! Warum haben Sie's denn so eilig? Sie haben doch sicher Honigkuchen und Schnaps von der Hochzeit mitgebracht.«

»Das Männerquorum hat den ganzen Schnaps getrunken.«

»Wie fühlt sich ein Mann, der unter dem Traubaldachin gestanden ist? Nach dem jüdischen Gesetz sind Sie verheiratet.«

»Das Ganze war doch eine Farce.«

»Das Ergebnis einer solchen Farce kann eine Schar Kinder sein. Bevor ich Lipmann kennenlernte, bin ich mit einem jungen Mann gegangen. Wir haben vom Heiraten gesprochen und waren drauf und dran, uns trauen zu lassen. Er studierte an der Universität und kam aus einer wohlhabenden Familie. Ein hübscher und, wie man so sagt, ein tugendhafter Bursche. Dann bin ich Herz Lipmann begegnet und habe sofort gewußt, daß zwischen mir und Edek alles vorbei war. Es bedurfte keiner Worte zwischen Lipmann und mir – wir verstanden uns auf Anhieb. Ich bin mir nicht einmal sicher, ob man es Liebe nennen kann. Er ist absolut nicht mein Typ. Zudem ist er ein schrecklich ernsthafter Mensch, der nur für die Revolution lebt. Jetzt ist er nach Rußland gegangen, aber wäre er hiergeblieben, dann wäre er über kurz oder lang im Gefängnis gelandet. Er hat kein bißchen Sinn für Humor. Für ihn ist alles entweder schwarz oder weiß. Ich bin das genaue Gegenteil. Ich kann alle Ansichten verstehen. Ich kann mir sogar vorstellen, was ein Faschist empfindet. Aber eine Art Intuition sagte mir, daß Herz und ich heiraten würden. Als Edek am nächsten Morgen bei mir anrief, fragte er immer wieder: ›Was hast du denn? Was ist denn los?‹ Bis heute weiß ich nicht, was ihn so mißtrauisch machte. Er muß es meiner Stimme angemerkt haben. Später an diesem Tag traf ich mich mit ihm und sagte: ›Edek, ein anderer ist an deine Stelle getreten.‹ Edek ist hochgewachsen, einen Kopf größer als ich. Da stand er nun auf der Straße und schluchzte. Auch ich habe geweint. Die Leute gafften uns im Vorbeigehen an und dachten wohl, wir kämen geradewegs von einer Beerdigung.«

»Was ist aus ihm geworden?«

»Drei Monate später hat er eine reiche Frau geheiratet.«

»Aha.«

»Ja, so ist das Leben.«

»Es gibt irgendeine Macht, die den Lauf der Welt bestimmt.«

»Nein, so eine Macht gibt es nicht. Alles ist naturgewollt. Die Natur hat ihre eigenen Gesetze, denen man nicht entrinnen kann. Es hat eine Feudalzeit gegeben, dann kam die kapitalistische Ära, und jetzt ist die Zeit reif für den Kommunismus. So einfach ist das.«

Nach einer Weile ging ich in mein Zimmer, legte mich hin, ohne mich auszuziehen, und wartete. Falls die Polizei kam, wollte ich mich nicht vor ihren Augen anziehen müssen.

Dreierlei hatte den Lebenswillen in mir wiedererweckt: erstens das Einwanderungsvisum für Palästina, zweitens die Tatsache, daß ich eine Bleibe gefunden hatte, drittens die Scheinehe mit Minna. Aber jetzt war mir klar, daß ich wenig

Grund hatte, mir Hoffnungen zu machen. Hoffnung ist der Sporn, mit dem der Weltgeist die Menschen antreibt.

Wie oft hatte ich mir schon geschworen, mich in mein Schicksal zu fügen! Jetzt fühlte ich mich schuldig, weil ich diesen Schwur gebrochen hatte und mich von den Brotkrumen, die mir das Schicksal zuwarf, verlocken ließ. »Ich bin ein Leichnam«, sagte ich mir. »Ein lebender Leichnam. Ich tappe nur noch herum, weil ich meinen Eltern keinen Kummer machen will.« Ich spürte, wie etwas in mir erbebte: Wenn du ihnen keinen Kummer machen willst, warum schreibst du ihnen dann nicht? Ich setzte mich auf und wollte das Gaslicht anzünden, um Federhalter und Tinte zu holen und endlich die Passivität zu überwinden, die mich seit Wochen lähmte. Aber irgendeine Macht wollte mich nicht aufstehen lassen. Eine unsichtbare Macht hatte mir die Hände gebunden und zwang meinen Kopf wieder auf das Kissen. Auch das Briefeschreiben erfordert Inspiration, ich aber fühlte mich wie ausgehöhlt.

Schließlich stand ich auf und fummelte im Dunkeln herum, bis ich in meinem Rucksack eine Rasierklinge fand. Ich schob sie unter die Innensohle meines Schuhs. Ich wollte keinesfalls auf Grund der Beschuldigung, ein Kommunist zu sein, im Gefängnis schmachten. Falls man mich verhaftete, würde ich mir mit der Rasierklinge die Pulsadern aufschneiden.

Im Flur klingelte das Telefon. Es war Sonja: »Du hast mich wohl schon vergessen?« fragte sie. Und ich erwiderte: »Nein, Sonja, ich habe nie aufgehört, an dich zu denken.«

4

Mehrere Tage vergingen, ohne daß die Polizei erschien, um mich festzunehmen. Minna und ich hatten nun endlich unsere Ausreisevisa beantragt. Immer wenn wir gerade mit dem Hebräischunterricht begonnen hatten, wurden wir unterbrochen. Meir Ahronson hatte für seine Tochter eine altmodische Reisegarderobe bestellt. Schneider kamen, um Maß zu nehmen. Ich sah zu, wie Minna ein Seidenkleid, ein Samtkleid, ein weißes Brautkleid anprobierte. Sie und Zbigniew Schapira wollten sich in Palästina unter dem Traubaldachin das Jawort geben, sobald sie von mir geschieden sein würde.

Während für die neuen Kleider Maß genommen wurde, sah ich mir Minnas Bücher und mit ihrer Erlaubnis auch ihr Photoalbum an. Darin war Zbigniew in den verschiedensten Posen und Stimmungen zu sehen: als Student, als berittener Offizier in der polnischen Armee, als Teilnehmer an einer Jagd in Zakopane, wo er einen Preis gewonnen hatte. Zbigniew Schapira, noch nicht dreißig, war vielseitig begabt. Er sprach fließend Russisch, Polnisch, Deutsch, Französisch und Englisch. Er war ein ausgezeichneter Sportler. Er hatte sein Ingenieurstudium abgeschlossen. Er tanzte, spielte Klavier und war ein geselliger Typ. Minna prahlte sogar mit den amourösen Eroberungen, die er gemacht hatte, bevor er ihr begegnet war. Nicht nur reiche Jüdinnen habe er erobert, sondern auch Töchter und Ehefrauen polnischer Aristokraten.

Minna benahm sich wie im Rausch. Sie wiederholte die hebräischen Wörter, die ich ihr beibrachte, und hatte sie im nächsten Moment wieder vergessen. Wenn sie von Zbigniew Schapira sprach, wirkte sie wie besessen. Ich wurde jetzt nicht nur für den Hebräischunterricht bezahlt, sondern auch dafür, daß ich Minna zuhörte, wenn sie immer und immer wieder von ihrem Zbigniew schwärmte. »Hast du jemals einen hübscheren Mann gesehen? Gibt es irgend etwas an seiner Figur, das nicht makellos ist? Sprechen nicht Vornehmheit, Stolz und Intelligenz aus seinen Augen?« Sie selber schien allerdings ihren Stolz verloren zu haben. Sie nahm mir Zbigniews Photo aus der Hand und küßte es. Und sie vertraute mir intime Geheimnisse an.

Ich erlebte die Veränderung (oder die Zerstörung?) eines Charakters. Minna machte keinen Hehl daraus, daß sie sich Zbigniew hingegeben hatte. Weshalb hätte sie warten sollen? Seine Verlobung mit ihr betrachte sie als heiliges Gelöbnis. Sie sei sogar bereit gewesen, schwanger zu werden, aber das habe er ihr verwehrt. Seine Feinde hätten falsche Beschuldigungen gegen ihn erhoben und beabsichtigt, ihn in den Schmutz zu ziehen. Kollegen, denen er grenzenloses Vertrauen entgegengebracht habe, hätten ihm Papiere vorgelegt, die er unterschrieben habe, ohne sie vorher durchzulesen. Gegen ihn sei eine Verschwörung im Gange gewesen, die, falls sie jemals ans Licht käme, ganz Polen erschüttern würde.

Minna hatte eine Anzahlung für die Schiffsfahrkarten gemacht, und ich hatte inzwischen einen polnischen Personalausweis erhalten. Außerdem hatte ich bereits Geld für die Beschaffung eines Reisepasses angezahlt. Barisch Mendl vollbrachte wahre Wunder. Er hatte überall Beziehungen, sogar in meinem Heimatort. Der kleine Kerl schreckte vor nichts zurück. Er brachte es fertig, den Telefonhörer abzuheben und mit einem Provinzgouverneur, mit hohen regionalen Polizeibeamten oder mit dem englischen Konsul zu sprechen. Sein Polnisch bestand aus verstümmelten Wörtern. Von der polnischen Grammatik, von Deklination und Konjugation hatte er offenbar keine Ahnung, aber es gelang ihm, alles, was er sagte, wichtig klingen zu lassen und so zu tun, als wäre es unter seiner Würde, die gojischen Wörter klar und deutlich auszusprechen. Es gab niemanden, den er nicht bestach. Ich hörte ihn fragen: »Welche Sorte Kognak bevorzugt der hohe Herr? Was für Strümpfe trägt seine Gattin?« Und dabei blinzelte er mir zu.

So hoffnungslos ich auch war – ich konnte einfach nicht aufhören, die Leute, mit denen ich es zu tun hatte, zu beobachten. Barisch Mendl war klein, seine Frau war groß. Er redete schnell, sie sprach schleppend. Jedesmal spielte sich die gleiche Szene ab. Seine Frau kam herein, um ihm zu sagen, das Mittagessen sei fertig, die Suppe werde kalt. Woraufhin Barisch Mendl heftig den Kopf schüttelte, ihr Zigarettenrauch ins Gesicht blies und etwas ins Telefon brüllte. Seine Zigaretten lagen aufeinandergehäuft auf einem Tisch, und wenn er ein bestimmtes Dokument brauchte, griff er mit Daumen und Zeigefinger unter den Zigarettenhaufen und zog genau das hervor, was er brauchte. Manchmal kam seine Tochter, die aufs Gymnasium ging, herein und bat ihn um Geld. Sie trug ein Kleid aus schwarzem Rips und schwarze Strümpfe. Er gab ihr dann jedesmal ein Bündel Geldscheine, die er gar nicht erst gezählt hatte und die sie ohne ein Wort des Dankes entgegennahm. Ihre dunklen Augen fixierten ihn und mich ausgesprochen verächtlich. Ich wußte genau, was sie dachte: »Da sind zwei Itzigs beieinander.« Dieses junge Mädchen litt an der Krankheit der modernen Juden: Selbsthaß. Sogar Minna sagte jedesmal, wenn sie von Zbigniew Schapira schwärmte: »Eigentlich hat er nichts Jüdisches an sich.«

Nicht nur bei den Gojim gab es Judenhaß, sondern auch bei den Juden der neuen Generation. Daß Minna sich ihres Vaters schämte, war ihr leicht anzumerken. Wenn er mit ihr sprach, hörte sie mit einem halb schuldbewußten, halb mitleidigen Lächeln zu. Obwohl sie Jiddisch konnte, tat sie so, als verstünde sie es nicht. Obwohl sie nach Palästina wollte, versäumte sie keine Gelegenheit, zu erwähnen, daß sie überall für eine Nichtjüdin gehalten werde. Eduscha schien sich zwar für die jüdischen Massen – die Schuhmacher, Schneider, Hausierer – zu interessieren, wollte aber nichts von der Jüdischkeit wissen und nahm sich kein Blatt vor den Mund. »Was ist Jüdischkeit? Ein Relikt aus dem finsteren Mittelalter. In einer sozialistischen Gesellschaft wird es weder Juden noch Nichtjuden geben, sondern nur noch eine vereinigte Menschheit.« Sie teilte die Meinung der jüdischen Kommunisten: »Wir brauchen keine Synagogen und Lernstuben. Wir brauchen kein Hebräisch. Keines dieser religiösen Requisiten. Der eiserne Besen der Revolution wird den ganzen traditionellen Plunder hinwegfegen.«

Ich traf Sonja wieder. Ihre betagten Arbeitgeber verbrachten gerade ein paar Tage in einer Pension in Otwock. An diesem Abend sah ich mir mit Sonja einen Film an, der nach einem Roman von Victor Hugo gedreht worden war. Ich hatte im Lauf der Jahre schon manches über Filmtheater gehört, bis dahin aber noch nie eines besucht. Bilder tanzten vor meinen Augen, und anfangs konnte ich aus dem, was ich da sah, nicht schlau werden. Ein Buckliger, der so behend wie ein Affe war, kletterte in Kirchtürmen herum. Die Figuren auf der Leinwand schienen Schüttelfrost zu haben und bewegten ihre Lippen wie Stumme. Das Orchester spielte sinnverwirrende Tanzmusik: amerikanischen Jazz. Manchmal funktionierte der Projektor nicht richtig, dann war die Leinwand mit Lichtpunkten übersät, die wie ein goldener Regen wirkten. Ich war baff. Ich saß im Halbdunkel da und wunderte mich über meine eigene Verblüffung.

Später gingen wir in Sonjas Zimmer in der Wohnung ihres Dienstherrn. Um nicht vom Pförtner gesehen zu werden, schlüpften wir verstohlen durchs Hoftor. Alles tat ich heimlich: daß ich bei fremden Leuten eingezogen war, ihre Mahlzeiten aß, in ihrer Wanne badete, mit Sonja im Bett des Hausherrn und unter seiner Bettdecke schlief. Sonja wollte mich sogar dazu überreden, seinen Schlafanzug anzuziehen. Sie selbst putzte sich mit dem stickereiverzierten Nachthemd der Hausherrin heraus und benützte, um sich in eine Duftwolke zu hüllen, deren Parfüm und Gesichtspuder. Auch deren Garderobe probierte sie an: Seiden- und Samtkleider, Pelzjacken, Schals, Muffe, altmodische Vorkriegshüte mit Straußenfedern.

Wir küßten uns, spitzten aber jedesmal, wenn die Turmuhr schlug, die Ohren. Man konnte ja nicht wissen, ob die alten Leute sich vielleicht entschlossen hatten, früher als geplant zurückzukommen. Sonja lachte, obwohl sie Bammel hatte. Sie hatte eine Nachttischlampe eingeschaltet. Zweimal läutete das Telefon. Zuerst rief eine alte Frau an, die sich erkundigte, ob alles in Ordnung sei. Der zweite Anrufer war ein junger Mann aus Sonjas Heimatort, ein Gamaschenmacher. Später erzählte mir Sonja, er habe sie heiraten wollen. Sie sei nach dem Sabbatmahl mehrmals mit ihm ausgegangen. Er habe sie offenbar nicht vergessen können und wolle sie morgen im Wäschegeschäft besuchen.

Alles wurde jetzt zu Phantasterei: meine Eheschließung mit Minna, meine Vertrautheit mit Eduscha, ja sogar meine Reise nach Palästina. Wir alle spielten Rollen in einer Komödie. Ich versuchte, Sonja davon zu überzeugen, daß es scheinheilig sei, sich mir zu verweigern, doch sie sagte: »Du denkst ja bloß an dich.«

Da ihre Herrschaft bis nach dem Sabbat in Otwock bleiben wollte, schlief ich diese Nacht nicht in meiner dunklen Kammer, sondern blieb bei Sonja. Ich rief auch nicht bei Eduscha an – ihre Telefongespräche wurden vielleicht von der Polizei abgehört. Aber ich rief Minna an, um ihr zu sagen, daß ich mich nicht wohl fühlte. Da ohnehin alles nur vorübergehend war, konnte ich doch auch vorübergehend frei und ungebunden sein.

Am Morgen ging Sonja in den Laden, während ich noch ziemlich lange im Bett blieb. Das Telefon läutete, aber ich ging nicht dran. Ich aß, was Sonja mir auf den Küchentisch gestellt hatte, und brühte mir Tee auf.

In einer Schublade entdeckte ich eine Postkarte. Und nun schrieb ich an meine Eltern. »Liebe Eltern! Macht Euch keine Sorgen. Mir geht es gut. Ich habe ein Einwanderungsvisum für das Land Israel. So ein Glück! Ich werde dort arbeiten und auch studieren ...« Ich versprach, daß ich sie besuchen würde, um ihnen Lebewohl zu sagen, und daß ich ein guter Jude sein würde. Und ich versicherte sie meiner ewigen Liebe.

Ob das gelogen oder ernst gemeint war, wußte ich selber nicht. Ich zog mich an, dann ging ich zum Fenster und schaute hinaus in den Hof. Es hatte geschneit, und an den Dächern hingen Eiszapfen. Hier und dort hatte der Frost Bäume und andere Muster auf die Fensterscheiben gezeichnet. Eine nichtjüdische Frau mit einem Sack über der Schulter beugte sich über eine Abfalltonne und zog einen Stoffetzen heraus.

Wieder einmal war ich sprachlos vor Erstaunen über die Geheimnisse dieser Welt. Was hatte das alles zu bedeuten? Was spielte sich hier ab? Wer drehte diesen Erdball um seine

Achse? Wer bewegte die Erde um die Sonne? Wer ließ das Blut durch meine Adern fließen und die Gedanken durch mein Gehirn eilen? Mir war, als spürte ich, daß es einen Gott gibt. Er verbarg sich neben mir, über mir, in mir. Zum ersten Mal spürte ich, daß er unheimlich nah war. Ich konnte beinahe seine unermeßliche Größe wahrnehmen. Sein ewiges Schweigen. Seine grenzenlose Macht über einen Kosmos, für den er verantwortlich war und dem er keine Sekunde den Rücken kehren durfte. Er hielt die Zügel des Universums wie die Zügel eines störrischen Pferdes, das jeden Moment durchgehen kann. Tränen stiegen mir in die Augen. »Lieber Gott, vergib mir!«

Er antwortete nicht, aber er hörte mich. Wie es geschrieben steht, hatte Er seinen Zorn bezähmt, aber meine Widerspenstigkeit war in Seinem Schuldbuch vermerkt, und ich würde der Strafe nicht entgehen.

Ich betete: »Vater im Himmel, offenbare dich mir! Laß mich dich einen Augenblick sehen! Meine Verzweiflung macht mich wahnsinnig!«

Er hörte sich auch diese Bitte an. Es begann zu schneien. Gott hatte Wichtigeres zu tun, als ein persönliches Gespräch mit mir zu führen – er mußte zum Beispiel jeder Schneeflocke eine eigene Form geben. Mir war, als hörte ich Gott sagen: »Warte, hab Geduld! Jeder Mensch hat die Ewigkeit vor sich.«

5

Nach dem Sabbat traf Sonjas Herrschaft wieder in Warschau ein, und ich kehrte in meine dunkle Kammer zurück. Ich war gut genährt und ausgeruht, aber meine Knie waren wacklig, und von Zeit zu Zeit sprühten Funken vor meinen Augen. Beim Gehen torkelte ich wie jemand, der gerade vom Krankenbett aufgestanden ist. Und ich sah alles wie durch einen Nebel. Ich stieß mit Lastträgern zusammen, die Körbe auf den Schultern trugen. Ich schien unsichtbar zu sein, wenn ich die Straße überquerte und um ein Haar von einer Pferdedroschke oder einem Automobil angefahren wurde. Auf einem von Sonjas Bücherbrettern hatte ich ein aus dem Englischen übersetztes Buch mit dem Titel *Lebende Phantome* entdeckt. Ich hatte es geradezu verschlungen und so lange darin gelesen, bis mir die Augen zufielen. Als ich aufgewacht war, hatte ich weitergelesen. In dem Buch wurden Mächte beschrieben, von denen ich schon als Kind gewußt, über die ich aber nie zu sprechen gewagt hatte. Schon lange bevor ich geboren wurde, hatten sich Schriftsteller mit geheimnisvollen Dingen wie Wahrsagerei und Hellseherei befaßt, mit Vorahnungen und Geistererscheinungen wie zum Beispiel toten Müttern, die ihre Kinder vor drohendem Unheil warnten, und toten Vätern, die erklärten, wo Testamente, verstecktes Geld und Urkunden zu finden seien. Sogar Tiere sollten von den Toten auferstanden sein, um sich von ihren geliebten Besitzern zu verabschieden. Ja, es gab Phänomene wie den Astralleib, der die körperliche Hülle verlassen und durch Straßen oder Städte schweben, ja sogar Meere überqueren kann.

Die Lektüre dieses Buches hatte mich berauscht. Wenn Sonja etwas sagte, hörte ich es kaum. Ich hatte unruhige Träume, in denen es von Phantasiegebilden, Zwielichtigkeiten und Geheimniskrämereien nur so wimmelte. Wenn ich aufwachte, hatte ich seltsame Wörter und Sätze im Kopf, ohne zu wissen, woher sie kamen und was sie bedeuteten. Sogar Sonja sah ich, seit ich von diesem Buch fasziniert war, mit anderen Augen. Unglaublich, daß ich in der Wohnung ihres Dienstherrn unter zahlreichen Kochbüchern und den Romanen von Paul de Kock gerade ein Buch wie dieses entdeckt hatte! Aber ich wußte, warum: Das Schicksal hatte es so gewollt. Wenn die Pantheisten recht hatten und Gott wirklich in allen Dingen gegenwärtig ist, dann geschieht nichts in diesem Universum zufällig. Vor Millionen Jahren war es bestimmt worden, daß ich dieses Buch über Geheimnisse des Lebens lesen sollte. Ursache und Endzweck sind ein und dasselbe. Jedes Geschöpf, ob eine Mikrobe oder ein Seraph im siebten Himmel, hat seine Aufgabe. Ich rebellierte gegen Spinozas Ideen. Warum sollte Gott keinen Willen, keine Absicht, keine Gefühle haben? Was sollte einen Gott, dem unermeßliche Eigenschaften zugeschrieben werden, davon abhalten, Seelen zu erschaffen, zu belohnen und zu bestrafen? Warum sollte Gott eine blinde Maschine sein? In Ihm mußte Raum sein für Satan, Gespenster und Dämonen.

In der Nacht hatte ich Sonja aufgeweckt. Wir hatten uns stürmisch umarmt, hemmungslos Zärtlichkeiten ausgetauscht und kindische, komische neue Liebkosungen erfunden.

Jetzt war sie wieder zur Arbeit ins Wäschegeschäft gegangen, und ich mußte in meine dunkle Kammer zurückkehren. Unterwegs blieb ich vor einem Hof stehen, in dem ein Blinder ein Lied über die »Titanic« sang, die vor gut zehn Jahren untergegangen war. Dann kam ich an einem Straßenmarkt vorbei. War es denkbar, daß all diese jüdischen Frauen Seelen hatten, die gewandert waren und schon in früheren Zeiten existiert hatten? Ja, diese Händlerin, die angefaulte Tomaten feilbot, war früher einmal ein Mann gewesen, ein Tyrann oder vielleicht ein Pirat. Und die Strafe dafür war, daß sie als Warschauer Marktweib wiedergeboren wurde. Auch ich mußte im Lauf der Zeiten verschiedene Leben gelebt und ungeheuerliche Sünden begangen haben.

Am Tor des Hauses, in dem ich wohnte, hielt ich Ausschau, ob jemand von der Geheimpolizei in der Nähe war, aber nirgends lag jemand auf der Lauer. Ich stieg die Stufen hinauf und klopfte an die Tür. Eduscha öffnete. Sie trug einen Morgenrock und Pantoffeln. Überrascht starrte sie mich an.

»Wo in aller Welt sind Sie gewesen? Ich dachte schon, Sie wären nach Palästina gereist, ohne mir ade zu sagen.«

»Gott bewahre! Ich habe doch noch Schulden bei Ihnen.«

»Wo sind Sie gewesen? Sie wohnen jetzt wohl bei Ihrer angeblichen Ehefrau?«

»Weit gefehlt!«

»Kommen Sie doch herein! Ein gewisser Dov Kalmenzohn hat Sie am Telefon verlangt. Sie sollen bei ihm anrufen.«

»Oh . . .«

»Wo waren Sie denn? Ich habe Sie für einen ruhigen Typ gehalten.«

»Etwas von Bella gehört?«

»Sie ist immer noch im Gefängnis. Zum Teufel mit diesen Faschistenschweinen! Aber es besteht Hoffnung, daß sie gegen Kaution freigelassen wird.«

Die Lektüre der *Lebenden Phantome* hatte mich derart beflügelt, daß ich viel von meiner Schüchternheit abgelegt hatte. Als Eduscha mich fragte, wo ich gewesen sei und was ich gemacht hätte, entschloß ich mich, ihr von Sonja zu erzählen.

Danach sagte sie: »Für Sie ist das bloß ein Spiel, aber Frauen nehmen so etwas ernst. Natürlich nicht alle. Mich kann kein Mann hinters Licht führen. Ich kenne eure miesen Tricks.«

Wir tranken Tee und unterhielten uns. Meine mehrtägige Abwesenheit bewirkte, daß wir uns noch näherkamen. Als wir uns nach dem Tee aufs Sofa setzten und Eduscha mich wegen meiner Leichtfertigkeit auszankte, schlang ich die Arme um sie. Ich rechnete damit, daß sie entrüstet sein würde, doch sie sah mich bloß halb neugierig, halb amüsiert an. Als ich sie küßte, sagte sie: »Warum haben Sie das getan? Bei mir zieht so etwas nicht.«

Das Telefon läutete. Es war Dov Kalmenzohn. »Wo zum Teufel bist du gewesen? Geh sofort zu den Ahronsons! Dann meldest du dich bei mir. Bei denen stimmt etwas nicht.«

»Was ist passiert?«

»Mach dich auf die Socken! Ich kann jetzt nicht mit dir reden.«

Als ich die Treppe hinaufgestiegen war und an Meir Ahronsons Tür klingelte, hörte ich Schritte, doch diesmal machte mir niemand auf. Ich wartete eine Weile, dann schellte ich noch einmal. Und dann noch ein paarmal. Als ich schließlich an die Tür klopfte, waren zaghafte Schritte zu hören. Meir Ahronson öffnete. Er hatte einen Bademantel und abgetragene Pantoffeln an und sah aus, als hätte er Gelbsucht. Sein Bart war nicht gebürstet, sein Käppchen saß schief. Er starrte mich so verdattert an, als wäre er eben erst aus dem Schlaf gerissen worden. Anscheinend erkannte er mich gar nicht.

»Ich bin's. David Bendiger.«

»Bendiger, hm? Kommen Sie doch herein. Ich stecke mitten in einem Schlamassel.«

Wir gingen in den Flur, der jetzt unheimlich öde wirkte. Der große chinesische Teppich war nicht mehr da, der braune Parkettboden, auf dem er gelegen hatte, war abgetreten und verstaubt. Der Tisch und der Stuhl, auf dem ich bei meinem ersten Besuch gesessen hatte, waren auch nicht mehr da.

»Sie sehen ja, was passiert ist«, sagte Meir Ahronson. »Man hat mir alles genommen. Ich bin nackt und bloß. Wie es geschrieben steht: *Arom jazati mibäthän imi vearom aschuv schama.* ›Nackt bin ich aus dem Schoß meiner Mutter hervorgegangen und nackt werde ich dorthin zurückkehren.‹«

»Wer hat es Ihnen weggenommen?«

»Unsere guten Polen, die Steuereintreiber. Sie sind mit zwei Lastwagen gekommen und haben die Wohnung ausgeräumt. Nur die Betten haben sie uns gelassen. Diese Unmenschen! Gehen Sie jetzt lieber noch nicht zu Minna, sie möchte vor Scham am liebsten in den Boden versinken. Die haben Steuern für ein gar nicht vorhandenes Einkommen verlangt. Ich habe erklärt, ich hätte kein Einkommen, und sie haben behauptet, ich hätte eines. Glauben Sie, die wissen, was sie tun? Die haben ein paar gojische Schuljungen bevollmächtigt, meine Geschäfte zu beurteilen. Ich sage ›Fußboden‹ und die sagen ›Decke‹. Ich mußte einen amtlichen Bericht unterzeichnen, der so falsch ist wie ein Götzenbild. Heute haben sie ein Verzeichnis meines Hausrats erstellt, morgen findet die öffentliche Versteigerung statt. Das Ganze ist eine Farce. Die wollen doch bloß die Juden loswerden.«

»Es tut mir schrecklich leid. Ich gehe jetzt ...«

»Warten Sie! Ich frage Minna, ob sie mit Ihnen sprechen will. Entschuldigen Sie mich einen Augenblick. Wir beide stehen jetzt auf der gleichen Stufe. Arme Leute, Sie und ich.«

Er klopfte an Minnas Zimmertür und ging hinein. Eine andere Tür wurde geöffnet. Frau Ahronson, bleich im Gesicht, die Lorgnette vor den Augen, spähte heraus und machte die Tür wieder zu. Kurz darauf erschien Meir Ahronson wieder im Flur. »Sie können hineingehen«, sagte er.

Dann ging er in das Zimmer, in dessen Tür ich Frau Ahronson gesehen hatte. Er stöhnte, murmelte vor sich hin und bewegte sich schlurfenden Schrittes. Ich klopfte bei Minna an, bekam aber keine Antwort. Dann öffnete ich die Tür und sah ein fast leeres Zimmer. Alles war fortgeschafft worden – die Teppiche, die Bilder, die Möbel. Nur ein Feldbett stand darin. Bücher und Manuskripte lagen haufenweise auf dem Fußboden verstreut.

Minna saß auf einem Küchenstuhl am Fenster. Sie warf mir einen verstohlenen Blick zu. Ihr Gesichtsausdruck – eine Art exaltiertes Lächeln – war der eines Menschen, der jeden Ehrgeiz und jede Scham verloren hat. Mir kam das Wort »Nirwana« in den Sinn. »Du darfst näher kommen«, sagte sie.

Ich ging ein paar Schritte auf sie zu. Sie musterte mich von Kopf bis Fuß, dann sagte sie: »Ich habe keine Ahnung, wo das hebräische Wörterbuch geblieben ist. Die haben es irgendwohin gezerrt. Jedenfalls kann ich jetzt nicht mehr Hebräisch lernen.«

»Dann wirst du die Sprache im Lande Israel erlernen.«

»Haha! Wie heißt es in der Bibel? ›Wer Wind sät, wird Sturm ernten.‹ Die ganze Jüdischkeit hier in Polen und anderswo ist sinnlos. Die Polen wollen nur das eine: die Juden vertreiben.«

»In Palästina wird ein neues Kapitel geschrieben.«

»Haha! Das glaube ich nicht. Ich glaube an überhaupt nichts mehr. Wir sind kein Volk. Wir sind bloß eine Zigeunerbande. Wohin warst du denn so plötzlich verschwunden? Du hast wohl gewußt, was hier passiert ist?«

»Ich war krank.«

»Du bist ein Lügner. Ich habe angerufen, und die junge Frau – wie heißt sie doch gleich – hat mir gesagt, daß du nicht in deinem Zimmer geschlafen hast. Was hast du denn mit deinen Nächten gemacht?«

Ich schwieg.

»Ach, was soll's? Du bist ein freier Mann und kannst tun, was du willst. Ich jedenfalls will so bald wie möglich von hier weg. Meine Eltern werden nicht mehr lange leben, und ich möchte nicht hier sein, wenn sie sterben. Irgend jemand wird sie schon beerdigen. Mein Vater hat es nicht einmal für nötig gehalten, sich eine Grabstätte zu besorgen.«

»Sei nicht so verzweifelt, Minna. Alles wird wieder gut – so Gott will.«

»Es gibt keinen Gott. Warum hast du deine Einwanderungspapiere noch nicht?«

»Irgend etwas hat sich verzögert.«

»Dein Beschaffer ist vermutlich ein Gauner. Er verzögert die Sache immer wieder, um mir noch mehr Geld abzuluchsen. Aber ebensogut könnte er Tote schröpfen. Wir haben jetzt nichts mehr, das wir verscherbeln könnten. Es wäre ein Wunder, wenn wir noch genug Geld für die Reise nach Konstanza hätten.«

»Soll ich jetzt gehen?«

»Einen Moment noch! Ich kann dir keine Sitzgelegenheit anbieten. Staple doch einige Bücher aufeinander. Sogar mein Porträt haben sie mitgenommen, diese Schwachköpfe! Wie ist deine finanzielle Lage? Ich nehme an, daß du keinen Groschen besitzt.«

»Bitte, Minna, mach dir darum keine Sorgen.«

»Kalmenzohn hat angerufen, und ich mußte ihm die Wahrheit sagen. Es war mir vorherbestimmt, diese Katastrophe durchzustehen, bevor ich Polen verlasse. Ich dachte, ich würde Heimweh nach Polen bekommen, aber jetzt verabscheue ich dieses Land. Ich kann es kaum erwarten, ihm zu entrinnen. Aber offen gestanden ist mir Palästina genauso verhaßt.«

»Und was magst du dann?«

»Zbigniew. Er ist der einzige Mensch, den ich liebe. An unserem ganzen Unglück ist mein Vater schuld. Und was meine Mutter betrifft – je weniger ich dazu sage, desto besser. Was ist eigentlich mit dir los? Du siehst aus, als ob du gefastet hättest.«

»Nein, ich esse.«

»Wo denn? Wir haben Tekla gekündigt. Jetzt ist niemand da, um Tee zu machen. Aber du wolltest ja ohnehin gehen. Verschwinde bloß nicht wieder! Jetzt ist dein Visum meine einzige Hoffnung.«

6

Als ich in den Flur ging, traf ich Meir Ahronson dort an. Er begleitete mich zur Tür, und es kam mir so vor, als wollte er mir ein Geheimnis anvertrauen. »Was hat sie Ihnen denn gesagt?« fragte er leise.

»Was gibt's da schon zu sagen? Wir warten auf meine Papiere.«

»Sie sollten mit ihr ausgehen. Irgendwohin. Warum nicht in ein Café? Sie ist doch – jedenfalls vorläufig – Ihre Ehefrau ›nach dem Gesetz Israels‹.«

»Ach, sie würde doch mit mir nirgends hingehen.«

»Sie sitzt den ganzen Tag hier herum, als würde sie die Zerstörung des Tempels beklagen. Wen kümmert's, daß man mir die Fenstergitter weggenommen hat? Nun ja, man hat sie mir weggenommen – nebbich! Wer braucht denn mehr als ein Stück Brot, ein Glas Wasser und etwas, worauf er liegen kann? Ich habe in den Zeitungen inseriert, daß ich Zimmer zu vermieten habe. Wir können drei Zimmer vermieten. Und Minnas Zimmer ebenfalls, sobald sie fort ist. Meine Frau und ich können uns mit der Küche und einem Schlafzimmer begnügen. Wir haben nur einen einzigen Wunsch: daß Minna glücklich wird. Sie ist doch das einzige, was uns geblieben ist! Ich habe meinen Anteil an dem, was die Welt Glück nennt, gehabt: Reisen, warme Betten, Erste-Klasse-Abteile und all den anderen Kokolores. Nichts davon ist einen Schuß Pulver wert. Jetzt ist es Zeit für uns, die Armut kennenzulernen, hihi! Nach Lage der Dinge gibt es derzeit keinen Juden in Polen, der sein Vermögen nicht verlieren wird. Die Polen werden uns alles abnehmen. Darauf sind sie aus, ganz offen und ehrlich.«

Ich verließ das Haus und machte mich auf den Weg zu Dov Kalmenzohn. Als ich die Treppe hinaufstieg, stellte ich fest, daß sich seit meinem letzten Besuch nicht viel verändert hatte. Chalutzim beiderlei Geschlechts, Bündel, Kisten und Kasten, Binsenmatten und Stricke. Es wurde Jiddisch, Hebräisch und Polnisch gesprochen. Eine junge Frau nahm einem Burschen die Zigarette aus dem Mund, zog daran und steckte sie ihm wieder zwischen die Lippen. Er hatte borstige Haare, steif wie Draht. Er zog einen langen Nagel aus der Tasche, hielt ihn an ein Kistenbrett und ließ sich einen Hammer geben. Eine junge Frau, die eine Brille mit dicken Gläsern trug, saß auf einem Sack und las einen Brief. Ihre Pantoffeln rutschten ihr fast von den Zehen herunter.

Ich fragte einen Burschen, ob er Dov Kalmenzohn gesehen habe. »Er ist da und dort und überall«, sagte er.

»Vor einer Minute war er noch hier«, sagte eine junge Frau mit litauischem Akzent.

In diesem Moment tauchte Kalmenzohn mit einem ganzen Bündel von Schriftstücken auf. »Freut mich, daß du da bist«, sagte er. »Komm mit!«

Ich folgte ihm in einen Raum, dessen Fußboden mit Zeitschriftenbündeln übersät war. Wie bei meinem vorigen Besuch fegte er einen Haufen Schriftstücke von einem Stuhl, damit ich mich setzen konnte.

»Du weißt wohl schon, was Meir Ahronson passiert ist.

Eine Überraschung ist das nicht. Er hat schon vor einiger Zeit Pleite gemacht. Geschäftssinn hat er nie gehabt. Nach dem Tod seines Bruders ist alles schiefgegangen. Was hältst du von Minna? Eine merkwürdige junge Frau.«

»Eine einzige Tochter.«

»Ich kannte sie als blendend begabtes Mädchen. Zbigniew Schapira kenne ich auch.«

»Sie spricht von ihm, als wäre er der liebe Gott.«

»Ein paar Monate bevor er Polen verließ, beging eine Studentin seinetwegen Selbstmord. Sie steckte sich den Lauf einer Pistole in den Mund und drückte ab. Jedem, der mit ihm zu tun hat, bringt er Unglück. Er ist durch und durch assimiliert und obendrein ein Gauner. Ich kann mir nicht vorstellen, was jemand wie er in Palästina zu tun hat. Minna hat versucht, sich in jüdische Angelegenheiten einzumischen, aber das ist schiefgegangen. Wie kommt sie mit dem Hebräischunterricht voran?«

»Nicht gut.«

»Ihr Vater hat die Tora studiert, aber seine Tochter könnte ohne weiteres eine Schickse sein. Was ist mit dir los? Du siehst kränklich aus. In Palästina muß man kräftig sein. Hör zu, wir helfen unseren Chalutzim, auf jede mögliche Art und Weise Geld zu verdienen. Ich will damit sagen, daß Leute uns bitten, ihnen Arbeiter zu schicken. Die Chalutzim lehnen keinerlei Arbeit ab. Erstens brauchen sie das Geld, zweitens ist es gut für sie, sich daran zu gewöhnen, alles mögliche zu tun. Wenn du ein bißchen Geld verdienen willst, schicken wir dich zur Arbeit. Aber du mußt mir versprechen, jede Arbeit zu akzeptieren, egal, welche es auch sein wird. Einverstanden?«

»Einverstanden. Selbst wenn ich als Straßenkehrer arbeiten muß.«

»Hm. Gut. Hier ist eine junge Frau, die sich um diese Dinge kümmert. Frag nach Schoschana. Die Arbeit wird dich nicht reich machen, aber jeder Groschen zählt.«

Ich hätte nie gedacht, daß ich es schaffen würde. Aber ich schaffte es. Ich öffnete das Fenster, stieg hinaus auf den Sims und begann die Scheiben mit einem Lappen zu putzen. Die Räume in diesem Haus waren gerade frisch getüncht worden, und auf den Fenstern waren Farbkleckse, die ich mit einem Messer abschabte. Vier Stockwerke unter mir sah ich einen schmalen Hof, dessen feuchter Asphalt wie Wasser aussah. Ich bekam bereits Kopfweh, war aber fest entschlossen, nicht klein beizugeben. Was die Chalutzim konnten, würde ich schon erlernen.

Mir war speiübel. Ich hatte einen scheußlichen Geschmak im Mund, und mir zitterten die Knie. Eine Stimme – die meiner Mutter – warnte mich: »Steig herunter!« Der junge Binjomin, der ebenfalls zum Fensterputzen geschickt worden war, rauchte an einem anderen Fenster eine Zigarette. Mit der einen Hand hielt er sich am Fensterrahmen fest, mit der anderen schabte er Farbkleckse ab. Manchmal sah er belustigt zu mir herüber. Auch er kam aus einer chassidischen Familie, aber er hatte das Schreinerhandwerk erlernt, um sich im Lande Israel nützlich machen zu können. Man hatte ihm auch beigebracht, mit einem Gewehr umzugehen, damit er dort als Wachtposten eingesetzt werden konnte. Er hatte mir einzureden versucht, das ganze Unglück der Juden sei darauf zurückzuführen, daß sie Waffen für etwas »Unreines« hielten. Es würde keine Pogrome geben, wenn in jedem jüdischen Haushalt ein Gewehr oder ein Revolver oder wenigstens ein scharfes Messer bereitläge. Binjomins Kraushaar war so schwarz, daß es fast schon blauschwarz wirkte. In seinen Augen, so dunkel wie schwarze Kirschen, war immer der Anflug eines Lächelns. Ständig sang er jiddische, hebräische, polnische oder russische Lieder. Auch er war eine Scheinehe mit einer jungen Frau eingegangen, die er »mein Anhängsel« nannte. In seinem Heimatort hatte auch er eine Liebste zurückgelassen.

Ich klammerte mich so fest an den Fensterrahmen, daß mir die Hand weh tat. Während ich Farbe abschabte, betete ich:

»Lieber Vater im Himmel, ich weiß, daß ich dein Mitleid nicht verdiene, aber bitte laß mich nicht auf diese Art und Weise sterben!« Ich gelobte, den Armen Almosen zu geben.

Als wir mit dem Fensterputzen fertig waren, wurden wir entlohnt. Dann nahm Binjomin mich in ein Speiselokal mit, wo man billig essen konnte. Er wartete ebenfalls auf einige Dokumente, war allerdings in einer schlimmeren Lage als ich: Er hatte seine polnische Staatsbürgerschaft aufgegeben, um nicht eingezogen zu werden. Dieser junge Provinzler kannte Warschau besser als ich. Er hatte alle möglichen Beziehungen, bekam Freikarten für das Jiddische Theater und Kleidungsstücke von der Spendenkommission. »Weißt du, Freundchen«, sagte er, »ein Chalutz muß anpassungsfähig sein, sonst ist er erledigt.«

Ich vermutete, daß seine Anpassungsfähigkeit nichts mit Berechnung zu tun hatte, sondern jenem Sinn fürs Praktische entsprang, der manchen Menschen angeboren ist. Binjomin hatte viel zu erzählen – über sein Schtetl, seine Organisation, seine Eltern und Geschwister und seine Liebste, Basche, die ebenfalls ein Chalutz war. Wenn Basche, so erklärte er, genug Geld für die Reise gehabt hätte, dann müßte er nicht mit einem »Anhängsel« nach Palästina reisen. »Nebbich! Ich lasse Basche später nachkommen. Ist doch selbstverständlich! Wir haben uns ewige Liebe geschworen.«

Ich trieb mich den ganzen Nachmittag mit ihm herum. Am Abend nahm er mich zu einer Versammlung mit, an der Burschen mit offenen Hemdkragen teilnahmen und Frauen mit kurzgeschnittenen Haaren, die Halsketten mit dem Davidstern trugen und Zigaretten rauchten. Ein junger Kerl klimperte auf einer Mandoline, und eine Frau sang ein hebräisches Lied.

Ein blasser junger Mann mit einem blonden Bärtchen hielt eine Rede. »Wie lange noch sollen wir unser Exil schweigend ertragen? Wie lange noch sollen wir ungebetene Gäste an fremden Tischen sein? Tatsache ist, daß wir nach achthundert Jahren in Polen immer noch Bürger zweiter Klasse sind. Die meisten polnischen Juden können noch nicht einmal richtig Polnisch sprechen. Ist das normal? Wir müssen ein Staat wie jeder andere werden. Wir haben ein Land: Erez Israel. Wir haben eine Sprache, und diese Sprache ist Hebräisch.«

Der Redner stimmte Max Nordaus Forderung zu, daß hunderttausend Juden nach Palästina geschickt werden sollten. Er warf Weizmann vor, sich allzu gemäßigt zu verhalten. Er beschuldigte England, die Balfour-Deklaration zum Gespött gemacht zu haben. Er zitierte Jabotinski und deutete auf ein Bild von Yosef Trumpeldor.

Später sangen alle »Hatikwa« und »Dort im Land«. Obwohl ich allem, was gesagt worden war, zustimmte, fühlte ich mich immer noch fehl am Platz. Ich fragte mich, warum. Irgendwohin mußte ich doch gehören. Meine Hände schmerzten, die Knie taten mir weh. Wurde ich etwa krank? Hatte ich Fieber? Ich griff mir an die Stirn – sie fühlte sich heiß an.

Binjomin kam zu mir herüber. »Wie gefällt dir dieser Verein? Eine fröhliche Schar! Komm, ich stelle dir mein Anhängsel vor.« Er nahm meinen Arm und führte mich in einen anderen Raum, in dem zwei Frauen auf einer Bank saßen. Die eine war klein und hatte den Kopf voller Ringellocken, wie ein Schaf. Sie hatte ein Buch auf dem Schoß: *Einführung in die Biologie.* Dicht neben ihr saß eine Frau, die größer war und deren Gesicht glühte. Sie hatte eine kurze Nase, dunkle Augen und einen Bubikopf. Eine Zigarette zwischen den Lippen, war sie in ein polnisch-hebräisches Wörterbuch vertieft. Sie hatte sich einen Bleistift hinters Ohr gesteckt.

Binjomin sagte: »Zilla, das ist David Bendiger. Wir haben heute den ganzen Tag im fünften Stock Fenster geputzt. Und diese Kameradin heißt Jehudit.« Er deutete auf die Frau mit dem Biologiebuch. Offensichtlich war die größere der beiden sein »Anhängsel«.

Zila nahm die Zigarette aus dem Mund und sagte zu mir: »Du siehst nicht so aus, als könntest du Fenster putzen.«

Binjomin lächelte, und seine Kirschaugen hatten einen schelmischen Ausdruck. »Frauen haben einen Instinkt ...«

Jemand unterbrach ihn. »Kamerad Binjomin, du wirst am Telefon verlangt.«

Als er nach einigen Minuten zurückkam, sah er noch vergnügter aus als sonst. Mit verschmitzt-triumphierendem Blick sagte er zu mir: »He, Freundchen, falls du vorgehabt hast, heute nacht nach Hause zu gehen, kannst du's dir aus dem Kopf schlagen.«

»Was soll das heißen? Was ist passiert?«

»Eben hat Schoschana angerufen. Wir werden schon wieder zur Arbeit geschickt.«

»Was sollen wir denn diesmal tun?«

»Uns um einen Leichnam kümmern.«

IV

I

Obwohl ich die Warschauer Schwiegerleute meines älteren Bruders Aharon kannte, ging ich ihnen aus dem Weg. Seit ich nach meiner Rückkehr aus dem Schtetl, wo ich Lehrer gewesen war, auf einem Stuhl in ihrer Wohnung hatte übernachten müssen, hatte ich nichts mehr mit ihnen zu schaffen gehabt. Nicht, daß ich ihnen gram gewesen wäre. Sie hatten einfach keinen Platz für mich. Eine fünfköpfige Familie auf engstem Raum zusammengepfercht: Mutter, Vater, ein Sohn und zwei Töchter hausten in einem Zimmer mit Küche und einer Art Alkoven. Die Töchter schliefen in einem der beiden Betten, die Eltern im anderen, der Sohn auf einer Pritsche. Für einen Gast war dort kein Platz.

Ein weiterer Grund war, daß sie auf Aharon nicht gut zu sprechen waren. Er hatte Ida, ihre hübscheste Tochter, nach Rußland mitgenommen, und erst nach fast zwei Jahren hatten sie Nachricht von ihr erhalten. Damals hatte ihnen meine Schwägerin geschrieben, sie lebe in Rußland in miesen Verhältnissen. Mein Bruder sei Schriftsteller geworden, verdiene aber nicht genug, um seine Familie zu ernähren. Obendrein treibe er sich mit Schriftstellern und Malern herum und komme nachts nur selten nach Hause. Und zu alledem habe sie ein Kind bekommen – einen Jungen –, und Aharon sei nicht einmal zur Beschneidung seines Sohnes erschienen. Außerdem ließ sie durchblicken, daß mein Bruder eine Geliebte habe. Der Schwiegervater meines Bruders, Reb Leiser Zinamon, hatte sich bei mir nie über Aharon beschwert, aber Scheindele, seine Frau, hatte sich kein Blatt vor den Mund genommen. Sie hatte mich ermahnt, nur ja nicht in die Fußstapfen meines Bruders zu treten. »Was hat man denn davon, anderen Leuten Ärger zu machen? Wer ein liederliches Leben führen will, sollte nicht heiraten.«

Ich fand zwar, daß sie recht hatte, aber herabsetzen konnte sie Aharon in meinen Augen keineswegs. Mein Bruder hatte nie heiraten wollen. Soviel ich wußte, hatte er sich in Warschau gar nicht mit Ida trauen lassen – und sicherlich war er weder in Kiew noch in Moskau mit ihr zu einem Rabbiner gegangen. Ich hatte meinen älteren Bruder zuletzt im Jahre 1917 gesehen, als meine Mutter mit mir und meinem jüngeren Bruder nach Bialedrewne gezogen und Aharon bei meinem Vater in Warschau geblieben war.

Aus den seltenen Briefen, die Aharon an meine Eltern schrieb, konnte ich schließen, daß er die Pogrome in Rußland miterlebt, die Überfälle marodierender Banden und Typhus und Hunger überstanden hatte. In Kiew hatte er für eine Zeitung geschrieben, in Moskau für eine Zeitschrift gearbeitet. Als er sich vom Kommunismus abgewandt hatte, war er von seinen Schriftstellerkollegen drangsaliert worden. Dann und wann hatte er uns einen kurzen Gruß geschickt. Manchmal las ich seinen Namen in einer Zeitung. Erstaunlicherweise hatte er für eine Charkower Zeitung eine Geschichte über den Rebbe von Kock geschrieben.

Ich hatte keine Photographie meines Bruders und konnte mich nicht mehr genau erinnern, wie er aussah, aber er war für mich so etwas wie eine Legende geworden. Nachts träumte ich von ihm. Träumte, er spräche mit mir über Philosophie, brächte mir das Radfahren bei, rodle mit mir auf einem Schlitten ungeheuer schnell bergab. In meinen Träumen hatte dieser Schlitten etwas Unheimliches an sich – wir glitten damit in einen Abgrund.

Von seinen Schwiegerleuten hatte ich erfahren, daß er versuche, nach Polen zurückzukehren, daß die Sowjets aber nur selten jemanden außer Landes gehen ließen.

In dieser Nacht träumte ich wieder von meinem Bruder Aharon. Im Traum bekam ich von ihm ein Fahrrad geschenkt, das ich gleich ausprobieren wollte. Aber es war der Jom-Kippur-Abend. Wir waren in einem Schtetl, nicht in Bialedrewne, sondern in dem galizischen Schtetl, in dem mein Vater jetzt Rabbiner war. Mein Bruder beschwor mich: »Du darfst jetzt nicht radfahren! Alle gehen jetzt zum Kol Nidre.«

Seltsam! In diesem Traum war auf der einen Seite ein Schtetl und auf der anderen waren Automobile, Trambahnen und Läden – genau wie auf dem Warschauer Marschall-Boulevard. Ich wollte mein Fahrrad nehmen und mich auf die andere Seite flüchten. Doch die österreichischen Juden mit ihren dreizehneckigen Pelzhüten und ihren mit Angorawolle gefütterten Pelzmänteln drohten mir, daß sie sich, falls ich diesen Tag entheiligte, an meinem Vater rächen würden. Auf den Türschwellen der Häuser hockten Bettler, in deren Blechnäpfe die Gemeindemitglieder Spenden für die Armen, für notleidende Bräute und für die Beerdigungsbruderschaft warfen.

Irgend etwas weckte mich auf. Ich zündete ein Streichholz an und sah auf meine Taschenuhr. Es war kurz vor neun. Das Telefon im Flur klingelte, und ich hörte, wie Eduscha sich meldete. Dann öffnete sie meine Zimmertür. »David, schläfst du noch? Ein Anruf für dich.«

»Wer ist es denn?«

»Dein Bruder.«

Ich traute meinen Ohren nicht. Ich sprang aus dem Bett und zog mir im Dunkeln die Hose an. Obwohl ich mit Eduscha bereits auf vertrautem Fuß stand, war ich immer noch zu schüchtern, mich unbekleidet oder barfuß von ihr sehen zu lassen. Als ich im Flur nach dem Telefonhörer griff, zitterte meine Hand. Ich hörte die Stimme meines Bruders: »Bubele, ich bin's.« Dann schwiegen wir eine Weile.

Ich hielt den Atem an, dann fragte ich: »Wo bist du?«

»Hier in Warschau. Bei Idas Eltern.«

»Wann bist du angekommen?«

»Vor ein paar Tagen.«

»Woher weißt du denn, wo ich bin?«

»Von Susskind Eichl.«

»Ich hab von dir geträumt. Erst vorhin. Ich hab geträumt, ich hätte ein Fahrrad von dir bekommen.«

»Ach, wirklich? Susskind Eichl sagt, du bist tief beeindruckt von Spinoza.«

Mein Bruder sprach polnisches Jiddisch, jetzt allerdings mit leichtem russischem Akzent. Ich war überglücklich, hatte aber auch ein bißchen Bammel. Ich sehnte mich danach, meinen Bruder wiederzusehen, aber es war mir peinlich, daß ich in eine so vertrackte Situation geraten war. Er war fast dreißig, gut elf Jahre älter als ich. Das letzte Mal hatte ich ihn als Dreizehnjährigen, kurz nach meiner Bar-mizwa-Feier, gesehen. Und noch immer sagte er »Bubele« zu mir.

Da seine Schwiegerleute kein Telefon hatten, rief er aus einer Nachbarwohnung an. Wir verabredeten, daß ich am Mittag zu ihm kommen sollte. Sein Ton verriet brüderliche Herzlichkeit, hatte aber auch einen Anflug von herablassender Ironie.

Ich hängte den Hörer auf, konnte aber immer noch nicht glauben, daß all dies wirklich geschehen war. »Was soll ich jetzt tun?« fragte ich mich.

Ich ging wieder in meine dunkle Kammer und zündete das Gaslicht an. Jetzt bedauerte ich meinen Entschluß, nach Palästina auszuwandern. Weshalb sollte ich Polen verlassen? Ich hatte doch schon so lange auf die Rückkehr meines Bruders gehofft.

Dann ging ich in die Küche, um mich zu waschen. Eduscha goß gerade Wasser in einen Teekessel. »Ich gratuliere dir zu der guten Nachricht«, sagte sie.

»Glück und Segen!« erwiderte ich nach altem Brauch.

»Lade ihn doch zu uns ein. Er hat eine sympathische Stimme.« Sie blinzelte mir zu und lachte.

Ich hätte sie am liebsten umarmt, doch der Gedanke an meinen Bruder hielt mich davon ab. Vor seiner Rückkehr hatte ich mich erwachsen gefühlt, war ich selbstbewußt gewesen. Seine Gegenwart machte mich wieder zum Halbwüchsigen. Ich hatte das seltsame Gefühl, daß er mich beobachtete und auslachte.

Als könnte sie mir meine geheimsten Gefühle anmerken,

sagte Eduscha: »Daß dein Bruder hier ist, heißt doch wohl nicht, daß du mich nicht küssen darfst?« Ich ging zu ihr hinüber und küßte sie, aber anders als sonst – nicht wie ein Mann, sondern eher wie ein Kind. Und sie merkte das auch.

»Du küßt wie ein Chederschüler.«

Du liebe Güte, konnte ich denn gar nichts vor anderen verbergen? War ich einer jener Tölpel, deren Gedanken jedermann lesen kann? War mein Schädel durchsichtig? Aber was konnten ihr, die einen Verlobten hatte, meine Küsse denn schon bedeuten?

Ein Liedchen über Charlie Chaplin trällernd, ging Eduscha zur Tür, drehte sich noch einmal um und streckte mir die Zunge heraus.

»Diese Frau ist ein Plagegeist«, sagte ich mir. »Sie hat den Teufel im Leib.«

Ich begann mich zu rasieren. Diesmal durfte ich keinen einzigen Bartstoppel übersehen, diesmal durfte ich mich nicht schneiden. Ich wollte beim Wiedersehen mit meinem Bruder jung aussehen, vielleicht weil ich es in der Zwischenzeit zu nichts gebracht hatte. Ich versuchte es mit Coués Autosuggestionsmethode und befahl mir, mich tadellos glatt zu rasieren. Um ganz sicherzugehen, benützte ich eine neue Rasierklinge.

Das Teewasser kochte, und ich drehte den Gashahn zu. Eduscha kam wieder in die Küche. »Dein Bruder ist zurückgekommen«, sagte sie, »und du gehst nach Palästina. Wie reimt sich das zusammen?«

Wir setzten uns an den Tisch und frühstückten miteinander wie ein altes Ehepaar.

Eduscha hatte eine Anstellung in einem Möbelgeschäft bekommen, sollte aber erst am Montag mit der Arbeit beginnen. Sie hatte noch keine Nachricht von Herz Lipmann. Er hatte versprochen, ihr zu schreiben, bisher aber noch nichts von sich hören lassen. Ob das mit seinen kommunistischen Aktivitäten zusammenhing? Oder war ihm in Rußland vielleicht etwas zugestoßen?

Eduscha sang Kabarettcouplets, erklärte aber, sie halte die Revolution für wichtiger als die Trivialitäten des Privatlebens. Doch während sie das sagte, bekam sie feuchte Augen. Ihre Mutter und ihre Schwestern waren in London, Bella war im Gefängnis – in der Frauenabteilung, die »Serbien« genannt wurde –, und sie selber war jetzt ganz allein. Sie hatte sich mir gegenüber genauso verhalten wie Sonja. Ich war mit zwei Frauen intim befreundet, hatte aber trotzdem noch nicht – wie man in Bialedrewne sagen würde – vom Baum der Erkenntnis gegessen. War dieses Getändel typisch für junge Frauenzimmer, oder passierte so etwas nur mir? Vielleicht würde dies zeitlebens mein Los bleiben.

Während ich meine Semmel aß und meinen Kaffee trank, schossen mir allerlei beklemmende Gedanken durch den Kopf. War ich vielleicht kein richtiger Mann? Was wäre, wenn ich es niemals schaffen würde, etwas wirklich Reifes zu schreiben? Vielleicht war es mir vorherbestimmt, von einem Fenstersims zu fallen. Nahe daran war ich schon einmal gewesen.

Mir kam der Gedanke, daß, während Eduscha und ich plauderten und aßen, Hunderttausende auf den Tod warteten, Millionen schwer krank waren oder den letzten Atemzug taten. Ich dachte daran, daß ich in jener Nacht, als Schoschana uns in die Privatklinik geschickt hatte, um Totenwache zu halten, beinahe gestorben wäre. Binjomin hatte das Laken, mit dem der Leichnam der jungen Frau bedeckt war, hochgehoben, und ich wäre fast in Ohnmacht gefallen, als ich die schwarze Haarpracht sah, von der das weiße, maskenhaft starre Gesicht umrahmt war. Die rissigen Lippen bewahrten ein zum Himmel schreiendes Schweigen. Es hatte mich erzittern lassen. Die Welt war mir wie ein einziges großes Totenhaus vorgekommen.

Ich verabschiedete mich von Eduscha und machte mich auf den Weg zu meinem Bruder. Seine Schwiegerleute wohnten in der Panska, aber ich fuhr nicht mit der Straßenbahn. Ich ging zu Fuß, um meine Aufregung zu bezähmen. Was war ein Bruder denn schon? Fleisch und Knochen. Mein Lebensziel war, das Geheimnis der Schöpfung zu entdecken, nicht mich mit meiner Familie abzugeben. Als ich in einem Schaufenster mein Spiegelbild sah, war ich entsetzt über mein leichenblasses Gesicht.

Ich stieg die Treppe hinauf und klopfte an die Wohnungstür. Lola, die jüngere Schwägerin meines Bruders, öffnete mir. Sie war hochgewachsen, hatte einen großen Kopf, eine Hakennase und massige Brüste und Hüften. Außerdem hatte sie O-Beine. Aber trotz ihrer Häßlichkeit hatte ich auch etwas Schönes an ihr entdeckt. Sie war von kindlicher Naivität und hatte gleichzeitig eine starke weibliche Ausstrahlung. Ihre Lippen schienen zum Küssen gemacht. Im Gymnasium hatte es Lola nicht bis zur Reifeprüfung geschafft, sie war in der achten Klasse durchgefallen. Schon seit Monaten war sie auf Arbeitssuche. Als sie mich sah, leuchteten ihre etwas vorstehenden Augen auf.

Dann sah ich sie alle: Ida, die Frau meines Bruders, ihre Eltern und deren Sohn. Mein Bruder sah fast noch so aus wie früher, nur daß er jetzt kahlköpfig und so blaß wie nach einer Krankheit war. Seine blauen Augen musterten mich. Jeder von uns beiden war erstaunt darüber, was die vergangenen Jahre aus dem anderen gemacht hatten. Jetzt entdeckte ich Falten in seinem Gesicht, die ich vergessen hatte. Jetzt erkannte ich in diesem Gesicht mit der hohen Stirn, dem spitzen Kinn, der scharfgeschnittenen Nase und den hohlen Wangen die Gesichtszüge meiner Mutter und ihres Bruders Gabriel wieder. Ich hatte vergessen, daß man Aharon seine Abstammung ansah.

»Du bist also wirklich erwachsen geworden«, sagte mein Bruder. Ich merkte, daß ich fast vergessen hatte, wie seine Stimme klang.

2

Zu Mittag gab es Hausmannskost: Nudelsuppe, gesottenes Fleisch mit Mohrrüben, Apfelmus, Tee. Die Löffel klirrten auf den Steinguttellern. Der kleine Sohn meines Bruders, den er Gerschon und den die Mutter Grischa nannte, schlief im Alkoven. Bis auf mich hatten alle hier eine echte familiäre Beziehung zueinander. Sie hatten sich so viel zu erzählen, daß ich in Schweigen verfiel. Mein Bruder und seine Frau hatten so viel erlebt, daß sie gar nicht wußten, was sie zuerst berichten sollten. Scheindele, Aharons Schwiegermutter, reichte Teller herum, nickte immer wieder mit dem perückenbedeckten Kopf und bewies, daß Frauen erst dann wirklich zur Geltung kommen, wenn sie Großmutter geworden sind. Sie hatte Tränensäcke unter den braunen Augen und machte einen bissigen und zugleich gewieften Eindruck. Sie kannte jedermanns Charakterschwächen. Reb Leiser, ihr Ehemann, hatte nie gelernt, seinen Lebensunterhalt zu verdienen. In Warschau war er eine Art Grundstücksmakler gewesen, aber die Jahre waren vergangen, ohne daß er einen Handel abgeschlossen hätte. Er verbrachte seine Zeit damit, alte Zeitungen zu lesen oder in einem Almanach zu blättern, in dem alle Warenmessen in Rußland (im vorrevolutionären Rußland!) verzeichnet waren. Er besuchte die Kranken und geleitete die Verstorbenen zum Grab.

Reb Leiser Zinamon – ein gutaussehender, hochgewachsener Mann mit einem braunen Bart und dem imponierenden Gehabe eines ehrbaren Haushaltsvorstands – entstammte einer wohlhabenden und gelehrten Familie. Als Knabe hatte er bei seinem Großvater die Tora studiert. Seine Frau kam ebenfalls aus einer betuchten Familie und hatte in ihren jungen Jahren als Schönheit gegolten. Warum diese beiden eine so häßliche Tochter wie Lola hatten, war ein Rätsel.

Die ältere Tochter, Chajele, war zwar nicht häßlich, aber eine Partie für sie hatte sich noch nicht gefunden, vielleicht, weil sie keinen Groschen Mitgift hatte. Sie arbeitete in einem

Süßwarenladen. Ihr Bruder Max, der Erstgeborene, arbeitete als Drucker für eine nach wie vor in Warschau erscheinende russische Zeitung. Er hatte ein schiefes Lächeln und erzählte gern komische Geschichten über die Artikelschreiber und Drucker in seinem Zeitungsverlag.

Ich hatte Ida als schmächtig in Erinnerung, aber in Rußland hatte sie zugenommen, obwohl es nicht genug zu essen gegeben hatte. Sie sagte, das käme daher, daß sie ein Kind bekommen habe. Sie war eine klassische Schönheit mit den blitzenden Augen einer echten Jüdin. Mein Bruder war einen Kopf größer als sie. Aus der Art und Weise, wie sie ihm seine Portion Fleisch auftischte, konnte ich schließen, daß sie ihn liebte und daß es sie glücklich machte, ihn zu bedienen. Die innigen, aber auch etwas vorwurfsvollen Blicke, die sie ihm zuwarf, schienen zu versprechen, daß sie ihm alle Sünden vergeben würde, wenn er bereit wäre, mit seinen Narreteien aufzuhören.

Aharon sah mich an und sagte: »Ich weiß immer noch nicht, was du in Warschau tust.«

»Ich habe ein Visum bekommen. Ich bereite mich darauf vor, nach Palästina zu gehen.«

»Und was wirst du in Palästina tun? Eichl sagte, du bist Schriftsteller geworden.«

»Ich versuch's jedenfalls.«

»Wer ist die Frau, bei der du wohnst? Eichl hat mir so einiges über sie erzählt. Ihre Schwester ist verhaftet worden?«

»Es ist ihre Tante.«

»Ihre Tante? Sei vorsichtig. In welcher Sprache schreibst du denn? Jiddisch oder Hebräisch?«

»Ich bin zum Jiddischen übergewechselt.«

»Übergewechselt? Anscheinend sind wir alle Schreiberlinge. Ich hatte gehofft, daß wenigstens aus dir ein nützlicher Mensch wird.«

»Mir wäre sonst nichts anderes übriggeblieben, als Rabbiner zu werden.«

»Etwas, das wir auch nicht brauchen.«

»Was passiert in Rußland?«

»Ach, sie schneiden einander die Kehle durch ... im Namen der Revolution ... im Namen der Konterrevolution ... im Namen des Zaren ... im Namen Gottes. Jetzt halten sie Reden, schrecklich lange Reden.« Er warf mir aus den Augenwinkeln einen scharfen Blick zu, der mich ein bißchen an die besorgten Blicke meiner Mutter erinnerte.

»Ich habe gelesen, daß du Kommunist geworden bist«, sagte ich.

»Nein.«

Als wir gegessen hatten, ging ich in den Alkoven, um mir den Sprößling anzusehen. Sie hatten sich von einer Nachbarin ein Kinderbett geborgt, und ich betrachtete den schlafenden Kleinen. Sein Gesicht, dem ich ansehen konnte, daß er meiner Familie nachschlug, wirkte unkindlich ernst. Zweifellos studierte er im Traum die Kabbala. Eine ganze Weile stand ich da und betrachtete ihn. Auch die anderen kamen herein, um nach ihm zu sehen.

Dann sagte mein Bruder: »Ich muß jetzt in den Schriftstellerclub, um Susskind Eichl zu treffen. Willst du mitkommen?«

»Lassen die mich denn hinein?«

»Ich bin ja dabei.«

Der Schriftstellerclub war mir bekannt, aber dort gewesen war ich noch nie. Eduschas Vorschlag, mich mitzunehmen, hatte ich abgelehnt, weil ich Susskind Eichl dort nicht über den Weg laufen wollte. Ich scheute die Begegnung mit bekannten Schriftstellern, Leuten, deren Namen schwarz auf weiß gedruckt wurden. Etwas in mir stand den Schreiberlingen, die ständig mit ihren papiernen Rezepten die Welt retten wollten, verächtlich gegenüber.

Diesmal ging ich mit, weil der Wunsch, noch ein paar Stunden mit meinem Bruder zusammenzusein, meine Scheu besiegte. Für den Besuch bei meinem Bruder und seinen Verwandten hatte ich ein frisches Hemd angezogen und mir eine Krawatte (ein Geschenk von Minna) umgebunden. Und ich wußte auch, daß sich mir keine bessere Gelegenheit bieten würde, den Schriftstellerclub zu besuchen. Vielleicht würde man mir sogar eine Mitgliedskarte für Gäste ausstellen. Ich hatte erfahren, daß Leute, die gar keine Schriftsteller waren, zum Schachspielen dorthin gingen. Zuweilen war ich nachts am Schriftstellerclub vorbeigegangen und hatte zu den hellerleuchteten Fenstern hinaufgeschaut. Dort fanden Diskussionen statt, dort wurde debattiert, dort vergnügte man sich bis spät in die Nacht. Der Schriftstellerclub veranstaltete alljährlich einen Maskenball und gab Bankette zu Ehren von Autoren aus New York, Berlin, Paris, London, Buenos Aires. Auch Schauspieler und Schauspielerinnen waren oft dort anzutreffen. Ich nahm meinen ganzen Mut zusammen.

»Also, zieh deinen Mantel an!« sagte mein Bruder. Seine Schwiegermutter verabschiedete sich von mir. »Du sollst hier kein Fremder sein. Besuch uns bald wieder!«

Chajele sagte: »Geh nicht nach Palästina, ohne mir ade zu sagen.« Lola, die jüngste der drei Schwestern, lächelte. Während meines Studiums im Rabbinerseminar hatte sie mir eine Ausgabe von *Pan Tadeusz* geliehen, und zum Dank dafür hatte ich ihr im Stiegenhaus einen Kuß gegeben. Dieser Kuß war unser Geheimnis.

Es war ein ziemlich weiter Weg von der Panska bis zum Schriftstellerclub, aber wir gingen zu Fuß. Mein Bruder, der kein Geld für die Straßenbahn hatte, ging schnell. Er machte mich darauf aufmerksam, was sich in Warschau verändert hatte, seit er fortgegangen war. Er kannte jeden Hof, jeden Laden. Und er erwähnte Namen, die ich noch nie gehört hatte. Als ich noch in den Cheder gegangen war, hatte er hier seine frühen Mannesjahre verbracht. Ich war herangewachsen, aber er war immer noch größer als ich.

Ich erinnerte mich daran, wie er mich in den Cheder in Moische Jizhaks Wohnung in der Grzybowska Nr. 5 gebracht hatte. Er war damals sechzehn, ich war fünf. Er hatte große Schritte gemacht, und ich war hinter ihm hergetrippelt. Wie damals hatte ich auch jetzt Bammel vor den Leuten, die ich treffen würde. Mir wäre nicht so bange gewesen, hätte ich nicht so gut in Gesichtern lesen können: Spott, Unverständnis, Geringschätzung, Habsucht. Die Frauen lachten gern, aber wenn ich ihnen vorgestellt wurde, verging ihnen das Lachen, und sie sahen mich mütterlich und manchmal mitleidig an.

»Sag niemandem, daß ich Schriftsteller bin«, bat ich meinen Bruder.

»Ich werde dort, genau wie du, ein Fremder sein«, erwiderte er.

Allmählich wurde er umgänglicher. Er sagte, in Rußland werde viel für die jiddische Sprache getan – es gebe dort Schulen, Verlage, Büchereien, Zeitungen, Zeitschriften, ja sogar höhere Lehranstalten. Aber um Zugang zu alledem zu haben, müsse man Kommunist sein, und er habe es nicht über sich gebracht, beizutreten. Schon möglich, daß Marx und Lenin recht hätten, aber einer ihrer Jünger zu werden, fromme marxistische Artikel zu schreiben, ständig auf das marxistische Rabbinat hinzuweisen – das sei nicht seine Art. Er habe doch nicht einen chassidischen Hof verlassen, um sich einem anderen anzuschließen. Die Kocker und die Gerer Chassidim glaubten wenigstens an Gott. Die jiddischen Kommunisten hätten den Atheismus in eine Art Chassidismus umgewandelt: die gleiche Innerlichkeit, die gleiche Vorliebe für erbauliche Erzählungen, das gleiche unaufhörliche Zitieren der Tora und die Vergötterung ihrer Rabbis. Lenin, Trotzki, Dserschinski, Bucharin, Rykow, Kamenew – jeder von ihnen werde als heiliger Mann verherrlicht. Jeder Schriftsteller gebiete über seine eigene Anhängerschaft und habe seine eigenen Mitarbeiter. Die Jiddischisten seien – das verstehe sich ja von selbst – päpstlicher als der Papst. Sie sängen den ganzen Tag Loblieder auf den Kommunismus und belegten die Reaktionäre mit mörderischen Flüchen. Ständig brüsteten sie sich damit, was sie alles für die Revolution getan hatten. »Was sie schreiben«, sagte Aharon, »ist bloß Phrasendrescherei. Nehmen wir zum Beispiel diesen Susskind Eichl, der unverständliches Zeug schreibt. Hier in Polen halten ihn die jungen Provinzler für einen geistigen Führer. Gewiß, die Polen sind Antisemiten, aber sie haben recht, wenn sie sagen, daß Juden den Kommunismus verbreiten. Allerdings sind Juden stets die ersten Opfer jeder Revolution.«

»Was kann denn ein Jude tun, der nicht mehr an den *Schulchan Aruch* glaubt?«

»Die Geschichte hat ihren eigenen Ratschluß«, erwiderte Aharon.

Wir gelangten zum Schriftstellerclub und stiegen die verschmutzte Treppe hinauf. Etwas weiter oben befand sich das Büro des Mizrachi, das ich während meines Studiums im Rabbinerseminar oft aufgesucht hatte. Später hatte ich dort das Empfehlungsschreiben für die Anstellung als Lehrer erhalten. Seit es mit meiner Laufbahn als Lehrer vorbei war, hatte ich mich hier nicht mehr blicken lassen. Jetzt sah ich einen »modernen« Rabbi die Treppe heraufkommen. Sein Bart war gestutzt. Er trug einen Pelzmantel, einen Hut und Galoschen, hatte eine Aktenmappe dabei und rauchte eine Zigarette. Rabbis wie er hatten Mittel und Wege gefunden, Weltlichkeit und Jüdischkeit miteinander in Einklang zu bringen. Sie wollten nicht warten, bis der Messias auf einem Esel angeritten käme. Sie unterhielten Beziehungen zu den Engländern und zum Völkerbund. Sie reisten zu allen möglichen Zionistenkongressen. Der Rabbi musterte meinen Bruder und mich. Jeder von uns verleugnete schweigend, was er vom anderen hielt.

Ich nahm an, daß wir an der Eingangstür des Schriftstellerclubs läuten müßten, doch mein Bruder drückte die Tür einfach auf. Ich blieb auf der Schwelle stehen, bis er sagte: »Nun komm schon!« Drinnen sah ich zahlreiche Gesichter. Restaurantgerüche stiegen mir in die Nase. Die Schriftsteller aßen gerade zu Mittag. Das Klirren von Geschirr war zu hören. Kellnerinnen trugen Tabletts. Bärte wippten, Nudeln hingen daran. Glatzen glänzten, Brillen glitzerten. Ich hatte das Gefühl, alle hier zu kennen. Ich erinnerte mich an ihre Photographien in Zeitungen und Zeitschriften. Ich erkannte einen Musiker wieder, der lange Haare und Schlitzaugen wie ein Tatar hatte. Er säbelte gerade an dem Hühnchen auf seinem Teller herum.

Mein Bruder führte mich in einen anderen, größeren Raum, dessen Wände mit einer Art braunem Leinen verkleidet waren. Bilder hingen an den Wänden. Über dem Klavier hing eine Photographie von Perez. Ein Grammophon spielte einen Schlager. Ein sehr kleiner Mann tanzte mit einer großen Frau. Plötzlich tauchte Susskind Eichl auf und umarmte meinen Bruder. Dann sah er mich an und sagte: »Da ist ja unser scheues, aber freches Küken!«

3

Mein Bruder unterhielt sich mit Susskind Eichl. Ich hörte mit halbem Ohr zu. Sie lästerten über russische Schriftsteller, die trotz ihrer Kommunismusgläubigkeit alle Hebel in Bewegung setzten, um ins Ausland reisen zu dürfen. Eine beträchtliche Anzahl hatte es bereits geschafft, nach Paris, Warschau oder Berlin zu fahren – und sie hatten es mit der Rückkehr nicht eilig. Susskind Eichl hingegen wollte in die Sowjetunion zurückkehren und gab zu verstehen, daß er Beziehungen zu wichtigen Politikern habe. Dann kam er auf eine Anthologie zu sprechen, die er herausgeben wollte, und auf einen wichtigen Schriftstellerkongreß, an dem mein Bruder teilnehmen sollte.

Bis auf mich war jeder in diesem Raum eine bedeutende Persönlichkeit. Susskind Eichl klärte mich auf: »Der da drüben ist Lyriker. Der alte Knacker mit dem weißen Schnurrbart verfaßt hebräische Lehrbücher. Der kleine Kerl mit der goldgeränderten Brille schreibt hebräische Gedichte.« All dies sagte Susskind Eichl mit kaum verhohlener Ironie. Seiner Ansicht nach waren alle in diesem Raum, ausgenommen er selbst, Banausen. Er warf meinem Bruder sogar vor, daß er sich von den radikalen Schriftstellern distanziere. »Das sieht doch ein Blinder, daß die Reaktionäre auf dem Rückzug sind«, sagte er.

Dann bestellte er Tee und Kichl für uns drei.

Du liebe Güte, noch gestern war es für mich unvorstellbar gewesen, Gast im Schriftstellerclub zu sein – und jetzt trank ich hier Tee! Im Vorbeigehen sahen Schriftsteller zu mir herüber. Einige blieben an unserem Tisch stehen, und mein Bruder stellte mich ihnen vor. Eichl sagte dann jedesmal augenzwinkernd: »Er schreibt auch.«

Eigentlich hätte ich mich jetzt glücklich schätzen müssen. Wie lange war ich in Warschau umhergeirrt wie eine verlorene Seele! Doch nun saß ich da, fühlte mich hilflos und wußte, daß man sich über mich lustig machte. Aharon war hier ziemlich unbekannt, und ich war sein Bruder.

Obendrein befürchtete ich, daß Eduscha jeden Moment hier auftauchen könnte. Ich wußte, daß ich dann erröten würde. Ich fürchtete, jemand könnte ihren Namen erwähnen. Wenn ich mit einer Frau allein war, machte ich meine Sache ganz gut, aber sobald ich einer in Gesellschaft begegnete, war ich wieder so schamhaft wie als Chederschüler, verschlug es mir die Sprache, begann ich zu stammeln. Dann wurde mein Gefasel mit Gelächter quittiert. Sogar jetzt spürte ich, daß ich rot wurde. Mir war heiß, und mein Kragen war feucht. Ich hatte mir gewünscht, hierherzukommen, mir schien, ich könnte Stunden damit verbringen, die Schriftsteller zu beobachten, gleichzeitig aber fühlte ich mich unbehaglich und wäre am liebsten gegangen. Obwohl ich ein frisches Hemd angezogen hatte, juckte meine Haut.

Ich wollte mich an Aharons Gespräch mit Eichl beteiligen, kam aber nicht dazu, irgend etwas zu sagen. Die beiden lachten und erzählten sich Witze, und ich konnte nur dasitzen und zuhören. Ich wußte, daß der Zustand, in dem ich mich befand, der »Macht der Affekte«, wie Spinoza es nannte, zuzuschreiben war. Ja, ich wurde völlig von Gefühlen beherrscht. Obwohl ich das fünfte Kapitel der *Ethik* sorgfältig studiert hatte, gelang es mir immer noch nicht, meine Emotionen zu zügeln. Wo sollte ich Ideen finden, mittels deren man Gefühle vertreiben kann? Wie könnte ich mich von Stolz, Scham und Depressionen befreien?

Nein, Baruch Spinoza, deine Heilmittel sind falsch. Der junge Mann, der gerade mit der Frau, die er dem alten Schriftsteller ausgespannt hat, Shimmy tanzt, folgt nicht dem Rat, den du in deiner *Ethik* gibst. Er ist selbstsicher, weil er gut angezogen ist, fließend Polnisch spricht, eine Stellung bei einer Zeitung und Geld in der Tasche hat. Mir ist heiß, er dagegen hat offenbar einen kühlen Kopf behalten. Er tanzt gelassen, bedächtig. Seine Schuhe sind blank gewichst, er trägt helle Gamaschen, seine Hose ist gebügelt und hat rasierklingenscharfe Bügelfalten. Er hat seinen Arm um die Taille der Frau gelegt und schert sich nicht um die Blicke fremder Leute. Er redet auf die Frau ein – zweifellos will er sie verführen. Sie blickt zu ihm auf und lächelt ihn an: ein blasiertes, sprödes, hinterhältiges Lächeln.

Werde ich jemals imstande sein, das zu tun, was er tut? Niemals. Er ist ein Mann von Welt, und ich bin ein Lernstubenhocker. Obzwar ich die Lernstube verlassen habe, bin ich ihr nicht entronnen. Weltläufigkeit ist nichts für mich, aber die Lernstube auch nicht. Dafür fehlt mir der Glaube.

Mein Bruder warf mir fragende Blicke zu, und ich spürte, daß ich ihn in Verlegenheit brachte. Ich steckte ihn mit meiner Verwirrung an. Auch Susskind Eichl merkte, wie mir zumute war, und seine Augen bekamen einen spöttischen Ausdruck. Er galt hier offenbar als hohes Tier und wurde von allen gegrüßt. Leute kamen herüber, um ihm Lob zu spenden, wofür er sich amüsiert bedankte. Alle wollten sich lieb Kind bei ihm machen, sogar die Autoren, die für die bürgerlichen Zeitungen schrieben. Und sogar die Hebraisten. Hier im Schriftstellerclub hatte die Revolution gesiegt.

Dann passierte das, was ich befürchtet hatte: Eduscha kam herein und steuerte auf unseren Tisch zu. Ich war so entsetzt, daß ich sogar vergaß zu erröten. Susskind Eichl stand auf und streckte ihr die Hand hin. Auch mein Bruder stand auf. Ich blieb wie versteinert sitzen. Eduscha hatte sich herausstaffiert, trug einen Pelzkragen und hatte einen Muff dabei. Ihr Hut ließ sie größer und älter, ja sogar elegant aussehen. Ihr Lächeln war kokett, weltklug, raffiniert. Sie hatte Puder aufgelegt und sich die Lippen geschminkt. Susskind Eichl machte sie mit meinem Bruder bekannt, dann sagte er zu mir: »Sie ist doch Ihre Hauswirtin.«

»Ach, Sie sind das!« sagte Aharon. »Heute morgen haben Sie am Telefon mit mir gesprochen.«

»Ja, natürlich.«

»Da hast du dir ja eine hübsche Hauswirtin ausgesucht!« scherzte mein Bruder.

Das war nicht die Eduscha, die ich geküßt hatte. Sie glich jetzt eher der Frau, die vorhin mit dem Schriftsteller Shimmy getanzt hatte. Sie schien im Schriftstellerclub gut bekannt zu sein. Nachdem sie sich zu uns gesetzt hatte, schoben andere Schriftsteller ihre Stühle an unseren Tisch. Jemand bot mir eine Zigarette an, und ich nahm sie, obwohl ich Nichtraucher war. Ich zog daran, bis ich den Mund voll Rauch hatte, dann blies ich ihn langsam aus. Eduscha sagte: »Ich wußte gar nicht, daß du rauchst.«

»Oh«, sagte jemand, »ihr beide duzt euch.«

»Sie sind ein Liebespaar«, witzelte Susskind Eichl.

Eduscha gab ihm einen Klaps aufs Handgelenk. »Was faselst du denn da? Ich bin verlobt.«

Ich hätte mich eigentlich an diesem trivialen Gespräch beteiligen, hätte lächeln und gelegentlich eine geistreiche Bemerkung einwerfen müssen, doch mir hatte es die Sprache verschlagen, und mein Gesicht war wie gelähmt. Ich hatte nur einen einzigen Wunsch: die Flucht zu ergreifen. Im Nu wurde mein Hemd im Rücken tropfnaß. Ich zog heftig an meiner Zigarette und merkte, daß ich sie schon fast ganz geraucht hatte.

»O weh, er weiß ja gar nicht, wie man raucht«, sagte mein Bruder, und alle brachen in Gelächter aus. »Als ich fortging, war er noch ein Chederschüler, und jetzt schreibt er Artikel über Philosophie und über die Kabbala.«

»Ach, in der Tat?«

Ein Schriftsteller fragte mich, was ich läse und mit welchen Autoren ich mich beschäftigt habe, und ich nannte Spinoza, Descartes, Berkeley, David Hume sowie den Ari und Moses Cordovero.

»Vielleicht haben Sie etwas, das wir in unserer Zeitschrift abdrucken können«, sagte der Schriftsteller.

»Ja, druckt etwas von ihm!« rief Susskind Eichl. »Da er ja Schriftsteller werden will, könnte er doch sofort damit beginnen.«

»Bringen Sie es mir in die Redaktion«, schlug der Schriftsteller vor.

Ich sah ihn jetzt zum ersten Mal. Er hatte lange Haare und ein rundes Gesicht. Seine Brille war ihm auf die Nasenspitze gerutscht. Statt einer Krawatte trug er – wie ein Künstler – ein Halstuch.

Susskind Eichl wurde zum Telefon gerufen. Der Schriftsteller mit dem runden Gesicht redete weiter. »Gewöhnlich drucken wir literarische Essays. Aber Spinoza und die Kabbala – das ist ein interessantes Thema. Welche Ansicht vertreten Sie? Daß Spinoza an die Kabbala geglaubt hat?«

»Nein. Aber seine Definition Gottes und der Schöpfung hat er von den Kabbalisten übernommen.«

»Der gängigen Meinung nach ist Spinoza Atheist gewesen.«

»Der Atheismus ist eine Art verkrüppelter Mystizismus«, sagte ich, ohne zu wissen, ob ich einen eigenen Gedanken äußerte oder dies irgendwo gelesen hatte.

»Wie meinen Sie das?«

»Die blinde Natur hat alles geschaffen, was wir sehen, und auch alles, was wir nicht sehen – das ist eine mystische Vorstellung.«

»Davidle«, sagte mein Bruder, »bist das wirklich *du*? Ich kann es einfach nicht glauben. Als ihr nach Bialedrewne gegangen seid, warst du noch ein kleiner Junge mit roten Schläfenlocken.«

Eduscha, die mich wohlwollend beobachtete, schien von dem, was ich sagte, überrascht zu sein, nickte aber zustimmend. Sie wirkte jetzt nicht mehr wie eine weltkluge Frau, sondern eher wie ein Schulmädchen aus einer chassidischen Familie.

Das nasse Hemd auf meinem Rücken wurde allmählich trocken. Ich drückte meinen Zigarettenstummel im Aschenbecher aus. Jetzt brauchte ich nicht mehr zu rauchen. Meine Niedergeschlagenheit war verflogen und in Hochstimmung umgeschlagen: Man hatte mir angeboten, einen meiner Essays zu drucken!

»Kommen Sie morgen zur gleichen Zeit hierher!« sagte der Schriftsteller. »Zu einem Mittagessen mit mir.«

»*Masel tow*, David!« sagte Eduscha. »Auf glückliches Gelingen!«

Ja, das Schicksal spielte mir Streiche. Wie die Verdammten in der Gehenna wurde ich zwischen Feuer und Eis hin- und hergeschleudert. Ich trank den Tee, der inzwischen kalt geworden war, und biß ein Stückchen von dem Kichl ab.

Als Susskind Eichl zurückkam, bemerkte ich, daß sich sein Gesichtsausdruck verändert hatte. Er wirkte ernst, ja bekümmert. Eine Weile blieb er neben unserem Tisch stehen. Ich sah ihm an, daß er soeben am Telefon schlechte Nachrichten erhalten hatte. Er zog eine Zigarette aus seinem Päckchen und zündete sie an.

»Eduscha«, sagte er, »ich muß mit dir sprechen.«

»Mit mir? Aber natürlich. Entschuldigt mich bitte!« Sie stand auf und ging mit ihm in das Zimmer nebenan. Kurz darauf verabschiedeten sich die Männer an unserem Tisch. Der Schriftsteller reichte mir seine feuchte, schlaffe Hand. Dann blieb ich allein mit meinem Bruder am Tisch sitzen. Er schwieg ein Weilchen, dann sagte er: »Trau keinem von ihnen!«

4

Ich nahm an, daß Eduscha und Susskind Eichl bald wieder hereinkommen würden, doch nach einer guten Viertelstunde waren sie immer noch nicht da. »Was für Geheimnisse haben sie miteinander?« fragte ich mich. Ich war zwar nicht in Eduscha verliebt, empfand aber trotzdem ein bißchen Eifersucht. Susskind Eichl hatte ihren Arm genommen, und die beiden waren wie ein Paar hinausgegangen. Ich nahm den Zigarettenstummel aus dem Aschenbecher, hatte aber kein Streichholz, um ihn anzuzünden. Mein Bruder schien ebenfalls auf Susskind Eichls Rückkehr zu warten. Immer wieder sah er zur Tür hinüber. Dann sagte er zu mir: »Falls es dafür nicht schon zu spät ist, solltest du dich lieber nicht mit dieser Sippschaft einlassen. Die machen dich nur meschugge.«

Kurz darauf kam Susskind Eichl zurück, aber ohne Eduscha. Ich nahm an, daß er mit meinem Bruder sprechen wollte, und sagte: »Ich gehe jetzt.«

»Vergiß nicht, morgen wiederzukommen«, sagte Aharon. »Kann ja sein, daß er deinen Essay veröffentlicht.«

»Ich vergesse es bestimmt nicht.«

Susskind Eichl musterte mich, sagte aber kein Wort. Ich gab ihm die Hand, dann ging ich in den anderen Raum, in dem einige Schriftsteller Schach spielten. Ich sah ihnen eine Weile zu. Einer von ihnen sagte: »Oi, oi! Welchen Zug wirst du denn jetzt machen? Deine Dame ist futsch. Sag lieber gleich Kaddisch für sie.«

»Nicht so voreilig!« erwiderte sein Schachpartner. »Gleich mache ich meinen Zug.« Und plötzlich stimmte er – den Singsang eines Megillah-Vorlesers nachäffend – ein Triumphlied an.

Ich hätte gern noch ein bißchen länger gekiebitzt, aber weil ein hochgewachsener, pfeifenrauchender Schriftsteller mir mißtrauische Blicke zuwarf, fürchtete ich, hinausgewiesen zu werden. Als ich die Treppe hinunterging, versetzte mich der Gedanke, daß ich morgen wieder hierherkommen und daß jemand vielleicht einen meiner Essays drucken würde, in einen wahren Begeisterungstaumel. Aber dann murmelte ich vor mich hin: »Zähl nicht darauf! Höchstwahrscheinlich wird nichts daraus.«

O Gott, was sich alles ereignet hatte! Ich hatte ein Visum, ich hatte mit Frauen angebandelt, mein Bruder war hier, es war die Rede davon, daß etwas von mir gedruckt werden sollte. Mir kam der Gedanke, daß all dies nicht geschehen wäre, wenn ich damals nicht bei Sonja angerufen, sondern mich in den Zug nach Bialedrewne gesetzt hätte. Dann würde ich jetzt in irgendeinem Schtetl mein Leben fristen und Unterricht geben, um mein Brot zu verdienen.

Bedeutete das, daß alles vorherbestimmt ist? Oder war es bloß ein Zufall, daß ich hiergeblieben war? Was wäre zum Beispiel geschehen, wenn meine Mutter nicht meinen Vater, sondern ihren jungen Freier aus Lublin geheiratet hätte?

Ich machte mich auf den Heimweg. Vielleicht war Eduscha schon zu Hause. Sie hatte miterlebt, wie sich mein Schicksal gewendet hatte. Sie hatte gehört, wie man mich aufgefordert hatte, der Zeitschriftenredaktion etwas vorzulegen. Was immer mit Bella passiert sein mochte – Eduscha würde mich jetzt gut behandeln.

Am Tor hielt ich Ausschau, ob irgendwo ein Polizist zu entdecken war. Dann stieg ich die Stufen hinauf und läutete, aber niemand öffnete mir. Eduscha war offenbar noch nicht zu Hause. Ich schloß die Tür mit dem Schlüssel auf, den sie mir gegeben hatte. Beim Hineingehen hatte ich das Gefühl, jetzt sehr erwachsen zu sein.

Seit Bellas Verhaftung hatte ich mich so benommen, als ob mir die ganze Wohnung gehörte. Ich hatte Bellas und Eduschas Bücher gelesen und mich oft auf das Sofa gelegt, auf dem Eduscha nachts schlief. Da so gut wie niemand mehr zu Besuch kam, war ich der einzige Mann in der Wohnung. Manchmal kam es mir so vor, als wären Eduscha und ich auf einer Insel gestrandet.

Das Telefon klingelte. Ich rannte hin, um – wie Eduscha

mich beauftragt hatte – den Anruf entgegenzunehmen. Sie hatte ein Notizbuch und einen Bleistift neben den Apparat gelegt. Sonja war am Telefon.

»Ich habe gehört, daß dein Bruder hier ist.«

»Von wem hast du das gehört?«

»Ida hat mich angerufen. Warum hast du's mich nicht wissen lassen?«

Sonja war mit den Schwiegerleuten meines Bruders verwandt. Sie und Ida waren früher eng befreundet gewesen. Alles stand in engem Zusammenhang miteinander. Ich sagte Sonja, ich hätte die Nachricht erst heute morgen erhalten. Und daß ich gerade aus dem Schriftstellerclub gekommen sei. Ich prahlte damit, daß jemand etwas von mir drucken wolle. »Sonja, mein Schatz, ich werde dir ewig dankbar sein!«

»Ja, du wirst mir dankbar sein, aber eine andere heiraten. Mein Pech!«

Ich verabredete mich mit ihr für den nächsten Abend. Dann legte ich mich aufs Sofa und wartete auf Eduscha. Bei jedem Geräusch auf der Treppe spitzte ich die Ohren. »Was ist bloß mit ihr los?« fragte ich mich. »Bin ich in sie verliebt? Nein, Eduscha ist nicht mein Typ. Sie ist zu profan, zu linksorientiert, zu modern für mich. Die Frau, die ich lieben und achten könnte, müßte so sein wie meine Mutter: eine fromme jüdische Tochter. Ein junges Frauenzimmer, das imstande ist, heut einen Mann zu küssen und morgen einen anderen, könnte ich nie respektieren. Aber wie steht's denn mit mir selbst? Benehme ich mich denn anders?«

Ich schlummerte ein und träumte. Dann hörte ich, wie die Wohnungstür aufgesperrt wurde, und wachte auf. Der Wintertag war grau geworden. Die Fensterscheiben sahen ganz blau aus, und draußen fiel Schnee. Eduscha kam herein und brachte einen Hauch Kälte mir. Sie blieb in Mantel und Hut stehen; im trüben Licht war ihr Gesicht kaum zu erkennen.

»Warum hast du das Gaslicht nicht angezündet?« fragte sie. »Macht nichts. Ist vielleicht besser so. Hat mich jemand am Telefon verlangt?«

»Nein, Eduscha, niemand.«

Ihre sonst so lebhafte Stimme klang dumpf. Eduscha zog den Mantel aus und legte ihn aufs Bett. Sie bewegte sich so lautlos wie ein Schatten.

»Möchtest du dich aufs Sofa legen?« fragte ich.

»Nein, bleib nur liegen. Dein Bruder sieht ja aus wie du. Älter natürlich. Und er ist kein solcher Schlappschwanz wie du.«

»Weshalb sagst du das?«

»Ach, du hast doch so getan, als würdest du mich nicht kennen.«

Ich wollte eigentlich erwidern: »Ich bin halt schüchtern«, aber statt dessen sagte ich: »Das ist wirklich beleidigend, Eduscha.«

»Ach was! Es gibt wichtigere Dinge, die mir Sorgen machen. David ...«, ihr Ton änderte sich plötzlich, »... alles um mich herum bricht zusammen. Wie ein Kartenhaus.«

»Was ist passiert?«

»Eigentlich sollte ich es dir gar nicht sagen. Du wirst ja doch bloß schadenfroh darüber sein. Aber ich muß einfach mit jemandem reden.«

»Was ist passiert?«

»Herz ist verhaftet worden.« Und nun brach sie in Tränen aus. Sie schluchzte, und im Zwielicht konnte ich ihr die Verzweiflung ansehen.

Ich schwieg eine Weile, dann fragte ich: »Wo denn? An der polnischen Grenze?«

»In Rußland.«

Mir ging ein Licht auf. »Die Bolschewiken haben ihn verhaftet.«

»Ja. In Moskau.« Und wieder brach sie in Tränen aus.

»Weshalb?«

»Mehr weiß ich nicht.«

Sie setzte sich aufs Bett, oder richtiger gesagt, sie ließ sich aufs Bett fallen. Sie hatte gesagt, ich würde über diese Nachricht schadenfroh sein, aber ich hatte keinerlei Triumphgefühle, sondern spürte den Schmerz, den man empfindet, wenn man einer Ungerechtigkeit gewahr wird.

Eduscha schluchzte. Sie schlug die Hände vors Gesicht, und ich sah, wie ihre Schultern bebten. Ich wollte zu ihr hinübergehen, ließ es dann aber bleiben. »Es muß doch einen Grund dafür geben«, sagte ich und bereute sofort, was ich da gesagt hatte.

»Was für einen Grund? Er ist der Bewegung immer treu gewesen. Er hat sich sein Leben lang für sie aufgeopfert. Jemand muß ihn angeschwärzt haben. Es gibt viele Provokateure.«

Sie weinte noch bitterlicher. Ich spürte, wie mir die Tränen in die Augen stiegen. Diese junge Frau erlebte eine Tragödie nach der anderen. Die Polen hatten ihre Tante festgenommen, die Russen ihren Verlobten. Was für ein Schicksalsschlag war Herz Lipmanns Verhaftung für sie!

Ich hatte schon von solchen Verhaftungen gehört. Die Zeitungen berichteten von der Deportation ganzer Dorfgemeinschaften nach Sibirien. Jüdische Kaufleute, Rabbis, Hebräischlehrer und Sozialisten waren erschossen worden. Aber daß man Herz Lipmann verhaften würde, hätte ich nicht für möglich gehalten. Er war bolschewistischer als die Bolschewiken. Jedes Wort, das er sagte, bezeugte, daß er ein Gegner des kapitalistischen Systems war. Es gab nichts, was er nicht für die Revolution getan hätte. Was für Leute waren diese Roten? Bestien, die ihre Artgenossen verschlangen.

Ich wollte Eduscha trösten, wußte aber nicht wie, und sagte das Schlimmste, was man in so einem Moment sagen konnte: »Eduscha, laß dir das eine Lehre sein.«

»Was für eine Lehre? In jeder politischen Bewegung gibt es Provokateure.«

»Robespierre und Marat – die Geschichte wiederholt sich.«

»Ich bitte dich, halt den Mund!«

Ich zog mich in meine dunkle Kammer zurück. Eduscha blieb offenbar im Dunkeln sitzen, denn wenn sie im Wohnzimmer Licht gemacht hätte, wäre im Flur ein Lichtschein zu sehen gewesen. Sie gab keinen Laut von sich – vielleicht war sie eingeschlafen. Auch ich war ganz benommen. Von frühester Kindheit an hatte ich die Leute von künftigen besseren Zeiten, von der Erlösung der Menschheit reden gehört. Doch kaum hatte jemand ein bißchen Macht errungen, da kam auch schon der Tyrann in ihm zum Vorschein. Ich stellte mir Herz Lipmann in einem russischen Gefängnis vor, starr vor Angst, hungrig, erschöpft, an Schlaflosigkeit leidend und so übermannt von Kummer, daß es keinen Trost mehr für ihn gab.

Ich schlief ein und kam erst wieder zu mir, als mich jemand aufweckte. Ich öffnete die Augen und wußte einen Moment lang nicht mehr, wo ich war. Fast hätte ich gerufen: »Sonja!«, doch dann sah ich Eduscha an meinem Bett stehen.

»David, ich hab Angst.« Ihre Stimme klang rauh vom vielen Weinen. Sie zitterte, ihre Zähne klapperten. Ich zog sie an mich. Sie sträubte sich nicht. Ich küßte ihr Gesicht, das feucht und fiebrig war.

»Was soll ich denn jetzt tun?« fragte sie. »Sag's mir, David. Ist für mich jetzt alles zu Ende?«

»Wie kannst du so etwas sagen? So Gott will, wirst du ...«

»Es gibt keinen Gott. Es gibt gar nichts. Alles ist öde und dunkel. David, ich ersticke.«

»Ich hab dir doch gesagt, daß die Bolschewiken Mörder sind.«

»Wer ist das nicht? Woran soll ich denn jetzt noch glauben? Wenn Herz so etwas passieren konnte, dann möchte ich sterben. Wenn Bella im Gefängnis davon erfährt, bringt es sie um.«

»Sag's ihr nicht.«

»Dort erfahren sie alles. Nach Herz' Verhaftung werden wir als erstes zu hören bekommen, er sei ein Provokateur gewesen. Sie werden sagen, es gebe noch mehr Provokateure, die es darauf anlegten, anständige Leute zu denunzieren.«

»Du solltest nicht zu dieser Sippschaft gehören.«

»Zu welcher soll ich dann gehören? Auf was soll ich denn jetzt noch hoffen? Auf die Balfour-Deklaration?«

»Es ist nicht nötig, auf etwas zu hoffen.«

»Du kannst vielleicht so leben, ich nicht. Wenn ich die Hoffnung auf Gerechtigkeit in dieser Welt aufgeben muß, werde ich sterben. Ich habe stundenlang darüber nachgedacht. Er hat alles für ein Ideal geopfert, und jetzt diese Schmach! Es bricht mir das Herz. Er wird dort sterben, bevor die Wahrheit ans Licht kommt.«

»Wenn es ihm bestimmt ist weiterzuleben, wird er weiterleben.«

»Ich glaube nicht an dieses Geseire über Vorherbestimmung. Zwanzig Millionen Menschen sind im Krieg gestorben. Zwanzig Millionen! Warum sollte ihnen dieser Tod bestimmt gewesen sein? Hunderttausende aus beiden Armeen wurden nach Verdun geschickt – sechshunderttausend sind dort gefallen. Eine Million zweihunderttausend Väter und Mütter erhielten die traurige Nachricht vom Tod ihrer Söhne. Und deren Frauen? Und all jene, die an Typhus und an der Cholera starben? Und die vielen Menschen, die verhungern mußten? Wie kann man *nicht* gegen ein System kämpfen, das so entsetzliche Dinge zuläßt?«

»Der Revolution sind drei Millionen zum Opfer gefallen.«

»Ihr Tod war nicht ganz sinnlos. Ach, jetzt halte ich aber besser den Mund. Ich gehe hinaus, falls du weiterschlafen willst.«

»Nein, Eduscha. Bleib bei mir!«

Sie legte sich neben mich. Sie hatte noch ihr Kleid und ihre Schuhe an. Ich hatte keine Ahnung, ob noch später Abend oder schon Mitternacht war. Eduscha atmete so schwer, als hätte sie Fieber. Ich hatte ein flaues Gefühl in der Magengrube. Nagender Hunger – ich hatte kein Abendbrot gegessen. Ich kam mir wie ein hungriges Raubtier in seinem Bau vor oder wie einer jener Wilden, die in Höhlen lebten, mitten unter wilden Tieren, ständig bedroht von Hunger, Durst, Krankheiten und dem blinden Haß ihrer Feinde.

Ich dachte an meinen Essay »Spinoza und die Kabbala« und mußte plötzlich lachen. Welcher Spinoza? Welche Kabbala? Der Homo sapiens stand erst am Anfang seiner Entwicklung. Die Zehn Gebote waren immernoch ein fernes Ideal, das vielleicht nie verwirklicht werden konnte. Nach dem Wunsch meiner Mutter hätte ich Rabbiner werden sollen, ein Weiser unter den Juden, dem Volk, gegen das jeden Montag und Donnerstag ein Pogrom angezettelt wurde. Aber war es denn sinnvoller, ein Schriftsteller unter ebendiesen Juden zu sein?

Mir schoß der Gedanke durch den Kopf, daß es gar keine schlechte Idee wäre, das Gas aufzudrehen und unser beider Leben ein Ende zu machen. Aber ich hatte ja noch meine Eltern, und Eduscha hatte noch ihre Mutter. Außerdem war mein Bruder gerade erst in Warschau eingetroffen – eine schöne Bescherung wäre das für ihn! »Die Mächte, die über das Universum herrschen, lassen einen nicht einmal in Ruhe sterben«, sagte ich mir. Dann fragte ich Eduscha, wie spät es sei, doch sie war eingeschlafen. Sie stieß einen Schnarchton aus, dann einen Seufzer.

Ich stieg leise aus dem Bett, um sie nur ja nicht aufzuwecken. Ein bißchen Schlaf war der einzige Trost, der unsereinem blieb. Auf Zehenspitzen schlich ich in die Küche. Vielleicht lag irgendwo ein Stück Brot. Ich tastete auf dem Wachstuch herum, das über den Küchentisch gebreitet war. Blindlings öffnete ich einen Schrank, in dem aber nur Blechteller waren. In einem anderen Schrank berührten meine Finger eine Flasche, deren Inhalt nach Essig oder Essigessenz roch. Aber mitten im Wohnzimmer auf dem Tisch lag eine halbe Semmel.

Ich setzte mich aufs Sofa, aß die Semmel und kam mir seltsamerweise wie ein Dieb vor. Ich schuldete Eduscha Geld für die Miete und für meine Mahlzeiten. Ich konnte kaum glauben, daß es dieselbe Eduscha war, die am Nachmittag wie eine Berühmtheit im Schriftstellerclub erschienen und von Schriftstellern umringt worden war.

Als ich den letzten Bissen vertilgt hatte, war mein Appetit

erst recht angeregt. Ich fühlte mich so ausgehöhlt, als ob ich tagelang gefastet hätte. Ich ging zum Fenster und schaute hinaus auf die Brandmauer. Eine Zeitlang betrachtete ich die Backsteine und überlegte mir, was für Gedanken so ein Backstein wohl haben könnte. Wenn man Spinoza wörtlich nahm – daß Gott »Bewußtsein und Ausdehnung« sei –, dann mußte auch die gesamte Materie ihre »Idee«, ihren »Geist« haben. Der Backstein hatte keine backsteinischen Gedanken, sondern das gleiche Bewußtsein wie Gott. Der springende Punkt war, daß ein Backstein nicht aus der Schule plaudern konnte.

Ich beugte den Kopf nach hinten, damit ich das Stückchen Himmel über den Dächern sehen konnte. Als ich einen Stern entdeckte, war ich so beglückt, als hätte ich lange im Gefängnis gesessen und den Himmel nicht sehen können. Dort oben, über Eduschas Dach, schwebte ein Himmelskörper, keiner der Planeten, sondern ein blaßgrüner Fixstern, der vibrierte und glitzerte.

Meine Augen nahmen Kontakt auf mit einem Gestirn, das schon jahrhunderte- oder gar jahrtausendelang existiert hatte, bevor sein Licht uns erreichte, obwohl dessen Geschwindigkeit 300000 Kilometer pro Sekunde beträgt. Ich blickte unverwandt zu diesem Gestirn empor und konnte gar nicht genug bekommen von seinem Licht. Ja! Was denkst du jetzt, Stern? Sicher hast auch du so etwas wie Gedanken im Kopf, du, der du Größe, Distanz und Überblick hast.

Warum wurde Herz Lipmann in die Lubjanka eingeliefert? Und warum mußten jene Soldaten bei Verdun fallen? Welchen Sinn hat es, Menschen zu erschaffen, wenn es ihnen bestimmt ist, in Blut und Dreck umzukommen? Sag's mir, Stern! Da ich dich sehen kann, kannst du mich vielleicht auch sehen.

Ich blickte zu ihm empor, bis er hinter der anderen Seite des Daches verschwand. Die Erde tat das, was sie immer tat: sich um die eigene Achse drehen. Nein, ich konnte nicht erwarten, daß der Stern mit jemandem wie mir ein Gespräch führen würde. Sterne brauchten nur zu scheinen und zu schweigen.

Ich ging wieder vom Fenster weg. Vom langen Hinaufschauen tat mir das Genick weh. Mein Hunger hatte nachgelassen. Ich hörte Schritte, Eduscha kam herein. »Was machst du denn hier? Warum wanderst du herum?«

»Eduscha, ich habe den Rest deiner Semmel gegessen.«

»Du armes Bubele! Ich habe vergessen, dir Abendbrot zu machen. Du kannst nichts dafür. Ich mache gleich etwas zurecht.«

»Nein, Eduscha, nicht für mich.«

»Ich bin auch hungrig. Der Magen fordert sein Recht. Moment, ich drehe das Gas an.«

Es war noch nicht sehr spät, erst Viertel nach zwölf. Das Gas verbreitete grellgelbes Licht. Eduscha brühte Tee auf und holte einen Laib Brot, Butter und Käse. Wir saßen am Tisch und mampften wie ein altes Ehepaar, das sich schon längst nichts mehr zu sagen hat.

Dann fragte Eduscha: »Was soll ich denn jetzt tun? Zur Arbeit ins Möbelgeschäft gehen? Das hat jetzt doch keinen Sinn mehr.«

»Man wird Herz freilassen.«

»Nein. Und falls sie das tun, lassen sie ihn bestimmt nicht hierher zurückkehren. Aber vielleicht will er das auch gar nicht. Drüben haben sie irgendeinen Verdacht gegen ihn gehabt. Vielleicht ist mein Stiefvater bereit, mich nach London kommen zu lassen. Aber was soll ich dort? Er sorgt ja schon für meine zwei jüngeren Schwestern.«

»Vielleicht könntest du nach Palästina gehen.«

»Wie denn? Dein Visum ist bereits zugeteilt. Außerdem bin ich nicht im geringsten daran interessiert, dorthin auszuwandern. Warum denn nach Palästina? Weil König David vor dreitausend Jahren gegen die Phönizier gekämpft hat? Palästina gehört den Arabern, nicht den Juden.«

»Und wohin sollen die Juden gehen?«

»Sie sollen bleiben, wo sie sind. Wenn es jemals eine gerechte Welt geben wird, dann wird es Gerechtigkeit für alle geben. Und falls es für uns keine gibt, hilft uns Palästina auch nichts.«

In dieser Nacht schliefen wir in Bellas Bett. Unsere Leidenschaftlichkeit hatte einen Anflug von Resignation. Eduscha schmiegte sich an mich. Sie schlief nicht, aber sie schwieg. Stundenlang lagen wir wach, jeder in seine eigenen Gedanken vertieft. Dann fiel mir etwas ein, und plötzlich sagte ich: »Eduscha, ich weiß nicht, wie ich darauf gekommen bin, aber ich bin überzeugt, daß du und Stanislas Kalbe ein Liebespaar gewesen seid.«

Ohne zu antworten riß sich Eduscha von mir los und rückte bis zur Bettkante. »Du hast kein Recht, in meiner Vergangenheit herumzuschnüffeln.«

»Nein. Aber...«

»Aber was? Ich frage dich ja auch nicht, was du mit Sonja oder dieser anderen ... wie heißt sie doch gleich ... mit deiner angeblichen Ehefrau treibst.«

»Nein. Aber was nennst du Liebe? Du sagst mir, daß du Herz Lipmann liebst.«

»Kalbe war vor Herz da.«

»Edek auch.«

»Ich habe Edek nicht geliebt – nicht so, wie ich Herz liebe. Warum ist den Männern alles erlaubt und den Frauen nichts? Wir sind auch aus Fleisch und Blut. So einfach ist das.«

»Wie kann es unter solchen Umständen Liebe geben? Wie kann ein Mann sicher sein, daß er wirklich der Vater seines Kindes ist?«

»Er weiß es. Und wenn er's nicht weiß – schade für ihn. Jemandem wie dir steht es nicht zu, Moral zu predigen.«

»Ich predige nicht, Eduscha.«

»Doch, das tust du. O ja, du schläfst mit mir, aber du verachtest mich. Von wem sind denn all diese Gesetze über die Liebe geschaffen worden? Von Menschen, nicht von Gott. Gott würde sich nicht darum scheren, wenn ich mich allen Männern in Warschau hingäbe. Wie sollte er auch, da er doch gar nicht existiert. Ja, ich habe mich mit Stanislas Kalbe eingelassen. Wenn dir das mißfällt, kannst du mit dem nächsten Zug in dein Schtetl fahren und dort eine Rebbezin heiraten.«

»Hat Bella davon gewußt?«

»Bella hat das gleiche getan.« Eduscha lachte.

»Ich gehe wieder in mein Zimmer.«

»Dann geh doch, Kleiner.«

Ich ging zurück in meine dunkle Kammer. Ich war ein Mann geworden, aber mir war speiübel. Gram und Abscheu, wie ich ihn nie zuvor empfunden hatte, übermannten mich. Zum ersten Mal begriff ich die wahre Bedeutung des Wortes »besudelt«. Ich legte mich auf meine eiserne Bettstatt, und mir war, als hörte ich die Stimme meines Vaters rufen: »Sündiger Jude, dein Name soll verflucht sein! Siehe, was geschieht, wenn man sich von der Jüdischkeit abwendet. Du bist schlimmer als die Gojim. Ich verfluche dich! Du bist nicht mehr mein Sohn, ich bin nicht mehr dein Vater.«

5

Tags darauf war ich zur vereinbarten Zeit im Schriftstellerclub, aber Getzl Slatkis, der Herausgeber der Zeitschrift, war nicht da. Die Frau an der Tür wollte mich nicht hineinlassen, und ich war drauf und dran wegzugehen, als Susskind Eichl mich entdeckte. Er sagte, er habe sich hier mit meinem Bruder verabredet, und forderte mich auf hereinzukommen.

Es wurde gerade zu Mittag gegessen, und ich sah dieselben Gesichter und die gleichen Mienen wie tags zuvor. Der schielende Komponist nagte wieder an einem Hühnerknochen, an seinem schwarzen Bart hing eine Nudel. Wir gingen ins Nebenzimmer, und Susskind Eichl bestellte ein Mittagessen für mich. Einer der Schriftsteller, die sich um Eduscha gedrängt hatten, kam herüber und streckte mir die Hand hin.

Ich hatte meinen Abscheu vor Eduscha vergessen und war, nachdem ich die Nacht durchgeschlafen hatte, mit einem Gefühl des Triumphs aufgewacht. Ich hatte tatsächlich intimen Verkehr mit einer Frau gehabt! »Egal, was Eduscha noch alles erleben wird«, hatte ich mir gesagt, »selbst wenn sie hundert Jahre alt wird – daß es einmal einen David Bendiger gegeben hat, das wird sie nie vergessen.« Romantischerweise hatte ich das Gefühl, mich aus eigener Kraft unsterblich gemacht zu haben. Und falls nun auch noch mein Essay veröffentlicht würde, könnte ich mich wahrhaft glücklich schätzen.

Veröffentlicht zu werden und mit einer Frau geschlafen zu haben – der Gedanke, daß es da einen Zusammenhang gab, spukte mir im Kopf herum. Ich wußte nicht mehr, wo ich gelesen hatte (vielleicht bei Schopenhauer), daß man mittels des Geschlechtstriebs in Beziehung trete zum »Ding an sich«, dem Rohmaterial der Phänomene, mit dem Kern der Wahrheit, der durch die Vorspiegelungen des Intellekts verborgen ist.

Auf dem Weg zum Schriftstellerclub hatte ich mit mir selber geredet, und zwar so, als ob ich mich mit jemandem stritte, zumal mit meinem Vater. »Ich bin nicht auf dem Berg Sinai gestanden, und du auch nicht«, hatte ich gesagt. »Dein ganzes Wissen stammt aus einem alten Buch, das irgend jemand geschrieben und redigiert hat. Sogar der Talmud bestätigt, daß die Weisen versucht haben, das Buch Kohelet zu unterdrücken. Selbst wenn man bereit ist, jedes Wort der Tora für wahr zu halten – über die kommende Welt und die Auferstehung der Toten wird darin nichts gesagt. Man hat unzählige Gesetze hinzugefügt und aus Mücken Elefanten gemacht.« Mein Vater erwiderte: »Weiche nur einen Schritt von diesen Gesetzen ab, und aus dir wird ein Sittenstrolch, ein Wüstling, ein Mörder. Die jüdischen Kommunisten, die Rabbis erschießen ließen – was sind sie? Fromme Juden? Eines Tages wirst du die Wahrheit erkennen. Ich hoffe nur, daß es dann noch nicht zu spät sein wird.«

Ich saß also mit Susskind Eichl am Tisch, und er sagte: »Getzl Slatkis ist ein Schweinehund. Verabredet sich mit einem jungen Burschen und versetzt ihn. Ein Dreckskerl!«

»Welche Art Zeitschrift gibt er heraus?«

»Stuß. Hintertreppenjournalismus.«

»Sie wissen sicher, was mit Herz Lipmann passiert ist«,

platzte ich heraus, obwohl ich mir nicht sicher war, ob ich darüber reden sollte.

Susskind Eichl wurde augenblicklich ernst. »Ja, ich hab's erfahren.«

»Was halten Sie davon?«

»Schwer zu sagen. Man weiß nie, was sich da drüben abspielt. Aber eines steht fest: Wenn er nichts Unrechtes getan hat, kommt alles wieder ins Lot. In der Sowjetunion wird niemand fälschlicherweise unter Anklage gestellt.«

»Ich hatte den Eindruck, daß er ein anständiger Kerl ist.«

»Ja. Aber es gibt Provokateure. Da kommt ja Ihr Bruder!«

Aharon stand an der Tür. Erst jetzt fiel mir auf, wie fadenscheinig sein Mantel war. Er hatte eine leichte Mütze auf, wie man sie im Sommer trägt. Er wirkte magerer als tags zuvor, sein Gesicht war blaß, seine Wangen waren hohl, sein Kinn hatte scharfe, knabenhafte Konturen. Für mich war Aharon immer der erwachsene Bruder gewesen. Ich hatte stets gewaltigen Respekt vor ihm gehabt, weil er so groß, so intelligent, so belesen war. Als ich noch in Chaim Jonathans Cheder in der Twardastraße 22 ging, malte mein Bruder Bilder, wurde im *Jüdischen Wort* ein Sketch von ihm veröffentlicht, ging er ins Theater und in Konzerte. Leute wie Jakob Dinesohn, Levik Epstein, M.Y. Freid luden ihn zu sich ein. Aber hier im Schriftstellerclub war er ein Fremder.

Susskind Eichl rief: »He, Bendiger!«

Mein Bruder entdeckte uns. »Oh!« Als er seine Mütze abnahm, erinnerte mich sein Kahlkopf an die jungen Leute, denen man in den Kriegsjahren, als Seuchen um sich griffen, in Desinfektionsbaracken die Köpfe kahlgeschoren hatte. Der Ausdruck seiner strahlendblauen Augen verriet Stolz, aber ich entdeckte darin auch ein bißchen Besorgnis. »Wo ist Getzl Slatkis?« fragte er.

»Dieser Narr hat es sich offenbar anders überlegt«, sagte Susskind Eichl.

»Kein großer Verlust. Seine Zeitschrift ist doch Scheiße.«

In diesem Moment tauchte Getzl Slatkis an der Tür auf. Er

trug einen lose herabhängenden Mantel, der wie ein Cape aussah, und einen breitkrempigen Filzhut. Sein Spazierstock hatte einen silbernen Knauf. Sein Künstlerhalstuch saß ein bißchen schief. Die langen Haare, die unter dem Hut herabhingen, die Aktentasche, die er sich unter den Arm geklemmt hatte, sein rundes Gesicht, seine langen Koteletten, seine weit aufgerissenen Augen hinter den Gläsern seiner Hornbrille – das alles verriet, wie erpicht er darauf war, sich Respekt zu verschaffen. Sein Auftreten hatte etwas Kindisches an sich. Er kam mir vor wie ein verpäppelter einziger Sohn, der gestriegelt und gebügelt zu den Erwachsenen geschickt worden ist.

Er schüttelte den Kopf, lächelte reumütig, trippelte zu mir herüber, sagte in gönnerhaftem Ton: »Tut mir wirklich leid!«, und legte mir seine feuchte Hand auf die Schulter. Ich weiß nicht, warum mir plötzlich die Katze einfiel, die das Mausen nicht läßt. »Zeigen Sie mir Ihr Manuskript!« sagte er.

Ich zog es aus meiner Brusttasche und gab es ihm. Er schniefte ein bißchen, während er die Seiten glattstrich, zog die Brauen bis weit über den Rand seiner Brille hoch und paffte eine Zigarette. Während er Rauchkringel blies, bekamen seine Augen einen nachdenklichen, besorgten, von Kummer getrübten Ausdruck. Einen Moment lang glaubte ich tatsächlich, ihm seien vor lauter Enttäuschung die Tränen gekommen. Zuweilen blieb sein Blick wie festgenagelt an einem Wort haften.

Susskind Eichl blinzelte mir währenddessen mehrmals zu und unterhielt sich mit meinem Bruder über einen Schriftsteller, der in Rußland gewissermaßen die Rolle eines »heiligen Juden« der Literatur spielte. Dann kamen sie auf die Anthologie zu sprechen, die Eichl in Warschau herausgeben wollte und in der auch sowjetrussische Autoren vertreten sein sollten. Die Polen hatten Schriftsteller wegen kommunistischer Umtriebe eingesperrt, aber Kommunismus in der Literatur galt anscheinend als koscher. Auf diesem Gebiet wurden andere Gesetze angewandt. In den linksorientierten Zeitschriften standen Artikel, in denen unverblümt erklärt wurde, das kapitalistische System sei dekadent, verbrecherisch und ein stinkender Trümmerhaufen, und man könne seine Hoffnung nur noch auf den Osten, auf die Rote Armee und die Revolution setzen. In diesen Zeitschriften wurden das Christentum, das Judentum, der Zionismus, der Hebraismus als völlig überholt abgetan. Man hatte sogar einen »jüdischen Bauernstand« entdeckt, obwohl viele Juden Kaufleute, Makler, Intellektuelle waren, also zu ebenjenen Gesellschaftsklassen zählten, auf deren Ausrottung die Revolution besonders erpicht war.

Mein Bruder sah mich fragend an. Er und ich, wir waren aus einer Welt der religiösen Lügen geflohen – nur um in ein weltliches Lügengewebe zu geraten.

Nach einigem Zögern legte Getzl Slatkis das Manuskript auf den Tisch. Ich hatte vom ersten Moment an gewußt, daß ihm meine Art zu schreiben nicht gefiel. Er hatte röchelnde Laute von sich gegeben, ähnlich dem Surren einer Standuhr, bevor sie schlägt.

»Nu, nu, was soll ich dazu sagen? Ein begabter Bursche. Wirklich bemerkenswert, aber... aber der Stil! Nicht ausgefeilt. Vielleicht, wenn es überarbeitet und ... und sozusagen entrümpelt wird. Außerdem ...« Er rieb Daumen und Zeigefinger aneinander und winkte ab. Das Gewicht unaussprechlicher oder nichtssagender Worte drückte ihn nieder.

»Macht nichts«, sagte ich. »Danke, daß Sie es gelesen haben. Ich weiß, daß ich noch viel zu lernen habe und ...«

»Ich würde liebend gern ein Erstlingswerk drucken. Wir haben junge Schriftsteller nötig. Die Literatur braucht sie. Aber Sie sehen ja, in was für Zeiten wir leben. Sie sind ... ich weiß nicht, wie ich es ausdrücken soll ... irgendwo in der Vergangenheit steckengeblieben.«

Susskind Eichl prustete sein Nasenloch-Lachen. Dann zündete er sich hastig eine Zigarette an und war nach dem ersten Zug drauf und dran, sich in die Debatte zu stürzen, doch in diesem Moment wurde er ans Telefon gerufen.

Mein Bruder senkte den Kopf. »Ich habe das Manuskript

nicht gelesen und weiß nicht, ob es etwas taugt. Aber Spinoza war weder Leninist noch Marxist. Auch der Ari hat die Massen nie aufgefordert, auf die Straße zu gehen.«

»Entschuldigen Sie, Genosse Bendiger... Sie haben mich falsch verstanden. Man kann über die Vergangenheit schreiben, aber aus der Sicht eines modernen Menschen. Immerhin ist in den dreihundert Jahren seit Spinozas Lebzeiten einiges passiert. Wissen Sie, Genosse Bendiger, ich habe zwar starke Meinungsverschiedenheiten mit den Kommunisten, aber man kann doch nicht bestreiten, daß ... nicht wahr? ... daß die Erde sich bewegt hat. Neue Kräfte sind gekommen – dieser letzte Krieg und das Erwachen des sozialen Bewußtseins. Tatsache ist, daß dem Proletariat die Augen geöffnet wurden. Wie kann man das alles ignorieren? Was die Kabbala betrifft, so muß sie aus einer entsprechenden Perspektive betrachtet werden. Niemand glaubt mehr an Gott oder an Engel oder an die Sefirot und all das andere Geseire. Unsere Leser bestimmt nicht. Man muß die Epoche verstehen, in der die Kabbala entstanden ist, nicht wahr? Und die Umstände, die dazu geführt haben.«

»Welche Umstände?« fragte mein Bruder. »Die Kabbala ist nicht entstanden, weil Richard Löwenherz Jerusalem erobern wollte.«

»Sie können niemandem einreden, daß die Kabbala oder irgendeine andere religiöse Bewegung in einem Vakuum entstanden ist. Man muß kein materialistischer Historiker sein, um zu wissen, daß die Ideologien jeder Epoche von politischen und ökonomischen Kräften beeinflußt worden sind.«

»Ach, diese Phrasen langweilen mich«, sagte mein Bruder. »Ich sehe immer noch nicht ein, daß Napoleon und der Kuznitzer Prediger etwas miteinander zu tun haben sollen.«

»Sie sehen es nicht ein, weil Sie es nicht einsehen wollen. Ich persönlich betone bei jeder Gelegenheit, daß so manches, was sich in unserem Leben ereignet hat, von den Kommunisten überbewertet, ja sogar mißverstanden wird. Und besonders starke Einwände habe ich gegen ihre negative Einstellung zur jüdischen Geschichte und so weiter. Da Sie eben erst aus der Sowjetunion zurückgekommen sind, wissen Sie ja, wie heftig man mich dort angreift. Dort hält man mich förmlich für einen Faschisten. Im *Charkower Stern* hat man mich kürzlich als Imperialisten und als die rechte Hand Mussolinis bezeichnet ... haha! Und in genauso schlechtem Geruch stehe ich bei den Zionisten und den jüdischen Nationalisten. Nein, Genosse Bendiger, man kann das Rad der Geschichte nicht zweitausend Jahre zurückdrehen. Sind Sie Zionist?«

»Wenn ich daran glauben könnte, daß man den Juden ihr eigenes Land geben wird, dann wäre ich ein leidenschaftlicher Zionist.«

»Niemand wird es ihnen geben. Träume eines Wirrkopfs, wie man in Polen sagt, Hirngespinste einer Bourgeoisie, die keinerlei Kontakt mehr zur eigenen Basis hat und Luftschlösser baut. Die jüdischen Massen werden in den Ländern bleiben, in denen sie bisher gelebt haben, und sich in Richtung des menschlichen Fortschritts bewegen – es sei denn, der Messias kommt. Dann werden natürlich alle Juden auf einer Wolke fortgetragen werden ins Land Israel, haha!«

»Herr Bendiger wird am Telefon verlangt!«

Mein Bruder stand auf, doch die Frau, die an der Tür saß, lachte und blinzelte ihm zu. »Nicht Sie. Der Jüngere ...« Ich sprang auf. Ich spürte, wie mir das Blut ins Gesicht stieg. Nur eine Person wußte, wo ich mich aufhielt: Eduscha. Ich stieß beinahe den Tisch um.

6

Am Telefon teilte mir Eduscha mit, daß Dov Kalmenzohn schon zweimal angerufen habe und ich ihn sofort zurückrufen solle. Auch eine Minna Ahronson habe angerufen. »Das ist wohl deine angebliche Ehefrau?« Eduscha brachte es fertig, mir etwas mitzuteilen und mich im gleichen Atemzug auszufragen. Ihr Ton war teils vertraulich, teils bissig.

Daß ich im Schriftstellerclub angerufen wurde, hatte mich so durcheinandergebracht, daß ich halb taub war. Ich mußte Eduscha bitten, jedes zweite Wort zu wiederholen. Ich war überzeugt, daß alle Schriftsteller zuhörten und sich über mein Telefongespräch amüsierten.

Am Morgen, beim Frühstücken, hatte Eduscha mich ausgezankt, mich einen Heuchler, einen Hinterwäldler und sonstwas genannt. Sie hatte mich beschuldigt, und dann hatte sie sich wieder entschuldigt. Sie sei kein Flittchen, hatte sie gesagt, aber sie habe Blut und keine Sauermilch in den Adern. »Warum dürfen es die Männer mit jeder Schlampe treiben? Warum deutet niemand mit dem Finger auf einen Mann, weil er seiner Begierde nachgibt? Das kommt alles daher, daß die Frau nur ein nützliches Objekt für den Mann ist. Noch so ein Überbleibsel aus dem Schutthaufen des kapitalistischen Systems, des Feudalismus, des finsteren Mittelalters.« Außerdem hatte sie zugegeben, daß sie Edek nie wirklich geliebt habe.

»Warum ist sie so erpicht darauf, sich zu rechtfertigen?« hatte ich mich gefragt. »Warum ist ihr so wichtig, was ich von ihr halte? Ist das vielleicht der Beginn einer Liebesaffäre?«

Was sie jetzt am Telefon sagte, war eine Mischung aus Stichelei und Aufrichtigkeit. Wann ich nach Hause käme? Ob sie Abendbrot für mich richten sollte? Ob sie auf mich warten sollte? Ob mein Bruder auch im Schriftstellerclub sei? »Wenn ja, bring ihn doch mit. Das macht keine Umstände. Ich kann für euch beide Abendessen machen.«

»Mein Bruder ist nicht hier.« Ich log, weil es mir zu peinlich gewesen wäre, in seiner Gegenwart auch nur ein Wort mit Eduscha zu reden. Ich versprach ihr, zum Abendbrot zu Hause zu sein. Ihr Ton änderte sich plötzlich: »Komm so bald du kannst.«

Als ich wieder zu meinem Bruder hinüberging, zitterten mir die Knie. Bei Getzl Slatkis hatte ich keinen Erfolg gehabt, um so mehr aber in meiner Beziehung zu einer Frau. Susskind Eichl hatte gesagt, er könnte mir einen vorläufigen

Mitgliedsausweis für den Schriftstellerclub beschaffen. Um die volle Mitgliedschaft könnte ich mich erst dann bewerben, wenn ich ein Dutzend Veröffentlichungen vorzuweisen hätte. Wer weiß, ob Susskind Eichl meinen Essay nicht vielleicht in die Anthologie aufnehmen würde, die er herausgeben wollte?

Ich hatte das Gefühl, daß mein Schicksal sich zum Guten gewendet hatte. Von jetzt an würde ich nur noch Angenehmes erleben. Der einzige Haken war meine Schüchternheit. Ich hatte immer noch Angst davor, was passieren würde, wenn Eduscha hier erschiene. Und mich ängstigte auch der Gedanke, daß mein Bruder mich nach meiner Beziehung zu ihr fragen könnte.

Ob irgend jemand meine Gefühlsverwirrung verstehen würde? Wie würde ein Schriftsteller diese heimlichen Ängste beschreiben? In den medizinischen Büchern, die ich manchmal las, waren alle seelischen Störungen unter »Nervosität« oder »Neurasthenie« zusammengefaßt. Sie konnten mittels Wasserkuren, Erholung auf dem Lande und Hypnose behandelt werden. Mein Seelenleben war allerdings schrecklich kompliziert – ein heilloses Durcheinander. Den Emotionen, so sagte ich mir, wohnt mehr Realität inne als den »adäquaten Ideen«, als die Spinoza die Mathematik und die Logik bezeichnet hat. Die Emotionen sind die Substanz des menschlichen Wesens, sind seine Seele. Wenn nach dem Tod nur die adäquaten Ideen übrigblieben, würde das bedeuten, daß die Seele nicht unsterblich ist.

Mein Bruder saß jetzt allein am Tisch. Sein Blick durchbohrte mich. Ich hatte das Gefühl, daß Aharon meine geheimsten Gedanken kannte, all meine Schwächen, meine ganze Verwirrung. Obwohl er älter war als ich, glichen wir eineiigen Zwillingen, die zwei verschiedene Körper, aber die gleiche Psyche haben.

Während ich am Telefon gewesen war, hatte jemand ein Grammophon angestellt. Der Journalist mit den hellen Gamaschen und den scharfen Bügelfalten tanzte wieder mit der vogeläugigen, hakennasigen Frau. Das Grammophon quäkte ein schnoddriges Lied, dessen fremdsprachigen Text ich nicht verstehen konnte. Aber es kam mir so vor als lautete er: »Wir verachten alles und jeden. Wir pfeifen auf Gott und die Menschheit. Wir haben jede Scham verloren. Wir sind zurückgekehrt zur Nacktheit vor dem Sündenfall.«

Mein Bruder fragte: »Wer hat dich denn hier im Schriftstellerclub angerufen?«

Ich wurde rot. »Es hat etwas mit meinem Visum zu tun.«

»Setz dich! Dieser Getzl Slatkis ist ein Schreiberling, der zum Trittbrettfahrer der Revolution geworden ist. Du kannst nicht wissen, was sich in Rußland abgespielt hat. Ich konnte nicht wissen, daß es hier genauso zugeht. Ich bin in einer schwierigen Lage.« Sein Ton änderte sich plötzlich. »Ich hatte gehofft, hier Arbeit zu finden. Bei den Zinamons kann ich nicht bleiben. Die haben selber nicht genug Platz. Ich muß irgendwo eine Bleibe finden. Wenn nicht, dann ...« Er brach mitten im Satz ab.

Es war das erste Mal, daß Aharon sich mir anvertraut hatte, aber mir war das nicht ganz geheuer. »Susskind Eichl hat von einem Benefizabend für dich gesprochen«, sagte ich.

»Was nützt mir ein Benefizabend? Ich habe eine dreiköpfige Familie zu ernähren. Ich weiß nicht ... vielleicht sollte ich unseren Eltern Bescheid sagen. Aber dann käme Mutter sicher sofort hierher, und wo soll ich sie dann unterbringen? Warum erzählst du mir nicht, wie es ihnen geht? Wieso hat es Vater nach Galizien verschlagen?«

»Er ist 1918 nach Bialedrewne gegangen. Großvater war damals schon tot. Amtierender Rabbiner wurde Onkel Gabriel, deshalb war für Vater dort kein Platz. Dann wurde ihm eine Stellung angeboten, als Rabbiner in einem Schtetl, das eigentlich bloß ein Kaff ist.«

»Du bist dort gewesen?«

»Nur einen Tag. Dort watet man bis zu den Knien im Dreck. Alle Einwohner sind Anhänger des chassidischen Rebbe von Belz.«

»Ach, hier hat sich nichts geändert, aber da drüben, da gibt es jetzt eine andere Art Fanatismus. Vielleicht hast du gehört, was in der Ukraine passiert ist.«

»Ja. Die Petljura-Pogrome.«

»Ich habe das alles miterlebt. Die Banden, die Schikanen. Jeder hat die Juden verprügelt. Hände und Füße wurden als Waffen benützt. Ein Wunder, daß die Juden es überlebten. Wir mußten den höchsten Preis für die Revolution bezahlen. Später haben jüdische Kommissare bei jeder Gelegenheit Juden erschossen. Straßenlümmel hatten uneingeschränkte Machtbefugnis, die sie dazu benützten, ihre Wut an Juden auszulassen.«

»Ja, ich weiß.«

»Nein, du kannst es gar nicht wissen. Ein jüdischer Tschekist ist genauso schlimm wie ein ukrainischer Rowdy. Juden wurden vor ein Exekutionskommando gezerrt, weil sie Gebetsriemen angelegt oder Zwirn verkauft hatten. Was hätten die Juden denn sonst tun sollen? Auf ihre alten Tage in einer Fabrik schuften? Am Sabbat arbeiten? Ich habe versucht, etwas dagegen zu sagen, aber es hatte genauso wenig Wert wie mein Leben. Ich kann kaum glauben, daß ich da lebendig herausgekommen bin.«

So schmerzlich seine Worte waren – sie erfüllten mich mit kindischem Stolz darauf, daß mein Bruder wie mit seinesgleichen mit mir sprach. »Du könntest vielleicht nach Palästina gehen«, sagte ich.

»Ach was! Was soll ich dort? Mit dreißig tauge ich doch nicht mehr zur Feldarbeit. Außerdem hat mir niemand ein Visum gegeben. Ich habe Frau und Kind. In Rußland hat Ida in einem Hospital gearbeitet, aber hier ist es schwer, eine Stellung zu finden. Ich habe weder einen Paß noch andere Papiere. Ich kann mich nicht einmal freiwillig zum Militär melden.«

»Ich kenne einen Beschaffer, der dir alles, was du brauchst, besorgen kann.«

»Ich habe kein Geld, um dafür zu bezahlen. Was ist mit

deinem Visum? Hast du wirklich vor, ein Chalutz zu werden? Und wie hast du das Visum bekommen?«

Ich erzählte meinem Bruder alle Einzelheiten. Während er zuhörte, schüttelte er den Kopf. Er begann mit einem Löffel zu spielen, den er auf dem Rand eines Aschenbechers balancieren ließ.

»Sie könnte tatsächlich deine Ehefrau werden«, sagte er.

»Wieso denn? Sie ist leidenschaftlich in ihren Verlobten, Zbigniew Schapira, verliebt.«

»Was wirst du drüben tun?«

»Ich weiß es nicht.«

»Du siehst nicht sonderlich gesund aus. Hast du die Bleichsucht oder so etwas Ähnliches?«

»Nein, ich sehe immer so blaß aus.«

»Bist du schon einmal beim Arzt gewesen?«

»Nein.«

»Vater ist wohl inzwischen grau geworden?«

»Als ich ihn das letzte Mal sah, hatte er bloß ein paar graue Haare in seinem Bart.«

»Wie alt sind er und Mutter jetzt? In Rußland wurden Juden in Vaters Alter festgenommen und erschossen. Oder zusammen mit Mördern und Rowdys ins Gefängnis gesteckt – alles im Namen von Marx und Lenin. Ich konnte einfach nicht glauben, daß Juden so blutrünstig sein können.«

»Diese Art Juden jedenfalls.«

»Welchen Sinn hat es, Schriftsteller zu sein? Schreiben für wen? Immer wenn ich zur Feder greife, lege ich sie wieder hin. Und hier sitzen junge Leute herum und vergleichen ihr Talent mit dem der anderen. Und alle sind glühende Anhänger der Linken. Aber schau dir doch diesen Getzl Slatkis an. Ich habe gehört, daß er Häuser in Warschau besitzt und ein reicher Mann ist. Susskind Eichl ist ein guter Kerl. Er will mir aushelfen. Aber auch er ist einer von ihnen.«

»In der Provinz ist er ein Idol.«

»Kann man von den jungen Leuten in den Schtetln denn etwas anderes erwarten? Die Polen wollen nichts mit ihnen zu tun haben. Niemand will sie haben. Man kann nicht ewig als Minderheit unter anderen Völkern leben. Nach zweitausend Jahren ist dieses Problem brisanter als damals im Römischen Reich. Komm, wir gehen. Idas Vater hat Abendbrot für uns gemacht.«

Schweigend gingen wir durch die Straßen. Hier wimmelte es von Bettlern, Krüppeln, buckligen Juden in zerschlissenen Kaftanen. Anscheinend konnten sie in ihren geflickten Stiefeln nicht richtig laufen, sondern nur schlurfen. Ihre Blicke schienen zu fragen: »Wohin geht der Jude?«

Als wir am Tor von Aharon Sardigers Bethaus vorbeikamen, hörten wir gedämpftes Gemurmel, stieg uns der Geruch von modrigen Lumpen und altem Urin in die Nase.

In der Guschibower Kirche läutete eine Glocke: Entweder wurden die Gojim zur Messe gerufen, oder man trug einen Leichnam heraus. Über der Stadt lag etwas Beklemmendes. Der Schnee war geschmolzen und zu Matsch geworden. Ein Pferd, das eine Fuhre Fässer zog, stürzte zu Boden, Frauen mit Kopftüchern riefen: »Heiße Bohnen!« – »Kartoffelpudding!« – »Gepfefferte Erbsen!«

»Wie lange soll das noch so weitergehen?« fragte mein Bruder. »Also, leb wohl!«

Ich hatte ihn bis zur Panska begleitet. Es war Abend geworden. Hinter den Fenstern der baufälligen Häuser wurden die Gaslampen angezündet. In düsteren kleinen Läden wurden Kartoffeln, Zwiebeln und Butter abgewogen. Mir knurrte der Magen, und die abendliche Stimmung schlug sich mir aufs Gemüt. Ich sah mich nach einer Imbißstube oder einem Wurstladen um, von wo aus ich Dov Kalmenzohn anrufen könnte, doch als ich endlich ein Telefon gefunden hatte, sagten mir die Leute im Chalutzhaus, daß er nach Hause gegangen sei. Als ich bei den Ahronsons anrief, wartete ich mehrere Minuten vergeblich darauf, daß sich jemand meldete. Ich wollte schon aufhängen, als ich Meir Ahronsons Stimme hörte – merkwürdig gedämpft und sanft. »Hallo, wer spricht dort?«

7

»Herr Ahronson, hier ist David. David Bendiger.« Ich sprach so laut, wie man mit Schwerhörigen spricht.

»Wer? Wer ist dort?« fragte er noch einmal. Zweifellos hatte ich ihn aufgeweckt.

»Entschuldigen Sie, aber ich wußte nicht, daß sie sich so früh am Abend schlafen legen. Hier ist David Bendiger, der Hebräischlehrer Ihrer Tochter.« Fast hätte ich gesagt: »Der vorgebliche Ehemann Ihrer Tochter.«

Meir Ahronson war eine Weile still, dann sagte er: »Ja. Was ist denn?«

»Man hat mir gesagt, daß Ihre Tochter nach mir gefragt hat. Kann ich mit ihr sprechen?«

»Nach Ihnen gefragt? Wieso denn? In meinem Haus ist heute *Tischa bov*.«

»Der alte Krauter«, dachte ich, »hat den Verstand verloren.« Dann sagte ich: »Falls sie zu Hause ist, würden Sie dann so freundlich sein, sie an den Apparat zu holen?«

»Ich weiß nicht. Ich werde nachsehen. Es ist alles zu Ende. Wie ist Ihr Name?«

»Bendiger.«

»Ja, natürlich. Ich sehe nach.«

Ich hielt den Hörer und wartete eine ganze Weile. Mir schien, als könnte ich das klatschende Geräusch von Meir Ahronsons abgetretenen Pantoffeln hören. Dann wurde es totenstill. »Er ist senil geworden«, sagte ich mir. Als ich den Hörer aufhängen wollte, hörte ich plötzlich ein Schnauben und Krachen, dann ein Geräusch, als ob ein Stuhl gerückt würde, und dann Minnas Stimme, die ich fast nicht wiedererkannte. Sie war so leise und schwach wie die von Meir Ahronson.

»*Tak*?« sagte sie, und es klang so müde und gequält, als wäre sie gerade aus dem Schlaf gerissen worden. Ich bat sie sofort um Entschuldigung. »Minna, man hat mir gesagt, daß du mich sprechen willst. Hoffentlich habe ich dich nicht gestört.«

Sie schwieg eine ganze Weile, dann sagte sie leise, mit kraftloser Stimme: »Wo bist du? Ich möchte mich mit dir treffen, aber nicht bei mir zu Hause. Könnte ich vielleicht zu dir kommen?«

»Zu mir? Ich wohne in einer dunklen Kammer. Außerdem...«

»Also gut, komm hierher!«

»Ja, ich komme sofort.«

Ich verließ die Kneipe, in der ich telefoniert hatte, und ging bis zum Ende der Lesznostraße und dann durch die Zelaznastraße. Ein feuchter Wind blies, kalt und schneidend. Ich schlug meinen Mantelkragen hoch und steckte die Hände in die Taschen. Vermutlich lag Minnas Mutter im Sterben. Mir fiel ein, daß Frau Ahronson, als ich sie das letzte Mal gesehen und sie mich durch ihre Lorgnette gemustert hatte, ganz gelb im Gesicht gewesen war. Die verzweifelten Worte meines Bruders, die Kälte, die trüben Laternen, an denen Nebelstreifen wehten, der bleierne Himmel – das alles deprimierte mich zutiefst. Der Wind peitschte mein Gesicht, drang in meine Ärmel, unter meinen Mantel, in meine Hosenbeine.

»Werde ich etwa krank?« fragte ich mich. Ich lief schneller und merkte, daß meine Schuhe, die Rafal, der Schuhmacher, vor weniger als zwei Monaten mit neuen Sohlen und Absätzen versehen hatte, schon wieder abgetreten waren. »Das Leben ist sinnlos«, sagte ich mir. »Es hat keinen Zweck, sich daran zu klammern.«

Ich stieg die schlecht beleuchtete Treppe hinauf und läutete an der Wohnungstür, aber niemand öffnete. Vielleicht war Frau Ahronson gestorben. Mir fiel etwas ein, das mir angst machte. Seit jener Nacht, in der Binjomin und ich bei dem Leichnam der jungen Frau die Totenwache gehalten hatten, hatte ich wieder, wie als Schuljunge, Angst vor Toten. Ich läutete noch einmal, hörte Schritte, dann wurde die Tür geöffnet – von Frau Ahronson! Ihr Gesicht war gelb, ihr Blick vorwurfsvoll.

»Ihre Tochter hat mich gebeten vorbeizukommen.«

»So.« Frau Ahronson deutete auf eine Tür, die ich noch gar nicht bemerkt hatte. Minna hatte also ein anderes Zimmer bekommen. In dem großen, leeren Flur brannte eine einzige Lampe, vielleicht als Beleuchtung für Mieter, die sich die Zimmer ansehen wollten.

Als auf mein Klopfen niemand antwortete, öffnete ich die Tür und sah Minna auf einem Sofa sitzen. Um sie herum lag Bettwäsche verstreut. Ein Küchentisch stand im Zimmer, und auf dem Fußboden waren Bücher gestapelt. Am Fenster war ein grünes Rouleau heruntergezogen, und der Raum war voller dunkler Schatten.

Ich begrüßte Minna, aber sie erwiderte meinen Gruß nicht. »Minna, falls ich dich störe, komme ich morgen früh vorbei.«

»Du störst niemanden. Ich habe dich ja gebeten zu kommen. Dort ist ein Stuhl, setz dich!« Es war einer jener Korbstühle, wie sie in Sommerhäusern auf dem Lande benützt wurden. Minna warf mir einen verstohlenen Blick zu, wie jemand, der gleich niesen muß oder einen Witz erzählen will.

»Du hättest nie etwas mit mir zu tun haben dürfen. Ich bin ein Pechvogel.«

»Was ist denn los?«

»Zbigniew Schapira hat eine andere geheiratet.«

Ich war sprachlos. Ich starrte sie an und merkte, daß sie krankhaft blaß war. Aber ihre Augen lächelten, und ihre Lippen waren sarkastisch verzogen. Ich versuchte, einen Kloß in meinem Hals hinunterzuwürgen.

»Ist das wirklich wahr?«

»Wirklich wahr.«

»Ach ...«

Eine Weile saßen wir schweigend da. Minnas Augen waren jetzt todernst, ihre Oberlippe bebte. »Es tut mir leid, daß ich dich in diesen Sumpf gezerrt habe. Aber an unserer Situation ändert sich eigentlich gar nichts. Ich will nach wie vor nach Palästina, und du kannst dich darauf verlassen, daß ich dich sofort nach der Ankunft freigeben werde. Ich hielt es für richtig, dir die Wahrheit zu sagen. Das Geschwätz meines Vaters verrät ohnehin, was passiert ist. Er und meine Mutter sind natürlich gegen meine Auswanderung. Aber ich bin volljährig, und sie können mich nicht zwingen hierzubleiben.«

Ich senkte den Kopf, weil es mir peinlich war, sie in dieser schmachvollen Situation zu sehen, und weil ich verblüfft darüber war, welche Überraschungen das Schicksal mir immer wieder bescherte. Erst vor ein paar Tagen hatte Minna gesagt, Zbigniew Schapira sei ihr größter Trost, das einzige Licht in ihrem Dunkel. Mir fielen Meir Ahronsons Worte ein: »In meinem Haus ist heute *Tischa bov*.«

Ich wußte, daß ich das, was mir auf der Zunge lag, lieber nicht aussprechen sollte, doch meine Boshaftigkeit erlaubte mir nicht, mich zu beherrschen. »Was wirst du denn nun in Palästina tun?« Es war eine taktlose, fast unverschämte Frage.

Minna zog die eine Augenbraue hoch. »Mir eine Pistole besorgen und ihn erschießen.«

»Nein, Minna, du bist eine anständige jüdische Frau.«

»Haha! Ich soll jüdisch sein? Keineswegs! Aber du wirst nicht davon betroffen sein. Niemand wird dich für meine Sünden verantwortlich machen.«

»Wenn du wirklich meinst, was du sagst, dann kann ich dich unmöglich mitnehmen.« Ich wunderte mich über meine eigenen Worte.

»Da spricht der Jude aus dir. Keine Bange, ich werde ihn nicht erschießen. Er wird ohnehin nicht mehr dort sein, denn er hat eine reiche englische Touristin geheiratet. Mein Vater ist ein Ekel, aber er hat mir Unglück prophezeit. Ich kann mir schon vorstellen, was du von mir hältst – nach unseren vielen Gesprächen.«

»Minna, du bist eine der vortrefflichsten Frauen, die ich jemals kennengelernt habe.« Es war, als spräche ein anderer aus mir. »Es heißt, wen Gott liebt, den straft er. Und das könnte ...« Ich hielt inne.

Minna lächelte. »Dann muß Gott mich aber sehr lieben.«

»Ja.«

»Alles Unsinn! Unsinn! Ich habe dich nicht kommen lassen, damit du mir Komplimente machst, aber ich bin dir dankbar. Ach, er hat mir den Todesstoß versetzt, und ich kann ihn nicht einmal hassen. Das alles ist mit meinem Schicksal verknüpft. Sieh es einmal so: Zwei Menschen sind auf einer Insel gestrandet, und einem von ihnen ist es bestimmt, ermordet zu werden. Auch wenn der andere von Natur aus kein Mörder ist, wird er seinen Gefährten töten – weil er weiß, daß es vom Schicksal so bestimmt ist.« Dann sagte sie in einem anderen Ton: »Für dich würde es ohnehin keine Rolle spielen, ob ich verheiratet wäre oder nicht. Solange ich für deine Unkosten aufkomme, ändert sich jedenfalls nichts an unserer Situation. Ich möchte das aus deinem eigenen Mund hören. Damit es später keine Mißverständnisse gibt.«

»Selbstverständlich. Ich bin mit *dir* bekannt, nicht mit Zbigniew Schapira.«

»Aus deinem Mund klingt der Name Zbigniew komisch. Bei dir klingt er jiddisch. Ja, natürlich, dir kann es egal sein, was ich tue, wenn wir dort angekommen sind. Jedenfalls kann ich nicht in Warschau bleiben, das steht fest. Wann hast du das letzte Mal mit dem Beschaffer gesprochen?«

»Ich soll ihn morgen anrufen. Der Reisepaß liegt bei der Behörde für mich bereit.«

»Aha. Dann kann ich im Moment nichts weiter tun. Aber sobald du den Paß und die Visa hast, können wir abreisen. Ich packe nichts ein, überhaupt nichts. Kennst du vielleicht jemanden, dem ich meine Brautausstattung verkaufen könnte? Ich hatte meine törichten Eltern gebeten, kein Geld für luxuriöse Dinge auszugeben. Als ob ich geahnt hätte, daß alles bloß ein schlechter Scherz war. Habe ich das dir gegenüber nicht schon einmal erwähnt, oder täusche ich mich?«

»Doch, Minna, du hast es erwähnt.«

»In jedem von uns muß ein Prophet stecken, aber wir neigen dazu, solche Warnungen zu überhören. Als ich mein Brautkleid anprobierte, hat etwas in mir immer wieder gesagt: ›Warum, Minna? Warum? Du wirst ihn nie heiraten.‹ Ist das nicht merkwürdig? Wie konnte ich das denn wissen? Wenn meine Eltern Geld gespart hätten, um die Steuern zu bezahlen, dann hätte die Regierung unser Mobiliar nicht gepfändet. Das einzige, was man uns gelassen hat, sind diese Lumpen. Ich halte Zbigniew Schapira auch jetzt noch für einen interessanten Mann – aber er ist ein zu großer Egoist und ein Scharlatan. Ich bereue nichts. Gar nichts. Es würde mir nicht einmal etwas ausmachen, wenn ich von ihm schwanger wäre. Wenn ich's doch wäre! Also, es bleibt dabei: Wir gehen nach Palästina. Zurück in Großvater Abrahams Land. Stimmt es, daß dein Bruder aus Rußland zurückgekehrt ist?«

»Ja.«

»Warum hast du's mir nicht gesagt? Die Frau, bei der du wohnst – ich bin überzeugt, daß sie dein Liebchen ist –, hat es mir erzählt. Weshalb hast du's mir verschwiegen? Was hat es denn mit mir zu tun, daß dein Bruder hier ist?«

Ich wußte nicht, was ich darauf antworten sollte.

»Du bist ein bißchen wie Zbigniew Schapira – auf deine Weise«, sagte Minna. »Ja, darauf bin ich eben erst gekommen.« Sie lachte, und ihre Augen funkelten vor Vergnügen über diese Entdeckung.

Mein innerer Dibbuk, oder irgendeine andere irrationale Kraft, die mir innewohnte, zwang mich zu sagen: »Ja, aber unter dem Traubaldachin bist du neben *mir* gestanden.«

Minnas Gesicht erstarrte: »Sei kein Narr!«

V

I

Mein Reisepaß lag auf der Behörde für mich bereit, aber es gab eine Verzögerung: Ich brauchte eine Bestätigung des Finanzamtes, daß ich keine Steuerschulden hatte. Außerdem sollte ich dem englischen Konsul ein Führungszeugnis vorlegen. Ich hatte den Verdacht, daß Barisch Mendl für diese Verzögerung gesorgt hatte, um uns noch mehr Geld abzuknöpfen. Er sprach immer undeutlich, durch die Nase, und machte einen hinterhältigen Eindruck. Aber vielleicht bildete ich mir das nur ein. Daß Minna ihn im voraus bezahlt hatte, war zweifellos ein Fehler gewesen. Ich wußte, daß er sich auf irgendwelche Spekulationen eingelassen hatte. Ich hatte gehört, wie er sich am Telefon entschuldigt und versprochen hatte, Schulden zu begleichen. Er sprach einen Mischmasch aus Jiddisch und Polnisch und zog immer wieder an seiner Zigarette, die er dann auf dem Rand eines Aschenbechers ablegte. Er schnauzte seine Frau an, und als seine Tochter hereinkam und ihn um Geld bat, sagte er: »Ich betreibe keine Fälscherwerkstatt.« Sie warf ihm einen gehässigen Blick zu, als sie wie auf Katzenpfoten hinaustrippelte.

Mein Bruder war jetzt in Galizien unterwegs, wo er in mehreren Kleinstädten Vorträge hielt und aus seinen Werken vorlas. Außerdem hatte er von Susskind Eichl Aufträge übernommen, die dieser nicht selbst erledigen konnte. Die Tatsache, daß Aharon eben erst aus der Sowjetunion zurückgekehrt war, verlieh ihm bei den Leuten einen gewissen Nimbus. Meine Schwägerin Ida war mittlerweile in einer Klinik angestellt worden. Eduscha, die jetzt wieder im Möbelgeschäft arbeitete, war den ganzen Tag außer Haus.

Ich rief Sonja an, und sie erzählte mir, der Gamaschenmacher, mit dem sie in ihrem Heimatort oft am Sabbatnachmittag spazierengegangen war, habe ihr einen Heiratsantrag gemacht. Er habe gerade in Warschau eine Nähmaschine gekauft und wolle daheim im Schtetl sein eigenes Geschäft eröffnen. Sonja erging sich in einem langen Monolog: »Weshalb soll ich bei meiner Herrschaft bleiben, bis meine Zöpfe grau geworden sind? Ich werde schließlich nicht jünger. Ich verdiene meinen Lebensunterhalt, aber ich habe nicht einmal ein eigenes Zimmer. Meine Herrschaft behandelt mich immer noch wie einen Dienstboten. Ich bin jetzt schon neun Jahre in Warschau, und was hat es mir eingebracht? Warschauer Männer erwarten eine große Mitgift, aber ich habe, offen gestanden, kein bißchen Geld gespart. Mendl will mir ein Zuhause geben, er möchte Kinder haben und ein normales Leben führen. Aber... Erstens bin ich nicht in ihn verliebt. Er ist ein netter Kerl, aber ein Schwächling. Und ständig hat er was zu lamentieren. Er redet wie ein Buch und summt wie eine Biene. Und zweitens habe ich mich an die Großstadt gewöhnt... Wenn ich an diesen leeren Marktplatz und die ungepflasterten Straßen denke, vergeht mir der Mut. Gleich nach Purim verwandelt sich dort alles in Morast, und man stapft bis Schewuot daran herum. Nachts zündet man Petroleumlampen an. Aus den Mädchen werden nach der Heirat wehleidige Frauen, die übereinander lästern. Was bleibt einem da noch übrig?«

»Was wirst du tun, Sonja?«

»Ich weiß nicht, David. Mendl will eine klare Antwort, aber ich vertröste ihn immer wieder. Ich möchte dort nicht lebendig begraben sein. Wenn man schon leiden muß, dann lieber in einem jüdischen Land und für ein Ideal.«

»Willst du wirklich nach Palästina?«

»Vielleicht kannst du mir ein Visum verschaffen. Ein Dorf wäre besser als ein Schtetl.«

»Sonja, du weißt doch, daß ich keine Beziehungen habe.«

»Ich könnte alles tun – Kühe melken oder für die Chalutzim arbeiten. David, ich möchte dich um etwas bitten, aber du mußt mir versprechen, nicht nein zu sagen. Ich möchte, daß du Mendl kennenlernst und mir sagst, was du von ihm hältst. Manchmal finde ich ihn ganz umgänglich, aber dann kommt er mir plötzlich schrecklich provinziell und närrisch vor. Er liest jiddische Literatur und plappert nach, was er gelesen hat. Fremdwörter. Er beginnt ein Gespräch und landet weiß Gott wo. Es ist ein Jammer. Er möchte, daß man ihn für aufgeklärt hält, wagt aber nicht, einen modernen Hut zu tragen. Er läuft mit einem Schädelkäppchen herum. Wenn er sich setzen will, zieht er sein Taschentuch heraus und wischt damit den Stuhl ab. Er hat drei Goldzähne, und wenn er den Mund aufmacht, blenden sie mich. Er spricht Tag und Nacht von seinem kranken Vater. Wie kann jemand so viel über seinen Vater reden? Ich muß Mendls Vater gefallen, andernfalls ist die Partie im Eimer.«

»Nein, Sonja, das ist keine Partie für dich.«

»Was bleibt mir denn anderes übrig? In den Laden, in dem ich arbeite, kommen nur Frauen. Wenn ich noch länger dableibe, werde ich alt und grau.«

Ich versprach Sonja, mich mit ihrem Gamaschenmacher zu treffen. Als ich den Hörer aufgehängt hatte, begann ich, zwischen Bellas Bett, in dem jetzt Eduscha schlief, und dem Fenster, das auf die Brandmauer hinausging, auf und ab zu gehen. Ich war ein perfekter Haushälter geworden und machte mir, wann immer ich wollte, Tee auf dem Gaskocher. Wenn ich Hunger bekam, öffnete ich den Küchenschrank und nahm mir Brot, Butter, ein Stück Zucker oder was sonst noch da war. Ich schrieb nicht mehr auf, wie viele Mahlzeiten ich gegessen hatte und wieviel Mietzins ich Eduscha und Bella schuldete.

Ich ging in meine dunkle Kammer und machte das Gaslicht an. Die Bücher, die Stanislas Kalbe zurückgelassen hatte, standen immer noch in dem Regal über meinem Bett: Lehrbücher für Integral- und Differentialrechnung, analytische Geometrie, Trigonometrie, Physik. Kalbe hatte das Warschauer Polytechnikum absolviert. Er hatte mit Eduscha und Bella geschlafen und dann eine Stellung in Danzig angenommen. Offenbar hatte er eine reiche junge Frau geheiratet. Ich war erbost über ihn, weil ich mich genauso benahm wie er.

Ich fand, daß sein Name viehisch klang. Kalbe. Und warum sollte ein Jude den Vornamen Stanislas bekommen haben? Ich haßte seine Bücher, die ich nicht verstehen konnte, und auf deren Titelseiten sein Name gestempelt war. Und um mir eins auszuwischen, sprach Eduscha ständig von ihm. Stanislas sei mit ihr in die Oper gegangen, wo sie in einer Loge gesessen hätten. Und ins Café Zemianski. Und ins Café Europejski. Einmal habe er sie sogar zum Pferderennen mitgenommen. Eduscha sprach zwar liebend gern über die Befreiung des Proletariats, aber sie benahm sich wie eine Spießbürgerin und fand es erfreulich, daß Stanislas Kalbe einen reichen Vater hatte. »Selbst wenn ich in sie verliebt wäre«, sagte ich mir, »würde ich sie nicht heiraten. Sie sollte sich lieber einen zweiten Herz Lipmann suchen.«

Ich stöberte in Eduschas Kommodenschubladen herum und entdeckte ein Album mit einer Photographie Stanislas Kalbes, der zwischen Eduscha und Bella stand und sie um die Schultern gefaßt hatte. Er hatte ein eckiges Gesicht und krause Haare. Seine Gesichtszüge hatten etwas Ordinäres. Man konnte es seinem unverschämten Grinsen ansehen, seiner breiten Nase, den wulstigen Lippen, dem gespaltenen Kinn. Plötzlich empfand ich Abscheu vor Eduscha. Ich schwor mir, nicht mehr mit ihr zu schlafen. Mit Gottes Hilfe würde ich es schaffen, die Schulden, die ich bei ihr gemacht hatte, zu bezahlen – samt Zinsen.

Ich begann, mir einen Roman auszudenken. Mit Essays über Spinoza war kein Geld zu verdienen, ein erfolgreicher Roman dagegen konnte einen reich machen. Er brauchte nicht lang zu sein – hundert bis hundertfünfzig Seiten würden genügen –, aber er müßte so spannend sein, daß der Leser ihn nicht aus der Hand legen könnte. Um Liebe müßte es darin gehen, aber nicht unbedingt um die Liebe eines Mannes zu einer einzigen Frau. Wo steht geschrieben, daß ein Mann nur *eine* Frau lieben kann? Warum nicht einen Roman schreiben, in dem ein Mann zwei oder gar drei Frauen liebt? Das wäre etwas Neues in der Literatur. Vielleicht könnte eine dieser Frauen in mehrere Männer verliebt sein. Für einen solchen Roman würde sich allerdings weder Sonja noch Eduscha und schon gar nicht Minna als Heldin eignen – ganz abgesehen davon, daß sie sich bestimmt darin wiedererkennen würden. Und ich kam als Romanheld nicht in Frage. Es müßte ein reifer Mann sein, ein erfahrener Don Juan wie Zbigniew Schapira. Ja, das war die richtige Idee.

Auf die Frisierkommode hatte ich ein Notizbuch gelegt. Ich nahm Eduschas Federhalter und Tinte und begann zu schreiben. Als eine Seite voll war, gefiel mir nicht, was ich da geschrieben hatte. Was wußte ich denn schon über Zbigniew Schapira? Was wußte ich über Universitäten und über das Militär? Wie sollte *ich* den Helden eines solchen Romans erschaffen, ich, ein Synagogenschüler, der nicht einmal ein Stück Brot sein eigen nannte? Ich las noch einmal, was ich geschrieben hatte, dann zerriß ich die Seite und spülte die Fetzen im Klosett hinunter.

Ich legte mich aufs Sofa und gähnte. In der Wohnung war es kalt, und mir lief ein Schauer über den Rücken. Wie konnte man schreiben, wenn man eiskalte Hände hatte? Und hungrig war ich auch. Statt mich auf meine Arbeit zu konzentrieren, stellte ich mir eine Portion Grütze und Bohnen mit Pilzen und Kartoffelscheiben vor. Mir war, als stiege mir aus der Nachbarwohnung der leckere Geruch von Fleischklößchen und frischem Brot in die Nase.

Ich schloß die Augen, und mich umfing Dunkelheit, meine eigene Dunkelheit. Warum nicht sterben und allem ein Ende machen? Ich beschwor das Nirwana herauf, den Tod oder *bitul ejwerim* – den »Stillstand der Glieder«, wie es die Chassidim nennen. Ich wollte in eine Sphäre eintreten, in der es keine Qual, kein Gestern und kein Morgen gibt. Ich wollte mich in mich selbst zurückziehen und ein Teil der Elemente werden, aus denen ich bestand. Als ich eingeschlummert war, träumte ich von Dingen, für die es keine Namen und Begriffe gibt. Ich wurde zu einem Geschöpf, das dehnbar wie Gummi war: teils Sprungfeder, teils Lunge, teils Furcht, teils Sprache.

Ich verwandelte mich in dieses unbekannte Etwas – vielleicht war es ein im Wachsen befindlicher Embryo.

Ein Geräusch weckte mich auf.

Eduscha hatte die Wohnungstür aufgeschlossen. Sie kam herein und sagte: »Du verschläfst also deine Tage.«

»Wie war's bei der Arbeit?«

»Ach, die Arbeit! Paare sind hereingekommen, haben Betten und Matratzen gekauft und sich eingebildet, daß alles noch so gut ist, wie es früher einmal war. Und wie geht's dir? Wann brichst du nach Palästina auf?«

»Das weiß ich noch nicht. Ich habe den Reisepaß.«

»Und deine Dame? Weshalb will sie überhaupt noch nach Palästina?«

»Eduscha, ich verstehe nichts und niemanden mehr.«

»Du solltest lieber etwas tun. Ein Schriftsteller sollte schreiben und nicht mitten am Tag auf der faulen Haut liegen. Was für ein Buch ist das? Ach, *Analytische Geometrie.* Verstehst du das Zeug?«

Ich gab ihr keine Antwort. Ich konnte mich nicht erinnern, das Buch ins Wohnzimmer mitgenommen zu haben. In letzter Zeit hatte ich vieles ganz automatisch getan. Eduscha lief hin und her. »Hat der Briefträger etwas gebracht?«

»Nichts.«

»Was machen sie da drüben mit Herz? Er ist kein Provokateur. Warum sollte er so etwas tun? In polnischen Gefängnissen müssen Provokateure nicht monatelang einsitzen. Wenn Herz ein Provokateur ist, kann man niemandem mehr trauen. Ich habe an den russischen Konsul geschrieben, aber keine Antwort erhalten. Komm, hilf mir, einen Imbiß zu richten!«

Ich ging mit ihr in die Küche. Sie stellte einen Topf mit Reis auf den Herd. Sie hatte Hackfleisch gekauft und bat mich, Zwiebeln zu schneiden.

»Rat mal, wen ich heute in der Straßenbahn getroffen habe.«

»Keine Ahnung.«

»Edek. Er hat zugenommen. Wie hat er es bloß geschafft,

so schnell Fett anzusetzen? Merkwürdig – wir sind uns einmal sehr nahegestanden, aber heute benahm er sich wie ein Fremder. Wie kann jemand so gefühlskalt werden?«

»Offenbar ist das möglich.«

»Nein, ich habe ihn nie geliebt. Übrigens ist es auch deine Schuld.«

»Wieso?«

»Da ist eben nichts zu machen. Man gewöhnt sich daran. Wenn du an jenem Nachmittag nicht zu uns gekommen wärst und das Zimmer gemietet hättest, dann hätte ich gar nicht gewußt, daß du existierst. Da dein Bruder jetzt in Warschau ist, wirst du über kurz oder lang in den Schriftstellerclub eintreten. Ich habe heute mit Susskind Eichl telefoniert und soll dir Grüße von ihm ausrichten. Er ist der festen Meinung, daß ich mit dir verlobt bin. Unbeschreiblich komisch!«

»Was hat er über Herz Lipmann gesagt?«

»Ach, er hüllt sich in Schweigen, genau wie die anderen Mistkerle. Seine treuen Genossen haben Herz schon vergessen. Es ist, als hätte er nie existiert. Als wäre er liquidiert worden!«

2

Schoschane verschaffte Binjomin und mir Arbeit in einem Kurzwarenladen, der nach dem Tod des Inhabers geschlossen worden war. Wir mußten die Bündel auf einen Handkarren laden und zur Wohnung der Witwe bringen. Es war harte Arbeit. Und obendrein zogen wir uns den Zorn der berufsmäßigen Lastträger zu, die uns vorwarfen, sie um ihr tägliches Brot zu bringen. Ein Lastträger warf eines unserer Bündel in die Gosse. Binjomin mußte die Polizei holen. Einige Frauen, die den Vorfall beobachtet hatten, setzten sich für uns ein, beschimpften die Lastträger und wiesen sie darauf hin, daß wir Chalutzim seien und diese Arbeit übernommen hätten, um einer Witwe zu helfen.

Weil wir so schnell arbeiten mußten, wurde ich bald müde. Trotz der Kälte brach mir der Schweiß aus. Binjomin machte sich lustig über mich, und ein paar junge Frauen riefen: »Geh lieber zurück in dein Bethaus!« Ich hatte nicht geahnt, daß ich so schwach war. Mein Herz klopfte wie verrückt, meine Hände waren wie gelähmt. Beim Gehen schwankte ich. »Was wirst du im Lande Israel tun?« fragte Binjomin. »An der Klagemauer stehen und benschen?«

Wir arbeiteten den lieben langen Tag. Als es dann ans Entlohnen ging, erklärte die Witwe, sie habe kein Geld. Sie habe einen Schuldschein einlösen müssen, den ihr Mann – er ruhe in Frieden – ohne ihr Wissen unterschrieben habe. Das gesamte Bargeld, über das sie verfügen konnte, sei dabei draufgegangen. Wir sollten uns nach dem Sabbat bei ihr melden.

Binjomin wollte mich in die Suppenküche mitnehmen, aber ich lehnte ab, obwohl ich Hunger hatte. Vor lauter Müdigkeit fielen mir immer wieder die Augen zu. Ich mußte mich hinlegen. Mir blieb also nichts anderes übrig, als in Eduschas Wohnung in der Lesznostraße zurückzukehren.

Unterwegs drückte mich der linke Schuh. Ein Stück Leder rieb sich an meiner Ferse. Ich stopfte Papier in den Schuh, aber das machte es nur noch schlimmer. An einem Hoftor blieb ich stehen und sah mir den Schuh genau an. Er schien in Ordnung zu sein. Doch dieser Schuh, der mich monatelang in Ruhe gelassen hatte, verfügte jetzt über mörderische Kräfte. Die Haut unter meiner Socke war wundgerieben. Jeder Schritt, den ich machte, war eine Qual.

Als ich die Tür zum dunklen Flur öffnete, spürte ich einen kalten Luftzug, der nach Gas, Schimmel und schmutziger Wäsche roch. Eduscha war noch nicht von der Arbeit nach Hause gekommen. Ich suchte nach Streichhölzern, um das Gas anzuzünden, doch sie waren verschwunden. Ich behielt meinen Mantel an, zog meinen Schuh aus und legte mich aufs Sofa. Ich war so erschöpft, daß mir sofort die Augen zufielen, aber wegen der Kälte wachte ich immer wieder auf. Im Wohnzimmer zog es, als ob jemand ein Fenster offengelassen oder eine Scheibe zerbrochen hätte. Eine ganze Stunde lang ruhte ich mich aus, aber die Knie taten mir immer noch weh. Es wunderte mich, daß ich so kraftlos war.

»Bin ich wirklich so schwächlich?« fragte ich mich. »Wenn das stimmt, werde ich das Visum vergeuden, mit dem jemand einwandern könnte, der dem Lande Israel wirklich von Nutzen wäre. Außerdem würde ich dort höchstwahrscheinlich verhungern.«

Offenbar hatte ich mich erkältet. Zuerst bekam ich Schüttelfrost, dann Fieber. Meine Nase war so verstopft, daß ich nicht atmen konnte. Mein Taschentuch war feucht und schmutzig. Ich wollte meine Socke ausziehen, aber sie klebte an meinem Fuß. Seit einigen Tagen hatte ich keinen Stuhlgang mehr. Mein Bauch war hart und aufgedunsen. Konnte man derart an Verstopfung leiden? Ich dachte daran, daß es mir, seit ich hier wohnte, zu peinlich gewesen war, aufs Klosett zu gehen, wenn Eduscha in der Wohnung war.

Ich bekam Seitenstechen. Ich wollte aufs Klosett gehen und versuchen, mich zu entleeren, aber ich hatte Angst vor der Dunkelheit. Das Gesicht der jungen Frau, bei deren Leichnam Binjomin und ich die Totenwache gehalten hatten, tauchte aus dem Dunkel vor mir auf. Ich schrie: »O Gott, das ist das Ende!«

Dann hörte ich, wie ein Schlüssel im Türschloß herumgedreht wurde. Es mußte Eduscha sein. Oder war es vielleicht die tote Frau, die gekommen war, um mich zu warnen? Ich setzte mich auf und lauschte gespannt. »Bist du's, Eduscha?«

»Warum hast du das Gas nicht angedreht?«

»Ich konnte keine Streichhölzer finden.«

»Sie sind in der Küche.«

Ja, es war Eduscha, aber ihre Stimme klang anders. Ich stand erst vom Sofa auf, als sie das Gaslicht in der Küche angezündet hatte. Dann kam sie ins Wohnzimmer und machte auch dort Licht. Sie hatte ihren abgetragenen Mantel an (ihren guten Mantel sparte sie immer für festliche Gelegenheiten auf) und trug einen Hut, der wie ein umgedrehter

Topf aussah. Ihr Gesicht war starr, naß und ein bißchen verschmiert.

»David, heute habe ich alles verloren.«

»*Was* hast du verloren?«

»Meinen Glauben an die Menschheit.«

Ich wollte fragen: »Was ist passiert?«, aber dann ließ ich es bleiben.

Eduscha zog ihren Mantel aus und nahm den Hut ab. Sie strich ihre zerzausten Haare glatt und betrachtete ihr Gesicht im Spiegel. Dann kniete sie sich hin, öffnete die Ofentür und machte Feuer. Ich ging zum Kohlenkasten im Flur und brachte ihr Kohlen. Wir halfen einander wie ein Ehepaar. Die Kienspäne, die Eduscha angezündet hatte, brannten nicht richtig, die Kohlen konnten kein Feuer fangen. Beißender Rauch breitete sich im Zimmer aus. Offenbar war die Abzugsöffnung verstopft. Nachbarn hatten sich bereits darüber beschwert, daß schon seit Monaten kein Kaminkehrer gekommen war. Eduscha zündete Zeitungspapier an, schob die Kienspäne zusammen, ließ sich von mir ein Stück von dem Kohlebrocken geben, den ich mit der stumpfen Seite eines Hackmessers zerkleinert hatte, und sagte (halb zum Ofen, halb zu mir): »Herz war derjenige, der Bella denunziert hat.«

»Was? Das glaube ich nicht!«

»Es ist wahr. Er ist ein Provokateur. Er hat für das Verteidigungsministerium gearbeitet.«

Ich hatte mich auf den Fußboden gesetzt, um Eduscha beim Einheizen zu helfen. Jetzt stand ich auf. Das Feuer war wieder ausgegangen. Die Druckbuchstaben auf den glimmenden Zeitungsseiten glühten einen Moment lang auf, bevor sie in Asche zerfielen. Nun stand auch Eduscha auf. Sie hatte einen verschmierten Schmutzfleck im Gesicht, der von der Stirn bis zum Nasenrücken reichte.

»Eduscha, das kann doch nicht wahr sein!«

»Sagst *du*. Alles in mir ist aufgewühlt.« Sie deutete auf ihren Bauch.

»Ein Provokateur geht doch nicht nach Rußland.«

»Herz ist als Spion nach Rußland gegangen. Aber hier bei uns gibt es Gegenspione. Sie haben seinen Namen auf einer Agentenliste des Verteidigungsministeriums entdeckt. Allein schon der Gedanke, von diesem Kerl berührt worden zu sein, macht mich wahnsinnig.«

»So ist halt die Revolution.«

»Du meinst die Konterrevolution.«

»Das läuft auf das gleiche hinaus.«

»Du sagst wenigstens offen und ehrlich, daß du dagegen bist. Ein Denunziant ist eine miese Kreatur. Hoffentlich bekommt er da drüben die Quittung dafür – und noch etwas mehr als das.«

»Ich kann das alles nicht glauben.«

»Mir ist schlecht.« Eduscha rannte in den Flur. Ich hörte, wie sie sich im Klosett erbrach. Das Telefon läutete, und ich wußte nicht so recht, ob ich den Anruf entgegennehmen sollte. Als ich nach einigem Zögern den Hörer abhob, meldete sich niemand. Dann holte ich in der Küche ein Glas Wasser für Eduscha. Sie trank einen Schluck und verzog das Gesicht. »Wie soll man in einer solchen Welt weiterleben?«

Sie gab es auf, den Ofen anzuheizen. Wir saßen in unseren Mänteln herum und aßen einen kalten Imbiß: Brot und Käse. Auf den Fensterscheiben wucherten Eisblumen. Die Gasflamme zischte. Ich sagte Eduscha, ihr Gesicht sei verschmiert. Sie wischte mit dem Ärmel darüber, was es nur noch schlimmer machte. Dann brach sie ein Stückchen Brot ab und streute Salz darauf. Ich fand, daß sie jetzt älter und kleiner wirkte und so aussah wie eine Frau in mittleren Jahren, die sich gehenläßt. Ihr Kopf zitterte. Sie hatte etwas Schwermütiges an sich, das so uralt war wie das jüdische Volk. Oder war es vielleicht eine typisch weibliche Schwermut?

Als wir gegessen hatten, fragte sie: »Möchtest du, daß ich dir ein anderes Bett richte?«

»Warum denn getrennte Betten?«

»Ach, ich habe das Gefühl, daß ich unrein bin.«

Im Bett schlangen wir die Arme umeinander und lagen

schweigend da. Wir hatten kalte Füße. Eduscha breitete meinen Mantel auf das Deckbett, aber uns wurde einfach nicht wärmer. Draußen war es spürbar kälter geworden. Die Fensterrahmen ratterten im Wind. Wir hörten das Geklingel der Feuerwehr und die Sirene eines Krankenwagens. Irgendwo brannte es, und die Feuerwehrleute waren aus dem Bett geholt und hinaus in die bittere Kälte geschickt worden.

Eigentlich war ich überzeugt, daß Herz Lipmann kein Provokateur war. Die Partei mußte den Plan ausgeheckt haben, ihn unter einer falschen Beschuldigung in Moskau verhaften zu lassen. Aber ich konnte Eduscha natürlich nicht beweisen, daß es wirklich so gewesen war. Mir war allerdings auch klar, daß Herz Lipmann bereit gewesen wäre, gegen jedermann falsche Beschuldigungen zu erheben, wenn die Partei es von ihm verlangt hätte.

Eduscha schmiegte sich enger an mich, um sich aufzuwärmen und um Schutz zu suchen vor der Schlechtigkeit der Welt. Eine Weile schluchzte sie, dann sagte sie: »Wenn Bella das erfährt, wird es ihr Tod sein. David, was soll ich denn jetzt tun? Ich werde niemandem mehr vertrauen können. Vielleicht bist du auch ein Spion, wer weiß?«

»Ja, Eduscha, ich bin ein Agent des Verteidigungsministeriums.«

»Was kannst du denen verraten? Daß ich Ungerechtigkeit verabscheue?«

»Die Geheimnisse des Kremls.«

»Im Kreml versucht man, eine Welt ohne Ausbeuter zu schaffen, eine Welt ohne Denunzianten, ohne Spione, ohne Sklaverei. Ist das falsch?«

Sie drehte ihr Gesicht zur Wand. Ich lag mit dem Gesicht zum Zimmer. Der Mond mußte auf dem Stückchen Himmel, das zwischen der Brandmauer und dem Fenster zu sehen war, innegehalten haben, denn ein grünlichsilberner Lichtschein drang durch die vereisten Fensterscheiben. Ich konnte jeden Gegenstand im Zimmer erkennen: den Ofen, den Tisch, die Stühle, ja sogar das Bild von Rabbi Akiba Eiger, das früher bei

Eduschas Vater an der Wand gehangen hatte. Ich schlummerte ein, schreckte aus dem Schlaf hoch, schlief wieder ein, wachte wieder auf. Mir kam der Gedanke, daß Herz Lipmann wahrscheinlich schon tot war. Jetzt hatte er kein besseres Gesellschaftssystem, keine Revolution, keinen Leninismus mehr nötig. Ich fragte mich, was für Gedanken ihn bewegt haben mochten, als seine ehemaligen Genossen ihn an die Wand stellten. Und was – falls es so etwas wie die Befreiung der Seele aus dem Körper gibt – seine Seele jetzt tun mochte. War es denkbar, daß Herz Lipmanns Geist jetzt in diesem Zimmer schwebte und hören konnte, was Eduscha über ihn sagte? Ein närrischer Gedanke schoß mir durch den Kopf: »Hier ist es sogar für einen Geist zu kalt.«

Früh am Morgen klopfte jemand an die Wohnungstür. Eduscha zog den Mantel über und sah nach. Ich hörte, wie sie eine ganze Weile im Flur mit jemandem sprach. Im Zimmer war es noch so dunkel, als ob Abend wäre. Als Eduscha wieder hereinkam, war sie bleich vor Kälte. »Ich habe Besuch«, sagte sie.

»Wer ist es denn?«

»Herz' Schwester. Ich habe sie in die Küche geführt. Was soll ich bloß mit ihr machen? Meine Sorgen nehmen kein Ende.«

3

Barisch Mendl, der Beschaffer, rief an, nachdem Eduscha zur Arbeit gegangen war, und teilte mir mit, daß alle erforderlichen Dokumente bereitlägen. Minna und ich könnten das Land jederzeit verlassen. Allerdings seien weitere Kosten entstanden: eine Anzahlung, die sich auf über sechzig amerikanische Dollar belaufe. Er könne uns die Dokumente erst dann übergeben, wenn wir diese Schulden beglichen hätten. Soviel ich wußte, hatte Minna ihm sämtliche Kosten im voraus bezahlt.

Wie stets nuschelte Barisch Mendl unvollständige Wörter und abgehackte Sätze. Die Wörter kollerten ihm wie Erbsen aus dem Mund. Ich hätte am liebsten gesagt: »Du Schwindler, warum peinigst du zwei unglückliche Menschen?« Doch dann sagte ich bloß: »Ich werde Fräulein Minna anrufen.«

»Tun Sie das, aber sofort – sonst war meine ganze Arbeit umsonst.«

Ich rief mehrmals bei Minna an, aber niemand meldete sich. »Was ist denn dort los?« fragte ich mich. »Sind die alle gestorben?«

Die Wasserleitung in der Küche war eingefroren. Ich konnte mich weder waschen noch rasieren. Und zu essen war auch nichts mehr da. Als ich mich anzog, war mir klar, daß meine Kleidung mich draußen in der eisigen Kälte nicht warm halten würde. Einerseits konnte ich nicht in dieser kalten, düsteren Wohnung bleiben, andererseits wußte ich nicht, wohin ich gehen sollte. Langsam stieg ich die Stufen hinunter und ging hinaus in den Hof. An der Dachrinne hingen Eiszapfen. Über Nacht waren alle Fensterscheiben vereist. Im Nu war meine Nase starr vor Kälte. Sie fühlte sich an, als wäre sie aus Holz. Ich machte mich auf den Weg zu Minna. Die Straße war fast menschenleer. Die wenigen Fußgänger hasteten den Gehsteig entlang und atmeten Dampfwölkchen aus. Schlittenglöckchen bimmelten. So matt, als wäre sie aus Blech, schimmerte die Sonne über den Dachfirsten. »Sibirien«, sagte ich vor mich hin. Als ich an Minnas Haustür angelangt war, hatte ich das Gefühl, nur noch wenige Schritte gehen zu können.

Meine Beine waren taub, als ich die Treppe hinaufstieg. »Was tue ich, wenn sie nicht da ist?« fragte ich mich. Aber sie würde mir sowieso nicht helfen können. Ich konnte nur von einem Augenblick zum anderen leben. Wie immer würde ich irgendwohin gehen, um mich aufzuwärmen und einen Bissen zu essen. Ich läutete an der Wohnungstür, hörte aber von drinnen keine Schritte. Nach einer Weile läutete ich noch einmal. Allmählich wurde ich hartnäckig. Ich war überzeugt, daß jemand zu Hause war, und wollte so lange vor der Tür stehenbleiben, bis jemand aufmachte. Nachdem ich mehrmals geläutet und an die Tür gehämmert hatte, hörte ich Schritte. Jemand öffnete, ohne die Sicherheitskette auszuhaken. Ein gelbes Auge unter einer zerzausten Braue spähte heraus. Meir Ahronson.

»Entschuldigen Sie, aber ich muß mit Fräulein Minna sprechen.«

»Ach, Sie sind's.«

Unbeholfen hakte er die Sicherheitskette aus, machte die Tür aber trotzdem bloß halb auf. »Was wollen Sie von Minna? Alles ist zu Ende.«

»Ich habe die Dokumente. Alles ist fertig.«

»Fertig, hm? Sie hat dort niemanden, bei dem sie bleiben kann. Treten Sie ein. Wir halten die Tür immer verschlossen, weil ungebetene Besucher zu uns kommen. Die meinen, es gibt hier noch was zu holen.«

Er hatte einen zerrissenen, fleckigen Kattunschlafrock und abgetretene Pantoffeln an. Er wirkte wie ein Achtzigjähriger – bleich und verschrumpelt. Er sprach jetzt so, als hätte er keine Zähne mehr. Und tatsächlich war sein Mund zahnlos. Offenbar hatte er sein falsches Gebiß herausgenommen.

Als ich den Flur betrat, wurde die Tür von Minnas früherem Zimmer geöffnet, und der Mann, der es gemietet hatte, kam heraus. Er trug einen weinroten Bademantel, hatte blonde, lockige Haare und war anscheinend kein Jude. Im Nu zog er sich wieder in sein Zimmer zurück und schloß die Tür. Meir Ahronson war mir noch nie so klein vorgekommen wie jetzt. Neben ihm kam ich mir wie ein Riese vor. Er sah mich halb spöttisch, halb flehend an.

»Was wollen Sie denn im Lande Israel tun? Ein Teilungsjude werden und an der Klagemauer für uns beten?«

»Es gibt auch ohne mich genug Teilungsjuden.«

»Was also wollen Sie dort tun? Den Boden mit Ihrer Nase pflügen?«

»Ich hoffe, es wird sich schon eine Tätigkeit für mich finden.«

»Welche zum Beispiel? Minna fühlt sich nicht wohl. Sie liegt noch im Bett, sie hat keinen Grund mehr aufzustehen. Kommen Sie erst einmal mit in mein Zimmer. Ich möchte Ihnen etwas sagen.«

Er führte mich in sein Schlafzimmer, setzte sich auf die Bettkante und deutete auf einen Küchenstuhl. Er sprach so stockend wie jemand, der nicht so recht weiß, wie er ein Gespräch beginnen soll, und dennoch überzeugt ist, daß er sagen kann, was er auf dem Herzen hat, und daß sein Gegenüber ihm zuhören wird.

»Also ... wie heißt es jetzt ... ach ja, Palästina. Zu meiner Zeit habe ich diesen Namen nie gehört. Weshalb ›Palästina‹? Der Name leitet sich von dem Wort ›Philister‹ her. Und was hat es mit den Philistern auf sich? Nach Meinung der Gojim sind die Philister die rechtmäßigen Besitzer des Landes Israel. Ich erwähne das nur, weil jetzt, nachdem Zbigniew dieses falsche Spiel getrieben und sich weiß Gott wohin abgesetzt hat, meine kleine Minna ... Was soll sie denn jetzt dort? Sie spricht Polnisch, nicht Hebräisch. Und eine Arbeiterin ist sie auch nicht. Ich hatte zwei erwachsene Töchter, und als ich die eine verlor, ist Minna mein Augapfel geworden. Ich hätte eine gute Partie für sie arrangieren können. Ich hatte eine gute Mitgift und andere Dinge für sie bereitliegen. Aber *jojschew baschomajim jiss'chok* – ›Er sitzt im Himmel und lacht‹.

Dann kam der Krieg und danach die polnische Regierung. Der russische Rubel war nichts mehr wert. Noch jetzt habe ich Tausende von früher einmal gültigen Banknoten. Ich weiß nicht, warum ich sie immer noch aufbewahre. Das Rußland von früher wird es nie mehr geben. Bei der Deutschen Reichsbank hatte ich ebenfalls Geld. Man hat einen Staat übernommen und ihn ruiniert. Ja, so liegen die Dinge. Meine Tochter will unbedingt auswandern, aber was für einen Sinn hat das? Da ihr beide euch nur zusammengetan habt, um die Engländer zu täuschen, wird Minna da drüben allein sein –

ohne Heimatland, ohne ein Zuhause, ohne Einkommen. Was für einen Sinn hat es, einen gesunden Körper in ein Krankenbett zu legen? Verstehen Sie, was ich meine?«

»Ja, ich verstehe.«

»Hier in Warschau hat sie trotz allem ein Zuhause. Und sie könnte Lehrerin werden. Sie sagt, sie mag keine Kinder unterrichten, aber was mag sie schon? Wer nicht hinüberklettern kann, muß unten durchkriechen. Ich sage Ihnen die ganze Wahrheit. Meine Frau und ich haben nichts mehr zu verlieren. Wenn es mir bestimmt ist, meine letzten Lebensjahre in einem Altenhospiz zu verbringen, dann soll's mir recht sein. Ich bin lange genug reich gewesen. Zeit für mich, zu erfahren, wie die Armut schmeckt, hihi! Meine Frau, das arme Ding, ist nicht gesund. Ich hoffe, daß sie noch eine Zeitlang durchhält. Sie wird von Tag zu Tag schwächer. Nu, ich kann mich nicht um alle Welt kümmern, aber mir graust davor, mitansehen zu müssen, wie meine Minna auf den falschen Weg gerät. Und wie steht's mit Ihnen? Stimmt es, daß Sie Schriftsteller werden wollen?«

»Wenn es nur von meinem Willen abhängt – ja.«

»Man muß seinen Willen durchsetzen. Man muß aber auch ... wie nennt man das ... Talent haben. Der eine schreibt gut, und es hat die richtige Würze, der andere schreibt zusammenhangloses Zeug. Glauben Sie, daß Sie mit dem Schreiben Ihren Lebensunterhalt verdienen könnten?«

»Nicht sofort.«

»Und was werden Sie in der Zwischenzeit essen? Der Magen kann nicht warten. Er fordert sein Recht.«

»Ja, ich weiß.«

»Stimmt es, daß Ihr Vater Rabbiner ist?«

»Ja.«

»Wo?«

Ich sagte ihm den Namen des Schtetls.

»Wenn man nachts nicht schlafen kann, kommen einem alle möglichen Gedanken. Da Sie und Minna nach dem Gesetz Israels getraut wurden und da Sie aus einer frommen Familie stammen, solltet ihr beide dann nicht eine richtige Ehe führen? Denken Sie jetzt bitte nicht, ich hätte darüber mit Minna gesprochen. Sie ist noch zu verstört über das, was ihr dieser Zbigniew, dieser sündige Jude, dieser Schuft, angetan hat. Ich habe von Anfang an gewußt, daß aus einem solchen Teig kein Brot gebacken werden kann. Dieser Kerl ist ein Schwindler und Abenteurer – er wird noch zehn weitere Ehefrauen haben und schließlich im Gefängnis vermodern. Ich habe für meine Tochter keine Mitgift mehr. Sie ist ein armes Mädchen, aber sie ist ein gutes Kind, gebildet, intelligent. Ein bißchen zu intelligent. Wenn ich in Ihrem Alter wäre, würde ich ein Mädchen wie Minna heiraten und Mittel und Wege finden, mein Brot zu verdienen. Minna könnte Ihnen eine Hilfe sein. Ich habe sie auf die Universität geschickt, sie ist sehr belesen, kann Französisch, spielt Klavier. Was soll sie denn in Palästina, wenn sie ganz allein ist? Ich möchte noch ein bißchen Freude an ihr haben, bevor ich sterbe.«

Ich hatte den Kopf gesenkt. In diesem Moment hätte ich alles für eine Semmel und eine Tasse Kaffee gegeben. Meir Ahronsons tiefempfundene Worte hatten mich ungemein gerührt. Nur mühsam konnte ich die Tränen unterdrücken. Ich war hungrig, schäbig, ohne Beruf – und nun bot mir ein ehrbarer Jude, ein ehemals reicher Mann, seine Tochter, eine Universitätsabsolventin, an.

»Sie will mich nicht haben«, sagte ich.

»Woher wollen Sie das wissen? Wenn sie Ihnen gefällt, dann reden Sie doch offen und ehrlich mit ihr. Sie hat noch ihre Brautausstattung. Meine Frau stirbt vor Kummer. Aber sie könnte genesen, wenn sie wüßte, daß Minna nicht allein gelassen wird. Sie könnten eine Seele retten.«

»Also gut, ich rede mit Minna.«

»Sagen Sie ihr nicht, daß wir es besprochen haben. Sie ist furchtbar stolz. Als Schriftsteller sollten Sie wissen, wie man mit einer weltlich gesinnten, modernen jungen Frau zu reden hat. Wer weiß – vielleicht ist diese ganze Angelegenheit ein Geschenk des Himmels.«

»Ich rede mit ihr.«

»Ja, tun Sie das. Und wenn das Schicksal es will, wird es geschehen. Falls es so kommt, möchte ich, daß ihr beide noch einmal unter dem Traubaldachin steht. Das ist statthaft, es gilt nicht als Sünde. Ich weiß von einem Präzedenzfall. Seit Jahren hat meine Frau nur einen einzigen Wunsch: noch miterleben zu dürfen, wie ihre Minna unter dem Traubaldachin steht. So Gott will, ist es noch nicht zu spät dafür. Sie ist schon seit Tagen ans Bett gefesselt. Verläßt ihr Zimmer nicht. Ißt fast nichts mehr. Ach, was soll's? Meine Frau besitzt schöne Schmuckstücke, die wir vor diesen Schurken versteckt haben. Und sie will Minna ihren gesamten Schmuck geben. Eine alte Frau braucht doch keinen mehr. Wir haben ein Zimmer vermietet, aber der Herr wird ausziehen, wenn wir ihn darum bitten. Er ist ein Graf, ein verarmter Graf. Der Adel ist auch ruiniert worden. Dieser Graf arbeitet jetzt irgendwo als Inspektor oder so etwas Ähnliches.«

»Dov Kalmenzohn sagt, Sie sind ein Schriftgelehrter.«

»Ich habe studiert. Wissen Sie, daß dieser Zbigniew ein Hornochse war, wenn es um jüdische Belange ging? Meiner Ansicht nach ist ein junger Mann, der eine Seite der Gemara lesen und verstehen kann, mehr wert als einer, der sich auf dem Tanzboden hervortut. Trotz allem – wir sollten stets Juden bleiben.«

»Ja, ich verstehe.«

»Vorwärts, reden Sie mit ihr! Aber sie darf nicht erfahren, daß ich es Ihnen vorgeschlagen habe. Sie könnte sich – Gott soll schützen! – vor lauter Kummer etwas antun und mein schlimmster Feind werden.«

Ich ging hinaus. Mir war schwindlig. Ich befürchtete, ohnmächtig zu werden. Der Fußboden schaukelte wie auf einem Schiff. Die Wände drehten sich im Kreis wie ein Karussell. Ich glaubte, eine flammende Blume vor mir zu sehen. Aber ich schaffte es noch bis zu Minnas Zimmertür. Ich klopfte.

4

Da ich keine Antwort bekam, klopfte ich noch einmal. Als ich zum dritten Mal klopfte, ging die Tür von selbst auf. Minna lag im Bett und schlief. Ich blieb eine Weile stehen und betrachtete sie. Im Schlaf wirkte sie jünger und erstaunlich friedlich. Die Wintersonne schien auf ihre braunen Haare, und um ihre Lippen spielte ein leichtes Lächeln. Anscheinend träumte sie einen schönen Traum. Das Deckbett reichte nur bis zu ihren Hüften. Ich konnte die Stickerei auf ihrem Nachthemd sehen, dort, wo es den unteren Teil ihrer Brüste bedeckte. Mir kam es so vor, als wäre Minna wieder das geworden, was sie vorher immer gewesen war: reich, unbeschwert, eine behütete jüdische Tochter, deren Launen immer nachgegeben wurde. Vermutlich träumte sie gerade, wieder mit Zbigniew Schapira vereint zu sein. Sollte ich wieder gehen oder sie aufwecken? Es war schon fast Mittag.

Dann öffnete sie die Augen. Als sie mich sah, lächelte sie. Anscheinend erkannte sie mich nicht.

»Entschuldige, Minna, ich dachte, du ...«

»Ich bin nachts wach und schlafe tagsüber. Gibt es Neuigkeiten?«

»Sämtliche Dokumente sind jetzt bereit.«

»Gut.«

»Barisch Mendl verlangt noch mehr Geld.«

»Ach! Ich habe keines mehr. Komm doch näher! Setz dich dort auf den Stuhl! Ich liege hier herum und mache mir Gedanken, und plötzlich fallen mir die Augen zu. Wie ist es draußen? Kalt?«

»Bitterkalt.«

»Wir haben Zentralheizung. Der Hauswirt kann einer einzelnen Mietpartei nicht die Heizung abdrehen. Sonst würde er's bestimmt tun. Wieviel Uhr ist es?«

»Kurz vor zwölf.«

»Schon so spät! Ach, ich verschlafe meine Tage. Ich habe geträumt, daß ich auf einem Pferd geritten bin. Ich bin oft mit

Zbigniew ausgeritten. Ich bin mit einem Rechtsanwalt befreundet. Eigentlich ist er ein Freund von Zbigniew, ein ehemaliger Hauptmann in der Legion. Wenn er mit Barisch spricht, wird der uns nicht mehr unter Druck setzen. Dem wäre es bestimmt nicht angenehm, vor Gericht über seine Machenschaften auszusagen. Wann bist du reisefertig?«

»Morgen, wenn du willst.«

»Geduld! Nichts darf schiefgehen. Meine Eltern machen mir Schwierigkeiten. Sie wollen mich nicht fortlassen, aber ich bin fest entschlossen, von hier wegzugehen. Sogar sterben würde ich lieber im Ausland als hier. Hast du viel einzupacken?«

»Fast nichts.«

»Ist auch besser so. Ich nehme außer Bettwäsche und ein paar Kleidern nicht viel mit. Meine Mutter möchte mir ihren Schmuck geben, aber ich will ihn nicht. Da drüben werde ich bloß eine Dienstmagd sein oder irgendeine andere Arbeit verrichten müssen. Wie geht's deiner Freundin? Ist sie immer noch im Gefängnis?«

»Ihre Tante ist im Gefängnis, nicht sie.«

»Ach so, ihre Tante. Wirst du deine Freundin nachkommen lassen, wenn du in Palästina bist?«

»Minna, ich habe kein Verhältnis mit ihr. Ich bin ihr Untermieter, und sie behandelt mich gut. Sie ist eine fanatische Kommunistin und denkt nicht im Traum daran, nach Palästina zu gehen. Sie setzt sich für die Revolution in Polen ein.«

»Diese Leute haben zuviel Energie. Das macht sie so ungestüm. Wenn sie so saft- und kraftlos wären wie wir, dann hätten sie bloß das Bedürfnis, sich auszuruhen.«

»Wie soll man sich in Palästina ausruhen, wenn man gleich nach der Ankunft auf Arbeitsuche gehen muß?«

»Du hast recht. Aber vorher sind wir auf See, und von einem Schiff kann man jederzeit ins Wasser springen.«

Einen Moment lang sah sie mich amüsiert an, dann wurde ihr Blick wieder ernst. »Geh in den Flur, ich will mich jetzt anziehen. Wir werden heute alles Weitere erledigen.«

Ich hatte es nicht fertiggebracht, ihr einen Heiratsantrag zu machen. Ich war mir nicht einmal sicher, ob ich sie haben wollte. In den Unterhaltungsromanen, die ich gelesen hatte, fiel der Held immer vor seiner Angebeteten aufs Knie, küßte den Saum ihres Gewandes und hielt eine leidenschaftliche Rede. Die Verfasser dieser Romane ignorierten jene Helden, die hungrig und erschöpft sind, kein Nachtquartier haben und nicht wissen, in welche Frau sie wirklich verliebt sind. Tatsache war, daß ich jede der Frauen, die ich kennengelernt hatte, mehr oder weniger leidenschaftlich begehrte, aber nie den unwiderstehlichen Drang verspürte, entsprechend zu handeln. Immer wartete ich ab, was das Schicksal für mich bereit hielt. Ich wußte, daß jedes Wort, das ich Minna sagen würde, nur so lange der Wahrheit entspräche, bis es mir über die Lippen geflossen war. Wieso hatte die Literatur solche Situationen und solche Charaktere übersehen? War es unsinnig, über einen Romeo zu schreiben, der seine Julia noch nicht erwählt hat und vielleicht nie erwählen wird? Von den leidenschaftlichen Liebesgeschichten, die jene Romanautoren erzählten, ließen sich junge Frauen wie Eduscha dazu verleiten, mit Männern zu schlafen, die zufällig ins Haus kamen, weil sie auf Zimmersuche waren. Und wie stark war denn Minnas Liebe zu Zbigniew? Wie lange hätte diese Beziehung gedauert, wenn ein anderer, famoserer junger Mann – »der Richtige« – aufgetaucht wäre? Wie die Politiker waren auch die Schriftsteller Lügner, ergingen sie sich in Verallgemeinerungen, die den Tatsachen nicht entsprachen.

Ich stand im Flur und befürchtete, daß Meir Ahronson mich fragen würde, wie mein Gespräch mit Minna verlaufen war. Nein, ich hatte es nicht über mich gebracht, sie zu bitten, mit mir zusammenzuleben. Ich wußte ja nicht einmal, wie lange ich noch leben würde. Ich besaß nichts außer einem Stoß Manuskripte, über deren Schwächen ich mir durchaus klar war. Ich begann auf und ab zu gehen, leise, damit Meir Ahronson mich nicht hörte. Und zu alledem waren meine Schuhsohlen durchgelaufen. Beim Aufundabgehen stellte ich mir vor, der Flur sei eine Gefängniszelle, in der ich zwanzig Jahre verbüßen müßte. Oder was wäre, wenn – infolge einer Reihe von unwägbaren Umständen – die Welt zerstört würde und nur diese Wohnung übrigbliebe? Mit wem würde Minna dann zusammenleben wollen? Mit mir oder mit dem verarmten Grafen, der vorhin seinen Kopf aus der Tür gesteckt hatte? Vielleicht mit uns beiden. Und wie viele Nahrungsmittel würden dann noch in dieser Wohnung vorrätig sein? Wie lange würden sie reichen? Und wie groß war die Wahrscheinlichkeit, unter solchen Umständen zum Kannibalen zu werden?

Noch während ich über diese Dinge nachgrübelte, staunte ich darüber, was ein Gehirn sich alles ausdenken kann. Eine neue Literatur mußte entstehen, eine Literatur ohne vorgeschriebene Regeln für Autoren. Und in der es keinen Unterschied mehr zwischen Literatur und Philosophie gäbe. Sie würde den Menschen alles, was sie tun und denken, vor Augen führen, all ihre Launen und Verrücktheiten. Die Literatur hatte sich zwar stets mit dem menschlichen Charakter befaßt, aber fast immer die Charakterlosigkeit des modernen Menschen ignoriert.

Plötzlich drängte es mich zu schreiben. Hätte ich jetzt einen Tisch, Papier, Feder und Tinte gehabt, dann hätte ich – so schien es mir jedenfalls – auf der Stelle ein Meisterwerk schreiben können.

Das Telefon klingelte, und Minna kam in Bademantel und Pantoffeln in den Flur. Anfangs schien sie nicht zu wissen, wer der Anrufer war, doch dann schloß ich aus ihren Worten, daß es sich um einen Arzt handeln und daß jemand krank und hilflos sein mußte. Dann hörte ich sie sagen: »Tut mir schrecklich leid, aber wir haben nichts mehr miteinander zu tun.« Auf wen konnte sich diese Bemerkung beziehen? Sie sprach jetzt leise, fast flüsternd und in einem freundlicheren Ton. Schließlich versprach sie etwas und hängte auf. Dann verkündete sie mir und aller Welt: »Zbigniews Mutter ist heute im Schlaf gestorben.«

»Oh!«

»Ich muß hingehen und mich erkundigen, ob ich etwas tun kann. Sie lebte ganz alleine.«

»Dann gehe ich jetzt lieber.«

»Warte! Warum kommst du nicht mit? Jemand muß sich um die Beerdigung kümmern. Sie hat fast keine Verwandten mehr. Ich weiß wirklich nicht, was ich tun soll. Er hat sie umgebracht – das ist die einfache Wahrheit!«

Sie ging ins Badezimmer. Wieder lief ich auf und ab. Diese alte Frau litt jetzt keine Not mehr. Sie mußte nicht mehr hungern und frieren, sie brauchte sich keine Sorgen mehr um die Miete zu machen. Man würde sie begraben, und Würmer und Mikroben würden das übrige tun. In der realen Welt hat die Natur eine Antwort auf alle Fragen, löst alle Probleme, biegt zurecht, was verbogen ist. Mir fiel ein, daß ich eine Rasierklinge unter die Innensohle meines Schuhs geschoben hatte. Ich zog sie heraus. Wenn ich mir eine Pulsader aufschnitte, hätte ich keine Probleme mehr.

Erst nach fast einer halben Stunde kam Minna wieder in den Flur – in Mantel und Hut. Auf der Treppe hatte ich eine frivole Anwandlung. Mit dem Mut, den ich für Frivolität hielt, sagte ich: »Minna, da du Zbigniew nicht mehr hast und ich niemanden habe, könnten wir beide doch richtig heiraten.«

Minna blieb stehen: »Ist das dein Ernst?«

»Wir sind beide verzweifelt. Was haben wir denn zu verlieren?«

»Es stimmt, daß wir nichts zu verlieren haben, aber ich bin fünf Jahre älter als du, und außerdem passen wir nicht zusammen. Ist dir dieser Einfall hier auf der Treppe gekommen?«

»Ich habe dich im Bett liegen sehen, und ich ...«

»In dir steckt wirklich etwas von Zbigniew. Du hast mich, wie du sagst, im Bett liegen sehen und ... Ach was, wir sollten jetzt wirklich gehen. In einem Punkt hast du recht: Ich bin verzweifelt.«

Sie streckte ihre behandschuhte Hand aus und nahm meinen Arm. Ich zitterte und bekam plötzlich Angst. Aber ebenso plötzlich verfügte ich über ein verwegenes Selbstvertrauen, und mir kam der Gedanke, daß es das gleiche Gefühl sein könnte, das ein Mörder nach vollendeter Tat hat. Gemessenen Schrittes und schweigend stiegen wir die Treppe hinunter. Im ersten Stock blieb ich stehen, ließ Minnas Arm los, faßte sie bei den Schultern und sagte: »Laß uns närrische Dinge miteinander machen!«

Sie sah mich verdutzt an. Dann sagte sie mit einem traurigen Lächeln: »Ja, mein Leben war eine einzige Kette von Narreteien.«

5

Sobald wir auf der Straße waren, setzten mir der Wind und die Kälte wieder zu, aber es war nicht ganz so schlimm wie zuvor. Minna hakte sich bei mir unter und bestand darauf, daß wir mit der Straßenbahn fuhren. Die Adresse von Zbigniews Mutter war Marszalkowsky-Boulevard 131. In der Straßenbahn sagte Minna: »Du armer Kerl! Du hast nicht die richtige Garderobe für den Winter. Das ist doch kein Wintermantel!«

»Das macht mir nichts aus.«

»Wie kannst du nur so leicht bekleidet herumlaufen? Manche Leute können gar nicht genug kriegen, und manche haben überhaupt nichts. Zbigniew hatte nicht nur einen Pelzmantel, sondern drei. Ist doch zum Lachen!« Sie lachte tatsächlich und hielt sich ihre pelzbesetzte Handtasche vor den Mund. Ich fand, daß sie sehr gojisch aussah: blasse Haut, kurze Nase, grüne Augen. Ihr Lachen verriet eine fast kindliche Naivität, die ich noch nie an ihr bemerkt hatte.

»Dreiundzwanzig oder vierundzwanzig – so alt ist das ja gar nicht«, sagte ich mir. »Sie und Zbigniew sind zwar ein Liebespaar gewesen, und sie war wahnsinnig in ihn verliebt, aber sie ist nicht wie Eduscha, die mit Stanislas Kalbe geschlafen hat, bloß weil er ihr Untermieter war. Und Minna sorgt sich auch nicht um die Proletarier der ganzen Welt.«

Wir stiegen aus und gingen die Treppe zu Frau Schapiras Wohnung hinauf. In der Nacht, die ich neben dem Leichnam in der Klinik verbracht hatte, waren alle meine Kindheitsängste wiedererwacht. Aber seitdem war ich fast schon wieder dagegen gefeit. »Es ist mitten am Tag«, sagte ich mir. »Ich bin nicht allein. Außerdem ist Frau Schapira ja schon sehr alt.« Irgendwoher hatte ich die Vorstellung, daß die Leichname alter Menschen weniger furchterregend seien als die Jungverstorbener.

Minna läutete, und eine kleine, magere Frau öffnete. Sie trug Ohrgehänge an den durchstochenen Ohrläppchen. Sie wirkte mädchenhaft, hatte aber ein runzliges Gesicht.

»Ich bin Minna Ahronson. Doktor Barabander hat mich angerufen.«

»Ja, ich weiß. Meine Tante hat von Ihnen gesprochen, bevor sie verschieden ist. Sie sagte, sie wollte etwas für Sie tun, um das Unrecht wiedergutzumachen, das Ihnen widerfahren ist. Bitte kommen Sie herein.«

»Dieser junge Mann hat ein Einwanderungsvisum für Palästina und nimmt mich mit. Er heißt David Bendiger.«

»Bitte treten Sie ein. Frau Schapira war eigentlich meine Großtante. Ich durfte in den letzten paar Tagen bei ihr sein, aber jetzt muß ich wieder zur Arbeit gehen, sonst verliere ich meine Stellung.« Ihr Gesicht verdüsterte sich, und in ihrem linken Auge erschien eine Träne.

Wir gingen in ein Wohnzimmer mit alten Möbelstücken, einem abgetretenen Teppich und einem zerschlissenen Samtsofa. Hier roch es nach Staub, wie in einer Wohnung, deren Fenster nur selten geöffnet werden. Jeder Einrichtungsgegenstand bekundete Zweckmäßigkeit und Bequemlichkeit – es war, als hätte die Freude, die die alte Frau daran gehabt hatte, sie überlebt.

Dann entdeckte ich einen Papagei. Er saß ganz oben auf einem großen Käfig und beäugte die Besucher. Sein Gefieder war eine Mischung aus Blaßgelb, Blaßgrün und anderen matten Farbtönen. Sein Schnabel war anscheinend angeknackst gewesen und dann wieder zusammengeheilt. Ich ging zu dem Papagei hinüber. Er bekam keine Angst, sondern schlug bloß mit dem einen Flügel.

»Er ist jetzt völlig verwaist.« Die Frau brach in Tränen aus und tastete nach einem Taschentuch.

»Darf ich sie sehen?« fragte Minna.

»Natürlich.«

Sie nahm Minnas Arm und ging mit ihr in das Schlafzimmer, in dem der Leichnam lag.

Ich setzte mich aufs Sofa. Plötzlich sagte der Papagei mit einer Stimme, die wie eine Männerstimme klang: »Papagei Affe.« Ich fand das irgendwie rührend. Du liebe Güte, ich hatte gar nicht gewußt, daß ich so viel für Vögel übrig hatte.

Schweigend ging ich im Zimmer auf und ab. Und dennoch war ich guten Mutes. »Ich kann nicht mehr alleine leben«, sagte ich mir. »Sonst falle ich vor Erschöpfung um. Also gut, dann wird halt geheiratet. Sie kommt aus einer guten Familie. Ihr Vater ist ein Schriftgelehrter. Meine Eltern würden sich freuen. Es wäre jedenfalls eine bessere Partie, als Aharon gemacht hat.«

Ich hatte vergessen, daß ich hungrig war. Ich redete auf den Papagei ein, der mir mit zur Seite geneigtem Kopf zuhörte: »Du weißt ja gar nicht, wie gut du es hast. Du hast ein Zuhause und Futter und Wasser. Du hast es warm. Du brauchst kein Visum. Du brauchst kein jiddischer Schriftsteller zu werden. Dir fehlt nur eines: ein Papageienweibchen.« Ich überlegte, ob ich ihn vielleicht nach Palästina mitnehmen könnte. Einen Waisen aufzuziehen, gilt bei den Juden als gute Tat.

Ich nahm an, daß Minna gleich wieder hereinkommen würde, doch eine Viertelstunde, eine halbe Stunde verstrich. Dann gingen die beiden Frauen aus dem Schlafzimmer in den Flur, wo sie miteinander wisperten. Aus den wenigen Worten, die ich hören konnte, schloß ich, daß Frau Schapiras Großnichte vorhatte, Zbigniew vom Tod seiner Mutter zu verständigen, aber seine Adresse nicht wußte. Dann kamen die beiden ins Wohnzimmer.

»Entschuldigen Sie, daß ich mich nicht vorgestellt habe«, sagte die Großnichte. »Ich bin Frau Rena Kulass.«

»Sehr erfreut. David Bendiger.«

»Was möchten Sie trinken, Herr Bendiger? Tee, Kaffee oder Kakao?«

Mir verschlug es fast die Sprache. »Was Sie wollen. Mir ist alles recht. Danke.«

»Ich habe Kaffee gemacht. Und Ihnen«, sagte sie zu Minna, »bringe ich auch eine Tasse.« Dann ging sie hinaus.

Minna sagte: »Bevor die alte Frau gestorben ist, hat sie gesagt, daß sie mich so lieb hat wie eine Tochter. Wie schrecklich das alles ist! Jemand muß sich um die Beerdigung kümmern, aber es ist kein Geld dafür da. Sie hat ein bißchen Geld gehabt, aber es ist so gut versteckt, daß man es nicht finden kann. Vielleicht muß sie ein Armenbegräbnis bekommen.«

»Ist das denn so schlimm?«

»Ach, wenn sie gewußt hätte, daß es *so* mit ihr enden muß, wäre sie drei Tode gestorben. Was ist mit dir los? Du hast dich heute nicht rasiert.«

»In der Wohnung war die Wasserleitung eingefroren.«

»In letzter Zeit höre ich bloß noch von Armut, Schmutz und Unglück. Es hat eine Zeit gegeben, da habe ich nur von angenehmen Dingen gehört. Ich habe das Gefühl, daß alle bösen Mächte der Welt sich gegen mich verschworen haben. Beim Anblick der toten Frau habe ich sie nicht bedauert, sondern beneidet. Sie sieht so sanft und friedlich aus. Sie und ich, wir sind Schicksalsgenossinnen. Wir haben jemanden geliebt, der unsere Liebe nicht verdient hat. Aber sie hat endlich ihre Ruhe gefunden.« Dann sagte sie in einem ganz anderen Ton: »Wovon du vorhin gesprochen hast, das ist doch völlig absurd.«

»Ich verstehe.«

»*Was* verstehst du? Du bist zu jung, fast noch ein Knabe. Daß du arm bist, stört mich nicht im geringsten. Ich bin jetzt auch arm. Zbigniew hat zwar auch nichts gehabt, bloß Schulden und aussichtslose, phantastische Pläne, aber bei ihm habe ich mich geborgen gefühlt. Bei dir käme ich mir wie eine Mutter vor. Du siehst nicht so aus, als ob du körperliche Arbeit verrichten könntest oder möchtest. Du hast kein Handwerk erlernt, du hast keinen Beruf. Wir beide wären das hoffnungsloseste Paar, das man sich vorstellen kann.«

»Du hast recht, aber...«

»Aber was? Wenn du wenigstens fünf oder sagen wir acht Jahre älter wärst. Zbigniew ist einunddreißig. Er spinnt, aber er ist ein Mann. Außerdem schreibst du auf jiddisch, und das kann außer einigen altmodischen Leuten niemand mehr verstehen. Es ist gar keine Sprache. Bloß ein Dialekt, ein Mischmasch. Selbst wenn du das größte Talent hättest, würdest du nie bekannt werden. Warum lernst du nicht, auf polnisch zu schreiben?«

»Ich kann auf hebräisch schreiben.«

»Du hast selbst gesagt, daß es in Palästina mehr Schriftsteller als Leser gibt.«

»Das stimmt, aber...«

»Ich weiß nicht, ob ich dort bleiben werde. Ich verlasse Warschau, das steht fest. Nachher gehen wir zum Beschaffer. Dem werde ich, wie gesagt, ein bißchen Angst einjagen. Ich habe nicht vor, mehr als einen Koffer zu packen. In letzter Zeit bin ich eine echte Fatalistin geworden. Ich habe eingesehen, daß die Welt von Mächten beherrscht wird, die stärker sind als wir, und daß wir nichts Besseres tun können, als uns diesen Mächten zu fügen. Ich bin jetzt in einer so sonderbaren Situation. Hätte mir das jemand vorausgesagt, dann hätte ich es für einen albernen Scherz gehalten. Aber so ist es nun einmal. Offiziell bin ich deine Ehefrau, und du kannst zweifellos gewisse Rechte beanspruchen.«

»Keine Rechte – Gott soll schützen!«

»Was könnte dir denn schon an mir gefallen? Ich bin nur noch ein Bündel Depressionen.«

»Allein schon das...«

»Ach, du bist doch auch in keiner besseren Verfassung. Meine Mutter gebraucht oft eine jiddische Redensart: ›Zwei Leichen gehen tanzen.‹«

Frau Kulass kam mit einem Tablett herein – Kaffee, Kuchen, Milchkännchen – und stellte es vorsichtig auf einen Tisch neben dem Sofa. »Meine Tante war die Gastfreundschaft in Person. Sobald jemand hereinkam, bot sie Schleckereien an. Wenn ihr Geist noch hier ist, will er bestimmt, daß Gäste so behandelt werden, wie sie es getan hat.«

Wir setzten uns zu dritt an den Kaffeetisch. Ich hätte den Kuchen am liebsten auf einmal hinuntergeschlungen, erinnerte mich aber daran, daß man sich in einem solchen Milieu manierlich benehmen muß. Ich trank geräuschlos, aß kleine Bissen und hielt, wie die beiden Frauen, manchmal inne, was zur Folge hatte, daß ich noch hungriger wurde. Ich spürte meinen Magen rumoren und fürchtete, daß er knurren würde. Ich mußte an die Leichenschmäuse denken, die in alten Zeiten bei den Juden abgehalten wurden und später bei den Gojim Brauch geworden waren.

Wie unvorhergesehen das alles war! In was für merkwürdige Situationen ich geriet! Wie hätte man ahnen können, was kommen würde – nicht nur in der Zukunft, sondern in den nächsten paar Stunden?

Nachdem wir eine Weile geschwiegen hatten, sagte Rena Kulass: »Ich muß jetzt für ein paar Stunden fort. Es geht wirklich um Leben und Tod. Könnten Sie vielleicht bis vier Uhr hierbleiben?«

»Wir wollten doch zum Beschaffer gehen«, sagte Minna halb zu sich selber, halb zu mir.

»Wir könnten Mendl ein Telegramm schicken«, erwiderte ich.

»Na ja, wenn es um Leben und Tod geht«, sagte Minna. »Aber Sie müssen um vier Uhr zurück sein.«

»Bestimmt. Ich laufe doch nicht davon und lasse Sie mit einem Leichnam allein. Alles im Leben ist schwierig. Sogar ein Grab zu bekommen. Warum ist alles Menschliche so kompliziert? Die Tiere leben und sterben so einfach.«

»Einem Tier macht es nichts aus, in einem Armengrab bestattet zu werden«, sagte ich und staunte über meine eigenen Worte.

Die beiden Frauen lachten. Der Papagei schlug mit den Flügeln. Rena Kulass verschüttete beinahe ihren Kaffee. Ihre Augen hatten jetzt einen jugendlichen Ausdruck, und ich konnte ihr ansehen, daß sie einmal schön gewesen war. Sie sah nicht alt aus, sondern hatte nur frühzeitig Runzeln bekommen.

Dann sagte sie: »Ihr hätte es auch nichts ausgemacht, aber mich würde es grämen, sie in einem solchen Grab zu bestatten. Was Zbigniew betrifft – er ist fort und schert sich nicht darum. Irgendwie schafft er es immer, sich vor jeder Verantwortung zu drücken.«

6

Bevor Frau Kulass ging, zeigte sie uns, wo wir in der Speisekammer etwas zu essen holen konnten – Brot, Eier, Butter, Käse, Kuchen. So krank Frau Schapira auch gewesen war, sie hatte einen guten Haushalt geführt.

Frau Kulass sagte, ihre Tante sei rechtzeitig gestorben. »Wenn sie noch ein paar Monate gelebt hätte, wäre sie in ein Altenhospiz eingeliefert worden. Vielleicht hätte man sie sogar auf die Straße gejagt. Obwohl es Wohlfahrtsämter gibt, ist nirgends Platz für eine einsame alte Frau. Um in ein Hospital aufgenommen zu werden, müssen Kranke so lange warten, bis es zu spät ist. Die Behörden tun, was sie können, aber nie wird etwas richtig gemacht. Wenn jemand in eine Notlage gerät, weiß er nicht, an wen er sich wenden soll.«

Sie zog einen abgewetzten Pelzmantel an, setzte einen schäbigen Filzhut auf und steckte ihre Hände in einen alten Muff. Zuvor hatte sie ihr Gesicht gepudert, so daß die Haut jetzt glatt wirkte. Daß sie die Wohnung für ein paar Stunden verlassen konnte, hatte sie offensichtlich aufgemuntert. Anscheinend hatte sie gemerkt, daß ich hungrig war, denn sie forderte mich mehrmals auf, mir etwas zu essen zu holen.

Sobald sie draußen war, ging ich in die Küche und

grapschte mir ein Stück Brot. Dann kam Minna herein und fragte: »Soll ich dir etwas kochen? Ein Omelette vielleicht? Immerhin bin ich gewissermaßen deine Ehefrau.«

Ich sagte, Brot und Käse würden mir genügen, doch sie band sich eine von Frau Schapiras Schürzen um und machte sich am Herd zu schaffen. Sie briet ein paar Eier, dann drehte sie die Heizung an. Im Wohnzimmer war es warm gewesen, weil die Sonne hereinschien, in der Küche dagegen war es kalt. Anscheinend war Minna ebenfalls hungrig, denn sie bereitete auch für sich etwas zu.

Wir setzten uns an den Küchentisch, aßen Brot, Käse und Spiegeleier und tranken Kaffee. Nachdem ich vier oder fünf Scheiben Brot vertilgt hatte, war ich immer noch hungrig und nahm mir noch eine Scheibe. Minna stöberte in der Speisekammer herum und brachte Äpfel und Datteln, die ich ebenfalls vertilgte. Daraufhin bekam ich Blähungen. Ich befürchtete, mein Magen würde zu rumoren beginnen. Jetzt war ich zwar nicht mehr hungrig, aber todmüde.

Wir gingen wieder ins Wohnzimmer, und ich legte mich aufs Sofa. Minna entdeckte irgendwo ein Umhängetuch.

In den letzten Monaten hatte ich in Zimmern gehaust, die entweder völlig dunkel waren oder in denen ständig Zwielicht herrschte. Erst jetzt, in diesem von der Wintersonne hellerleuchteten Zimmer wurde mir klar, wieviel die ständige Dunkelheit dazu beigetragen hatte, daß ich so deprimiert war. Nicht umsonst hatten die Mystiker das Gute mit dem Licht verglichen.

Ich schloß die Augen und dachte im Halbschlaf: »Wie wohl es tut, sich satt gegessen zu haben, sich auszuruhen und nicht allein zu sein.« Es wunderte mich allerdings, daß ich mich in einer Wohnung, in der ein Leichnam lag, so wohl fühlen konnte.

Nachdem ich ein bißchen geträumt hatte, machte ich die Augen wieder auf. Ich dachte, ich wäre nur einen Moment lang eingenickt gewesen, doch der Uhrzeit nach hatte ich eine halbe Stunde geschlafen. Minna hatte die Beine übereinandergeschlagen und war in ein Buch vertieft. Ich wußte nicht, ob sie lächelte, weil sie das Buch amüsant oder weil sie den Stil des Autors schlecht fand.

Während ich sie betrachtete, ging mir auf, daß ich sie gar nicht richtig kannte. Ihre Miene veränderte sich ständig. Schwer zu sagen, ob ihre Haare kastanienbraun oder vielleicht blond waren. Hatte sie graue, blaue, grüne oder vielleicht braune Augen? Manchmal sah sie wie eine Dreißigjährige aus, manchmal wie eine Gymnasiastin. Außerdem hatte ich den Eindruck, daß ihr ihre eigene Gesellschaft genügte. Ich fand, daß jemand wie sie eigentlich gar nicht unglücklich sein konnte.

Ich stand auf, ging schnurstracks zum Fenster und betrachtete die Hofmauern, die Dachgiebel, die Fenster. »Welche Kraft«, so fragte ich mich, »hält all diese Backsteine an Ort und Stelle und hat sie schon seit vielen Jahren an Ort und Stelle gehalten? Was hindert diese Abermillionen Moleküle daran, davonzufliegen? Weder die Schwerkraft noch der Magnetismus. Da ist ständig eine Materie am Werk, die sich über das, was sie tut, keine Rechenschaft ablegt. Der Rauch zum Beispiel, der dort aus dem Schornstein steigt, hat nie etwas von Zeit, Raum, Qualität und Quantität gehört. Nicht einmal von Existenz. Aber in diesem Moment existiert er. Bald wird er verfliegen, ohne zu wissen, daß er es tut, weil er gasförmig ist. Ein Rauchfetzchen sehnt sich nicht nach einem anderen Rauchfetzchen. Die tote Frau Schapira ist wie dieser Rauch. Die Tragödie der Toten besteht darin, daß sie nicht wissen, wie glücklich sie sich schätzen können. Wenn ein Verstorbener wüßte, wie unermeßlich dieses Glück sei, dann würde er vielleicht vor lauter Freude noch einmal sterben wollen.«

Ich drehte mich um und ging zu Minna hinüber. »Was liest du denn?«

»Ach, einen Lieblingsroman der alten Frau. Jede zweite Zeile ist unterstrichen.«

»Darf ich hineinsehen?«

»Ja. Ich hab jetzt sowieso genug davon.«

Ich blätterte eine Weile in dem Buch. Zwischen den Seiten hatte die alte Frau eine Blume gepreßt. Dann legte ich das Buch hin, beugte mich über Minna, faßte sie an den Schultern und zog sie vom Stuhl hoch. Sie sah mich fragend an, leistete aber keinen Widerstand. Ich küßte ihre Stirn, ihre Wangen, ihr Haar, ihren Hals.

»Du närrischer Junge, was soll das?«

»Ach, ich liebe dich!«

»Du bist ein Lügner. Du weißt ja nicht einmal, wie man küßt.«

Ich küßte sie auf den Mund, und sie erwiderte meinen Kuß. Wir küßten uns lange. Es war, als wollten wir ausprobieren, wer von uns beiden den Atem länger anhalten konnte. Dann übermannte mich die Begierde. Minna sträubte sich und stieß mich zurück. Halb führte, halb schubste ich sie zum Sofa. Sie rief erschreckt: »Die Tür ist nicht zu!« Ich war mir nicht sicher, ob sie die Wohnungstür oder die Wohnzimmertür meinte. Einen Moment lang war ich drauf und dran, hinauszurennen und die Sicherheitskette vorzulegen, aber ich traute mich nicht, durch den dunklen Flur zu gehen. Ich war nur noch einen Schritt vom Triumph entfernt und wollte mich nicht um den Sieg bringen lassen.

In diesem Moment läutete jemand an der Wohnungstür, und sofort war mir klar, daß ich die Gelegenheit verpaßt hatte. Die Mächte, die das Universum beherrschen, hatten mir, wie so oft, eine Überraschung beschert. Minna riß sich los und sah mich halb triumphierend, halb erstaunt an. Sie ging zur Tür, warf mir aber beim Hinausgehen noch einen Blick über die Schulter zu. Ihr einer Strumpf war hinuntergerutscht, und sie blieb an der Türschwelle stehen, um ihn wieder richtig anzuziehen. Ich sah ihr nach und fühlte mich so elend wie jemand, der gerade eine schreckliche Verletzung erlitten hat, von der er sich nie ganz erholen wird.

Ich lauschte gespannt. Ob Rena Kulass schon so bald zurückgekommen war? Oder war es jemand von der Beerdigungsbruderschaft?

Dann wurde es seltsamerweise im Wohnzimmer dunkel. Offenbar war die Sonne von einer Wolke verdeckt worden. Plötzlich packte mich die Angst. Vielleicht hatte die Tote diese Dunkelheit heraufbeschworen, um mir heimzuzahlen, daß ich mich so respektlos benommen hatte. Eine Zeitlang hörte ich nicht das leiseste Geräusch. Minna war im dunklen Flur verschwunden, wo mehrere Teppiche übereinanderlagen. Dann wurde mir bewußt, daß genau das passiert war, wovor ich mich am meisten fürchtete: Ich war allein mit einem Leichnam. Und obendrein hatte ich das Gefühl, das alles schon einmal in einem meiner Alpträume erlebt zu haben. Ich wollte nach Minna rufen, beherrschte mich aber, denn der Klang meiner eigenen Stimme hätte mir angst gemacht. Ich wartete und hörte mein Herz klopfen.

Endlich kam Minna zurück. Sie hatte einen Brief in einem bläulichen Umschlag in der Hand. Sie war bleich und wirkte bekümmert und verwundert. »David«, sagte sie, »es gibt einen Gott.« Es war das erste Mal, daß sie mich mit meinem Vornamen anredete.

»Was ist passiert?«

»Der Postbote hat einen Eilbrief von Zbigniew gebracht. Er ist in Berlin.«

»Dann solltest du ihm sofort ein Telegramm schicken.«

»Soll ich den Brief öffnen? Er ist natürlich an seine Mutter adressiert.«

»Seine Mutter wird ihn nie mehr lesen.«

»Nein.«

Sie begann das Kuvert aufzureißen. Ihre Hände zitterten, und es dauerte eine Weile, bis sie den zusammengefalteten Brief aus dem Kuvert gezogen hatte. Während sie ihn las, zog sie die Augenbrauen hoch. Ihr stand, obzwar sie lächelte, der Zorn ins Gesicht geschrieben. Manchmal schien sie zu feixen, manchmal verzog sie angewidert das Gesicht. Als sie die vier Seiten zu Ende gelesen hatte, nahm sie sich die erste Seite noch einmal vor. Ich hatte den Eindruck, daß sie nachsah, ob auf dem Rand des Briefbogens noch etwas hinzugefügt war.

Dann sah sie mich an und sagte: »Ich bin kein frommer Mensch, aber dieser Brief bewirkt, daß ich Gott danken möchte.«

»Was steht denn drin?«

»Ich bin geheilt, völlig geheilt. Er ist der schlechteste Mensch, dem ich je begegnet bin. Meine armen Eltern haben recht. Sie wissen gar nicht, *wie* recht sie haben. Ich bin eine Närrin. Eine Vollidiotin.«

»Was schreibt er?«

»Er schreibt seiner Mutter, daß er gar nicht gewußt hat, was Glück ist, bevor er diese … diese Person kennengelernt hat. Das ist fast Wort für Wort das gleiche, was er damals zu mir gesagt hat. Ein Scharlatan! Ein schmutziger Lügner und ein Scharlatan!«

»Für dich sollte das eigentlich eine gute Nachricht sein.«

»Ist es nicht. Von nun an werde ich keinem mehr glauben. Was soll ich denn jetzt tun? Ich muß mich vor Frau Kulass schämen, weil ich diesen Brief geöffnet habe. Eines steht fest: Wir müssen ihm ein Telegramm schicken. Wir dürfen keine Zeit verlieren. Würdest du zur Post gehen und es abschicken?«

»Und du willst allein hierbleiben?«

»Ich fürchte mich nicht. Sie hat ihr Leben lang keinem etwas zuleide getan. Und jetzt, da sie tot ist, wird sie es erst recht nicht tun. Aber warten wir lieber, bis Frau Kulass zurück ist. Er wird wahrscheinlich erst morgen aus Berlin abreisen. Kann auch sein, daß er überhaupt nicht kommt. Hier läuft er Gefahr, verhaftet zu werden, weil er ein Schwindler ist, ein Gauner. Ich bin jedenfalls geheilt. Für mich ist Zbigniew Schapira ein Toter unter Toten.«

Sie legte den Brief hin und zitterte. Dann warf sie mir einen zornigen, höhnischen Blick zu und sagte: »Jetzt darfst du mich küssen.«

VI

I

Herz Lipmanns Schwester hatte Nachricht von ihrem Bruder bekommen. Er war nicht in Moskau, sondern in Nyeswicz verhaftet worden, als er die russische Grenze überschritt. Anscheinend war ihm, als er das Kennwort sagte, ein Fehler unterlaufen – oder die russischen Grenzposten hatten es falsch verstanden. Nach vielem Hin und Her war er aus dem Gefängnis entlassen worden und hatte seiner Schwester Irike aus Moskau geschrieben.

Das alles erfuhr ich von Eduscha. Ihr hatte Herz Lipmann ein Telegramm geschickt. Die Geschichte, daß er ein Provokateur sei und daß man seinen Namen auf der Agentenliste des Verteidigungsministeriums entdeckt habe, war von einem Genossen namens Adam Kronenberg erfunden worden, dem in Kürze vor einem Parteigericht der Prozeß gemacht werden sollte.

Eduscha weinte, als sie es mir erzählte. »So etwas kann einen doch verrückt machen! Wenn ich noch nicht den Verstand verloren habe, dann nur, weil ich härter als Eisen bin.« Sie sagte, wir beide müßten vergessen, was zwischen uns gewesen sei. Wir könnten Freunde bleiben – damit müßten wir uns von jetzt an begnügen. Da Herz Lipmann sich als ehrenwerter Mann erwiesen habe, sei jetzt alles wieder wie vorher. An alledem kam mir irgend etwas falsch vor, aber Eduschas Tränen waren echt.

Kaum hatte sie aufgehört zu weinen, brach sie wieder in Schluchzen aus. Ständig versuchte sie sich zu rechtfertigen: »Ich war verwaist. Der Krieg hat alles durcheinandergebracht. Ich habe mich vom Beispiel meiner Tante verleiten lassen. Nie bin ich dem Mann begegnet, der wirklich zu mir gepaßt hätte. Edek war nichts anderes als ein Warschauer Geck. Und was Stanislas Kalbe betrifft – der hat halt hier gewohnt.«

Sie gab mir zu verstehen, daß sie eigentlich lieber mich als Herz Lipmann heiraten würde. Dann gab sie mir einen Abschiedskuß. Von jetzt an hatten wir uns anständig zu benehmen.

Mein Bruder Aharon gab mir Geld, damit ich bei Eduscha wenigstens einen Teil meiner Schulden begleichen konnte. Ich vermutete, daß Susskind Eichl bei dieser Transaktion seine Hand im Spiel hatte. Er verschaffte meinem Bruder allerlei Gelegenheiten, Geld zu verdienen. Obwohl er ein Linker war, unterhielt er Beziehungen zu reichen Warschauern – Salonkommunisten, die linksorientierte Publikationen finanzierten. Eichl wußte, daß Eduscha mich nicht umsonst in der dunklen Kammer wohnen lassen und mich nicht gratis verpflegen konnte.

Meine Situation hatte sich in der Tat etwas gebessert. Von Schoschana, Dov Kalmenzohns Sekretärin, bekam ich oft Arbeit vermittelt. Binjomin arbeitete gern mit mir zusammen, vielleicht weil ich mir seine Geschichten anhörte und ihm auch manchmal etwas über mich erzählte. Wir beide hatten ja ähnliche Tragikomödien erlebt. Auch er hatte ein Techtelmechtel mit seiner Pro-forma-Ehefrau. Auch er hatte in seinem Heimatort ein junges Mädchen – Basche – zurückgelassen und war dann eine Scheinehe mit einer Chalutz – Zila – eingegangen, die für seine Ausgaben aufkam. Ich hatte sie in jener Nacht kennengelernt, in der Binjomin und ich bei dem Leichnam gewacht hatten. Zila hatte das Gymnasium absolviert und an der Universität studiert. Sie konnte Hebräisch und rauchte Zigaretten. Sie und Binjomin hatten sich nicht nur geküßt, sondern waren schon nahe daran, wirklich Mann und Frau zu werden.

Ich hatte Glück: Ein junger Mann, der eine kleine kritische Zeitschrift mit dem Titel *Zwit* herausgab, hatte meinen Essay über Spinoza und die Kabbala angenommen. Die Zeitschrift zahlte keine Honorare, die Autoren mußten sich vielmehr an den Kosten beteiligen. Ich wußte, daß es in der Literaturgeschichte zahlreiche Schriftsteller gab, deren Laufbahn mit

Veröffentlichungen in solchen Zeitschriften begonnen hatte. So ist zum Beispiel Romain Rollands berühmter Roman *Jean-Christophe* zuerst in einer solchen Zeitschrift erschienen. Ich hatte meinen Essay überarbeitet, und mein Bruder hatte ihn redigiert. Der Text war bereits gesetzt worden, und ich las die Korrekturfahnen.

Wenn ich's mir recht überlegte, war der Wunsch, den eigenen Namen schwarz auf weiß gedruckt zu sehen, eine eitle Begierde, eine Art Affektiertheit. Aber wie eifrig, ach wie eifrig griff ich, wenn ich – wie so oft – nachts aufwachte, nach einem Streichholz, um eine Kerze anzuzünden und nochmals den Namen David Bendiger gedruckt zu sehen. Ich war ein Mitglied der Literaturfamilie geworden. Wenn neun weitere Essays von mir erschienen, könnte ich Mitglied im Schriftstellerclub werden.

Ich begann darüber zu phantasieren, was ich noch alles schreiben würde: mehrere Romane, viele Kurzgeschichten, ja sogar ein Theaterstück, das ich *Das Visum* nennen würde. Folgende Personen sollten darin auftreten: ich selbst, Eduscha, Bella, Minna, mein Bruder Aharon, Zbigniew Schapira, Barisch Mendl und der Gamaschenmacher, der Sonja heiraten wollte. Vielleicht würde auch Dov Kalmenzohn darin vorkommen. Aber wie sollte der erste Akt beginnen?

Eines stand jedenfalls fest: Der dritte Akt mußte in Palästina spielen. Ich kaufte mir ein Notizbuch, um Ideen und Themen aufzuschreiben. Außerdem fertigte ich einen Stundenplan an: wann es Zeit zum Aufstehen, zum Schreiben, zum Lesen war.

Wie sollte ich mich aber an einen Stundenplan halten, wenn ich keine Bleibe, kein Einkommen und nichts zum Anziehen hatte?

Merkwürdigerweise hatte ich, obwohl ich noch keine einundzwanzig war, die Aufforderung erhalten, zur Musterung zu erscheinen. Ich war überzeugt, daß Barisch Mendl mich bei der Musterungskommission gemeldet hatte, weil er wütend darüber war, daß Minna ihm nicht noch mehr Geld geben wollte. Mein Reisepaß lag immer noch bei der Behörde. Minna hatte schon eine Anzahlung für die Schiffskarten gemacht. Alles drehte sich um Geld.

Zbigniew Schapira kam nicht zur Beerdigung seiner Mutter, ich wußte aber, daß Minna weggefahren war, um sich im Freistaat Danzig mit ihm zu treffen. Ich erfuhr es von ihrem Vater. »Was soll das denn?« sagte er.

Obwohl ich selber ein lasterhaftes Leben führte, schockierte mich die Lasterhaftigkeit der Frauen. Wie konnte Minna sich mit Zbigniew treffen, nachdem sie sich mit mir eingelassen und nachdem er eine andere geheiratet hatte? Irgendwo in der Welt mußte es doch Menschen geben, die die Liebe ernst nahmen! Wenn sich Frauen wie Männer benahmen, dann würde es wieder eine Generation wie jene geben, die durch die Sintflut vernichtet worden war. Oder anders gesagt: Würden Männer dem Laster frönen, wenn jede Frau wirklich treu wäre?

Minna hatte sich heimlich aus dem Staub gemacht, um sich vermutlich in einem Danziger Hotel mit Zbigniew zu treffen. Und Eduscha würde bald wieder mit Herz Lipmann vereint sein.

Sonja lud mich ein, zusammen mit Mendl bei ihr zu essen. Ihre betagte Herrschaft war verreist, und Sonja spielte die Gastgeberin. Mendl war ein kleinwüchsiger, stämmiger Kerl, dessen dunkle Augen einen freundlichen Ausdruck hatten. Sonja hatte offenbar damit geprahlt, wie bedeutend ich sei, und ihm damit einen Schrecken eingejagt. Er stammelte, wenn er mit mir sprach, und bemühte sich nach Kräften, fremdsprachige Ausdrücke zu verwenden. Ständig sagte er »das was«, »vor allem« und »im allgemeinen«. Immer wieder lüftete er sein Käppchen und drückte es dann wieder auf seinen pomadisierten Kopf. Er kratzte sich unter seinem steifen Kragen, rauchte Zigaretten und lutschte Pfefferminzbonbons, um seinen schlechten Mundgeruch zu verbergen.

Er hatte einiges aus seinem Schtetl zu berichten. Für das kulturelle Leben wurde dort, wie er sagte, wenig getan. Die fanatischen Chassidim waren in die Bücherei eingebrochen und hatten literarische Werke zerfetzt. Ein zionistischer Delegierter aus Zamosc war eingeladen worden, eine Rede zu halten, doch die Kommunisten hatten die Versammlung gesprengt: Immer wenn der Redner etwas sagen wollte, hatten sie gejohlt und gepfiffen. Ein reicher amerikanischer Jude war ins Schtetl gekommen und hatte Geld für einen Kurs über »Die Entwicklung der Zivilisation« spenden wollen, doch der Rabbiner hatte ihn zu sich gebeten und ihn – unterstützt von den anderen Fanatikern – dazu bewogen, kein Geld für »Freidenker« zu spenden.

Um solchen aufregenden Berichten ein Ende zu machen, bat ich Mendl, mir etwas über Maschinen für Gamaschenmacher zu erzählen. Prompt beschrieb er die Maschine, die er verwendete: wie das Leder durchgeschoben und zugeschnitten wird und wie vorsichtig man sein muß, damit man sich keinen Finger abschneidet.

Als Sonja das Essen hereinbrachte, fiel mir auf, daß sie ein neues Kleid angezogen hatte. Wir kamen natürlich auf die Situation der Juden zu sprechen. Mendl hatte in der polnischen Armee gedient und gegen die Bolschewiken gekämpft. Er war verwundet worden, aber die polnischen Soldaten hatten ihn trotzdem »Bolschewik« und »Trotzkist« genannt und ihm angedroht, daß sie eines Tages alle Juden massakrieren würden. Selbst wenn er von den polnischen Soldaten gut behandelt wurde, hatte er sich nicht wohl in seiner Haut gefühlt. Er konnte ihre Sprache, ihr zotiges Gerede, ihre Geschichten, in denen es ständig ums Blutvergießen ging, nicht ausstehen. Sogar die Offiziere benützten den Gossenjargon. Sie tranken Schnaps aus Wassergläsern, machten Witze über den Tod, über Krankheiten, über die Leiden von Tieren und über menschliches Leid.

Aber erging es den Juden in Friedenszeiten denn besser? Sie wurden gehaßt und auf jede mögliche Art und Weise unterdrückt. In dem Zug, mit dem Mendl nach Warschau gefahren war, hatten die Gojim einen Juden zusammengeschlagen und aus dem Zug werfen wollen.

»Hier wird's nie besser«, sagte Mendl.

»Warum gehst du dann nicht nach Palästina?« fragte Sonja.

»Die würden mir doch kein Visum geben. Da drüben gibt es auch keine Gamaschenmacher.«

»Wer macht denn dann dort die Gamaschen?« fragte Sonja.

Mendl schwieg. Er stocherte mit einem Zahnstocher in seinem Mund herum. Nach einer Weile sagte er: »Es brauchen doch nicht alle Juden nach Palästina zu gehen.«

Sonja nahm mich beiseite und wisperte: »Also, wie findest du ihn?«

»Er ist ein anständiger Kerl.«

»*Ich* muß mit ihm schlafen, nicht du.«

Mendl und ich verabschiedeten uns von Sonja und machten uns gemeinsam auf den Weg. Er hatte sich in einem Gasthaus in der Franziskanerstraße einquartiert. Wie er mir erzählte, hatte er den Preis für ein Einzelzimmer bezahlt, aber gleich in der ersten Nacht waren in seinem Zimmer zwei weitere Gäste untergebracht worden. »In diesem Land gilt ein Wort gar nichts«, sagte er.

Zum Abschied drückte ich ihm die Hand. Er drückte meine zweimal. »Legen Sie bei Sonja ein gutes Wort für mich ein. Sie gibt viel auf Ihre Meinung.«

Dann wartete ich auf eine Straßenbahn, die auch nachts fuhr, doch nach einer halben Stunde kam sie immer noch nicht. Sonja hatte mich aufgefordert, zurückzukommen und die Nacht mit ihr zu verbringen. Ich hatte aber keine Lust dazu, und außerdem hätte mich der Portier gar nicht ins Haus gelassen.

»Welchen Sinn hat es, zu heiraten, wenn Frauen sich so benehmen?« fragte ich mich. »Wie soll ein moderner Mann wissen, ob er wirklich der Vater seiner Kinder ist?« Ich hatte Strindbergs Drama *Der Vater* gelesen. Damals hatte ich das Problem nicht ganz verstanden und nur den fabelhaften Stil des Autors bewundert, die Glaubwürdigkeit der Dialoge und das Geheimnisvolle hinter den Worten. Jetzt verstand ich plötzlich die Tragödie des modernen Mannes. Er hat seine eigenen Grundfesten untergraben und die Mutter seiner Kinder zur Hure gemacht.

Immer wenn ein junger Mann Bekanntschaft mit mir schloß, redete er sofort über seine Beziehungen zu Mädchen und Frauen und davon, daß jeder Mann betrogen werde. Die Frauen verlangten Geld für Kleider, Schuhe, Schmuck und Sommerhäuser – und gäben sich dann dem erstbesten Fremden hin, der ihnen über den Weg lief.

Mein Vater bezeichnete die Intellektuellen oft als Luftikusse und brandmarkte die jiddischen Schriftsteller als Jugendvergifter. Jetzt verstand ich seine Einstellung. Aber wie konnte man die Reinheit der Familie aufrechterhalten, ohne daran zu glauben, daß die Tora den Juden auf dem Berg Sinai gegeben worden war?

Ich schloß die Wohnungstür auf und stellte fest, daß Eduscha noch wach war. Sie sagte, Dov Kalmenzohn habe angerufen, um mir mitzuteilen, daß er, falls Minna und ich nicht binnen einer Woche abgereist wären, mein Visum jemand anderem geben würde. »Worauf wartet diese Gans denn noch? Etwa darauf, daß der Fürst Potocki sich in sie verliebt?«

Eduscha hatte einen Brief von Herz Lipmann bekommen. Er teilte ihr mit, daß er, falls sie zu ihm käme, in der Sowjetunion bleiben könnte. »Du weißt, daß ich nicht sentimental bin«, hatte er geschrieben, »aber ich habe wahrhaftig den Erdboden unseres sozialistischen Vaterlandes geküßt.«

2

Am nächsten Tag rief ich mehrmals bei Minna an, aber man sagte mir, sie sei nicht da. Ich telefonierte mit Dov Kalmenzohn, der sich bereit erklärte, das Visum noch ein paar Tage für mich aufzubewahren. Er ließ sich die ganze Sache mit Minna erklären und sagte dann: »Wenn sie noch irgend etwas mit diesem Schwindler zu tun hat, gehört sie nicht zu denen, die wir in Palästina haben wollen.«

Irgendwie war der Winter vergangen, ohne daß ich es gemerkt hatte. Es war Frühling geworden. O Gott, wenn ich diesen Winter überlebt hatte, mußte ich stärker sein als Stahl!

Eduscha hatte ihre Stellung in dem Möbelgeschäft verloren. Ihre Tante Bella war gegen Kaution freigelassen worden. Ihr und einer ganzen Anzahl Kommunisten, die der Staatsanwalt in einen Topf mit ihr geworfen hatte, sollte später der Prozeß gemacht werden. Der Staatsanwalt behauptete nämlich, sie alle hätten sich an ein und derselben Verschwörung beteiligt.

Bella kam genauso hochnäsig aus dem Gefängnis zurück, wie sie hineingegangen war. Im Knast hatte sie Päckchen von Eduscha und von der Partei erhalten. Anscheinend war sie so etwas wie eine Funktionärin, denn sie hatte im Gefängnis nicht arbeiten müssen. Sobald sie wieder daheim war, läutete ständig das Telefon. Susskind Eichl kam wieder zu Besuch und brachte sogar meinen Bruder mit.

Eines Abends hörte ich aus dem Wohnzimmer die Stimme meines Bruders. Als ich hineinging, lachten sie alle. Mein Bruder kam heraus und sah sich meinen »Salon« an, wie er meine dunkle Kammer nannte. Er nahm ein Buch aus dem Regal. »Wer ist dieser Stanislas Kalbe?«

»Ein ehemaliger Untermieter.«

»Noch so ein Weltverbesserer!«

»Nein, bloß ein reicher junger Mann.«

»Was ist mit deinem Visum?«

In diesem Moment läutete das Telefon, und ich wußte instinktiv, daß der Anruf für mich war. Ich rannte in den Flur und nahm den Hörer ab. Es war Minna. Ihre Stimme kam mir verändert vor. Sie klang belustigt, als sie fragte: »Bist du immer noch dort?«

»Wo sollte ich denn sonst sein?«

»Auf dem Mond ... oder auf dem Mars.«

Sie sagte, sie müßte mich sprechen – ich solle sofort zu ihr kommen. Dazu war ich nur zu gern bereit, denn in Gegenwart meines Bruders und Eduschas fühlte ich mich unbehaglich. Susskind Eichl hatte mich amüsiert gemustert. Bella hatte mich gefragt, ob ich mich anständig benommen hätte. Sie wußten alle, daß ich wochenlang mit Eduscha allein in der Wohnung gewesen war, und nahmen das zum Anlaß für Witzeleien. Um nicht rot zu werden, hatte ich es mit Selbsthypnose und mit Emile Coués Formel versucht. In der Bibliothek hatte ich die Übersetzung eines Buches über Selbsthypnose von Charles Badouin entdeckt. Und ich hatte Pallots *Entwicklung des Willens* gelesen. Aber in Gegenwart meines Bruders verließ mich der Mut. Ich wurde rot und blaß. Das Sprechen fiel mir schwer, und wenn ich etwas sagte, klang es unbeholfen und albern. Ich war wieder zum Schuljungen geworden und spielte die Rolle des Naiven.

Ich nahm meinen Mantel und wollte mich rasch verabschieden. »Warum laufen Sie davon?« fragte Bella. »Ihr Bruder ist doch extra Ihretwegen zu uns gekommen.«

»Es handelt sich um etwas Dringendes.«

»Betrifft es Ihr Visum?«

»Das ist zurückgezogen worden«, mischte sich Eduscha ein. »Seine angebliche Ehefrau ist nach Danzig abgehauen, um sich mit ihrem ehemaligen Liebhaber zu treffen.«

Ich warf ihr einen ärgerlichen Blick zu. Sie hatte kein Recht, Geheimnisse auszuplaudern, die ich ihr anvertraut hatte. Aber sie wollte unbedingt bei meinem Bruder Eindruck schinden. Sie flirtete mit Susskind Eichl und gab ihm neckisch einen Klaps aufs Handgelenk. Mir war klar, daß sie sich lächerlich machte, aber vielleicht war sie von den gleichen Gefühlen befallen, von denen ich geplagt wurde.

»Wann reist du ab?« fragte mein Bruder.

»Er ist von einem jungen Frauenzimmer angerufen worden«, sagte Eduscha.

»Du hast doch hier zwei schöne junge Frauen.«

»Was man zu Hause hat, weiß man nie zu schätzen«, bemerkte Bella.

»Macht einen Mann aus ihm«, sagte mein Bruder. »Manchmal kommt er mir wie ein Schuljunge vor. Es ist noch gar nicht so lange her, seit ich ihn in die Schule geführt habe. Mir ist, als sei es erst gestern gewesen.«

»Ich verstehe allmählich, warum tausend Jahre vor Gott wie ein Tag sind«, sagte Bella.

»Wenn man droben im siebten Himmel schläft, sind sogar eine Million Jahre bloß ein Klacks«, sagte Susskind Eichl. »Einstein zufolge soll ja sogar die Zeit nur eine Illusion sein.«

»Ich glaube, Sie meinen Kant«, sagte ich. »Für Einstein ist die Zeit relativ, aber mit Illusion hat das nichts zu tun.«

»Da schau her! Er redet wie ein Erwachsener«, sagte mein Bruder erstaunt. »Verstehst du denn Einsteins Theorie?«

»Ich habe ein Buch darüber gelesen. Ich persönlich glaube, daß Zeit weder relativ noch eine Illusion ist. Zeit und Raum existieren überhaupt nicht.«

»Jedenfalls trägt eine Frau ihr Kind neun Monate aus, nicht zehn.«

»Nicht die Zeit, sondern eine Vielzahl von Entwicklungsprozessen läßt das Kind reifen. Nicht die Zeit, sondern die Sonne macht den Apfel reif. Der Mensch altert nicht wegen der Zeit, sondern weil in seinem Herzen und seinen Adern Veränderungen vor sich gehen. Zeit ist bloß eine Bezeichnung – so, wie es für dieses Haus bezeichnend ist, daß es in der Lesznostraße steht.«

»Mein Bruder ist richtig munter geworden«, sagte Aharon.

»Den Namen einer Straße oder sogar einer Stadt kann man ändern, aber neun Monate bleiben neun Monate«, erklärte Bella.

»Nur wenn man den Bauch einer Frau mit der Flugbahn des Mondes um die Erde vergleicht. Aber dieser Vergleich ist nicht wasserdicht.«

Bella sah mich erbost an. »Sitzen Sie doch mal eine Weile im Gefängnis, junger Mann, dann werden Sie schon sehen, daß Zeit etwas sehr Wesentliches ist. Da kommt einem jeder Tag wie ein Jahr vor, und die Winternächte ziehen sich so lang hin wie ein Exil. Versuchen Sie doch einmal, vierzehn Stunden am Tag zu arbeiten, wie es in den Fabriken üblich war, dann werden Sie schon einsehen, daß Zeit nicht bloß eine Bezeichnung ist.«

»Die Arbeit hat die Leute müde gemacht, nicht die Zeit.«

»Alles Unsinn und Haarspalterei«, sagte mein Bruder. »Also wirklich, David, du solltest dich schämen, diesen Quatsch nachzubeten. Immanuel Kant saß in Königsberg und hat sich nicht von der Stelle gerührt. Aber obwohl er nicht an Zeit geglaubt hat, ist seine Uhr so pünktlich gegegangen wie die Uhren anderer Leute. Zu seinen Vorlesungen in der Universität ist er niemals auch nur eine Sekunde zu spät gekommen. Na also! Und was ist Raum?«

»Leere. Nichts.«

»Dann ist also zwischen Warschau und Moskau mehr Nichts als zwischen Warschau und Radszymin. Wie kann es denn mehr von einem Nichts geben?«

»Er ist wirklich noch ein Kind«, sagte Bella. »Er stopft sich mit all diesem Bücherkram voll und meint, er ißt heilige Nudeln. Zeit ist nichts. Raum ist nichts. Als nächstes wird er sagen, Geld ist nichts.«

»Geld *ist* etwas.«

»Na, Gott sei Dank! Aber wo treibt man's auf? Bringen Sie doch bitte Ihre Krawatte in Ordnung!«

»Nennst du *das* eine Krawatte? Das ist eine Schnur, keine Krawatte«, sagte Susskind Eichl und prustete durch das eine Nasenloch.

Alle lachten. Mir fiel auf, daß Eduscha nur halbherzig in das Gelächter einstimmte. Sie warf mir fragende Blicke zu und war anscheinend erbost darüber, daß ich mich hänseln ließ.

Ich wollte mich rechtfertigen. Ich wollte Zeit und Raum mit der Zahl Null vergleichen, die erst dann etwas wert ist, wenn man sie neben andere Zahlen setzt. Aber ich wußte ja, daß Minna auf mich wartete. Außerdem würden sie mich ja doch nicht verstehen. Nachdem ich viele Nächte damit verbracht hatte, mich gründlich mit diesen Ideen zu befassen, war ich zu dem Schluß gekommen, daß vernunftgemäße Kategorien bloß Symbole sind und ebensogut durch andere Symbole oder Ausdrücke bezeichnet werden können. Der Mensch muß sich ständig an Zeichen orientieren oder an Adressen. Zeit und Raum sind nichts anderes als die Zeichen des Gedächtnisses. Die ganze menschliche Existenz ist nur ein riesiges Adreßbuch.

Ich ging aus dem Haus und machte mich auf den Weg zu Minna. Nach allem, was es zwischen uns gegeben hatte, hatte ich sie zu lieben begonnen. Aber daß sie nach Danzig gefahren war, um Zbigniew zu treffen, hatte alles wieder verdorben. Sie hatte ihn und mich betrogen. Sie hatte ihre eigenen Gefühle – und diese ganze Tragödie – zum Gespött gemacht.

Ich stieg die Treppe zur Wohnung der Ahronsons hinauf und läutete. Meir Ahronson öffnete. Er trug denselben schäbigen Bademantel, dieselben abgetretenen Pantoffeln, dasselbe plattgedrückte Käppchen wie das vorige Mal. Sein runzeliges Gesicht war gelblich verfärbt. Ich hatte den Eindruck, daß sogar sein Bart zusammengeschrumpft war. Sein rechtes Auge war geschlossen, als wäre er darauf blind. Mit dem linken Auge unter der struppigen Braue musterte er mich höchst amüsiert.

»Was denn? Sie sind noch hier? Ich dachte, Sie wären schon an der Höhle der Stammväter.«

»Sie wissen doch, daß ich ohne Ihre Tochter nicht nach Palästina reisen kann.«

»Weiß der Teufel, was meine Tochter will! Weshalb mußte sie ausgerechnet jetzt nach Danzig fahren? Eure ganze Generation hat den Verstand verloren.«

»Offenbar liebt sie Zbigniew Schapira immernoch.«

»Ha! Das ist keine Liebe, das ist Wahnsinn. Sie hat uns allen Schande gemacht. Mir tut meine arme Frau leid.«

»Gott wird Ihnen beistehen.«

»Wo denn? Nicht in dieser Welt.«

Ich kopfte an Minnas Tür. Als ich eintrat, saß sie auf dem von Farbflecken verunzierten Korbstuhl. Sie wirkte dünner und jünger und irgendwie fremd. Sie trug ein Kleid, das ich noch nie an ihr gesehen hatte, und ihr Haar war entweder anders frisiert oder anders geschnitten. Sie hatte eine Zigarette zwischen den Lippen. Die Beine hatte sie übereinandergeschlagen – man konnte ihre Knie sehen. Sie strahlte Weltläufigkeit aus und das Selbstvertrauen derer, die nichts anderes mehr wichtig nehmen als die eigenen Bedürfnisse und Launen. Sie musterte mich genauso amüsiert wie vorhin ihr Vater.

»Na, wie geht's dem Don Juan aus Bialedrewne?«

»Und wie geht's Zbigniew Schapira?«

»Verrückt wie immer. Setz dich! Dort aufs Bett!«

Ich setzte mich auf die Bettkante. Minna sah mich etwas zögernd an. »Tut mir leid, dir das sagen zu müssen, aber ich mußte meinen Plan, nach Palästina zu gehen, rückgängig machen. Wie die Dinge liegen, muß ich dich jetzt um die Scheidung bitten.« Sie sagte es in gedämpftem Ton. »Es tut mir wirklich leid. Ich habe dich in einen Sumpf gezogen.«

»Was ist passiert?«

Sie runzelte die Brauen. »Ach, das ist eine lange Geschichte. Ich weiß nicht so recht, wo ich anfangen soll. Aber das kann dir ja egal sein. Mein Leben ist unerklärbar geworden. Wenn du dich von mir scheiden läßt, kannst du eine andere mitnehmen. Vielleicht das junge Mädchen aus deinem Heimatort, das Mädchen, das du wirklich liebst. Du hast mir von ihr erzählt. Wie heißt sie?«

»Lena.«

»Ja. Lena.«

3

Minna rauchte, während sie redete. Zuweilen verzog sie das Gesicht, zuweilen lächelte sie. »Es ist nicht meine Art, jemandem intime Dinge von mir zu erzählen«, sagte sie. »Wenn jemand mir gesagt hätte, daß ich dir solche Dinge gestehen würde, dann hätte ich ihn für verrückt gehalten. Aber nach allem, was zwischen uns geschehen ist, können wir uns kaum noch als Fremde fühlen. Und außerdem bist du ja in gewisser Weise mein Ehemann.«

»Ich mußte ihn sprechen. Ich mußte ihn sehen«, fuhr sie in verändertem Ton fort. »Ich habe Höllenqualen gelitten, weil ich seine Motive nicht begreifen konnte. Das heißt ... ich verstand ihn und verstand ihn auch wieder nicht. Erst in Danzig ist mir klargeworden, daß ich von ihm hypnotisiert war. Daß ich alle Symptome aufwies, die bei einer hypnotisierten Person auftreten. Das passiert einem, wenn man sich, obwohl man bei klarem Verstand ist, gezwungen fühlt, dem Diktat eines anderen zu gehorchen. Ich glaubte, daß er mich, wenn wir uns wiedersähen, von dem Bann, in den er mich gezogen hatte, befreien würde. Was ist ein Bann denn anderes als eine Form der Hypnose? Deshalb bin ich zu ihm nach Danzig gefahren. Dort hat er am Bahnhof auf mich gewartet. Er sah attraktiver aus denn je. Seine Frau – sie hat den eigentümlichen Namen Eulalie – war nicht dabei. Sie stammt aus Deutschland, aus einer reichen Familie, lebt aber abwechselnd in Lausanne und Paris. Ihre Eltern leben jetzt in Amerika. Sie haben bedeutende Firmen in der ganzen Welt. Eulalies erster Mann war ein französischer Offizier. Einen zweiten Mann hat sie auch gehabt. Zbigniew ist ihr dritter. Sagt sie jedenfalls. Er könnte aber auch schon ihr fünfter oder zehnter sein. Sie ist verrückt nach ihm und schmeißt mit dem Geld nur so um sich.«

Ohne zu wissen, warum, fragte ich: »Ist sie ...?«

»Jüdisch? Ja, sie ist jüdisch. Jedenfalls väterlicherseits. Ihre beiden früheren Ehemänner waren allerdings Christen. Aber was bedeutet jemandem wie ihr denn schon die Religion? Morgen könnte sie ebensogut Mohammedanerin werden. Als ich sie dann kennenlernte, hatte ich den Eindruck, daß sie und Zbigniew fabelhaft zusammenpassen. Wie könnte es auch anders sein? Beide sind bereit, um des eigenen Vergnügens willen über Leichen zu gehen. Und da sie reich ist, kann sie sich ihren Zynismus leisten. Noch nie bin ich einer derart zynischen Frau begegnet.

Wo war ich stehengeblieben? Ach ja – als wir uns wiedersahen, ware Zbigniew allein. Als erstes sagte ich ihm, daß ich verheiratet sei. Er wurde ganz blaß – für mich ein Augenblick der Genugtuung. Er fragte: ›Und wer ist der Glückliche?‹, und ich sagte: ›Ein Jeschiwaschüler aus einem Schtetl, der ein jiddischer Schriftsteller werden will und fünf Jahre jünger ist als ich.‹ Er starrte mich an, dann fragte er: ›Warum hast du das getan? Warum?‹ Ich mußte lachen. Dann gingen wir in ein Café, in dem wir so lange saßen, bis es geschlossen wurde. Er rief seine Frau an, und sie traf sich mit uns.

Hoffentlich bist du nicht peinlich berührt von dem, was ich dir jetzt erzähle. Als sie hereinkam, umarmte und küßte sie mich, als wären wir Schwestern. Ob sie schön ist? Schwer zu sagen. Sie ist so etwas wie eine degenerierte Schönheit. Sie schlug mir doch tatsächlich vor, mit in ihr Hotel zu kommen. Ganz unverblümt sagte sie: ›Wir haben ein breites Bett. Da passen wir bequem zu dritt hinein.‹ Ich starrte sie an, und mir schoß der Gedanke durch den Kopf, daß er auch sie hypnotisiert haben mußte. Sie ist zwar ohnehin schon völlig verdorben, aber die treibende Kraft ist er. Vielleicht ist es aber umgekehrt, und er ist von ihr verführt worden.

Mein Leben lang habe ich versucht, mich gegen Überraschungen zu wappnen. Aber sie passieren trotzdem. Man trifft jemanden, der anders aussieht, anders ist, anders denkt – fast so, als käme er von einem anderen Planeten. Noch vor einer Woche dachte ich, daß ich diese Frau, falls ich ihr jemals begegnen sollte, erwürgen oder ihr ein Messer in die Brust stoßen würde. Aber da saß ich nun neben ihr, und sie redete mich mit meinem Vornamen an. Ich hatte keine Ahnung, daß es Frauen wie sie gibt. Ein solcher Frauentyp ist mir in der polnischen Literatur noch nie begegnet. Nicht einmal in der französischen. Offenbar hatte Zbigniew in den höchsten Tönen von mir gesprochen, denn als nächstes schlug sie mir vor, mit ihnen zusammen eine Weltreise zu machen.«

»Wirst du's tun?«

»Ich weiß nicht. Ich weiß nur, daß ich nicht mit ihm Schluß

machen kann. Das ist die schreckliche Wahrheit. Das hat mit Logik nichts zu tun. Wir waren zusammen in Danzig und danach in Zoppot. Und weißt du, über wen wir gesprochen haben? Meistens über dich. Es war schon merkwürdig. Ich habe ihm, wie gesagt, alles über uns beide erzählt, und er war fasziniert. Er verwandelte sich augenblicklich in einen jüdischen Nationalisten, einen Zionisten. Er wollte, daß ich sofort bei dir anrufe und dich bitte, nach Danzig zu kommen. Er erbot sich, einen Übersetzer für deinen Essay zu finden oder dich zur Fortsetzung deines Studiums nach Berlin zu schicken. Seine Frau war auch ganz begeistert. Sie stellten sich vor, du hättest die schwarzen Haare und die feurigen dunklen Augen eines typischen Juden. Als ich ihnen sagte, daß du ein blonder Typ bist und blaue Augen hast, kühlte ihr Enthusiasmus ein bißchen ab, doch bald waren sie wieder hell begeistert. Bei ihnen hängt alles von Stimmungen ab. Eben noch sind sie Nationalisten, und im nächsten Moment sind sie Weltbürger – oder was ihnen gerade einfällt. Sie hat etwas Ungestümes und Infantiles an sich, und er wird in ihrer Gegenwart albern. Sie schlafen bei Tage und bleiben die ganze Nacht auf. Zum Frühstück trinken sie Champagner. Ich vermute, daß sie Drogen nimmt. Eines steht jedenfalls fest: Ich habe jetzt keinen Grund mehr, nach Palästina auszuwandern – es wäre völlig sinnlos.«

»Dov Kalmenzohn hat mir ein Telegramm geschickt. Wenn wir nicht sofort nach Palästina aufbrechen, gibt er mein Visum jemand anderem.«

»Das tut mir leid. Aber wir können das Land verlassen, nach Berlin fahren und uns dort scheiden lassen. Ich weiß genau, was du jetzt von mir hältst, aber du hast ja noch nicht erlebt, wie dämonisch die Macht der Liebe sein kann. Seit Zbigniew mich verließ, war ich die ganze Zeit tot. Oder anders gesagt: Ich war ein lebender Leichnam, der von irgendeiner Kraft – dem Galvanismus oder so etwas Ähnlichem – in Bewegung gesetzt wurde. Aber als ich ihn wiedersah, erwachte ich wieder zum Leben – im wahrsten Sinn des Wortes.

Ich habe gelitten. Wer nicht die gleichen Erfahrungen gemacht hat, kann nicht ermessen, wie tief meine Qual war. Aber es war die Qual eines lebendigen Menschen, nicht die versteinerte Stumpfheit des Todes. Eigentlich habe ich es gar nicht nötig, mich dir gegenüber zu rechtfertigen. Und meinen Eltern gegenüber werde ich es auch nicht tun. Welche Entschuldigung könnte ich denn vorbringen, da ich doch weiß, daß sie tausend Prozent recht haben?«

»Was hast du jetzt vor?«

»Er und ich haben eine Abmachung getroffen – die befremdlichste, die es jemals zwischen einem Mann und einer Frau gegeben hat. ›Ich bin ganz in deiner Hand‹, sagte ich zu ihm. ›Mach mit mir, was du willst.‹ Das habe ich in Gegenwart seiner Frau gesagt, und die beiden haben mir geschworen, mich ihr Leben lang nicht im Stich zu lassen. Verrückt, nicht wahr? Aber das Leben ist voller Wahnwitz. Ich soll sie auf ihrer Weltreise begleiten. Sie wollen für längere Zeit nach China, Japan und Indien gehen. Sie hat eine Tochter aus erster Ehe, die bei ihren Großeltern in Lyon lebt. Aber die Großmutter kränkelt und kann sich nicht mehr um das Kind kümmern. Jetzt wird es sich als nützlich erweisen, daß ich in der Schule Französisch gelernt habe. Um die Dinge beim rechten Namen zu nennen: ich werde die Gouvernante ihrer Tochter sein. Ich glaube, daß man sich nicht einmal in Dantes Inferno eine derart raffinierte Bestrafung vorstellen kann. Aber ich habe sie akzeptiert, weil sie es mir ermöglicht, ihm nahe zu sein.«

Ihre Augen glänzten. Sie machte den Eindruck, als hätte sie sich mit dem Unheil abgefunden. Sie lächelte.

»Wie kann seine Frau denn mit so etwas einverstanden sein?«

»Das weiß ich nicht und werde es wohl auch nie erfahren. Möglich, daß sie es selber auch nicht weiß. Millionäre, die schon alle Freuden des Lebens genossen haben, leiden vielleicht an Langeweile. Sie hat sich schon zweimal scheiden lassen, und als ich sie fragte, warum, erwiderte sie: ›Ich weiß es nicht. Es war mir langweilig geworden. Ich habe vergessen, warum.‹ Ich weiß, daß gerade ich das nicht sagen sollte, aber sie ist eigentlich ganz sympathisch. Sie hat mir den Mann, den ich liebe, genommen, aber ich kann ihr nicht gram sein. Allein schon das ist für mich eine böse Überraschung. Was meine Eltern betrifft, so habe ich mich fast schon vollkommen von ihnen entfernt. Ich habe mich ganz und gar dem Teufel ausgeliefert.«

»Ich glaube, wir sollten zu Dov Kalmenzohn gehen und ihm alles erklären.«

»Ja, natürlich. Wir können sofort hingehen. Ach ja, etwas Wichtiges habe ich vergessen, dir zu erzählen. Etwas, das meinen Namen in deinen Augen endgültig in Verruf bringen wird. Um die Reise bezahlen zu können, habe ich meinen Eltern Geld gestohlen. Früher hielt ich meinen Vater für einen reichen Mann, aber verglichen mit dem, was ich jetzt gesehen habe, sind wir selbst in den besten Zeiten arm gewesen. Zbigniews Frau gibt das Geld mit vollen Händen aus, und er ebenfalls. Er hat es nie für sündhaft gehalten, von anderen Leuten Geld zu nehmen, egal, von wem, egal, wann. Ich sage das nur, um dir zu versichern, daß dir die Entscheidung, die ich getroffen habe, keine finanziellen Nachteile bringen wird. Ich komme für deine gesamten Ausgaben auf.«

»Nicht nötig. Wenn ich das Visum bekomme, wird jemand anders die Kosten übernehmen.«

»Ja, natürlich. Aber man kann nie wissen. Was machst du, wenn du das Visum nicht bekommst? Ich hatte den Eindruck, daß Dov Kalmenzohn nur in meinem Interesse gehandelt hat.«

»Ja, das stimmt.«

»Komm, laß uns gehen. Ich fühle mich nicht einmal in meinem eigenen Zimmer wohl. Meine Eltern behandeln mich, als ob ich ihr Feind wäre.«

Wir nahmen den Fahrstuhl. Minna trug einen neuen, eleganten, gelblichen Pelzmantel. Sie sah steinreich aus. Auf der Straße sagte sie: »Lieber Freund, ich gehe erst dann mit dir zu den Chalutzim, wenn wir etwas gegessen haben. Du bist sehr blaß und siehst – entschuldige meine Offenheit – recht ausgehungert aus. Fastest du etwa?«

»Nein, aber ...«

»Komm, jetzt wird etwas gegessen. Und eine Tasse Kaffee getrunken. Es ist zwar immer noch kalt, aber es ist Frühling. Ich weiß nicht, ob es Männern auch so geht, aber wenn die Frühlingslüfte zu wehen beginnen und allerlei Düfte von Gott weiß woher mitbringen, bin ich wie aufgezogen. Dieses Gefühl wird zu Recht ›Frühlingsfieber‹ genannt. Ich spüre, das Glück ist nahe – aber wo? Komm, wir gehen in das Café in Hausnummer 38. Dort haben wir schon einmal gegessen.«

»Vielen Dank.«

»Was wirst du tun, wenn du das Visum nicht bekommst?«

»Ich weiß nicht. Vielleicht muß ich dann wieder zurück in mein Schtetl.«

»Wenn du einen Auswanderungspaß hast, könnten wir dir ein Visum für Deutschland oder wenigstens ein Transitvisum besorgen. Wenn du dort bist, kannst du deine Aufenthaltsgenehmigung jederzeit verlängern lassen. Oder sogar die Genehmigung erhalten, dort deinen ständigen Wohnsitz zu haben.«

»Was soll ich denn in Deutschland?«

»Ich weiß nicht. Aber alles ist besser, als sein Leben in irgendeinem Schtetl zu fristen. Man kann sich auf sie zwar nicht verlassen ... aber das habe ich dir ja schon erzählt. Jedenfalls haben beide den Wunsch geäußert, dir zu helfen. Ich spreche von Zbigniew und seiner Frau.«

»Ich würde mich nie an sie wenden.«

»Warum denn nicht? *Ich* habe eine schändliche Wahl getroffen, nicht du. Du hast nichts getan, dessen du dich schämen müßtest.«

Wir gingen in das Café. Für mich bestellte Minna Semmeln, Käse, einen Eierkuchen und eine Tasse Kaffee, für sich nur Kakao. Die Sonne schien, und ich sah, daß hier schon ein paar Fliegen um den Kronleuchter summten. Es roch nach

Kaffee, Hering, Milch und etwas anderem: nach Erde, Wald und Fluß.

Minna schwieg lange. Während ich aß, warf sie mir zuweilen einen Blick zu. Dann sagte sie: »Ich hätte dich lieben können, wenn du zehn Jahre älter wärst. Aber du bist noch ein Junge, ein ausgesprochener Junge. Trotzdem bedaure ich nicht, was wir getan haben.«

»Du hättest Zbigniew Schapira nichts über uns erzählen sollen.«

»Das paßt dir natürlich nicht. Aber du weißt ja nicht, was für ein Mensch er ist. Leute wie er haben sich von jeder Bindung an die alten Regeln getrennt. Was schön gewesen ist, gilt ihnen jetzt als häßlich, und vice versa. Von einer solchen Einstellung ist, glaube ich, irgendwo in *Macbeth* die Rede. Mir scheint, daß die ganze Menschheit diese Richtung eingeschlagen hat. Denk zum Beispiel an die Musik von heute und an die neumodischen Tänze. Oder an die Hüte, die Frauen heutzutage aufsetzen. In Deutschland gibt es ein modernes Theaterstück mit dem Titel *Pleite*. Das ist, glaube ich, ein jiddisches Wort. Was ist damit gemeint?«

»Es bedeutet soviel wie bankrott.«

»Ja, in diesem Stück hat jemand bankrott gemacht und gibt das auch zu. Das gilt auch für mich. Ich bin im wahrsten Sinn des Wortes bankrott – ganz und gar.«

4

Mir kam mein Leben völlig zusammenhanglos vor, oder wie ein verwickelter Roman, der stellenweise öde und stellenweise spannend ist – ein Buch, zu mühsam zu lesen und zu faszinierend, um es beiseite zu legen.

Bella erklärte mir kurz und bündig, daß ich die dunkle Kammer jetzt räumen müßte. Sie wollte ihr eigenes Bett hineinstellen. Ich ging zu Dov Kalmenzohn, der mir mitteilte, daß mein Visum zurückgezogen worden sei. Er war ärgerlich, als er von Minna sprach, gab mir aber zu verstehen, daß auch ich mir einen erheblichen Teil der Schuld zuzuschreiben hätte. Der britische Konsul hatte dem polnischen Kommissariat bereits mitgeteilt, daß er mein Visum zurückgezogen habe. Die Regierungsbehörde hatte daraufhin beschlossen, mir vorläufig keinen Auswanderungspaß auszustellen. Minna war der Meinung, Barisch Mendl habe uns denunziert. Und wenn schon – was machte mir das jetzt noch aus?

Minna wollte sich von mir scheiden lassen, weil sie nicht mit Papieren, die sie als meine Ehefrau auswiesen, auf Reisen gehen konnte und wollte. Alles mußte rasch erledigt werden, weil Zbigniew Schapira und seine Frau in Berlin schon ungeduldig auf sie warteten. Vor ihrer Abreise aus Warschau wollte Minna noch einen Grabstein für Zbigniews Mutter aufstellen lassen und die Möbel, und was sich sonst noch in Frau Schapiras Wohnung befand, verkaufen. Die alte Frau hatte ein Bankschließfach gehabt, aber Zbigniew wußte nicht, in welcher Bank. Und obendrein war zwischen Minna und Rena Kulass ein Streit ausgebrochen. Zbigniew rief täglich aus Berlin an. Er ließ sich von einem Warschauer Anwalt vertreten, jenem Legionärshauptmann, mit desen Einschreiten Minna bereits Barisch Mendl gedroht hatte.

Danach überstürzten sich die Ereignisse derart, daß einem Hören und Sehen verging. Minna und ich gingen zu einem Rabbiner in der Kunieckastraße, von dem wir den Scheidebrief bekamen. Wir saßen auf einer Bank, und der Schreiber schrieb mit einem Gänsekiel. Unsere Zeugen waren zwei Juden, die gerade lernten, wie man einen Ehevertrag mit den vorgeschriebenen Schriftzeichen unterzeichnet. Der Rabbiner blätterte seufzend in einem Buch. Um ein Haar hätten wir den Scheidebrief nicht erhalten, nur weil Minna nicht genau wußte, ob ihr jüdischer Vorname Miriam oder Mindl oder vielleicht Miriam Mindl lautete. Der Ehevertrag befand sich in Barisch Mendls Büro, und Mendl schwor, daß er ihn nicht finden könne. Minna rief bei ihrem Vater an, doch Meir Ahronson schien plötzlich taub geworden zu sein. Minna, die mit mir Polnisch sprach, erklärte ihm, sie habe das Judentum schon immer verabscheut, und wenn man ihr jetzt Schwierigkeiten machen würde, träte sie zum Christentum über. Meir Ahronson konnte plötzlich wieder verstehen, was sie von ihm wissen wollte. Ihr Vorname, sagte er, sei Minna Mindl – so sei sie nach ihrer Großmutter genannt worden. Ich konnte hören, wie er sie am Telefon anschrie: »Du bist nicht mehr meine Tochter, ich bin nicht mehr dein Vater!«

Wir saßen auf der Bank, und Minna sagte auf polnisch zu mir: »Was wollen diese Juden eigentlich? Warum legen sie sich mit der ganzen Welt an? Weshalb glauben sie ganz genau zu wissen, was Gott will? Und wenn sie wirklich so fromm sind, warum gibt es dann bei ihnen Spekulanten, die mit Inflationswährung ganze Häuserzeilen aufkaufen? Es stimmt zwar, daß die meisten Juden arm sind, aber diese kleine Anzahl reicher Abenteurer erzeugt Antisemitismus.«

Sie persönlich, so erklärte sie, habe keine echte Beziehung zu den Juden. Offen gestanden habe sie eigentlich überhaupt keine Beziehung zu ihren Mitmenschen. Sie habe nur den einen Wunsch: zu vergessen. Sich mit einem Opiat oder irgendeinem anderen Narkotikum zu betäuben, um sich an nichts mehr erinnern zu müssen. »Eigentlich bräuchtest du dich gar nicht von mir scheiden zu lassen, weil ich schon tot bin.« Sie nahm meine Hand, ließ sie aber gleich wieder los. Die Rebbezin öffnete die Küchentür und warf uns böse Blicke zu, weil es sich für Ehepaare, die sich scheiden lassen wollten, nicht schickte, sich nebeneinander zu setzen oder gar miteinander zu flüstern. Der Rabbiner zupfte sich am Bart und sagte: »Es ist noch nicht zu spät. Noch könnt ihr euch versöhnen.«

Alles ging nach jüdischem Recht vonstatten. Minna streckte die Hände aus, und ich gab ihr den Scheidebrief. Der Rabbiner sagte ihr, daß sie neunzig Tage warten müßte, bis sie wieder heiraten dürfe.

Sobald wir draußen waren, nahmen wir uns eine Droschke und fuhren zum Rechtsanwalt. Ja, es war wirklich Frühling geworden! Im Krasinskipark waren die Schwäne wieder auf dem Wasser, und Kinder warfen ihnen Brotkrumen zu. Die Bäume blühten. Vögel zwitscherten. Das Sonnenlicht spiegelte sich in den Pfützen. War es denn möglich, daß Purim gekommen und vergangen war, ohne daß ich es gemerkt hatte? Ja, ich hatte ein Purimfest versäumt. Ich hätte ebensogut ein Konvertit sein können, ein Goj.

Etwas in mir flüsterte: *Vayhi bayemet Achaschwerusch* – »Nun kommen die Tage des Ahaswerus«. Und plötzlich sah ich meinen Vater, meine Mutter und die kurzen dicken Kerzen vor mir, die wir immer am Vorabend des Purimfestes angezündet hatten. Der Brotlaib war am einen Ende schon angeschnitten. Der Tisch war mit Purimgebäck beladen, das an Verwandte und Freunde verteilt werden sollte. Ich verspürte einen fast körperlichen Schmerz. War es schon so weit mit mir gekommen, daß ich hier in Warschau, der jüdischsten Stadt der Welt, einen religiösen Feiertag übersehen hatte? Ja, ich hatte Gott im Stich gelassen, und er mich.

Minna nahm meinen Arm. »Was ist los mit dir, Freundchen?«

»Ach, nichts. Nichts.«

»Wer weiß, vielleicht machen wir einen Fehler. Vielleicht hätten wir miteinander glücklich werden können.«

Der Rechtsanwalt ließ uns eine Dreiviertelstunde im Flur warten. Dann bat er Minna in sein Büro, während ich noch eine halbe Stunde warten mußte. Nachdem er mich hineingerufen hatte, legte er mir Papiere vor, die ich unterschreiben sollte. Ich tat es, ohne den Text zu lesen.

Die Fenster des Büros gingen auf einen Garten hinaus. Der Parkettboden glänzte. Jedes Blatt Papier auf dem Mahagonischreibtisch war glattgestrichen. Von den Wänden sahen Porträts auf mich herab. In den Zimmerecken standen Vasen voller Blumen. Dies war keine Kanzlei, sondern ein Salon. Der Anwalt war ein hochgewachsener, stattlicher Mann mit einer Stupsnase, einem kantigen Kinn und einem kurzen Hals. Er hatte borstige blonde Haare. Ich hätte mir nie träumen lassen, daß jemand so viel Ungezwungenheit und Tatkraft ausstrahlen konnte wie dieser Mann. Er hatte, wie ich, den Krieg miterlebt und war sogar an der Front verwundet worden. Aber er war in seinem Zuhause, in seinem eigenen Land.

Er diktierte seiner Sekretärin etwas. Er telefonierte ganz ungezwungen – mit klarer, fester Stimme und mit der Gelassenheit eines Menschen, in dessen Leben es keine Bedrängnis und keine Verwicklungen gibt.

»Ja ... nur zum Schein ... Visum ... um mehr Juden nach Palästina zu schicken ... ich verstehe.«

Er verabschiedete sich von Minna und küßte ihr die Hand. Dann reichte er mir seine große Pranke.

Draußen war der Abend hereingebrochen. Es war kühl, aber in dieser Kühle regten sich laue Lüftchen. Wasser floß durch die Rinnsteine. Ich nahm den Duft von Blättern und Blüten wahr. Minna hakte sich bei mir unter, und eine Zeitlang schlenderten wir ziellos umher. Ich hatte keine Ahnung, in welcher Straße wir waren. Durch die Vorhänge konnte man den Lichtschein von Kronleuchtern sehen. Irgendwo spielte jemand Klavier. Hinter diesen Balkonen, hinter diesen Vorhängen lebten nach wie vor tiefverwurzelte Familien, denen weder Krieg noch Besetzung etwas anhaben konnten. Hier unten schimmerte die nasse asphaltierte Straße wie ein Fluß, in dem sich die vorbeifahrenden Wagen und Droschken spiegelten.

Ich war schrecklich müde und hatte gleichzeitig das Gefühl, daß Zeit nie begonnen und Raum nie geendet hat. Immer hatte das Leben pulsiert; unaufhörlich lag der Tod auf der Lauer.

Wir kamen an einem Café vorbei. »Komm«, sagte Minna, »wir gehen hinein und essen etwas.« Ich fand das Lokal zu elegant für Leute, die so angezogen waren wie ich.

Ich brachte meine Krawatte in Ordnung und knöpfte meinen Mantel zu, obwohl ich ihn drinnen gleich wieder aufknöpfen würde. Die gutgekleideten Gäste zogen spöttisch die Augenbrauen hoch und warfen einander Blicke zu, als sie uns hereinkommen sahen. Mein schäbiges Jackett paßte ganz und gar nicht zu Minnas Pelzmantel.

Wir setzten uns an einen Ecktisch. Gegenüber war ein Spiegel, in dem ich mich die ganze Zeit sehen konnte: meinen ausgefransten Kragen, meine lockere Krawatte, meine spärlichen roten Haarsträhnen, mein blasses Gesicht, meine hohlen Wangen, meinen dünnen Hals, meine scharfen blauen Augen, meine schmalen Lippen. Ich war verheiratet gewesen, und wie der Zufall es wollte, geschieden worden. Ich hatte ein Visum gehabt, und man hatte es mir entzogen. Ich aß einen Imbiß mit meiner geschiedenen Frau, die unentwegt von Zbigniew Schapira sprach. »Er hat es verdient, wirklich verdient. Es hat mich glücklich gemacht, ihm zu sagen, daß auch ich mit jemand anderem zusammen war. Er ist so bleich geworden wie dieses Tischtuch.«

»Fräulein Minna, das Tischtuch ist nicht bleich.«

»Warum nennst du mich Fräulein Minna? Ich bin kein Fräulein mehr. Für jemanden wie mich müssen wir uns eine neue Bezeichnung einfallen lassen. Die Geliebte von jemandem, der eine andere heiratet, woraufhin sie zu ihrem verheirateten Geliebten zurückkehrt – und sich dann scheiden läßt, um die Gouvernante der Stieftochter ihres Geliebten zu werden. Ist das nicht komisch? Versuch mal, daraus ein Theaterstück zu machen! Also, was wirst du tun, wenn ich das Land verlassen habe?«

»Ich hab doch schon gesagt, daß ich nichts Bestimmtes vorhabe.«

»Irgendwohin mußt du doch gehen, und irgend etwas mußt du doch tun.«

»Nach Bialedrewne zurückkehren. Hebräischunterricht geben.«

»Wenn du Polen verlassen willst, brauchst du nicht unbedingt einen Auswanderungspaß. Fahr mit mir nach Danzig. Von dort aus kann man sich leicht über die deutsche Grenze schmuggeln.«

»Nein, Fräulein Minna, *ich* werde denen nicht nachlaufen.«

»Jeder läuft jemandem nach. Man legt sich vor eine Haustür und schreit: ›Laß mich hinein, oder ich sterbe!‹ Meine arme Mutter klammert sich an meinen vertrottelten Vater, ich klammere mich an Zbigniew, er läßt nicht von seiner Millionärin ... und so weiter. Wir hätten uns eben nicht scheiden lassen sollen. Dann hättest du als mein Ehemann mitfahren können. Zbigniew hätte bestimmt nichts dagegen gehabt. Im Gegenteil ...«

»Zu spät, Fräulein Minna.«

»Warum? Wir könnten doch wieder heiraten.«

Der Kellner brachte Käsekuchen und Kaffee. Dann fragte Minna: »Wohin gehst du nachher? In deine dunkle Kammer?«

»Die gehört mir nicht mehr. Ich muß sie in ein, zwei Tagen räumen.«

»Und was machst du dann? Zieh doch zu meinen Eltern. Sie haben noch ein Zimmer zu vermieten. Und wenn ich fort bin, kann mein Zimmer auch vermietet werden.«

»Sie wissen doch, daß ich kein Geld habe.«

»Ich werde die ersten drei Monatsmieten bezahlen. Ich gebe dir das Geld, und du kannst es meinen Eltern geben. Von mir nehmen sie nichts an. Mein Vater schimpft mich eine Straßendirne – und vielleicht hat er recht. Es ist nicht leicht für meine Eltern, einen Untermieter zu finden. Sie befürchten, es könnte allerlei Komplikationen geben. Dieser Graf ist schon nach einer Woche wieder ausgezogen. Er hatte sich mit seiner Frau zerstritten, sich dann aber wieder mit ihr versöhnt. All diese Sorgen werden meine arme Mutter umbringen. Zieh bei ihnen ein. Mein Vater hat dich sehr gern, er kann Talmudhebräisch mit dir sprechen oder Jiddisch. Er betrachtet dich als seinen Schwiegersohn. Einen anderen wird er wahrscheinlich nie haben. Zieh dort ein! Es wäre für euch drei das beste.«

»Das wäre aber eine komische Situation.«

»Alles, was ich tue, ist komisch. Komm, wir gehen zu mir nach Hause! Ich habe Geld, damit kannst du bei ihnen eine

Anzahlung machen. Vielleicht findest du in Warschau irgendeine Arbeit. Ich habe deinetwegen Gewissensbisse. Ich bin daran schuld, daß man dir das Visum entzogen hat. O Gott, ich tue allen weh – meinen Eltern, dir und mir selber. Was ich jetzt tun werde, wird für immer ein Schandfleck bleiben. Ich kann buchstäblich spüren, daß mich das Schicksal ins Verderben treibt. Und ich habe das seltsame Gefühl, daß Zbigniew dieses ganze Abenteuer vielleicht schon bedauert. Ich werde dort ankommen und erfahren, daß die beiden schon abgereist sind – irgendwohin. Ich bin in einem Spinnennetz gefangen. Iß deinen Käsekuchen auf, dann gehen wir. Ich kann nicht mehr stillsitzen. Mir ist, als würde ich von einem Motor angetrieben. So etwas habe ich noch nie erlebt.«

VII

I

Am frühen Morgen läutete das Telefon. Bella kam herein und sagte, mein Bruder wolle mich sprechen. Ich schlüpfte in meine Hose und ging an den Apparat. Aharon sagte mit bebender Stimme: »Vater ist nach Warschau gekommen.«

»*Vater?* Wo ist er?«

»Bei uns, aber wir können ihn hier nicht unterbringen. Ich hörte jemanden an die Tür klopfen – und da stand er!«

»Wann war das?«

»Gestern abend. Ich habe ihn kaum wiedererkannt. Er ist kleiner geworden – aber vielleicht bilde ich mir das nur ein. Bei diesen frommen Juden hat sich seit Hunderten von Jahren nichts verändert. Ich machte die Tür auf, und da stand er mit seinem Tallitbeutel und derselben kleinen Reisetasche, die er dabeihatte, als er damals nach Radzymin ging. Er hat Hämorrhoiden und muß sich operieren lassen. Er hat keinen Pfennig Geld. Wir wußten nicht, wo wir ihn unterbringen sollten, und außerdem hat er sich geweigert, bei uns etwas zu essen. Ich rief bei dir an, aber du warst nicht zu Hause. Es war unbeschreiblich. Mein Schwiegervater bot ihm sein eigenes Bett an, aber Vater wollte keinesfalls mit einer Frau im selben Zimmer schlafen. Nicht einmal ein Glas Tee wollte er bei uns trinken, obwohl die Zinamons koscher kochen. Ich habe die ganze Nacht kein Auge zugetan. Ich wollte ihn in ein Hotel bringen, aber das hat er abgelehnt. Ich habe ohnehin kein Geld. Was sollen wir tun? Ich bin völlig verzweifelt. Könntest du ihn irgendwohin bringen?«

»Wohin denn?«

»Hast du ein bißchen Geld?«

»Keinen Pfennig.«

»So ein Schlamassel! Komm sofort her! Er redet immerzu von dir. Falls du dich noch nicht rasiert hast, laß es bleiben! Er hat mir einen langen Vortrag über meinen Bart gehalten. Ich mußte meinen Hut aufsetzen und die Abendgebete gemeinsam mit ihm aufsagen. Ida hat sich ein Tuch um die Haare gebunden. Die ganze Familie ist völlig durcheinander.«

»Wo hat er geschlafen?«

»Wir haben ihm unseren Alkoven gegeben. Ida und ich haben im Wohnzimmer auf dem Boden geschlafen. Von dem Lärm ist der Kleine aufgewacht, und wir konnten ihn nicht mehr zum Einschlafen bringen. Vater bestand darauf, daß wir das rituelle Händewaschen und all die anderen Vorschriften beachteten. Das alles hatte ich wirklich schon fast vergessen. Bevor er sich schlafen legte, fragte er, ob die Matratze irgendein verbotenes Mischgewebe aus Wolle und Flachs enthalte. Woher soll *ich* das wissen? Das alles kann einen verrückt machen. Schließlich konnte ich ihn dazu überreden, ein Stück trockenes Brot zu essen. Er hat keine Kleidungsstücke dabei, bloß ein Hemd und seinen viereckigen Tallit. Nicht einmal einen Bademantel hat er dabei. Juden wie er haben überhaupt nichts dazugelernt. Gerade habe ich ihn zu einer Synagoge geführt – er wollte unbedingt an einem *minjen* teilnehmen. Und danach soll ich ihn dort abholen. Er scheint sich in Warschau nicht mehr auszukennen. Offenbar hat er nie ein anderes Stadtviertel gekannt als das, in dem wir gewohnt haben. Wenn er hierbleibt, sind wir buchstäblich erledigt.«

»Ich komme sofort.«

»Ich werde nicht zu Hause sein, weil ich in der Druckerei Korrekturfahnen abholen muß. Man wartet dort auf mich.«

»Ich komme so schnell ich kann.«

Kurz nachdem ich aufgelegt hatte, klingelte das Telefon schon wieder. Eduscha nahm ab, dann sagte sie, der Anruf sei für mich. Als ich fragte, wer mich sprechen wolle, sagte sie: »Ein alter Mann.«

Konnte es mein Vater sein? Hatte er sich meine Telefonnummer geben lassen? Rief er von irgendwo in der Nähe der Synagoge an? Nein, das war unmöglich. Ich nahm den Hörer und fragte: »Wer ist dort?« Als sich niemand meldete, sagte ich: »Hier ist David. David Bendiger.« Plötzlich ging mir auf, daß es Meir Ahronson war. Ich hörte röchelndes Geseufze und Gestammel. Dann hörte ich ihn fragen: »Bist du's, Dovid?«

»Ja, Herr Ahronson.«

Er schwieg eine Weile, dann sagte er klar und deutlich: »Dovid, kannst du sofort zu uns kommen? Hier ist etwas passiert.«

»Was?«

»Das kann ich dir nicht am Telefon sagen. Bitte komm sofort!«

»Herr Ahronson, mein Vater ist gerade in Warschau angekommen, und ich muß mich gleich mit ihm treffen. Er wartet auf mich. Was ist passiert?«

»Das kann ich dir nicht am Telefon sagen. Wann kannst du hier sein?«

»Vielleicht gegen Mittag.«

»Es betrifft Minna. Sie hat ... etwas getan. Also, komm so bald du kannst. Entschuldige bitte.« Er hängte auf.

Eduscha, die an der offenen Wohnzimmertür stand, fragte: »War das dein angeblicher Schwiegervater?«

»Ja, es war Meir Ahronson.«

»Was ist los? Bekommt deine geschiedene Scheinehefrau ein Kind?«

»Eduscha, das ist nicht komisch.«

»Wieso nicht? Die sind doch alle meschugge. Sie wollen nicht allein leben und wollen andere nicht in Frieden leben lassen. Also, was ist los? Übrigens würde ich deinen Vater gern kennenlernen. Dein Bruder hat mir, als du bei deiner angeblichen Ehefrau warst, interessante Dinge über ihn erzählt – ein naiver Mensch, aber ehrenwert.«

»Weißt du auch, daß mein Vater niemals ein weibliches Wesen ansieht?«

»Dafür tust du das so oft, daß es für zwei reicht. Na ja, der Revolution kann das wenigstens nicht schaden.« Etwas zögernd machte sie die Tür zu.

»Aha«, dachte ich, »jetzt hält sie's wieder mit der Revolution.« Ich wußte nicht, was ich jetzt tun sollte. Zu meinem Vater gehen oder mich schleunigst auf den Weg zu den Ahronsons machen, um zu erfahren, was Minna getan hatte? Vielleicht hatte sie sich umgebracht oder es versucht. Ich dachte daran, daß sie gesagt hatte: »Man kann jederzeit von einem Schiff springen.«

»Ich bin auf alle möglichen Scherereien gefaßt«, sagte ich mir. Ich hatte das Gefühl, inmitten dieser Turbulenzen gleichgültig, fast fatalistisch geworden und gewissermaßen zum Stillstand gekommen zu sein.

Hätte ich doch bloß ein frisches Hemd gehabt! Es war mir peinlich, mich bei den Schwiegerleuten meines Bruders mit einem zerknitterten Hemd blicken zu lassen. Die Absätze an meinen Schuhen waren schief, die Sohlen schon wieder durchgelaufen. Alles war umsonst gewesen – die Ermahnungen meines Vaters, die Bemerkungen der Verwandten, die Blicke, die mir Lola zugeworfen hatte. Nein, ich hatte mich nicht rasiert, aber für meinen Vater würde ich trotzdem rasiert sein.

Langsam zog ich mich an. Morgen oder übermorgen würde ich bei Eduscha ausziehen. Meine Mahlzeiten nahm ich schon jetzt nicht mehr bei ihr ein. Aber falls Minna tot war, konnte ich wohl kaum bei ihren Eltern einziehen. Meine Mutter hatte oft gesagt, heutzutage seien die Menschen grausam. Jetzt begriff ich, wie recht sie hatte – auch was mich selber betraf. Ich scherte mich um niemanden. Ich konnte tun, was ich wollte, konnte alles hinter mir lassen und davonlaufen, wohin ich wollte. Hätte ich Geld für eine Fahrkarte gehabt, dann wäre ich jetzt bestimmt zum Bahnhof gegangen und hätte alles hinter mir gelassen, auch meinen Vater.

Ich zog meinen Mantel an und ging hinaus. Obwohl ich nicht hungrig war, lief mir das Wasser im Mund zusammen. In einem Lebensmittelladen kaufte ich mir eine Semmel, die ich im Weitergehen aß. Als ich die Zelaznastraße ein kurzes Stück entlanggegangen war, übermannte mich die Neugier auf das, was mit Minna passiert war. »Viel kann ich für Vater ja doch nicht tun«, rechtfertigte ich mich vor mir selber. Ich machte kehrt und rannte fast. Ich stürmte die drei Treppen hoch und läutete bei Meir Ahronson. Frau Ahronson öffnete, aber nur so weit, wie die Sicherheitskette reichte. Ihr Gesicht war gelb und stellenweise grünfleckig. Auch das Weiße ihrer Augen war gelblich verfärbt.

»Was wollen Sie?«

»Herr Ahronson hat mich angerufen und um meinen Besuch gebeten.«

»Wozu denn? Warten Sie einen Moment!«

Sie schloß die Tür und schob ärgerlich den Riegel vor. Ich betrachtete die Tür, die ich mir noch nie richtig angesehen hatte: eine breite, mit gußeisernen Ornamenten verzierte Tür mit einem Briefkasten und einem Messingschild, auf dem der Name M. AHRONSON eingraviert war. Das Holz war rotbraun gestrichen. »Und dennoch«, sagte die Plaudertasche in mir, »muß der, von dem diese Tür angefertigt wurde, die Absicht gehabt haben, jemandem damit eine Freude zu machen. Die Marxisten behaupten, hinter jedem Tauschwert stecke ein Gebrauchswert. Wenn von all diesen Türornamenten kein Gebrauch gemacht wird, ist die ganze Arbeit umsonst gewesen.«

Ich hörte Schritte, und als die Tür geöffnet wurde, sah ich mich einer Frau Ende Zwanzig oder Anfang Dreißig gegenüber, einer schlanken Frau mit einer langen Nase und hohlen Wangen. Ihr Kleid hatte einen Stehkragen, der aber nicht verbergen konnte, daß sie unter dem Kinn eine tiefe Narbe hatte, die wie eine Operationsnarbe aussah. Die Frau war nicht wie eine Krankenschwester angezogen, aber irgend etwas an ihr – eine Art Autorität – erinnerte an eine Oberschwester. Sie trug Schuhe mit niedrigen Absätzen und ein modisches Kleid, dessen Ärmel bis zu den Handgelenken reichten. Ihre hellbraunen Haare waren zu einem Knoten geschlungen. Ihre grauen Augen musterten mich unverschämt vertraulich.

»Fräulein Minna ist krank. Ernstlich krank.«

»Was ist passiert?«

»Sind Sie David Bendiger?«

»Ja.«

»Kommen Sie herein.«

Als sie mich eintreten ließ, machte sie eine Handbewegung, als ob sie mich am Weitergehen hindern wollte. Sie warf mir einen Blick über die Schulter zu und sagte: »Herr Bendiger, Fräulein Minna hat einen Unfall gehabt, einen schrecklichen Unfall. Sie liegt im Bett, und der Arzt sagt, sie braucht jetzt Ruhe, absolute Ruhe. Sie hat von Ihnen gesprochen und Sie rufen lassen, aber ich fürchte, Ihr Besuch wird sie nur aufregen. Mein Name ist Sabina Ahronson. Mein Vater war der Bruder von Minnas Vater. Bis vor kurzem war ich Oberschwester im jüdischen Krankenhaus in Cziste.«

»Was ist Minna zugestoßen?«

»Ach, als sie gestern nach Hause gekommen war, hatte sie plötzlich einen Nervenzusammenbruch. Sie begann zu schreien und ihre Kleider zu zerfetzen – ihre Brautgarderobe. Auch mit ihrer Kehle hat sie etwas angestellt, aber es ist, gottlob, nicht schlimm. Der Notarzt wurde geholt und hat sie behandelt und verbunden.«

»Schläft sie?«

»Nein, sie ist wach. Eigentlich ist sie wieder ganz normal. Aber man kann ja nie wissen. Sie fragt immer wieder nach Ihnen. Der Arzt sagt, sie wird wieder gesund. Aber Sie müssen alles vermeiden, was Minna aufregen könnte. In solchen Fällen weiß man nie genau, wie ein Patient reagieren wird. Es besteht immer die Gefahr, daß … Mein Onkel meint, eine Aussprache zwischen Minna und Ihnen könnte hilfreich sein. Ich weiß über alles Bescheid. Eine unglaubliche Situation!«

Fräulein Sabina sprach leise und in bekümmertem Ton. Wenn sie polnische Wörter gebrauchte, sprach sie diese auffallend deutlich aus – wie eine Sprachlehrerin. Ich war nie auf den Gedanken gekommen, daß Minna in Warschau Verwandte haben könnte – sie hatte nie davon gesprochen.

Ich sagte: »Tun Sie, was Sie für ratsam halten.«

»Gehen Sie zu ihr hinein. Sollte sie – Gott soll schützen! –

hysterisch werden, gehen Sie bitte sofort wieder hinaus. Ich habe den Eindruck, daß sie sich völlig beruhigt hat. Ich habe jahrelange Erfahrung mit der Psychotherapie und habe alle möglichen Fälle miterlebt. Ich glaube, sie wird wieder gesund.«

»Vielen Dank.«

»Moment, ich sage ihr, daß Sie da sind.«

2

Minna lag mit verbundenem Hals im Bett. Ihr Rücken war auf Kissen gestützt. Das Zimmer war allem Anschein nach geputzt und mit ein paar zusätzlichen Möbelstücken versehen worden. Es lagen keine Bücher mehr herum. Auf dem Parkettboden lag sogar ein Teppich. So jung und frisch wie an diesem Morgen hatte Minna noch nie ausgesehen. Auf dem Stuhl neben dem Bett lag ein Buch mit Samteinband und Goldschnitt – Novalis' *Hymnen an die Nacht* –, und daneben stand ein Glas Tee mit einer Zitronenscheibe. Fräulein Sabina bot mir einen Stuhl an und sagte: »Ich bin draußen im Flur. Rufen Sie, wenn Sie mich brauchen.«

»Ich werde ganz ruhig sein«, sagte Minna zu ihrer Verwandten – mit einer Stimme, die für jemanden, der gerade einen Nervenzusammenbruch gehabt hatte, erstaunlich klar und normal klang. »Du kannst dich jetzt schlafen legen.«

»Das werden wir ja sehen. Eigentlich bin ich gar nicht schläfrig. In meinem Beruf lernt man, daß Schlaf längst nicht so wichtig ist, wie allgemein angenommen wird.«

»Was kann besser sein als Schlaf?« fragte Minna.

»Vieles. Also, ich gehe jetzt hinaus. Wenn ich dir einen Rat geben darf, Minna, geh nicht zu sehr auf Einzelheiten und all das andere ein.«

»Keine Sorge, ich schaffe es schon.«

»Ruf mich, wenn du mich brauchst.« Dann schloß sich die Tür knarrend hinter Fräulein Sabina.

»Eine typische alte Jungfer«, sagte Minna. »Sie ist meine Cousine, aber wir haben uns seit Jahren nicht gesehen. Plötzlich taucht sie auf und tut so, als wäre sie meine Schwester. Ich habe meinen Vater gebeten, bei dir anzurufen. Er sagt, dein Vater sei in Warschau. Er ist bestimmt gekommen, um deinen Bruder wiederzusehen.«

»Mein Vater hat Beschwerden. Er muß sich operieren lassen.«

»Jeder hat sein Päckchen zu tragen. Ich weiß einfach nicht, was gestern mit mir los war – und will es auch gar nicht wissen. Das bin nicht *ich* gewesen, sondern jemand anderes.«

»Ach!«

»Setz dich! Hast du schon etwas gegessen?«

»Ja.«

»Der Arzt hat mir eine Schlaftablette gegeben. Trotzdem war ich schon in aller Frühe wach und habe über alles nachgedacht. Die eigentliche Schuld liegt, wie immer, bei meiner Mutter. Obwohl ihr Gesundheitszustand besorgniserregend ist, ist ihr einziger Kummer, daß ich meine Brautgarderobe nicht benützen werde. Sie hat so lange an mir herumgenörgelt, bis etwas in mir explodiert ist. Erst später ist mir klargeworden, was ich getan hatte. Ich schäme mich, weil ich es nicht einmal geschafft habe, zu sterben.«

»Sie haben doch keinen Grund, zu sterben.«

»Reden wir lieber nicht darüber. Da ich nicht sterben kann, muß ich eben weiterleben. David, Zbigniew darf nicht erfahren, was hier passiert ist – jedenfalls jetzt noch nicht. Ich wollte ihn heute in seinem Berliner Hotel anrufen, aber von hier aus geht das nicht. Vorläufig pflegt mich meine Cousine vierundzwanzig Stunden am Tag. Ich habe dich kommen lassen, um dich um zweierlei zu bitten. Erstens möchte ich Zbigniew ein Telegramm schicken. Den Text habe ich heute früh mit einem Bleistift aufgesetzt. Hoffentlich kannst du meine Handschrift entziffern. Zweitens: Wenn du dein Zimmer räumen mußt, möchte ich, daß du hier einziehst. Der Graf hat sein Zimmer schon geräumt. Mitte des Monats hat er seine Sachen gepackt. Seine Frau hat ihm dabei geholfen. Alles sehr komisch! Ich gebe dir Geld, damit du eine Vorauszahlung machen kannst. Mein Vater war ganz begeistert, als er hörte, daß du vielleicht hier einziehst. Meine Mutter hat nicht viel für dich übrig, aber sie traut ja niemandem. Sie hat eine krankhafte Phantasie. Aber sie muß ohnehin bald ins Krankenhaus, weil sie Gelbsucht und wer weiß was sonst noch hat.«

»Ich möchte nicht hier einziehen, wenn sie dagegen ist.«

»Sie hat gegen jeden anderen genausoviel einzuwenden. Sie hat Angst vor Fremden. Das ist ihre Macke. In deinem Fall wird sie wenigstens nicht befürchten, ausgeraubt zu werden. Mein Geld ist in dem Album, das ganz unten liegt. Dort im Regal. Holst du's mir, bitte?«

Als sie das Album aufschlug, sah ich ein Bündel Banknoten, darunter auch amerikanische Dollarscheine. Minna setzte sich auf, griff unter ihr Kopfkissen und zog ein Stück Papier und einen Bleistift hervor. Sie zählte Geld ab, dann zählte sie die Wörter, die sie aufgeschrieben hatte, woraufhin sie den Telegrammtext noch einmal änderte. Immer wieder sah sie zur Tür, um für den Fall, daß ihre Cousine hereinkam, alles, was sie in der Hand hatte, rechtzeitig verstecken zu können. So ruhig, so ernsthaft, so sachlich wie an diesem Morgen hatte ich sie noch nie erlebt. Sie gab mir zwei Bündel Geldscheine. »Steck sie getrennt voneinander ein. Das hier ist für die Telegrammgebühr, und der andere Betrag reicht für eine Monatsmiete. Frag meine Eltern, wieviel sie für das Zimmer haben wollen. Wir haben bereits darüber gesprochen. Sie werden bestimmt nicht zuviel verlangen.«

»Also wirklich, Fräulein Minna, wenn Sie sich unter diesen Umständen meinetwegen Sorgen machen, dann sind Sie die edelmütigste Frau, der ich je begegnet bin.«

»Bitte lob mich nicht. Wenn du gestern hier gewesen wärst, dann hättest du gesehen, wozu ich fähig bin. Zuerst war ich drauf und dran, über meine Mutter herzufallen, aber der liebe Gott hat mich vor einem so schrecklichen Ende bewahrt.

Hätte ich ihr etwas angetan, dann hätte ich keinen Tag weiterleben können. Und mein Vater hätte es auch nicht überlebt. Du siehst also, daß Gott auch in solchen Fällen Barmherzigkeit walten läßt.«

»Ich habe nicht gewußt, daß Sie gläubig sind.«

»Das habe ich auch nicht gewußt. Bei unserem letzten Gespräch muß ich wie eine Atheistin geredet haben. Also noch ein Widerspruch. Wenn jemand völlig aus der Haut fahren kann, sollten wir lieber nicht mehr über Folgerichtigkeit sprechen. Hätte ich doch allem ein Ende gemacht! Eigentlich ist nichts weiter passiert, als daß ich ein paar Kleider zerfetzt habe, die meine Eltern ein Vermögen gekostet haben. Und daß ich Hand an mich gelegt habe. Mit einer Narbe am Hals kann ich nicht zu Zbigniew fahren. Er ist ein unheimlicher Ästhet, ein ausgesprochener Perfektionist. Immer wenn wir auf der Straße einem Krüppel begegnet sind, hat Zbigniew die Augen zugemacht. So ist er eben.«

»Wann soll ich die Miete zahlen? Jetzt gleich?«

»Nein, etwas später. Morgen vielleicht. Ich will nicht, daß sie Verdacht schöpfen. Geh noch nicht! Ich möchte dir noch etwas sagen. Wie soll es denn mit dir weitergehen, wenn ich fort bin? Du mußt ja auch essen. Und dein Anzug sieht ganz abgetragen aus. Besonders deine Hose. Behältst du sie beim Schlafen an?«

»Nein, aber sie wird nicht gebügelt.«

»Du darfst dich nicht derart vernachlässigen. Wenn du Schriftsteller werden willst, mußt du anständig angezogen sein. Kann dir dein Bruder nicht aushelfen?«

»Er ist ebenfalls völlig abgebrannt. Und er hat Frau und Kind.«

»Warum ist er überhaupt gekommen, wenn er hier keine Arbeit finden kann? Eure Familie scheint aus lauter Bohemiens zu bestehen. Meine ist vom gleichen Schlag. Mein Vater hat eine Fabrik für ein Butterbrot hergegeben. Ich kenne ihn nur als ständigen Verlierer. Er hat nicht nur seine eigene Erbschaft vergeudet, sondern auch die Mitgift meiner Mutter.

Zum Glück hat er jetzt nichts mehr, was er auf Spiel setzen könnte.

Noch etwas möchte ich dir sagen. Meine jüngere Schwester ist keines natürlichen Todes gestorben. Sie hat Selbstmord begangen. Als sie eine Blinddarmentzündung hatte, ist sie nicht zum Arzt, sondern zum Tanzen gegangen. Ich werde auch so enden, aber ich muß damit warten, bis beide ...«, sie deutete zur Tür, »... nicht mehr am Leben sind. Noch eine Beerdigung, noch eine Trauerwoche – das würden sie nicht verkraften. Wenn du hier einziehst, wirst du oft bei ihnen sein. Ich rede mit dir wie mit einem Familienmitglied, ich weiß selber nicht, warum. Den ganzen Morgen habe ich hier gelegen und über dich nachgedacht. Außer meiner Familie und Zbigniew bist du der einzige Mensch, der mir nahesteht. Früher hatte ich Freundinnen, aber es ist schon Jahre her, seit ich mich jemandem freundschaftlich verbunden fühlte.

Es wundert dich vielleicht, aber ich habe mit Zbigniews Frau mehr Zeit verbracht als mit ihm. Es gibt Dinge, über die man nicht mit einem Mann sprechen kann. Männer haben für das, worüber Frauen reden, nichts übrig. Und sie haben auch kein Verständnis dafür. Ja, ich bin schrecklich einsam, und deshalb tue ich unvernünftige Dinge. Du wirst es nicht glauben, aber ich mache mir Sorgen um dich wie eine Mutter oder eine ältere Schwester. Ich hätte dich in Wirklichkeit heiraten sollen. Zum einen bist du noch schrecklich jung. Zum anderen bist du, glaube ich, eigentlich gar nicht fähig, jemanden wirklich zu lieben. Oder richtiger gesagt, dich jemandem *verpflichtet* zu fühlen. Daraus schließe ich, daß du wirklich ein Schriftsteller bist.«

»Ich fühle mich *Ihnen* verpflichtet.«

»Nein. Du wirst mich vergessen, sobald ich dir aus den Augen bin. Ist auch besser so. Eines wundert mich allerdings. Ich bin nicht unansehnlich – jedenfalls war ich es nicht in jüngeren Jahren – und ich bin nicht dumm, sondern habe eine gute Schulbildung. Und trotzdem hat mich noch nie ein Mann geliebt. Zbigniews Verhalten hatte nichts mit Liebe zu tun, obwohl er jetzt bei allem, was ihm heilig ist, schwört, daß er mich bis zum letzten Atemzug lieben wird. So, jetzt darfst zu gehen. Komm morgen wieder und bezahl die Monatsmiete! Und bring deine Sachen mit, falls du welche hast.«

»Ich habe gar nichts.«

»Das erleichtert dir den Umzug.«

»Fräulein Minna«, sagte ich spontan, »darf ich Sie etwas fragen?«

»Was denn?«

»Sie brauchen mir nicht zu antworten. Und nehmen Sie mir diese Frage bitte nicht übel. Egal, was Sie sagen – es wird nichts an der Meinung ändern, die ich von Ihnen habe.«

»Was willst du wissen?«

»In Danzig, Fräulein Minna, haben Sie in Danzig mit Zbigniew... Sie wissen schon, was ich meine.«

»Ja, ich weiß, was du meinst. Aber warum willst du das wissen?«

»Weil ich Schriftsteller bin.«

»Du bist ein merkwürdiger Bursche. Ja, ich hab's getan. Und seine Frau hat es gewußt. Aber bei den Perversitäten, auf die sie aus war, habe ich nicht mitgemacht. Bei den Orgien, um es genauer zu sagen. Ganz so dekadent bin ich nicht. Kann aber auch sein, daß ich nicht den Mut dazu hatte. Aber ich habe in ihrem Hotel gewohnt, nur ein paar Türen weiter. Für mich ist er der einzige Mann. Das mit dir habe ich nur aus Verzweiflung getan – es war eine Art moralischer Selbstmord. Ich glaubte, ich wäre von meiner Liebe zu ihm geheilt, und es könnte mir dazu verhelfen, mich aus der Abhängigkeit von ihm zu befreien. Aber es hat nicht funktioniert. Er rief nach mir, und ich bin zu ihm gerannt wie ein geprügelter Hund zu seinem Herrn. Der braucht bloß zu pfeifen, und schon ist der Hund da und leckt ihm die Stiefel.«

»Sie sind also noch seine Geliebte.«

»Ich tue alles, was er will.«

»Dann helfe Ihnen Gott.«

»Wie kann Gott jemandem wie mir helfen? Also, jetzt

weißt du alles. Vergiß nicht, das Telegramm abzuschicken! Komm her, gib mir einen Kuß! Falls wir uns nicht wiedersehen, versuch bitte, mich in guter Erinnerung zu behalten.«

»Weshalb sollten wir uns nicht wiedersehen? So krank sind Sie doch nicht.«

»Du hast recht. Wenn der Arzt es mir erlauben würde, könnte ich aufstehen. Aber ich habe das Gefühl, gewissermaßen am äußersten Rand meines Daseins angelangt zu sein. Es heißt, zu leben bedeutet zu hoffen, aber ich habe jede Hoffnung verloren. Daß ich trotzdem noch sinnliche Begierde empfinde, ist mir unerklärlich. Unter solchen Umständen kann auch ein ansonsten gesunder Mensch sterben. Genau das ist, glaube ich, meiner Schwester widerfahren. Sie liebte jemanden, der sie sitzenließ, und sorgte dann dafür, daß sie sterben konnte. Dabei fällt mir ein, daß ihr Geliebter eine Art Zbigniew von etwas niedrigerem Niveau war. Also, morgen früh kommst du wieder.« Dann sagte sie noch einmal: »Komm her, gib mir einen Kuß!«

Ich beugte mich über sie und küßte sie auf die Stirn, aufs Haar, auf die Augen. Dann küßte sie mich und murmelte: »Ein Junge. Wirklich noch ein Junge.«

3

Nachdem ich das Telegramm an Zbigniew Schapira aufgegeben hatte, ging ich zu den Verwandten, um meinen Vater aufzusuchen. Die Wohnungstür wurde von Lola geöffnet, die sich freute, mich wiederzusehen. Ich ging in den Alkoven, und da saß mein Vater, ein kleiner, stämmiger Mann mit roten Schläfenlocken und einem roten, leicht ergrauten Bart. Das Hutband seines schäbigen Hutes war fleckig. Unter seinem offenen Kaftan war der breite Gebetsmantel zu sehen. Auf einem Tischchen lag ein aufgeschlagenes Buch, daneben ein Stuhl, den mein Vater als *erub* verwendete. Als er mich sah, leuchtete in seinen blauen Augen eine kindliche Freude auf.

Er machte eine Bewegung, als wollte er aufstehen und mich umarmen, doch dann blieb er sitzen und betrachtete mich halb verlegen, halb staunend. Er war beschämt darüber, wie ich angezogen war, beschämt über die Situation, in der wir uns jetzt befanden. Ich wollte ihn küssen, doch er streckte grüßend die Hand aus.

»Du bist's«, sagte er. »Du bist's.«

»Vater!«

»Der Herr sei gelobt, wir sehen uns wieder. Als die Brüder Josef in Ägypten begegneten, erkannten sie ihn nicht wieder, weil er sich einen Bart hatte wachsen lassen. Du dagegen bist leicht wiederzuerkennen.«

»Ich rasiere mich nicht – ich benütze eine Schere«, log ich prompt.

»Weshalb sollte sich ein Jude seines Bartes schämen? Der Mensch ist nach dem Bilde Gottes erschaffen. Nu, setz dich, setz dich! Ich habe immer wieder nach dir gefragt, aber du scheinst weit weg zu wohnen. Ich kenne mich in Warschau überhaupt nicht mehr aus. Ich bin zum Beten in eine Synagoge gegangen, und dann hat mich ein junger Mann hierher zurückgebracht.«

»Vater, wie ich gehört habe, bist du nicht wohlauf.«

»Deshalb bin ich ja hier. Ich muß zum Arzt. Dein Bruder mußte weggehen. Du hättest früher kommen sollen, aber vermutlich bist du aufgehalten worden.«

»Ich mußte ein Telegramm aufgeben.«

»So? Wohin denn?«

»Nach Berlin.«

»Wohl eine geschäftliche Angelegenheit?«

»Nicht direkt.«

»Nu – gebe Gott, daß es schnell geht. Aber laß dir gesagt sein: vergiß nie, daß du Jude bist.«

»Wie könnte ich das vergessen?«

»Aharon hat mir erzählt, daß du eine Art Genehmigung erhalten hast, ins Land Israel zu gehen. Du hast uns etwas darüber geschrieben. Wanderst du wirklich aus?«

»Nein, daraus ist nichts geworden.«

»Das Land Israel ist keine Nebensächlichkeit. Es heißt, daß jeder Jude, der nicht im Lande Israel lebt, das Leben eines – Gott soll schützen! – Götzendieners geführt habe. Aber unter welchen Umständen kann das mit Recht gesagt werden? Doch nur, wenn es sich um jemanden handelt, der dorthin geht, um zu sündigen und seine Ungläubigkeit zur Schau zu stellen.«

»Ich gehe ja nicht dorthin.«

Reb Leiser Zinamon, der Schwiegervater meines Bruders, kam herein und begrüßte uns mit einem kühlen Kopfnicken. Dann nannte er den Namen eines Facharztes für Hämorrhoidalleiden, dem man das Honorar aber im voraus zahlen mußte. Er sagte, auch er selbst habe Hämorrhoiden gehabt und sei von Dr. Solowieczic operiert worden. Salben und dergleichen Heilmittel seien nur kurzfristig wirksam. »Geschwüre müssen unters Messer«, erklärte er im Brustton der Überzeugung, machte kehrt und ging hinaus. Dann kam Scheindele, seine Frau, herein. Sie blieb an der Tür stehen und musterte uns freundlich, aber auch ein bißchen vorwurfsvoll. In jungen Jahren war sie eine berühmte Schönheit gewesen, jetzt hatte sie Krähenfüße und ein Doppelkinn. Man sah ihr an, daß sie wenig Selbstvertrauen hatte und immer ein bißchen bekümmert war: eine Mutter, deren Hoffnungen sich nicht erfüllt hatten.

»Was ist mit deinem Visum?« fragte sie mich. »Wer ein Visum erhalten hat, benützt es normalerweise auch. Wie kann man sich etwas so Wichtiges entgehen lassen? Was ist mit der Frau, die du geheiratet hast?«

»Geheiratet?« fragte mein Vater verblüfft.

»Nein, Vater, es war bloß eine Formsache. Die Gojim verlangen das. Damit ich diese Frau mit nach Palästina nehmen kann.«

»Sei vorsichtig in solchen Dingen. Du könntest eine Sünde begehen.«

»Ist schon gut, Vater. Alles in Ordnung. Die junge Frau hat

es sich anders überlegt.« Ich blinzelte Scheindele zu, um ihr zu verstehen zu geben, daß ich in Gegenwart meines Vaters nicht darüber sprechen wollte.

Aber Scheindele ließ sich nicht ablenken. Sie schüttelte den perückenbedeckten Kopf. »Warum hat sie sich's anders überlegt?«

»Das ist eine lange Geschichte.«

»Offenbar war es ihr nicht bestimmt«, sagte Scheindele. »Wie wär's, wenn du meine Tochter Lola mitnehmen würdest? Sie bringt's zu nichts, wenn sie hier in Warschau herumlungern muß. Sie hat sich um eine Stellung bemüht, aber Stellungen sind nicht zu bekommen. Sie ist ein gebildetes, wohlerzogenes Mädchen. Sie hat zwar die Reifeprüfung nicht gemacht, aber was schadet das schon? Wenn sie keine Jüdin wäre, könnte sie eine Anstellung bei einer staatlichen Behörde oder sonst einem Amt bekommen. Ein Goj, selbst wenn er nicht einmal mit einem Federhalter richtig umgehen kann, gilt als hochwohlgeboren, aber Juden haben keine Chance. Mir fiele ein Stein vom Herzen, wenn meine Lola nach Palästina ginge. Es heißt, dort kommt man schnell unter die Haube. Ein junges Mädchen muß heiraten.«

»Mit Gottes Hilfe wird sie ihren Bräutigam finden«, sagte mein Vater.

»Amen.« Dann sagte sie in einem anderen Ton: »Aber derweil tun wir uns schwer. Wenn die Wohnung bloß größer wäre! Wir sind hier zusammengepfercht wie in einem Hühnerstall.«

»Ich gehe heute wieder«, sagte mein Vater.

»Dich habe ich nicht gemeint. Du gehörst zur Familie. Aber auch du tust dir hier schwer. Du solltest deine Tora an einem richtigen Tisch studieren, nicht an diesem wackligen Ding.«

»Die Tora kann man überall studieren.«

»Ich weiß, ich weiß. Ich stamme aus einer Familie, in der die Tora studiert wurde. Sie muß aber jederzeit griffbereit sein. Mein Vater – er ruhe in Frieden – hatte ein ganzes Zimmer voller Bücher. Er hat immer am Tisch gesessen und Tee aus einem Samowar getrunken. Wenn Vater studiert hat, mußten wir Kinder still sein. Meine Mutter – sie ruhe in Frieden – hat dann jedesmal gesagt: ›Pst, Kinder! Euer Vater studiert.‹ Damals war die Tora sozusagen ein Verkaufsschlager. Aber wer interessiert sich denn heutzutage noch für die Tora? Ein Geck mit gezwirbeltem Schnurrbart bekommt eine schöne Mitgift, aber einen Schriftgelehrten will niemand mehr. Den nennen sie Stubenhocker. Wer ist denn heutzutage noch bereit, einem gelehrten Schwiegersohn Kost und Logis zu geben? Dieser Krieg hat alles auf den Kopf gestellt.«

»Aber es gibt immer noch Juden, die die Tora studieren«, sagte mein Vater. »Zuweilen gehe ich nach Reische oder nach Torna, und dort sind die Synagogen voll. Und wenn in Belz an einem Feiertag das Wort ›Tora‹ erschallt, ist die Synagoge so überfüllt, daß man keine Stecknadel fallen lassen könnte. Juden sind, dem Herrn sei gedankt, Juden geblieben.«

»Das ist vielleicht in den Schtetln so, aber hier hat die gojische Lebensweise schon auf alles abgefärbt.«

Ida, Aharons Frau, war nicht zu Hause – sie war zur Arbeit ins Krankenhaus gegangen. Der kleine Gerschon – von seiner Mutter immer noch Grischa genannt – schlief auf einem Klappbett im Schlafzimmer.

Mein Vater zupfte sich am Bart und fragte mich: »Was machst du? Wie verdienst du deinen Lebensunterhalt?«

Nach einigem Zögern sagte ich: »Es ist nicht leicht.«

»Du bist Lehrer, hm?«

»Ja – mehr oder weniger.«

»Was unterrichtest du? Schreiben?«

»Ja. Schreiben und Lesen.«

»Unterricht zu geben bringt nichts ein, Dovid. Gelehrsamkeit ist natürlich etwas Gutes, aber davon kann man nicht leben. Ein junger Mann in deinem Alter sollte heiraten und etwas tun, womit er sein Brot verdienen kann.«

»Wer würde denn einen wie mich heiraten?«

»Benimm dich wie ein Jude, dann wirst du eine große Auswahl haben. Ich lebe in einem Schtetl, aber dort gibt es etliche wohlhabende Leute, die daran interessiert sind, ihre Töchtr anständig zu verheiraten. Man wird dir eine Mitgift geben und auch für deinen Unterhalt sorgen. Wenn du nicht Rabbiner werden willst, kannst du einen Laden eröffnen. Sosehr haben sich die Dinge nicht verändert.«

»Nein, Vater, du irrst dich. Die Welt *hat* sich verändert. Die Polen wollen uns nicht. Wir sind ihnen ein Dorn im Auge. Sie tun alles mögliche, um uns zu vertreiben.«

»So ist es doch schon immer gewesen. Aber Gott wird nicht zulassen, daß so etwas geschieht.«

»Vater, ich möchte dir keinen Kummer machen, aber ehrlich gesagt, ich will kein Händler werden und mich auch nicht von einem Schwiegervater aushalten lassen. So einer bin ich nicht mehr.«

»Was für einer bist du denn? Du hast dir den Bart abgeschnitten, aber wie ich sehe, bist du nicht reich geworden. Dein Bruder hat mir alles erzählt. Ihr seid beide arm. Keiner von euch hat ein Zuhause. Ich bin nach Warschau gekommen und weiß nicht, wo ich bleiben soll. Deine Mutter – Gott soll schützen! – ist kränklich. Ich habe mir gedacht, daß man in der Krochmalnastraße vielleicht einen Rabbiner braucht. Ich könnte wieder dorthin ziehen. Dort gibt es noch Juden, die sich an mich erinnern.«

»Es ist unmöglich, eine Wohnung zu bekommen. Sogar für ein Kabuff muß man Ablösung zahlen.«

»In meinem Schtetl gibt es nicht viele Bücher. Die sechs Talmudbände und einige andere Bücher. Aber das reicht nicht. Ich möchte etwas über Rabbi Alkazis *Rechte der Erstgeborenen* schreiben, und die Bücher, die ich dafür benötige, sind nur in großen Städten vorhanden. Es steht geschrieben, daß ein Werkmann sein Werkzeug haben muß.«

»Ich glaube nicht, daß du hier eine Wohnung finden könntest. Und es kostet Geld, nach Warschau umzuziehen.«

»Ich könnte hier eine Zeitlang alleine leben. Deine Mutter und deinen Bruder Moische würde ich später nachkommen lassen. Er studiert gottlob. Er ist ein glühender Anhänger des Belzer Rebbe. Er ist Lehrer und ein gottesfürchtiger Mensch.«

»Warum heiratet er nicht?«

»Er ist noch jung und wartet darauf, daß du vor ihm heiratest.«

»Auf mich sollte er lieber nicht warten. Wir gehen getrennte Wege.«

»Er wird heiraten, wann Gott es will. Es ist wahr, daß die Welt sich auch in den Schtetln verändert hat. Junge Frauen wollen einen Mann, der sie ernähren kann – und wer weiß was sonst noch. Du bist zu aufgeklärt, während Moische zu sehr Lernstubenschüler ist. Wie lange dauert unser Leben? Wir wurden in die Welt geschickt, um die Tora zu studieren und gute Werke zu tun. Das ist Ziel und Zweck der Schöpfung. Natürlich muß man essen und sich kleiden – das kann man auf die eine oder andere Art tun. Worum hat unser Vorvater Jakob gebeten? ›Brot zu essen und Kleider zu tragen‹. Die Welt fragt: Warum steht geschrieben, ›Brot zu essen‹? Jeder weiß doch, daß Brot dazu da ist, gegessen zu werden, und daß Kleider dazu da sind, getragen zu werden. Warum also steht geschrieben, ›zu tragen‹? Die Antwort ist: ›*genug* Brot zu essen – aber nicht Brot im Überfluß‹. Von einem der großen Talmudisten stammt der Ausspruch: ›Solange die Seele auf Erden weilt, braucht sie den Leib, aber dem Leib darf man nicht nachgeben, sonst hält er sich für wichtiger als die Seele.‹ «

»Ja, Vater. Aber heutzutage fehlt den Leuten der Glaube.«

»Woran glauben sie denn? An diese Welt. Wozu brauchen sie dann aber all diese Kriege?«

Scheindele steckte den Kopf zur Tür herein. »Ich habe Tee gemacht.«

4

Wir saßen am Tisch, tranken Tee und aßen Kichl. Reb Leiser Zinamon sagte: »Die Fetten erben die Erde.« Und zu meinem Vater: »Du lebst dort in deinem Schtetl, umgeben von deinen Büchern. Du hast keine Ahnung, wie es hier zugeht. Wie solltest du auch? Aber als Geschäftsmann merkt man es genau. Überall sind die Ignoranten am Ruder. Krieg kann zu Wohlstand führen, aber in Kriegszeiten sitzen meistens Bauerntölpel im Sattel. Aus meinem Max haben sie einen Soldaten gemacht – wie hätte er's denn verhindern können? Durch Selbstverstümmelung? Nichts ist mehr so, wie es einmal war. Außerdem ist es den Polen egal, in welchem Zustand jemand ist – er wird trotzdem eingezogen. Ich bin mit meinem Max zur Musterungskommission gegangen. Er war, wie wenn man ein Lamm unter die Wölfe fallen läßt. Ich spreche nicht nur von den Gojim, sondern auch von unseren eigenen Leuten. Während sie darauf warteten, von den Ärzten nackt untersucht zu werden, vergnügten sie sich mit einer Art Spiel. Einer beugt sich nach vorn und stützt sich mit dem Kopf an die Wand, dann schlagen ihn die anderen auf den … entschuldige bitte … auf den du-weißt-schon-was. Und wenn er errät, wer ihn geschlagen hat, kommt dieser Bursche an die Reihe. Was für ein Spiel ist denn das? Was für einen Sinn hat es? Grober Unfug! Aber für rohe Burschen ein Zeitvertreib. Sie wollten, daß mein Max mitmacht, aber er hat sich geweigert. Da haben sie ihn verhöhnt, und sie hätten ihn verprügelt, wenn der Arzt nicht rechtzeitig zurückgekommen wäre.«

Er schwadronierte weiter. »In der Krochmalnastraße, wo du Rabbiner gewesen bist, sind alle Leute Kommunisten geworden. Sie sagen ganz offen, daß sie, wenn sie an die Macht kommen, alle gebildeten Juden umbringen werden. Dein Sohn, mein Schwiegersohn, ist eben erst aus Rußland zurückgekehrt. Frag ihn, er wird's dir erzählen. In den polnischen Kleinstädten, in denen es Bolschewiken gibt, haben sich diese Dummköpfe zu Banden zusammengerottet, um die gutbürgerlichen Juden zu verprügeln. Sie haben Familienväter nach Rußland und sonstwohin verschleppt. Einem Rabbi haben sie den Bart ausgerissen. In Rußland herrschen schlimme Zustände – ein Menschenleben ist dort keinen Pappenstiel wert. Die Gojim zetteln Pogrome an, und die jüdischen Kommunisten peinigen gläubige Juden. Sie dringen in Synagogen ein, stehlen die Bücher und machen Makulatur daraus. Sie verwüsten alles mögliche. Sie sind in ihrem von Menschen geschaffenen Himmel aufgestiegen und haben dort entdeckt, daß es keinen Gott gibt. Was soll denn jetzt aus uns allen werden? Wenn Gott vorhat, den Messias zu schicken, weshalb zögert er dann so lange?«

Während Reb Zinamons Redeschwall nagte mein Vater an seiner Lippe. Er riß sich ein graues Barthaar aus und betrachtete es. Er faßte sein Teeglas an, um festzustellen, ob der Tee noch warm war, dann schob er es beiseite. Er nahm sein Käppchen ab und fächelte sich damit.

»Wenn wir seines Kommens würdig sind, wird er kommen.«

»Du hast recht. Aber diese Generation wird seiner nicht würdig sein«, erklärte Reb Zinamon.

»Wer weiß, vielleicht wird sie große Schuld auf sich laden«, sagte mein Vater, und es klang halb wie eine Frage, halb wie eine Antwort.

»Was willst du damit sagen? Juden wie du glauben doch bestimmt an das Kommen des Messias.«

Mein Vater lächelte. Seine Wangen röteten sich, als er sagte: »Wie sollten wir die Wege des Herrn kennen? Es steht geschrieben: ›Da Er der Ursprung von allem ist, sind alle Dinge gut.‹«

Reb Zinamon sagte, er müsse jetzt weggehen. Mein Vater und ich zogen uns wieder in den Alkoven zurück. Er sah mich lächelnd an, so, als ob er mich um einen Gefallen bitten wollte, es aber nicht wagte. »Dovid, würdest du mit mir zusammen eine Seite der Gemara studieren?«

»Jetzt? Hier?«

»Warum nicht? Ich habe eine Gemara in meinem Tallitbeutel. Komm, studieren wir eine Seite!«

»Wozu? Na, schon gut.«

Mein Vater schlug den Abschnitt über Gebetsvorschriften und Gebetsbräuche auf, über das Anlegen der *Tefillin*, das Aufsagen der Segenssprüche und über verschiedene Exempel im Talmud. Ihm gefiel besonders die Geschichte vom Rabbi Jossi, der zu Ruinen gegangen war, um zu beten, und der dort ein Gurren wie von einer Taube vernommen hatte: »Wehe dem Vater, der seine Kinder verstoßen hat, und wehe den Kindern, die vom Tisch ihres Vaters abgeirrt sind.« Und die Geschichte vom König David, der seine Leier mit der Vorderseite nach Norden aufhängte, so daß er, wenn der Wind blies, vom Klang der Leier geweckt wurde. Und der ein Gespräch mit Gott führte, in dem er sich mit den Königen des Ostens und des Westens verglich.

Da wir nur ein einziges Exemplar der Gemara hatten, mußte ich mich dicht neben meinen Vater stellen. Sein Bart berührte mein Gesicht. Ich roch seinen billigen Schnupftabak und nahm noch einen anderen Geruch wahr, den ich schon längst vergessen hatte und der mir dennoch vertraut war. Mein Vater hatte ein kleines Kissen auf seinen Stuhl gelegt. Er beugte den Kopf über die Seiten. Wie gut ich das alles kannte – die Gemara, Raschi, die Tosafot. Ich erkannte jedes Wort, jeden Buchstaben wieder. Raschi stellte die uralte Frage: »Weshalb sprechen die Juden in Frankreich ihre Abendgebete und das ›Höre, Israel‹ noch bei Tageslicht?«

Auf die Antwort brauchte ich nicht zu warten, ich konnte das alles auswendig. Ich wußte, daß man diese Mischna schon vor Hunderten von Jahren studiert hatte, vor fünfhundert, tausend, fünfzehnhundert Jahren und so fort. Seit abertausend Jahren haben Juden »Höre, Israel« gefleht, während der Herrgott auch weiterhin tat, was er wollte. Er brachte die Sterne auf ihre Bahn, er widmete sich den Kometen, Planeten, Protonen, Elektronen. Er war Physiker, Chemiker, Astronom.

Mein Vater begann lauter zu lesen. Dann sang er den Text nach der uralten Melodie. Mir war das peinlich, weil ich befürchtete, die Zinamons könnten es hören. »Vater, nicht so laut!«

»Was hast du denn? Ist dir die Tora peinlich?«

Der Abend dämmerte schon, und mein Vater sagte: »Kannst du mich zu einer Synagoge bringen? Zu der in der Schlischke, Hausnummer 40. Zurück finde ich allein.«

Er nahm seinen Stock und setzte seinen Hut auf. Ich sah, daß er einen schlurfenden Gang hatte. Er klopfte mit seinem Stock aufs Pflaster. Die Kinder im Hof musterten uns spöttisch. Ein kleiner Goj schnitt eine Grimasse und rief: »Itzig!« Nichts hatte sich geändert. Wir waren immer noch Objekte der »Scham und Verachtung«. Ich gab mich Machtträumen hin, erfand in meiner Phantasie ein Flugzeug, das mit Lichtgeschwindigkeit flog. Ich dachte an irgendeinen Sprengstoff, der Berge und Meere erschütterte und Städte, Länder, den ganzen Erdball in Schutt und Asche legte. Ich bestrafte alle Judenhasser. Mit Hilfe meines Sprengstoffs jagte ich die Engländer aus Palästina hinaus. Jetzt konnte unser Volk aus der Diaspora heimkehren, und seine Leiden würden endlich aufhören. Da es Gott nicht genehm war, den Messias zu schicken, würde ich die gepeinigten Kinder Israels erlösen. Und was diesen kleinen Goj betraf, so würde ich ihm eine Lektion erteilen, an die er sein Leben lang denken würde.

»Ich habe Warschau vermißt«, sagte mein Vater. »Es ist eine jüdische Stadt.«

Als wir schließlich in der Synagoge angelangt waren, hielt er meinen Arm fest und sagte: »Geh nicht weg. Bleib hier und sprich mit mir die Abendgebete.«

»Vater, ich habe keine Zeit.«

»Goj! Sprich die Abendgebete!«

Ich begann das Aschre-Gebet aufzusagen. Was blieb mir denn anderes übrig, als auf Geheiß meines Vaters zu bleiben? Er sagte: »Du trägst keinen Gürtel, hm?«

Neben ihm stehend, sagte ich das Achtzehngebet auf. Er

lehnte sich an die Wand und seufzte. Ich hörte, wie er sich an die Brust schlug, als er die Bußgebete sprach. War es denkbar, daß ihn niemals Zweifel befielen? Ich blickte um mich. Die Synagogenlampen brannten noch nicht, aber von den Kerzenstummeln in einem sechsarmigen Kandelaber ging noch ein schwacher Lichtschein aus. Juden benschten. Hie und da reckte ein junger Mann die Faust gen Himmel. Staaten waren untergegangen, Systeme hatten sich verändert, Seuchen waren gekommen und gegangen, doch hier war alles noch so, wie es immer gewesen war. Es war schier unglaublich. Woher hatten sie ihre Gewißheit?

Die Sonne war untergegangen, die Schatten waren jetzt purpurn überhaucht. Nach und nach verließen die Juden die Synagoge. Nur der Vorbeter war noch da. Er wartete, bis mein Vater das Achtzehngebet zu Ende gebetet hatte. Offenbar kannte diese Gemeinde meinen Vater und würde ihm helfen, hierher zurückzukehren.

Nach den Abendgebeten verabschiedete ich mich und lief durch die Straßen. Die Nacht war hereingebrochen, und Licht fiel auf die Gehsteige. Schaufensterpuppen waren nach der neuesten Mode gekleidet. Der Mond glitt langsam über den Himmel. Es schien, als würden über den Dächern die Sterne angezündet. Was sollte ich jetzt tun? Gab es für mich noch einen Neubeginn?

Wie Minna war ich offenbar an den Rand eines Abgrunds geraten oder in eine Sackgasse getrieben worden. Ich konnte mich nicht dazu durchringen, auf Gott oder auf die Welt zu vertrauen. Ich kam an einem Kino vorbei, an dem ein Charlie-Chaplin-Plakat hing. Wie passend dieses Bild war, das Gott auf Erden darstellte, denn es stand für weltliche Kultur, weltlichen Erfolg und Fortschritt. Anscheinend mußte man um Gottes willen und in Seinem Namen Barrikaden errichten und Menschen töten, oder aber selber vernichtet werden. Ich wußte nicht, ob ich weinen oder lachen sollte. Mir war klar, daß ich fliehen mußte – aber wohin?

Ich bog in die Lesznostraße ein, und meine Füße brachten mich wie von selbst zu dem Haus, in dem Bella und Eduscha wohnten. Ich sperrte die Tür auf, aber die Wohnung war dunkel. Keine der beiden war zu Hause. Ich zündete ein Streichholz an und sah meinen Rucksack im Flur liegen. Ich machte das Gaslicht an, und plötzlich war mir alles klar: Ich war aus meiner Kammer vertrieben worden. Meine Bettstatt hatte bereits Bellas Bett Platz machen müssen.

Ich hatte kein Recht, beleidigt zu sein. Ich war in diesem Haus sehr gut, ja sogar großmütig behandelt worden, jetzt aber wurde mir eine Lektion erteilt. Etwas in mir war froh darüber, daß ich mich nicht verabschieden mußte. Ich nahm meinen Rucksack, machte das Licht aus und ging die Stufen hinunter. Ich bewegte mich merkwürdig langsam, so als wäre ich ein alter Mann oder ein Krüppel. Ade, Bella! Ade, Eduscha! Ich werde euch mein Leben lang nicht vergessen.

Spinoza zufolge erfordern es die Materie und ihre unzähligen Attribute, daß unsere Modi sich eine Zeitlang begegnen. Ich konnte mich des Gedankens nicht erwehren, daß »eine Zeitlang« eigentlich nur eine andere Art Modus ist.

Ich machte mich auf den Weg zu Minna. Ich hatte noch das Geld, das sie mir für eine Monatsmiete gegeben hatte. Doch nach ein paar Schritten hielt ich inne. Ich konnte unmöglich in eine Wohnung ziehen, in der eine Frau war, die ich zum Schein geheiratet hatte und von der ich mich pro forma wieder hatte scheiden lassen – eine Wohnung, in der meine angeblichen Schwiegereltern lebten. Ich war ja nur ein angeblicher Schriftsteller.

Ich ging in Richtung Danziger Bahnhof. Das Geld würde für eine Fahrkarte nach Bialedrewne reichen, und ich wußte, daß der Zug spät in der Nacht abfuhr. Rings um mich war der Lärm der Stadt. In mir aber war es so still wie nie zuvor. »Vergib mir, Minna«, murmelte ich. »Vergib mir, Aharon. Vergib mir, Vater. Ich kann für keinen von euch etwas tun.«

Müde vom Laufen blieb ich stehen. Im Schaufenster einer Eisenwarenhandlung waren Zangen, Messer, Scheren, Schrauben und Wasserhähne ausgestellt. An einem Hoftor kaufte ich mir eine Semmel. Man muß ja essen. In dieser Hinsicht gibt es bestimmt keinen freien Willen.

Während ich an der Semmel knabberte, blieb ich noch einmal stehen, diesmal vor einem Wurstladen. Ich starrte die Würste an, die dort hingen, und sagte in Gedanken zu ihnen:

»Ihr seid einmal lebendig gewesen, ihr mußtet leiden, aber jetzt habt ihr ausgelitten. Nirgends mehr eine Spur von euren Qualen. Gibt es irgendwo im Kosmos eine Gedenktafel, auf der steht, daß eine Kuh namens Kwiatule sich elf Jahre lang melken ließ? Und daß sie im zwölften Jahr, als ihr Euter geschrumpft war, ins Schlachthaus geführt wurde, wo man einen Segensspruch über sie sprach und ihr dann die Kehle durchschnitt?«

Mein Wachtraum ging weiter. Ist jemals ein Lebewesen für seine Qualen entschädigt worden? Gibt es ein Paradies für geschlachtete Rinder, Hühner und Schweine, für Frösche, die zertreten, für Fische, die an Angelhaken aufgespießt, für die Juden, die von Petljura gepeinigt und von den Bolschewiken erschossen wurden? Und für die sechshunderttausend Soldaten, deren Blut bei Verdun vergossen wurde? Während ich hier stand und über diese Dinge nachgrübelte, starben Millionen von Menschen und Tieren, waren viele Männer und Frauen in Gefängnissen und Krankenhäusern, auf offener Straße, in Kellern und Kasernen in die Falle geraten. Du kannst froh sein, Vater, daß du glauben kannst! Könnte sogar sein, daß du recht hast.

Ich ging zum Bahnhof und stellte mich am Fahrkartenschalter an. Es war eine lange Warteschlange, aber was machte es – da Zeit nicht existiert – denn schon aus, wie lange ich warten mußte?

Nachwort des amerikanischen Übersetzers

Die jiddische Fassung von *Das Visum* erschien 1967 in Fortsetzungen im *Forward.* Damals war Isaac Bashevis Singer dreiundsechzig Jahre alt, aber wahrscheinlich hatte er den Roman schon viel früher geschrieben, denn man kann sich unmöglich des Gefühls erwehren, daß man das Buch eines sehr jungen Mannes liest. Sicher ist es Singers unbekümmertstes. Es ist eine kühne, ironische und, wie ich glaube, jugendliche Vorstellung, die David Bendiger hat, als er vor einem Wurstladen steht und zu der Wurst sagt, daß sie einst eine Kuh namens Kwiatule gewesen sei, und in seinem Kummer über die geschlachteten Rinder, Hühner, Schweine und Frösche dann auf die sechshunderttausend Soldaten kommt, die bei Verdun gefallen sind. Oder wenn er über Kants *Prolegomena* grübelt, während er beim Schuhmacher in Strumpfsocken die Treppen zur Galerie hinaufsteigt, um zu warten, bis seine Absätze repariert sind. Oder seine Gedanken, während er dem Schuhmacher bei der Arbeit zusieht: »Erst kürzlich hatte ich gelesen, daß jedes Atom eine Art Sonnensystem sei. Ich, David, der Rabbinersohn, saß inmitten der Ewigkeit, drehte mich mit der Erde um ihre Achse, während dieser Planet sich wiederum um die Sonne drehte. Ich selbst war ein ganzer Kosmos. Und dennoch hatte ich Angst: Ich war ein Kosmos, der kein Nachtquartier hatte.«

Diese weltfremden Vorstellungen vermischen sich mit dem Erstaunen über das ihm unbegreifliche 20. Jahrhundert: das Telefon, das ihn verfolgt, oder die Autos, die ihn bedrohen. Er staunt über sich selbst, den unerfahrenen Schriftsteller, der furchtsam auf dem Meer der Literatur dahintreibt, oder den Liebhaber, der sich wundert, wie kurz und wie zweideutig der Weg ist, der ihn von Unschuld zu Erfahrung führt, als er sich in ein Verhältnis mit nicht nur einer, sondern gleich mit drei Frauen verstrickt.

Die Welt, die wir durch die Augen des kaum neunzehn Jahre alten David sehen, ist eine Welt komischer Ereignisse vor einem finsteren Hintergrund, eingerahmt von der turbulenten Geschichte des sich wandelnden Europa nach dem Ersten Weltkrieg. David fühlt sich als alter Mann, denn er hat »Epochen durchlebt«, in denen der Russisch-Japanische Krieg, der Erste Weltkrieg, die Februarrevolution, die Oktoberrevolution und der Krieg zwischen Polen und der Sowjetunion stattgefunden hat. Wir sind im Jahre 1922, und das Europa, das er sieht, ist ein Chaos politischer, sozialer, psychologischer und intellektueller Aufstände wie Kommunismus, Faschismus, Zionismus, Feminismus, Atheismus und neue Religionen, die um Anerkennung und Gefolgschaft kämpfen. Der mit dem Talmud erzogene, aber weltlich gesonnene David entschließt sich, nichts anderem als seinen eigenen Gefühlen zu folgen, die, da er ja noch so jung ist, von seiner Neugier gelenkt werden. Sie richtet sich – abwechselnd und mit fast gleicher Intensität – auf Frauen, Philosophie, jüdische Spekulationen und naive Wunschvorstellungen.

Das gilt für die Romanfigur David Bendiger. Aber *Das Visum* ist mehr als ein Roman. Die Ereignisse, die ihm zugrunde liegen, werden von Singer noch einmal in seinem autobiographischen Buch von 1978 *A Young Man in Search of Love* (deutsch in: *Verloren in Amerika*) erzählt. In ihm erfahren wir, daß sein Bruder Israel Joshua Singer ihm geholfen hat, ein Visum für die Einwanderung nach Palästina zu bekommen und daß Isaac tatsächlich in das Komplott einer fiktiven Heirat verstrickt war, wie er es in diesem Roman beschreibt. Die wahre Geschichte ähnelt weitgehend der im Roman, abgesehen davon, daß sie im Jahr 1926 anstatt im Jahr 1922 spielt, daß die junge Frau, mit der Singer eine Scheinehe eingehen wollte, Stefa hieß, nicht Minna, und daß der Name ihres Verlobten Mark war, nicht Zbigniew. Stefa kam, wie Minna, aus »einem wohlhabenden Haus und war heftig in ihren Verlobten verliebt«. Auch sie war eine moderne, gebildete junge Frau, die Zigaretten rauchte und fortschrittliche Ansichten hatte – aber die wirkliche Stefa war, anders als Minna, zu der Zeit, als sie und Singer den Plan ausheckten, die britischen Behörden in Palästina zu überlisten, im dritten Monat schwanger.

In *Das Visum* gibt es sowohl peinigende Härte als auch umwerfende Komik. Da gibt es zum Beispiel die fensterlose Kammer, in der David bei Bella und Eduscha haust. Und es gibt den ersehnten, aber mißglückten Liebesakt zwischen David und Sonja am Sabbat in dem geschlossenen Geschäft für Damenwäsche. Und die Liebesszene zwischen David und Eduscha, wenn sie nach der Verhaftung von Herz Lipmann bei ihm Trost sucht. Und dann die Scheinehe von David mit Minna, bei der die Stangen des Hochzeitsbaldachins von einem Bettler und einem Zeitungsverkäufer gehalten werden, die man von der Straße hereingerufen hat. Oder Davids schüchterner und furchtsamer erster Besuch im Schriftstellerclub, in den ihn sein älterere Bruder mitnimmt. Und schließlich die Szene zwischen David und seinem orthodoxen Vater, wenn der tief Gläubige und der tief skeptische Sohn über einem Band der Gemara eng zusammenrücken.

Aber der finstere Mittelpunkt von allem ist natürlich die Geschichte von Minna Ahronsons verpfuschtem Leben, die uns zeigt, daß Singer, wie jugendlich und schrullig er auch war, als er *Das Visum* schrieb, doch bereits – wie er später sagte – wußte, daß »die eigentliche Goldmine des Schriftstellers die reale Welt ist, ihre ständigen Veränderungen, ihre bizarren Komplikationen, ihre unterschiedlichen menschlichen Charaktere und des Menschen Leidenschaften, Torheiten, Irrtümer, Hoffnungen und Enttäuschungen, vor allem in der Liebe«. Vor allem in der Liebe.

Leonard Wolf

Glossar

Achtzehngebet: Hauptgebet des Morgen-, Nachmittags- und Abendgottesdienstes an Werktagen. Enthält 19 (ursprünglich 18) Bitten, wird stehend, nach Osten gewandt, gesprochen.

Aschre-Gebet: Bestandteil des täglichen Morgen- und Nachmittagsgottesdienstes. »Aschre« bedeutet auf hebr. »Heil«, »Wohl«.

Ayger, Akiba (1761–1814): Rabbiner der Stadt Posen, angesehener Verfasser von Responsen und Kommentaren zum Talmud.

Balfour-Deklaration: Am 2.11.1917 im Namen der engl. Regierung abgegebene Erklärung des Außenministers Arthur J. Balfour über eine jüdische Heimstatt in Palästina.

Bar-mizwa (hebr. »Gesetzespflichtiger«, eigentlich »Sohn der Pflicht«): 1. Bezeichnung für einen jüdischen Jungen mit Vollendung des 13. Lebensjahres. 2. Bezeichnung für die Feier anläßlich der religiösen Volljährigkeit. Ab diesem Zeitpunkt wird man beim *Minjan* mitgezählt.

Bene hechala: Vor ca. 400 Jahren verfaßt von Haari Sal. Wird gesungen bei der dritten traditionellen Schabbatmahlzeit, nachmittags.

benschen, jidd. Ausdruck für beten, segnen. Entstanden aus dem lateinischen benedicere.

Chalutz, Pl. *Chalutzim*, hebr.: Pionier, Bezeichnung für junge Menschen, die zur Aufbauarbeit nach Palästina aufbrachen.

Chassid, Pl. *Chassidim*: Anhänger einer volkstümlichen religiös-mystischen Bewegung im Judentum, entstanden Mitte des 18. Jhs. in der Ukraine. Die Vorstellung von der Aufhebung aller religiösen Wertunterschiede und Betonung einfacher gottfürchtiger Gläubigkeit fand in Osteuropa weite Verbreitung. Chassid bedeutet schlicht »der Fromme«.

Cheder, hebr., »Stube«: In Osteuropa Bezeichnung für die traditionelle Elementarschule für Knaben ab dem vierten Lebensjahr.

Chmielnicki, Bogdan: Kosakenführer, der mit seinem Aufstand gegen den poln. Adel Urheber blutiger Pogrome in Osteuropa wurde. Die Ausrottung einer Vielzahl jüdischer Gemeinden zwischen 1648 und 1660 führte einerseits zur Hinwendung zu Mystik und Kabbala, andererseits zur Entstehung des Chassidismus.

Cordovero, Moses: Lebte von 1522 bis 1570 in Safed. Gilt als bedeutender Kabbalist.

Denikin, Anton Iwanowitsch, geb. Warschau 1872, gest. Ann Arbor/Michigan 1947: Russ. General, der 1918 bis 1920 eine russische Freiwilligenarmee gegen die Bolschewiki führte. Lebte seit 1920 im Exil.

Diaspora, griech. »Zerstreuung«: Jüd. Leben in allen Ländern außerhalb des Landes Israel.

Dibbuk, hebr. »Anheftung«: Jüdischer Volksglaube, wonach der Geist eines Toten vom Körper eines Lebenden Besitz ergreifen kann. Erkennbar an wunderlichem Verhalten des Besessenen.

Dserschinski, Feliks Edmundowitsch, geb. 1877 in Wilna, gest. 1926 in Moskau: Schloß sich 1906 den Bolschewiki an. Leitete von 1917 an gefürchtete Vorläuferorgane des späteren KGB wie Tscheka und GPU. Unterstützte als Vorsitzender des obersten Volkswirtschaftsrates und Parteigänger Stalin.

Erez Israel, hebr. »Land Israel«: Bezeichnung des Territoriums des bibl. Kanaan.

erub, auch *eruv,* hebr. »Vereinigung«, Verfahren zur Erleichterung der strengen Schabbatbestimmungen, z. B. Festlegung eines größeren gemeinschaftlichen Raumes (Hof, Viertel), in dem das Tragen von Gegenständen – sonst nur im eigenen Haushalt – möglich wird.

Gebetsquorum, dt.: Äquivalent für »Minjan«, d.i. die Mindestanzahl von zehn erwachsenen Juden (das bedeutet im orthodoxen Judentum mindestens 13 Jahre alt, männlich), die zur Abhaltung des Gottesdienstes erforderlich sind.

Gehenna, griech. (hebr. »Gehinnom«). 1. bezieht sich in bibl. Sinn auf das Tal der Söhne Hinnoms, ein Tal im Süden Jerusalems, wo dem Götzen Moloch Kinder geopfert wurden. 2. Ort der Bestrafung nach dem Tode; hebr. Bezeichnung für Hölle.

Gemara, aramäisch »Vervollständigung, Erlerntes«, Teil des Talmud, Lehrstoff, zumeist in Form von Diskussionen.

Goj, Pl. *Gojim,* hebr.: Ursprüngl. bibl. Ausdruck für »Volk« im allgemeinen. Inzwischen Bezeichnung für Nichtjuden.

Gürtel, aus Stoff geflochtenes Band, das vor dem Gebet um die Taille gebunden wird, um zwischen Ober- und Unterkörper symbolisch zu trennen. Üblich nur bei den Chassidim.

Hatikwa, hebr. »Die Hoffnung«: Jüdische Nationalhymne, verfaßt von Naftali Herz Imber (1856–1909).

Itzig: Abgeleitet vom hebr. Vornamen Isaak bzw. Itzchak. Ausschließlich benutzt als abwertende, beleidigende Bezeichnung für Juden.

Jabotinsky, Wladimir Zeev, geb. 1880 in Odessa, gest. 1940 in Camp Bethar bei Hunter/N.Y.: Zionistischer Politiker und Schriftsteller. Gründete 1925 die Revisionistische Partei mit dem Ziel der Schaffung eines jüd. Staates.

Jeschiwa, hebr., Talmud-Hochschule, in der der junge Mann (Mindestalter 13 Jahre) den Talmud und die Kommentare erlernt, dient der Gelehrten- und Rabbinerausbildung.

Jom Kippur, hebr., höchster Feiertag, der von Moses gebotene Versöhnungstag, ein Tag des Fastens und Betens um Vergebung der Sünden gegenüber Gott und den Mitmenschen.

Kabbala, hebr. »Überlieferung«: Mystische Strömung im mittelalterlichen und neuzeitlichen Judentum. Lehre und Schriften ab ca. 1200 beschäftigen sich mit dem vermuteten verborgenen Sinn der Tora mit Hilfe von Buchstabendeutung und Zahlenkombinatorik. Kabbalistische Studien setzen ein fundiertes jüd. Wissen und ein stabiles Gemüt voraus, sollen deshalb nicht vor dem 40. Lebensjahr begonnen werden.

Kaddisch, hebr. »heilig«: Gebet, das die Heiligkeit Gottes und die Erlösungshoffnung verkündet. Schlußteil des tägl. Gebets, von männlichen Nachkommen für das Seelenheil ihrer verstorbenen Eltern bzw. naher Verwandter gesprochen.

Kiddusch, hebr. »Heiligung«: Segensspruch zur Einweihung des Schabbat bzw. Festtages, in der Synagoge am Schluß des Abendgottesdienstes, zu Hause über einem Becher Wein vor Beginn des Schabbat- bzw. Festmahls.

Kiduschi Hari: Eigentl. Rabbi Isaak Meier ben Israel, der erste Gerer Rebbe. Der chassidische Rabbi veröffentlichte fünf Bände Novellen (Chidduschum) zu verschiedenen Traktaten des Talmud und des Schulchan Aruch, die unter dem Titel »Chiddusche RIM« 1860 bis 1870 in Warschau erschienen.

Kohelet, hebr., abgeleitet von den Anfangsworten »hakol ewel«, d.h. »Alles ist eitel«, vierte von fünf Rollen in den hagiographischen Büchern der Bibel (»Ketubim«). Urheberschaft durch Salomo angezweifelt, enthält Betrachtungen über die Unbeständigkeit alles Irdischen.

Kol Nidre, aram. »Alle Gelübde«: Gebet zu Beginn des Jom Kippur, das alle im vergangenen Jahr abgelegten, die eigene Person betreffenden Gelübde aufhebt.

koscher, jidd. zu hebr. *kascher* (»einwandfrei«): Von der Tora zum Essen freigegebene Tiere, die nach ritueller Schlachtung (Schächten) nur ausgeblutet verwendet werden dürfen. Milch- bzw. Fleischspeisen dürfen weder im gleichen Geschirr zubereitet, aufbewahrt und auch nicht gleichzeitig verzehrt werden.

Kuznitzer Prediger: 1815 gest. chassidischer Rabbi, eigentl. Israel aus Kozienice.

Leviten: Angehörige des Stammes Levi, als Diensttuende im Tempel in Jerusalem den Priestern (»Kohanim«) unterstellt. Die Zugehörigkeit zur Gruppe der Kohanim, Leviten bzw. zum einfachen Volk Israel wird auch nach der Zeit der Zerstörung des zweiten Tempels patrilinear weitergegeben.

masel tow, jidd. für »mazal tow«: Wörtl. gutes Glück, d. h. viel Glück.

Maskil, hebr. »Denkender«: Gebildeter, Intellektueller, Anhänger der »Haskala«, der jüd. Aufklärung.

Megillah, hebr. »Rolle«, Buch, aufgezeichnet in Form einer Pergamentrolle. Insbesondere Bezeichnung für das Buch »Esther«.

Mikwe, jidd. Bezeichnung für rituelles Tauchbad, darf nur aus fließenden Gewässern oder gesammeltem Regenwasser gespeist werden. Für Frauen nach Menstruation oder Geburt bzw. zur spirituellen Reinigung oder nach Kontakt mit Toten vorgeschrieben.

Minjen, hebr. *Minjan*, »Zahl«: Vorgeschriebene Anzahl von zehn im religiösen Sinne volljährigen, also mindestens 13 Jahre alten Juden, die zur Abhaltung eines Gottesdienstes erforderlich ist. S. a.

Mi schebejrach, hebr. »der da gesegnet hat«: Anfangsworte eines Segensspruches, der einem zur Tora-Lesung aufgerufenen Gemeindemitglied gewidmet wird. Der Aufgerufene erwidert die ihm erwiesene Ehre mit demselben Segen für die Gemeinde. Dieses besondere Gebet kann auch zum Segen einer Person erfolgen, die krank ist, zur Geburt eines Kindes u. ä.

Mischna, hebr., wörtl. »Wiederholung«: Kern der (ursprünglich) mündlichen Lehre des Judentums, einer der beiden Teile des Talmud, ist ein Sammelwerk von Lehrsätzen und Ausführungsbestimmungen zum Pentateuch. Im 2. Jh. n. u. Z. von Juda ha-Nassi redigiert.

Misrachi: 1902 in Wilna gegründete Organisation zur Realisierung des 1897 auf dem ersten Zionisten-Kongreß in Basel beschlossenen Programms zur Wiederherstellung einer jüd. Heimstatt in Palästina. Mit Niederlassungen in Europa, Amerika und seit 1922 in Jerusalem. Engagiert auch in religiöser und kultureller Bildungsarbeit.

Modim anachnu-Gebet: Beginn des 18. Segensspruches im Achtzehngebet.

mojhel, jidd.: Ausdruck für »Mohel«, der i. d. R. am achten Tag nach der Geburt beim männlichen Säugling die Beschneidung vornimmt.

na gape, poln., hier: »ohne Eintrittskarte«.

na gapnik: Einer, der sich ohne Bezahlung Eintritt verschafft.

Passah, hebr. »Pessach«, wörtlich »Vorüberschreiten«, »Verschonung«, Fest, das in Israel sieben, außerhalb acht Tage dauert, in etwa zu Beginn des Frühjahrs, zur Erinnerung an den Auszug der Kinder Israel aus Ägypten vor ca. 3500 Jahren.

Perez, Isaak Leib, geb. 1852 in Zamosc, Kreis Lublin, gest. 1915 in Warschau: Gilt als einer der Hauptvertreter der jiddischen Literatur.

Petljura, Semjon (1879–1926): Ukrainischer Hetman, verantwortlich für eines der schlimmsten Pogrome, das zwischen 1918 und 1920 ca. 30000 jüdische Todesopfer forderte. Wurde darum vom Sohn eines Opfers, Samuel Schwarzbard, in Paris erschossen.

Protokolle der Weisen von Zion: ca. zwischen 1897 und 1899 in Paris angefertigte Fälschung einer antisemitischen Hetzschrift, in der angebliche Pläne zur Errichtung einer »jüd. Weltherrschaft« behauptet wurden. Obgleich als plumpe Fälschung entlarvt, diente sie immer wieder zur Rechtfertigung antijüd. Terrors.

Purim, hebr. (Lose, Losfest): Volks- und Freudenfest zur Erinnerung an die Errettung der persischen Juden vor dem Anschlag Hamans.

Purischkewitsch, Wladimir (1870–1920): Russ. Politiker, während des russ. Bürgerkriegs einer der Anführer der Konterrevolution.

Raschi, abgekürzt aus *RA*bbi *SCH*lomo ben *I*saak (1040–1105 Troyes): Bedeutendster Bibel- und Talmud-Kommentator im mittelalt. Europa. Auf ihn geht die sog. Raschi-Schrift, eine Art Kursivschrift der hebr. Quadratschrift, zurück, die seither für Kommentare verwendet wird.

Rebbezin, jidd.: Bezeichnung für die Frau des Rabbiners.

Schabbesgoj: Nichtjude, der um die Juden am Schabbat verbotenen Verrichtungen gebeten wird.

Schammes, jidd.: Synagogen- bzw. Gemeindediener.

Schawuot, hebr., »Wochenfest«, Fest der Gesetzgebung am Berg Sinai, fällt auf den 50. Tag nach Pessach, zugleich »Fest der Erstlingsfrüchte«. Gehört zu den Wallfahrtsfesten.

Schickse, hebr. (*schekez* = unwürdig), Bezeichnung für eine nichtjüdische junge Frau, im Gebrauch meist pejorativ gemeint.

Reb Schimon ben Gam(a)liel: Urenkel des Gelehrten Hillel, lebte im zweiten Drittel d. 1. Jhs. n. u. Z. Der angesehene Gelehrte wirkte als Oberhaupt des Obersten Gerichts und erließ eine Reihe von Verordnungen, die bis heute Gültigkeit haben, z. B. daß zur Rettung eines Menschenlebens die ansonsten absolut gültigen Gebote des Schabbat übertreten werden dürfen.

Schomer, Pl. *Schomrim* (hebr.), »Wächter«.

Schulchan Aruch, hebr. »Gedeckter Tisch«: Kompendium des jüd. Religionsgesetzes und Rechts in systematischer Anordnung und knappster Form für den praktischen Gebrauch, verfaßt von Josef Karo (1488 Toledo – 1575 Safed). Der sephardischem Ritus folgende Kodex wurde von Mose Isserles (1525–1572 Krakau) im Hinblick auf dt.-poln. Bräuche ergänzt.

Sefirot, hebr. »Zahlen«: Kabbalistische Vorstellung von zehn schöpferischen Kräften des Göttlichen, dargelegt im Buch »Sefer Jetzira«; bildl. gerne als Baum dargestellt.

Slowacki, Juliusz, geb. 1809 in Krzemieniec/Wolhynien, gest. 1849 in Paris: National engagierter Dichter, einer der Hauptvertreter der poln. Romantik. Von ihm stammt das unvollendete phantastische Versepos »Krol-Duch« (poln. »Geist-König«).

Sokolow, Nachum, geb. 1861 in Wyszograd/Polen, gest. 1937 in London: Schriftsteller und zionistischer Politiker. Hatte Anteil am Entstehen der Balfour-Deklaration (1917), bemühte sich um moderate Palästina-Politik der Briten.

Tallitbeutel: Stoffbeutel zum Aufbewahren des »Tallit«, d. i. ein »Gebetsmantel«, ein viereckiges Tuch aus (Baum-)Wolle oder Seide, meist weiß mit blauen oder schwarzen Streifen, an dessen vier Ecken die sog. Schaufäden angebracht sind. Der Tallit wird beim Morgengebet sowie am Jom Kippur – im orthodoxen Judentum nur von Männern – über der Kleidung getragen.

Talmud, hebr. »Belehrung«, »Lehre«, »Studium«, besteht aus Mischna und Gemara, d. h. der Zusammenfassung der Lehren, Vorschriften, Überlieferungen und Kommentare. Entstanden in zwei Varianten, dem Jerusalemer und dem umfangreicheren Babylonischen Talmud. Dem etwa im 5. Jh. n. u. Z. abgeschlossene Talmud wird auch »Schas« genannt, eine Abk. für Schischa Sidrei (Mischna), was Sechs Ordnungen (der Mischna) bedeutet.

Tefillin, hebr. »Gebetsriemen«: Werden ab dem 13. Lebensjahr am linken Arm angelegt, mit zwei schwarzen Lederkapseln versehen, die vier auf Pergament geschriebene Tora-Abschnitte beinhalten. Es bestehen genaue Vorschriften über das Anlegen sowie die Anfertigung und die Behandlung der Tefillin. Dazu gehört u. a., daß sie nach dem Tallit mit einem speziellen Segensspruch zuerst am Arm, dann am Kopf angelegt werden, und zwar wochentags beim Morgengebet.

Tischa bov, jidd., eigentl. Tischa be Aw, 9. Tag des 11. Monats im jüd. Kalender (fällt in den Zeitraum Juli/August). Trauer- und Fasttag in Erinnerung an die Zerstörung des ersten (586 v. u. Z.) und zweiten Tempels (70. n. u. Z.) in Jerusalem.

Tora, hebr. »Lehre, Weisung, Gesetz«: Bezeichnung für den Pentateuch, auch die fünf Bücher Mose genannt. Wird im Verlauf des Jahres abschnittsweise im Gottesdienst vorgelesen.

Tossafot, hebr. »Zusätze«, Sammlung von Erläuterungen und Ergänzungen zu Einzelstellen im Talmud. Jeweils plaziert auf der Außenseite des Textblattes, der Raschi-Kommentar dagegen immer auf der Innenseite.

Trumpeldor, Josef, geb. 1880 in Pjatigorsk/Rußland, gest. 1920 in Tel Chaj/Palästina: Erster jüd. Offizier in der russ. Armee, organisierte zus. mit Wladimir Jabotinsky die Jüd. Legion im Ersten Weltkrieg, engagierte sich für die Einwanderung nach Palästina und erlag seinen Schußverletzungen nach arab. Angriffen auf jüd. Siedlungen in Galiläa.

Bearbeitet von Ellen Presser